dtv

Fünfzig Jahre lang hat Rose zwei Männern die Treue gehalten. Perfekte Ehefrau, Mutter und Kameradin dem einen, stürmische Geliebte und unkonventionelle Freundin dem anderen. Nach dem Begräbnis ihres Mannes blickt Rose auf ihr Leben zurück, ein Leben voller Leidenschaft und Beständigkeit, Freude und Schmerz – ein Leben, das nach außen so ganz anders wirkte, als es in Wirklichkeit war. Und endlich, mit 67 Jahren, nimmt Rose ihre Zukunft selbst in die Hand. »Eine außergewöhnliche Mischung aus Liebesgeschichte und Gesellschaftskomödie, voll Witz, Sex und lauter Überraschungen.« (The Times)

Mary Wesley wurde 1912 bei Windsor geboren und lebt heute in Devon. Mit siebzig Jahren veröffentlichte sie ihren ersten Roman. Inzwischen gehört sie zu den meistgelesenen englischen Schriftstellerinnen. Auf deutsch sind u. a. erschienen: ›Ein Leben nach Maß‹ (1991), ›Zweite Geige‹, ›Matildas letzter Sommer‹ (1992), ›Eine talentierte Frau‹ (1993), ›Die letzten Tage der Unschuld‹ (1994).

Mary Wesley

Führe mich in Versuchung

Roman

Deutsch von Benjamin Schwarz

Deutscher Taschenbuch Verlag

Für Kate

Ungekürzte Ausgabe
Juni 1999
Deutscher Taschenbuch Verlag GmbH & Co. KG,
München

Titel der englischen Originalausgabe: ›Not That Sort of Girl‹
(Macmillan London Ltd.)

Umschlagkonzept: Balk & Brumshagen
Umschlagbild: ›Die Morgentoilette‹ (um 1837)
von Christoffer-Wilhelm Eckersberg
Satz: KCS GmbH, Buchholz/Hamburg
Gesetzt aus der Stempel Garamond 9,5/11· (QuarkXPress 3.31)
Druck und Bindung: Presse-Druck, Augsburg
Gedruckt auf säurefreiem, chlorfrei gebleichtem Papier
Printed in Germany · ISBN 3-423-08490-1

I

Nicholas Thornby spähte mit Stecknadelaugen in das Delikatessengeschäft. Der enge Laden stand voller Kunden, die um die Aufmerksamkeit der Verkäuferinnen hinter dem Tresen wetteiferten; mißtrauisch schaute er hinein, wobei ihm sein Spiegelbild in der Glastür zum Teil die Sicht nahm. Aber als er mehrere Leute erkannte, mit denen zu reden er kein Verlangen hatte, beschloß er, daß Emilys Einkaufsliste, die geräucherten Dorschrogen, marinierte Heringe, Tiptree-Kirschkonfitüre und Sahnetrüffel enthielt, bis später warten konnte. Ehe er weiterging, strich er sich mit einer Hand über den Bauch, beglückwünschte sich zu dessen Flachheit und verglich sein Spiegelbild befriedigt mit seinen Altersgenossen im Innern des Ladens. Es gibt keinen Grund, dachte er angewidert, mit rundem Rücken vornüberzusacken, aufzuquellen wie eine Schwangere, die Füße aus dem Blick zu verlieren. Von seinem geisterhaften Spiegelbild höchst angetan, ging Nicholas weiter, bevor er gesehen, angerufen, vollgequatscht, gelangweilt werden konnte. Er konnte sich vorstellen, was in dem Laden geredet wurde.

Aber als er den Weinladen betrat, bemerkte er Ian Johnson hinter sich.

»Morgen, Nicholas«, sagte Ian und folgte ihm hinein. »Ich habe eben erst von Ned Peels Tod erfahren. Harold Rhys hat's mir erzählt. Arme, arme Rose. Wie entsetzlich für sie.«

»Ich glaube, er hat sie recht gut versorgt zurückgelassen«, sagte Nicholas heiter. »Was kostet der Beaujolais?« Er wandte sich an die Frau hinter dem Tresen. »Ich könnte ja dem alten Mädchen ein paar Fläschchen vorbeibringen, um sie aufzumuntern. Ich nehme sechs.«

»Das ist doch kaum ein Anlaß zum Feiern«, sagte Ian.

Nicholas lachte, ohne die rechte Anteilnahme zu zeigen. »Wer hat's dir erzählt? Ich dachte, du wärst weg«, sagte er. »Ob wir wohl sonst noch was brauchen?« Er sah sich im Laden um.

»War ich auch. Harold Rhys im Delikatessengeschäft.«

»Es steht in der ›Times‹, wenn du nachgesehen hättest. Danke, daß du mich dran erinnert hast, daß ich noch in den Delikatessenladen muß. Ich werde in letzter Zeit so vergeßlich. Ich hole Rose was von ihrer Lieblingspastete.«

»Du kennst sie gut?« fragte Ian. »Noch immer?«

»Von klein auf. Ja, bitte«, zum Mädchen hinter dem Tresen, »ich nehme sechs. Könnten Sie mir einen Karton geben? Ich traue den Tragetaschen nicht. Wir haben sie schon lange vor ihrer Ehe mit Ned gekannt.«

»Arme Rose. Woran ist Ned denn gestorben?«

»Das Übliche. Die Jahre oder so was. Nehmen Sie einen Scheck?«

»Selbstverständlich, Mr. Thornby.«

»Arme, arme Rose. Sie wird völlig aufgeschmissen sein«, wiederholte Ian. Nicholas gab keine Antwort, er war mit dem Ausfüllen des Schecks beschäftigt. (Nicholas Thornby ist so ein Individualist, daß er sich weigert, Kreditkarten zu benutzen, und alles mit Scheck bezahlt.) Nicholas drückte sich den Karton mit den Flaschen an die Brust und begab sich vom Weinladen zum Delikatessengeschäft. Ich kaufe ihr ein paar Blumen, dachte er. Ganz wie früher. In Gedanken sah er sich in seiner strahlenden und schwungvollen Jugend vor Roses Heirat Wein, Leberpastete und Blumen für sie kaufen; es spielte keine Rolle, daß es in Wirklichkeit nie geschehen war. Was zählte, war, daß er und seine Schwester Emily Rose schon viele, viele Jahre kannten. Als er seine Einkäufe im Kofferraum seines Wagens verstaute, lächelte Nicholas vor sich hin und äffte Ians »Arme, arme Rose« in dessen jammervollem Tonfall nach. Er hatte Rose zurückhaltend, aber fröhlich und leicht reizbar in Erinnerung. Hätte sie was Besseres tun können, als den anständigen, ehrlichen, gutaussehenden, wohlhabenden, fraglos langweiligen alten Ned zu heiraten, der nicht einmal besonders treu war? Sie war so ein schönes Mädchen gewesen. Nicholas fuhr die drei Meilen aus der Kreisstadt hinaus nach Slepe, Neds und Roses Haus, das jetzt, vermutete er, ihrem gemeinsamen Sohn Christopher gehörte.

Nicholas nahm die Pakete aus dem Wagen, läutete und betrat die Diele, während er »Ich bin's nur, Rose, Nicholas« rief.

Leise kam Roses Antwort von der oberen Etage. »Ich bin im Bad.«

»Darf ich raufkommen?«

»Natürlich.«

Nicholas legte seine Pakete auf den Tisch in der Diele, stieg die Treppe zu Roses Schlafzimmer hinauf und trat ein, während er gleichzeitig anklopfte. Er durchquerte das große, helle Zimmer und blickte aus dem Fenster auf Neds reiche Ländereien. Durch die Badezimmertür hörte er Rose in der Wanne planschen. »Es dauert nicht mehr lange«, rief sie.

Nicholas dachte: Als wir alle noch jung waren, saßen Emily und ich immer bei ihr auf dem Badewannenrand und plauderten, oder sie saß bei uns auf dem Badewannenrand und plauderte mit uns. In Wahrheit war Nicholas nie dabeigewesen, aber da er mit seiner Schwester so eng vertraut war, hatte er in Gedanken dort gesessen.

»Erinnerst du dich an die riesige Badewanne, die wir zu Hause hatten?« rief er über die Schulter Rose zu, die noch immer unsichtbar im Badezimmer war.

»Natürlich.« Rose band ihren Bademantel zu, als sie ins Schlafzimmer kam. »Wie verwegen du warst; was hätte euer frommer Vater bloß gesagt, wenn er über dich und Emily Bescheid gewußt hätte?«

Nicholas' und Emilys Vater war Pfarrer der Gemeinde gewesen und später, als seine Frau, der unverdient der Ruf anhing, sie bremse ihn, gestorben war, zu einem niederen Bischofsamt aufgestiegen.

Nicholas wich Roses Frage aus, indem er seinerseits fragte: »Rose, forderst du das Schicksal nicht heraus, wenn du die Haustür offen läßt? Was würdest du machen, wenn ein Einbrecher auf den Gedanken käme, ins Haus zu kommen, während du hier drin in der Badewanne liegst?«

»Die Hunde würden bellen.«

»O Rose …« Nicholas sah zu, wie Rose sich plötzlich auf die Bettkante setzte und in Tränen ausbrach.

»Alle in einer einzigen Woche.« Sie wischte sich die Tränen mit dem Ärmel ihres Bademantels weg. »Gib mir doch bitte mal die Papiertaschentücher rüber.«

Nicholas tat ihr den Gefallen und sah zu, wie sie sich die Nase putzte. (»Dieser dämliche, gedankenlose Christopher«, hatte Emily gesagt. »Die Hunde auf der Hauptstraße von der Leine zu lassen! Er muß betrunken gewesen sein.«)

»War Christopher betrunken?« fragte Nicholas.

»Nein, er hat sich mit Helen gekabbelt. Er war immer schon

ungeschickt mit Hunden, und Helen ...« Beim Gedanken an ihren Sohn und ihre Schwiegertochter hörte Rose auf zu weinen.

»Sind sie noch hier? Ich habe ihren Wagen gar nicht gesehen«, sagte Nicholas.

»Sind gestern abend nach London zurückgefahren, deswegen habe ich auch verschlafen. Christopher hat in London viel zu tun, und Helen wollte unbedingt zurück zu ihrer Arbeit und den Kindern. Sie muß ihr Leben planen.«

»Ah.« Nicholas zog das Wort in die Länge. »Aaah ...«

»Im Gegenteil, es ist ganz herrlich gewesen, das Haus für mich zu haben. Drehst du dich bitte um, Nicholas, ich möchte mich anziehen.«

Nicholas drehte sich herum, blickte hinaus auf Neds Ländereien und beobachtete eine grasende Schafherde, die langsam von rechts nach links vorbeitrottete. Hinter ihm zog Rose sich ausgeblichene Bluejeans, ein Baumwollhemd und einen hell- und dunkelrot gestreiften Pullover an. Mit siebenundsechzig sah sie noch gut aus, ihr Blick war klar, ihr Haar, das einmal aschblond gewesen war, war jetzt vollkommen aschfarben, sie hatte viele Fältchen um die Augen und einen ziemlich großen Mund. Ihre Hände verrieten ihr wahres Alter.

»Zum Wochenende kommen sie wieder her«, sagte sie zu Nicholas' Rücken, der sich zum Hinausschauen vorgebeugt hatte; sein schütteres, weißes Haar hatte einen Haarschnitt nötig. »Um das Haus zu übernehmen.«

»So schnell?« Nicholas fuhr entsetzt herum.

»Je eher, desto besser. Was soll mich hier noch halten?« Sie breitete die Hände aus. »Ich kann's kaum erwarten.«

Sie war amüsiert, machte sich innerlich lustig über Nicholas. Ihm ist nicht klar, dachte sie und sah den Freund aus Kindertagen an, daß ich, als die Hunde tot waren, endgültig allein war, viel mehr als nach Neds Tod. Die Hunde waren die letzte Faser der lebenslangen Bande, die mich hier festgehalten haben.

»Wer hat die Beerdigung organisiert?«

»Helen natürlich ...«

»Ich dachte, Harrods ...«

»Sie bestellt das Beste, sie tut ihr Bestes, sie ...«

»Weiß alles am besten?«

Rose lachte.

»Warum läßt du dich von deinem Sohn und deiner Schwiegertochter behandeln, als könntest du nicht bis drei zählen?«

»Es macht sie glücklich. Sie kommen sich nützlich vor. Außerdem«, rechtfertigte Rose ihre Kinder, »gehört das alles jetzt ihnen. Warum soll Helen nicht so anfangen, wie sie weiterzumachen gedenkt. Sie kommandiert gern rum.«

»Und Christopher?«

»Christopher macht, was seine Frau sagt.« Rose gelang es nicht, ihre Stimme von einer gewissen Schärfe freizuhalten.

»Was wirst du tun?« fragte Nicholas. Als er merkte, daß sie es ihm wahrscheinlich nicht sagen würde: »Ich habe dir etwas Gänseleberpastete und Beaujolais aus der Stadt mitgebracht. Ian Johnson war im Weinladen. Harold Rhys ...«

»Heute ist der Friseurtag ihrer Frauen.«

»Harold Rhys hatte ihm von Ned erzählt. Er sagte in einem fort: ›Arme Rose, arme Rose, was wird die arme Rose nur tun?‹ Waren sie denn mit Ned immer noch so dick befreundet?« fragte Nicholas.

»Gott, befreundet. Ja, in gewisser Weise waren sie's wohl. Sie haben alle zusammen im Sandkasten gespielt, waren zusammen im Krieg und haben in letzter Zeit zusammen geangelt. Sie sind bedauernswerte, alte Männer.«

»Nicht sehr viel älter als wir«, bemerkte Nicholas lächelnd.

»Aber sie wissen, daß sie alt sind, Nicholas. Du und Emily, ihr denkt nie ans Alter.«

»Und du?«

»Selten.«

»Waren Ian und Harold ...« Nicholas beobachtete Rose, die jetzt an ihrer Frisiertoilette saß und ihr Haar bürstete. »Deine ...?«

»Vor meiner Ehe mit Ned habe ich keinen von beiden gekannt. Sagtest du Beaujolais und Gänseleberpastete?«

»Ja.«

»Dann laß uns Emily anrufen, und wir machen in der Küche ein kleines zweites Frühstück, wenn's recht ist. Es sei denn«, sagte Rose, »du möchtest gern den alten Harold und den alten Ian einladen?«

»Du weißt doch, wir mögen sie nicht. Noch schlimmer, Rose, sie mögen sich selber nicht. Ned war's, der sie zusammengehalten hat.«

Neds Tod, dachte Rose, hat mehr als nur mich freigegeben. »Dann geh und ruf Emily an, und was ist mit Laura, würde sie vielleicht gern herkommen?«

»Das glaube ich nicht«, sagte Nicholas. »Ich hatte eigentlich vorgehabt, dich in dieses neue Restaurant am Fluß auszuführen, es soll gut sein; aber ich dachte, so schnell nach der Beerdigung wäre das nicht ganz *comme-il-faut*.«

»Quatsch *comme-il-faut*. Du redest genau wie mein Vater im Alter. Nein, wir müssen hier essen, weil ich keine Zeit für was anderes habe, ich reise ab, sobald ich meine Tasche gepackt habe.«

»So schnell? Wohin denn?«

»Das weiß ich noch nicht. Benutz bitte das Telefon in der

Diele, Nicholas. Ich muß scharf nachdenken, was ich mitnehme.«

Nicholas verließ das Zimmer.

Rose saß vor ihrem Spiegel, die Hände im Schoß. Und während sie tief ins Spiegelbild des Zimmers blickte, flüsterte sie: »Dich, dich nehme ich mit.« Sie stand auf und nahm ein kleines Bild von der Wand, und nachdem sie es in ein Nachthemd gewickelt hatte, das sie einer Schublade entnahm, steckte sie es in eine kleine Reisetasche und polsterte es sorgsam mit Unterwäsche und Pullovern aus. Dann holte sie ihre Toilettensachen aus dem Bad, tat sie in die Tasche, zog den Reißverschluß zu und verließ das Zimmer ohne einen Blick zurück. Als sie eilig die Treppe hinunterlief, begegnete sie Nicholas, der ihr aus der Diele entgegenkam. »Sie ist bereits unterwegs«, sagte Nicholas, »komm, gib mir die Tasche.« Rose überließ ihm die Tasche, so daß er sich umdrehte, um die Treppe wieder hinunterzugehen. Es war ihr lieber, wenn der neugierige Nicholas nicht bemerkte, daß das Bild weg war. »Ist das alles, was du mitnimmst?« fragte er. »Das ist nicht viel.«

»Ich werde nicht weit fahren.«

»Wohin?«

»Einfach irgendwohin, wo's ruhig ist. Das Telefon hat kaum aufgehört zu klingeln. Ich muß mal allein sein. Ich dachte, dies eine Mal könnte die Ruhe eines guten Hotels ...«

»Liebe Rose, du könntest doch zu uns kommen.«

»Aber da wäre ich nicht allein, lieber Nicholas. Jetzt komm und beweise, daß du mit Neds gräßlichem Korkenzieher umgehen kannst, während ich Toast für die Leberpastete mache.«

»Vielleicht könnte ich, da Ned ja nicht mehr da ist, einen von den vielen einfach zu bedienenden Korkenziehern benutzen, die ich ihm im Laufe der Jahre geschenkt habe, oder wäre das taktlos?«

»Es wäre nicht taktlos. Aber wußtest du das nicht? Ned hatte es sich zur Gewohnheit gemacht, deine ihm so hintersinnig verehrten Korkenzieher zu Weihnachten an Freunde zu verschenken.«

»Der alte Mistkerl.«

»Nein, nein. Er wollte sich nicht herausfordern lassen, das ist alles.«

»Er hat mich nicht gemocht, stimmt's?«

»Davon hat er nie was gesagt«, antwortete Rose, während sie Brot zum Toasten aufschnitt.

»Wo läßt du seine Asche verstreuen?« fragte Nicholas maliziös.

Rose gab keine Antwort.

»In welches Hotel wirst du gehen?«

»Ich find' schon eines, ich hab' noch nicht drüber nachgedacht.«

»Wie lange wirst du weg sein?«

»Nur ein paar Tage, Nicholas. Hör auf, mir Fragen zu stellen.« Roses Stimme zitterte.

»Immer dieselbe verschlossene alte Rose«, sagte Nicholas. Es ärgerte ihn, daß Rose zwar das allermeiste wußte, was es von seiner Schwester Emily und ihm zu wissen gab, daß aber sie beide von Rose nur sehr wenig wußten, was seit ihrer Heirat mit Ned im Jahr 1939 nicht Allgemeingut war. »Da kommt Emily«, sagte er und winkte zu einem weißen Ford hinüber, der die Auffahrt heraufkam.

2

»Da fährt sie hin.« Emily Thornby stand neben ihrem Bruder Nicholas und sah Roses Wagen hinterher. »Kannst du sehen, in welche Richtung sie fährt?«

»Nein. Die Hecke verdeckt die Kreuzung.«

»Es wäre schön, wenn man wüßte, wo sie hinfährt«, sagte Emily versonnen. »Meinst du, sie hat ein Rendezvous?«

»Rose! In ihrem Alter! All das ist lange vorbei, wenn's überhaupt je existiert hat.«

»Das glauben wir«, sagte Emily.

»Und in der Richtung hat's nie was gegeben. Sie war eine Mustergattin, da wird sie auch jetzt die ideale Witwe abgeben. Mit Roses Liebesleben war nie viel los, ihr Leben war ein aufgeschlagenes Buch.«

Emily schnaubte verächtlich. »Das war eine von deinen Theorien, als du sie die ideale Tochter nanntest ...«

»Als wir vom Ideal weit entfernt waren«, gab Nicholas zu. »Im übrigen war ich immer der Meinung, ihr Vater sei unserem vorzuziehen, ich habe Rose um den Tod ihres Vaters geradezu beneidet.«

Sie hatten mit Rose am Küchentisch gesessen und die von Nicholas spendierte Gänseleberpastete gegessen. Emily hatte einen Salat angerichtet. Beide Frauen hatten zugesehen, wie Nicholas sich mit Neds Korkenzieher abstrampelte, als er den Beaujolais aufmachte. Das war ihm erst gelungen, nachdem ihm der Korken abgebrochen war, und er mußte den Wein durch ein Musselintuch gießen, um die Korkstückchen aufzufangen.

Rose trank nicht mehr als ein Glas, während Nicholas und seine Schwester die Flasche leerten und eine zweite aufmachten. Jetzt standen sie leicht berauscht auf der Treppe vor der Haustür, die Rose beim Verlassen des Hauses verschlossen hatte. In der Diele hinter ihnen klingelte das Telefon vergeblich, wie es das das ganze Mahl hindurch getan hatte und wie es das tun würde, bis Christopher, der neue Besitzer und Erbe, einzog oder Rose zurückzukehren beliebte.

»Ich wette, Christopher legt sich einen Anrufbeantworter zu«, sagte Emily.

»Neds Vorsicht in Gelddingen!« sagte Nicholas gereizt. »Daß er keinen Anrufbeantworter hatte, liegt auf derselben Linie wie sein manischer Gebrauch von Drucksachenporto und schon einmal benutzten Briefumschlägen. Hör dir das bloß an! Wie konnte Rose das ganze Essen hindurch einfach sitzen bleiben und nicht rangehen?«

Emily lachte. »Die Geschichte von Rose und den Krebsen habe ich dir nie erzählt, oder? Ich war mir sicher, daß niemand, nicht mal du, mir glauben würde, deshalb habe ich nie davon gesprochen.«

»Wovon redest du?« fragte Nicholas, den der Ton seiner Schwester argwöhnisch machte.

»Ich wollte nur andeuten«, sagte Emily, »daß Rose nicht die Mustergattin gewesen ist, die wir all die Jahre vor Augen hatten. Ich behaupte, daß hinter Rose mehr steckt, als wir sehen können.«

»Also, setzen wir uns hier auf ihre Treppenstufe, während du mir die Geschichte erzählst«, sagte Nicholas und ließ sich auf die von der Nachmittagssonne erwärmte steinerne Treppe nieder. Er zog seine Schwester auf den Platz neben sich. »So gemütlich werden wir hier nicht sitzen, wenn Christopher und Helen die Hausherren sind, aber im Augenblick ist hier niemand, der sich über uns aufregen könnte.« Er lächelte seine Schwester verständnisinnig an, während er in ihrer sanft gespitzten Nase, dem schmallippigen Mund, der hohen Stirn und den forschenden braunen Augen die weibliche Version seines eigenen geliebten Ichs erblickte. Wenn ich, dachte Nicholas, mir doch nur die Haare so färben könnte wie sie, dann würden wir vielleicht immer noch für Zwillinge gehalten werden.

»Die Jungs in der Stadt sagen: ›Arme, arme Rose, sie wird völlig aufgeschmissen sein.‹« Nicholas lachte, und Emily, die neben ihm Platz nahm, lachte ebenfalls.

»Es ist schön hier.« Sie streckte ihre Beine neben denen ihres Bruders aus und betrachtete bewundernd ihre eleganten Fesseln und kleinen Füße.

»Also, fang an. Erzähl mir«, soufflierte Nicholas, »von den Krebsen.«

»Vor ein paar Jahren«, Emily wandte sich ihrem Bruder zu, »nahm ich die Abkürzung durch die Passage bei Bennetts zur Waycott Street, und die hinauf, du weißt, wie steil sie ist, zog ein Landrover langsam einen kleinen Anhänger. Der Anhänger war offen und mit Krebsen vollgeladen, die vermutlich für eines der Hotels oder noch wahrscheinlicher für das Fischrestaurant in der Jude Street bestimmt waren. Aber es spielt eigentlich keine Rolle, wohin er fuhr. Ich trat gerade auf die Straße, als der Landrover bremste, um rechts in die High Street einzubiegen. Es war niemand in der Nähe, nur Rose, die vor mir die Steigung hinaufging. Als der Anhänger auf gleicher

Höhe mit ihr war, bediente sie sich blitzschnell von den Krebsen, während sie an ihr vorbeifuhren, und stopfte sie in ihr Einkaufswägelchen. Darauf bog der Landrover um die Ecke, und Rose ging mit ihrer Beute weiter.«

»Waren die Krebse gekocht?«

»Ja.«

»Sie hat dich nicht gesehen?«

»Sie hat mich nicht gesehen.«

»Und?«

»Das war's. Aber später traf ich diese langweiligen Angelfreunde von Ned, Arthur und Milly, und sie erzählten mir, was für ein köstliches Krebsessen sie bei Ned und Rose gehabt hätten.«

»Oh.«

»Und Milly sagte, sie war besonders beeindruckt, denn sie meinte, Rose mache sich im allgemeinen nicht viel Mühe mit ihnen, weil sie viel mehr Neds Freunde seien als ihre. Hätten nicht viel gemeinsam, so hat sie's ausgedrückt.«

»Nein, wie wunderbar, wie absolut wunderbar.« Nicholas, der den Atem angehalten hatte, stieß ihn in einem Schwall aus, dann lehnte er den Kopf zurück gegen die verschlossene Haustür und wieherte vor Lachen.

Emily machte ein erfreutes Gesicht, aber Nicholas, der sich von seinem Heiterkeitsanfall erholte, sagte: »Wenn es diese Seite an Rose gab und sie uns während ihrer ganzen Ehe unbekannt geblieben ist ...«

»Achtundvierzig Jahre.«

»Ja, achtundvierzig Jahre! Wie können wir da sicher sein, daß wir sie vor ihrer Ehe wirklich gekannt haben? Gab es eine Rose, die wir nicht gekannt haben? Haben wir sie überhaupt jemals gekannt?«

»Natürlich kennen wir sie. Wir haben sie schon als Kind gekannt, sind mit ihr aufgewachsen. Wir kannten die Männer – so es welche gab –, die sie hätte heiraten können. Wir wußten alles, was sie tat. Sie hat sich uns anvertraut, wir waren ihre Freunde. Wir wußten, daß sie ein kalter Fisch war. Die Wagnisse und Risiken, die wir auf uns genommen haben, waren nicht Roses Sache. Rose ist konventionell, das war sie schon immer, sie ging auf Nummer Sicher und heiratete Ned Peel und so weiter.« Emily machte eine Kopfbewegung zum Haus hinter ihnen und fuchtelte mit dem Arm hinüber zu Neds Ländereien. »Nenn mir ein besseres Beispiel für ihre Herkunft und Erziehung.«

»Aber«, wandte Nicholas ein, »mit deiner Krebsgeschichte willst du was anderes andeuten.«

»Es muß die Ausnahme sein, der Ausrutscher, der die Regel bestätigt«, sagte Emily, die sich über ihren Bruder ein bißchen ärgerte.

»Ganz egal.« Nicholas' Neugierde war geweckt. »Ich gäb' was drum, wenn ich noch mal ins Haus könnte und ihre Sachen durchsuchen. Vielleicht fände sich da ein mit einem Bändchen verschnürter Stapel Briefe, ein wertvoller Hinweis, der zur Entdeckung jener Rose führen könnte, die Krebse stiehlt, einer Rose, die uns hinters Licht geführt hat.«

»Und wenn du mit einem Staubkamm durch das Haus kriechst«, spöttelte Emily, »du würdest alles in Ordnung, alles an seinem Platz finden. Neds Wirtschaftsbücher einwandfrei, die Einkommensteuer bezahlt. Du würdest bündelweise Quittungen finden, aber keine Liebesbriefe.« Jetzt wünschte sich Emily, sie hätte ihrem Bruder die wohlbekannte Rose nicht in einem neuen und faszinierenden Licht präsentiert; sie fürchtete, ihre Geschichte von den Krebsen habe sich in gewisser

Weise als Bumerang erwiesen. »Wir kennen Rose«, sagte sie mit Überzeugung, wobei sie in ihren Ton ein ganz klein wenig Herablassung einfließen ließ.

»Mag sein, du hast recht.« Nicholas erhob sich. »Es wird kühl, wollen wir heimfahren?« Möglicherweise, dachte er, denn er kannte seine Schwester so gut wie sich selbst, hat sich diese Geschichte mit den Krebsen nie ereignet. Eher hat Emily selbst den mit Krebsen beladenen Anhänger gesehen, war versucht zuzulangen und hat eine nicht existierende Tat Rose zugeschrieben. Es ist so eine Geschichte, wie auch ich sie mir ausdenke.

»Komm«, sagte er und streckte die Hand aus. »Zeit, heimzufahren.«

Emily ergriff seine Hand, zog sich daran in die Höhe und spazierte mit ihm Hand in Hand zu ihrem Wagen.

Im Gehen kam Nicholas der Gedanke, Rose habe absichtlich das Telefon das ganze Essen hindurch klingeln lassen, um jede Unterhaltung abzuwürgen.

3

»Wäre es wohl möglich, ein Sandwich aufs Zimmer zu bekommen?« fragte Rose und gab den Kugelschreiber zurück, den sie sich ausgeliehen hatte, um die Anmeldung zu unterschreiben. »Oder ist es zu spät?«

Der Direktor, der auch der Besitzer des Hotels war, warf einen raschen Blick in das Buch, als sie es wieder zu ihm herumdrehte, und beschloß im selben Augenblick, daß er seinem Gast ein anderes Zimmer anbieten würde.

»Wäre Ihnen ein Sandwich mit Räucherlachs und ein Glas Wein recht?« (Sie sah erschöpft aus.) »Eine halbe Flasche Muscadet?«

»Wunderbar.«

»Und etwas Obst? Pfirsiche, Trauben? Dunkles oder helles Brot? Kaffee?«

»Fabelhaft. Dunkles bitte, keinen Kaffee.«

»Ich darf vorausgehen.« Er nahm Roses Reisetasche. (Liebe Güte, sieht die schmuddelig aus; ich wollte schon vor Jahren eine neue.) »Ich gebe Ihnen ein Zimmer im Erdgeschoß. Sie haben den Blick auf den Bach und können in den Garten hinausgehen. Es hat natürlich ein eigenes Bad.«

»Danke. Ich bin ziemlich müde.« Rose folgte dem Hoteldirektor durch den Korridor. »Ich werde die Ruhe genießen.«

»Möchten Sie am Morgen geweckt werden?«

»Nein«, sagte Rose. »Nein, vielen Dank. Ich wache von

selbst auf.« Das Problem ist, dachte sie, als sie ihre wenigen Habseligkeiten auspackte, ich schlafe erst gar nicht.

Sie beschäftigte sich damit, Zahnbürsten und Schwamm ins Bad zu tragen, ihr Nachthemd aufs Bett zu legen, wobei sie ihre Gedanken im Zaum hielt, wie es ihr auf der langen Fahrt von Slepe hierher so erfolgreich gelungen war, einer Fahrt ohne ein bestimmtes Ziel, bis sie am Ende des langen Nachmittags das Schild mit der Aufschrift HOTEL gesehen hatte und einem Schlängelpfad durch ein bewaldetes Tal gefolgt war, um an diesen ihr bisher unbekannten Ort zu gelangen.

Sie öffnete das Fenster und blickte auf eine Rasenfläche, die in der Dämmerung sanft zum Wasser hin abfiel. Eine Schwänin, den Kopf unter ihren Flügel gesteckt, trieb nahe am Ufer; weiter draußen schwamm ruhig das Schwanenmännchen dahin. Jenseits des Baches konnte sie gerade eben noch die Silhouette eines Reihers erkennen, reglos auf einem über das Wasser herabhängenden Ast.

»Wie lange will sie denn bleiben?« fragte eine Frauenstimme, deren gereizter Ton vom Wasser verstärkt wurde. »Ich hatte dieses Zimmer gerade für das holländische Paar hergerichtet, das für Dienstag angemeldet ist.«

»Dann richtest du es eben noch mal her. Sie hat nichts gesagt.«

»Warum«, ein Unterton sich steigernder Wut, »warum hast du sie nicht gefragt?«

»Beeil dich mit den Sandwiches, vergiß nicht die Zitrone. Ich habe ihr dieses Zimmer gegeben, weil sie so aussieht, als würde sie uns ihren Freunden empfehlen«, fauchte der Direktor.

Rose lehnte sich aus dem Fenster und wartete auf ein verächtliches Schnaufen. Sie lächelte.

»Mit diesen Kleidern? Mit dieser schäbigen Tasche?« fragte die Frau. »Warum ist sie denn alleine unterwegs?« Ihr Argwohn war fast zu greifen. Einer von beiden, Rose nahm an, der Gatte, knallte das Schiebefenster zu. Draußen auf dem Bach rief ein Bläßhuhn und erhielt Antwort. Es wurde an die Tür geklopft.

Rose trat vom Fenster zurück. »Herein.«

»Ihre Sandwiches.« Sie erkannte die Stimme wieder. »Möchten Sie vielleicht noch etwas haben?« Das hübsche Äußere der Frau verbarg sich hinter einer Leidensmiene.

»Nein, danke. Das sieht ja köstlich aus. Ich stelle das Tablett vor die Tür, wenn ich fertig bin. Hatten Sie eine sehr anstrengende Saison?« Die Gewohnheit, sich liebenswürdig zu geben, saß tief.

»Das könn' Se laut sagen«, rief die Frau. (Für zwei Cents erzählt sie mir, wie sehr sie ihren Mann haßt, wie überarbeitet sie ist und wie wenig das gewürdigt wird.) »Soll ich das Bett aufdecken? Haben Sie genug Handtücher?« Die Frau spähte ins Bad und taxierte Roses Zahnbürsten und den griechischen Badeschwamm.

»Nein, vielen Dank. Es ist alles wunderbar; vielen herzlichen Dank für all Ihre Mühen. Gute Nacht.« Rose setzte sich neben das Tablett mit den Sandwiches. Mit einem Mal konnte sie ihren Hunger nicht mehr beherrschen und fing an zu essen, während die Frau noch hinausging und die Tür zumachte.

Draußen war es jetzt dunkel. Sie aß zu Ende, goß sich Wein ein und trat ans Fenster. Lichtstrahlen fielen auf den Rasen, die wütenden Stimmen waren verstummt, eine Katze lief geräuschlos durch das Lichtbündel und verschmolz wieder mit der Nacht. Ich bin allein unterwegs, dachte Rose und wartete darauf, daß sich Erinnerungen an Ned in ihre Gedanken drängen würden, aber alles, was sie empfand, war eine Aufwallung ketzerischer Freude darüber, seit 1939 das erste Mal richtig allein zu sein.

Sie nippte an ihrem Wein, sah hinaus auf das schwärzlich glitzernde Wasser und genoß ihre Freude. Als sie den Wein ausgetrunken hatte, stellte sie das Tablett vor ihre Tür, schloß ab, schaltete das Telefon am Bett auf »Aus«, entkleidete sich, bürstete ihr Haar, ging ins Bad, um die Zähne zu putzen und sich zu waschen, das Gesicht einzucremen, das Nachthemd über den Kopf zu ziehen.

Als sie fertig zum Schlafengehen war, griff sie in die Reisetasche, holte das Bild hervor, das sie von der Wand ihres Schlafzimmers genommen hatte, und stellte es schräg angelehnt auf die Frisiertoilette, so daß sie es vom Bett aus sehen konnte. Sie stieg ins Bett, knipste die Nachttischlampe aus, zog sich das Bettuch bis ans Kinn, legte sich zurück, schloß die Augen und versuchte, innerlich ruhig zu werden. Aber als ihr dann Nicholas' und Emilys gequälte Gesichter wieder einfielen, während sie das ganze Essen hindurch das Telefon hatte laut, mit Unterbrechungen und ohne ranzugehen klingeln lassen, begann sie zu lachen, daß unter ihr das Bett wackelte. Es war anzunehmen, daß alle Mitteilungen mehr oder weniger gleich gewesen wären, durchaus gefahrlos für die gespitzten Ohren von Nicholas und Emily. Doch einer der Anrufer hätte Mylo sein können. Die Gefahr, daß Mylo nicht darunter war, war so groß gewesen, daß sie nicht ans Telefon gegangen war.

4

»Ist deine Entscheidung endgültig?« Mylo hielt sie an sich gedrückt, ließ ihr Haar durch seine Finger gleiten und beugte sich herunter, um mit der Nase ihren Hals zu streicheln. »Kuschel dich an mich, dann ist dir nicht kalt.« Er lehnte sich gegen den Baum zurück, dessen Borke er rauh an seinem Rückgrat spürte. »Antworte mir, Rose.«

»Nein, nein, ach, Mylo.« Sie schlang ihm die Arme um den Nacken und reckte sich zu ihm hoch. »Es ist so verzwickt, so schwierig.« Sie tat sich selber leid.

»Nein, nein, du willst ihn nicht heiraten, oder nein, nein, deine Entscheidung ist nicht endgültig?« Er schob sie von sich und versuchte, im Dunkeln ihre Augen zu erkennen. »Es ist nicht verzwickt. Du liebst nicht Ned Peel, du liebst mich. Er ist ein alter Mann, du kannst doch nicht ...«

»Er ist erst einunddreißig.«

»Und du bist achtzehn. Mir wird übel, wenn ich mir vorstelle, er berührt dich. Du kannst ihn unmöglich heiraten«, sagte Mylo heftig.

»Mein Vater ...«

»Dein Vater denkt, du bist bei ihm gut aufgehoben. Ich wette, genau das sagt er.« (Er pflegte zu sagen: Ich möchte in dem Gefühl sterben, daß du gut aufgehoben bist, daß für dich gesorgt ist. Wenn ich diesen »Krebs« nicht hätte, ich würde dich nicht drängen, eine Entscheidung zu fällen. Ich bin um dich besorgt. Es wird Krieg geben. Wenn du mit Ned verheiratet bist, wirst du sicher aufgehoben sein, und mit meinem »Krebs« kann ich dir das nicht garantieren. Und so weiter und so fort, mit der ständigen Wiederholung des furchtbaren Wortes in Anführungsstrichelchen, die Betonung auf Sicherheit.) »Er kennt den Mann«, fuhr Mylo fort, »er besitzt ein Haus auf dem Lande, er weiß, er ist wohlhabend, er wird sich informiert, wird mit Ned über einen Ehevertrag gesprochen haben. Natürlich hat er das, ich kenne die Sorte. Er kennt Neds Stellung, weiß, was er verdient, kennt die Formalitäten. Hat er auch nur die geringste Ahnung, wie es ist, mit Ned im Bett zu liegen? Hat er sich mal an deine Stelle versetzt?«

Rose kicherte. »Ich kann mir Vater und Ned nicht zusammen im Bett vorstellen.«

Mylo schüttelte Rose. »Rose, hör auf damit. Du weißt, du liebst *mich, mich*.«

»Ja«, sagte sie, »das tue ich.«

»Also, was ist so schwierig daran?«

»Es ist alles schwierig«, schwach, denn sie war müde. Rose fing an zu weinen. Unmöglich, die Meinung ihrer Eltern über Mylo zu wiederholen. (Ein netter Junge, natürlich, aber erst neunzehn, keine beruflichen Aussichten, kein Geld, keine Familie, keine Stellung, hat nicht mal die Universität besucht, auf seine Weise gutaussehend, spricht Französisch. Das Französischsprechen war irgendwie abträglich, fragwürdig, gefährlich.) Ihre Diskussion hatte sich den ganzen Abend über hingezogen, das ganze Abendessen im Restaurant hindurch, danach in dem Wagen, in dem sie aus London heraus zu der relativ ruhigen Stelle gefahren waren, wo sie jetzt im Wimbledon Common standen. Sie hatte das Gefühl, sie wünschte sich nur noch, zu Bett zu gehen und zu schlafen und ihren Vater zu vergessen, Ned Peel zu vergessen, ja selbst Mylo zu vergessen. »Er stirbt bald«, sagte sie, wie sie es schon mehrmals zuvor gesagt hatte, »er hat Krebs.«

»Ich glaube nicht, daß er Krebs hat. Ich glaube, er wendet eine ziemlich plumpe Erpressung an. Ich glaube, dein Vater ist ein Snob. Er ist von Ned Peel und seinen irdischen Reichtümern beeindruckt. Es ist eine uralte Geschichte. Er möchte gern mit ›mein Schwiegersohn Ned Peel‹ prahlen, seinen Namen im ›Who's Who‹ nachschlagen.«

»So was würde er nie sagen.«

»Nicht ausdrücklich. Es geht ums *avancement* mittels *engagement* ...«

»Auf jeden Fall«, sagte Rose bitter, »könnte er es nicht mehr sagen. Er wäre schon tot.«

Ein Wagen fuhr auf der Straße vorbei; die Tränen auf Roses Wangen glitzerten im Scheinwerferlicht. Der Fahrer, ein glücklicher Mensch, drückte, als er das Liebespaar erblickte, verständnisinnig auf die Hupe.

»Ich möchte mit dir wetten, er lebt noch jahrelang«, sagte Mylo gehässig, »der alte Schwindler.«

»Mylo!«

»Bestimmt, wollen wir wetten?«

»Du nennst meinen Vater einen Lügner.« Sie drehte sich wütend weg.

»Stimmt. Du wärst nicht so wütend, wenn du nicht wüßtest, daß es stimmt. Dein Vater hätte natürlich panische Angst, daß du dir deine Aussichten ruinieren könntest – so würde er es formulieren –, wenn du mich heiratest. Er weiß, ich habe kein Geld, er hält mich wahrscheinlich für viel zu jung, nichts macht einem Anwalt größere Sorgen als Unsicherheit.«

»Bring mich nach Hause.« Rose schlenderte zu Mylos kleinem Wagen, der auf dem Rasenstreifen parkte, »Schluß damit, ich tu', was mir gefällt. Ich bin nicht dein Eigentum; alles, was du tust, ist, mich unglücklich machen. Es ist furchtbar spät, und ich hatte versprochen, bis zwölf zu Hause zu sein. Die Tante, bei der ich wohne, ist mehr als solide und sehr streng, sie hält späte Nachtstunden für unmoralisch.«

»Man kann auch tagsüber unmoralisch sein«, erwiderte Mylo sarkastisch, »nicht daß das was für dich wäre, du prüdes kleines Dummerchen.«

Rose sagte nichts, sie verkniff sich die Mischung aus verletzenden und/oder liebevollen, witzigen Erwiderungen. Wie um alles auf der Welt, fragte sie sich, haben wir uns nur in dieses Elend gebracht?

Mylo fuhr zurück nach London. Er hatte zu viel gesagt, war zu weit gegangen. »Ich gehe nach Frankreich«, sagte er. »Ich habe eine Stellung gefunden.«

Roses Herz machte einen Salto.

»Es sollte eine Überraschung sein«, sagte Mylo. »Jetzt werde ich dich nicht wiedersehen. Ich wollte dich eigentlich mitnehmen. Wir hätten es geschafft; es wäre lustig gewesen.« (Es war unwahrscheinlich, daß ihm erlaubt worden wäre, Rose mitzunehmen, aber egal.)

Rose saß wortlos neben Mylo und spürte, wie sich in ihrem Herzen eine Leere auftat, die das ganze Jahr mit Mylo überflutet gewesen war.

»Ganz schön blöd«, sagte Mylo im Plauderton, den Blick fest auf die Straße gerichtet, »daß wir nicht mal zusammen geschlafen haben. Nie hat es einen Platz gegeben, wo wir hätten hin können, und ich brauche dich so wahnsinnig ...« Er packte das Steuerrad fester. Sie fuhren über die Putney Bridge, ein Schwarm Möwen flog den Fluß abwärts. »Es ist in Ordnung, ich geh' nicht ins Wasser oder irgend so was. Es kommt mir bloß so sinnlos vor, daß ich dich nie nackt in den Armen gehalten habe, nie eine ganze Nacht mit dir verbracht, nie gemeinsam mit dir gelernt habe, wie man sich liebt. Wir hätten es zusammen lernen können.« Er fuhr mit dem Wagen in die King's Road, an World's End vorbei. »World's End«, sagte er. »Tja, sieht so aus, als ginge unser Stückchen Welt zu Ende. Wo wohnst du? Ich habe vergessen, dich zu fragen.«

»Chester Street.«

»Ich möchte behaupten, Ned Peel weiß, wie man mit einem Mädchen für eine Nacht in einem Hotel absteigt, ohne sich vor Verlegenheit in unerfahrener Seelenpein zu winden. Er ist nicht neunzehn, er ist ein erfahrener Mann von einunddreißig. Gut möglich, obwohl er nicht so aussieht, als ob er's oft getan hätte. Eigentlich wirkt er verläßlich und vertrauenswürdig, man sieht den Charme, mit dem er deinen Vater einwickelt. Ich möchte behaupten, dein Vater hat absolut recht. Hier ist die Straße deiner Tante, welche Nummer war's noch?«

Die Bitterkeit in Mylos Stimme war trocken und scharf wie der Ostwind.

»Zweiundzwanzig. Die grüne Tür neben dem Briefkasten, genau hier.« Rose stieg aus. »Es ist furchtbar spät. Ich muß mich reinschleichen, damit sie nicht wach wird. Gute Nacht.« Sie küßten sich nicht.

»Ich warte, bis du heil im Haus bist«, sagte er.

»Ich habe einen Schlüssel.«

»Ich warte.«

Rose suchte in ihrer Handtasche nach dem Hausschlüssel, steckte ihn ins Schloß, drehte ihn herum, drückte gegen die Tür.

»Ich bin ausgeschlossen«, sagte sie ungläubig.

»Klingel doch.« Mylo beobachtete sie.

Beide waren erstaunt, als die Tür plötzlich aufflog und Roses Tante vom Leder zog.

»Mir war nicht klar, daß sie so ist«, sagte Rose wenig später vor der Kaffeebude an Hyde Park Corner, wo sie siedendheißen Tee aus einem Porzellanbecher schlürfte, noch immer so entsetzt über die Beschimpfungen ihrer Tante, daß sie den Becher mit beiden Händen halten mußte, aus Furcht, Mylo könnte sehen, wie sehr sie zitterten. »Was für eine Überraschung«, versuchte sie zu witzeln, »sie hat die Tür zugeknallt wie ein geübter Rausschmeißer.«

»Ich dachte, Hure, Prostituierte und Flittchen bedeuteten dasselbe; ihr Wortschatz ist wirklich nicht sehr originell«, sagte Mylo. »Woher hat sie ihre Ansichten über die verkommene und flatterhafte Jugend?«

»Vater sagt, sie war unglücklich verheiratet und traut Männern nicht über den Weg.«

»Vielleicht hatte ihr Mann jede Menge außerehelichen Sex. Wo soll ich dich jetzt hinbringen? Wie wär's mit Nicholas und Emily, sind sie nicht Freunde von dir? Du könntest natürlich auch mit mir nach Frankreich gehen.«

»Nein, zu denen kann ich nicht.« Rose schreckte vor dem Gedanken zurück, zu Thornbys zu fahren, und ignorierte die Anspielung auf Frankreich.

»Die beiden machen nicht den Eindruck, als würden sie annehmen, ich hätte dir in der Park Lane die Jungfräulichkeit geraubt.«

»Sie hat nicht Park Lane gesagt, sie sagte ›anrüchiges Nachtlokal‹. Ich sagte, ich möchte wirklich nicht zu Nicholas und Emily.«

»Sie hat auf alle nur denkbaren Unanständigkeiten angespielt, hat Dinge angedeutet, von denen ich noch nie was gehört hatte.« (Als ob es je Unanständigkeiten zwischen mir und Rose geben könnte.) »Denken wir nicht an sie, sie ist ein böses altes Weib«, sagte Mylo.

Wird sie meinem Vater schreiben oder ihn anrufen? überlegte Rose. Er ist so krank, das wäre der Tropfen, der das Faß zum Überlaufen bringt.

Mylo las ihre Gedanken. »Sie wird deinen Vater nicht beunruhigen; ein Mensch wie sie läßt den Deckel auf ihrer eigenen Kloake. Noch Tee, mein Schatz?« Rose schüttelte den Kopf. »Ich wohne ebenfalls bei einer Tante, einer Tante ganz anderer Art, ich bringe dich hin. Sie wird uns Frühstück machen und dir Geld leihen, damit du nach Hause fahren kannst. Komm, es ist auf der anderen Seite des Parks, sie wohnt in Bayswater.«

Während sie durch den Park fuhren, sagte Mylo ruhig: »Rose, stürz dich nicht in die Ehe mit Ned. Er ist ein netter Kerl; ich bin eifersüchtig, das ist alles. An ihm ist eigentlich nichts auszusetzen, aber du bist erst achtzehn. Auch wenn du mich nicht willst, kommst du vielleicht dahinter, daß du jemand anderen willst. Die ganze Welt liegt noch vor dir, Rose, dein ganzes Leben.«

Rose gab keine Antwort.

Mylo hielt an der Brücke über den Serpentine. »Laß uns einen Augenblick lang still sein und ins Wasser schauen.«

Zu dieser frühen Stunde war der Park leer, niemand war zu sehen, London so still wie nur je.

»Wollen wir ein Stückchen zu Fuß gehen?« Mylo stieg aus dem Wagen und streckte Rose die Hand hin.

Sie schlenderten am Wasser entlang und sahen den Wasservögeln zu. Enten schwammen kreuz und quer herum, Bläßhühner paddelten in verzweifelter Hast ins Schilf und riefen einander mit schrillen, fragenden Schreien.

Unter der Brücke blieb Mylo stehen und küßte Rose zart.

»Ich warne dich, ich versuch's mindestens noch einmal, bevor ich aufgebe«, sagte er, »und selbst wenn wir uns nie mehr wiedersehen, wir gehören zusammen. Daran läßt sich nichts ändern. Ich weiß es, und du wüßtest es auch, wenn du ehrlich wärst. Dem können wir nicht entfliehen. Ich werde nach Frankreich gehen. Du wirst vielleicht Ned heiraten. Wie unglücklich wir auch sein werden, aber ich hoffe, wir werden's nicht sein, immer werden wir einander haben. Weißt du was?« fuhr Mylo jetzt lachend fort. »Ich werde dich immer wieder mal anrufen, solange wir leben.«

»All die Jahre hindurch?« spottete Rose, spürte jedoch, wie es mit ihrer Stimmung wieder aufwärtsging.

»Man weiß nie«, sagte Mylo. »Aber das erste Mal wird bald sein, du wirst nicht lange warten müssen.«

Rose wußte nicht genau, wie sie das verstehen sollte. »Ist das eine Drohung oder ein Versprechen?«

Mylo grinste. »Auch ich werde heiraten, mir vielleicht ein schönes Mädchen suchen, das netter ist als du.«

Rose holte tief Luft.

»Du kannst nicht in allem deinen Willen haben«, stichelte Mylo. »Ich kann mein Sexualleben nicht endlos auf die lange Bank schieben, nicht wahr?«

Rose gab keine Antwort.

»Außerdem«, sagte Mylo, während er sie rasch zu seinem Wagen zurückführte, »gibt's noch andere Dinge als nur die Ehe, über die man sich Sorgen machen muß. Es wird bald Krieg geben; der wird uns in Atem halten.«

»Ned ist bei den Territorialstreitkräften.«

»Sieht Ned ähnlich; hat seine künftige Rolle säuberlich im voraus geplant. Mein Liebling, ist dir eigentlich klar, auf was für ein durch und durch konventionelles Leben du dich einläßt?«

»Vielleicht macht es mir Spaß.« Sie war ganz Abwehr.

»Wir wollten die Welt bereisen, meine ich mich zu erinnern. Rußland besuchen, den Balkan erkunden, Griechenland entdecken, die Anden überqueren, Tibet erforschen.«

»Ich werde mit Ned reisen.«

»Das glaub' ich dir gern, aber im Hinterkopf wirst du ständig die Frage haben, ob's mit Mylo nicht lustiger gewesen wäre.«

»Sei still.«

»Steig ein, mein Schatz.«

Mylo fuhr langsam in Richtung Bayswater. So wie der Himmel aussah, würde es einen wunderschönen Tag geben.

»Und mit Ned im Bett wirst du dich fragen, ob dieser merkwürdige Geschlechtsakt sich mit Mylo nicht in etwas Grandioses verwandeln würde.«

»Sei still.«

Mylo hielt vor dem Haus seiner Tante.

»Versprich mir eines, Rose, das bist du mir schuldig.«

»Ja, gut.«

»Wenn ich dich dringend bitte, zu mir zu kommen, mußt du nichts tun, was du nicht tun möchtest, sondern einfach nur kommen.«

»Wie kann ich das?«

»Du wirst es schon schaffen.« Mylo hatte Vertrauen.

5

Während Rose im Bett ihre Beine ausstreckte, versuchte sie, sich an Ned zu erinnern. Mühelos kam ihr seine aufrechte Gestalt in grünlichem Tweed ins Gedächtnis zurück. Das uralte, aber schön geschnittene Jackett. Die Kniehosen, für die er eine Vorliebe hegte, die gerippten Socken, derben Straßenschuhe, wenn das Wetter schön war. War's naß oder kalt, trug er für gewöhnlich eine grüne wattierte Weste, grüne Gummistiefel und eine grünliche, gummierte Regenjacke mit großen, aufgesetzten Taschen. Um den Hals den weichen Schal, den sie ihm geschenkt hatte, dunkelrot dieser, darunter ein kariertes Barchenthemd und entweder einen Strickschlips oder seine alte Schulkrawatte, die er so ungeniert trug wie damals, als es Mode und er ein junger Mann gewesen war; den oberen Abschluß des Ganzen pflegte eine karierte Mütze oder ein Tweedhut zu bilden, in dem Angelfliegen steckten.

An Neds Gesicht konnte sie sich nicht so leicht erinnern wie an seine Kleidung. Ein schmallippiger Mund, wäßrige blaue Augen, die den Eindruck erweckten, daß er trank, was er nicht tat, eine dicke, rötliche Nase, die durch ihre Plumpheit seine ansonsten recht vornehme Erscheinung zerstörte. Sein Kinn, in jungen Jahren ganz gut geformt, hatte sich rätselhafterweise verdoppelt, rätselhafterweise, weil er kein dicker Mann war, eher von der spacken Sorte.

Eher von der spacken Sorte, wiederholte sich Rose im stillen, während sie auf die Erinnerungen wartete, die nun in ihr verwitwetes Gedächtnis hätten strömen sollen.

Da sich keine Erinnerungen einstellten, versuchte sie, sich Ned in seinen Londoner Kleidern vorzustellen (sie hatten schließlich einen Großteil ihres Lebens in London gewohnt), doch obwohl sie Ned ziemlich deutlich in seinem marineblauen Nadelstreifen, seinem anthrazitfarbenen – fast schwarzen – Anzug, seinem Prince-of-Wales-Karo, seinem Kamelhaarmantel, sogar in seinem langweiligen, alten gestreiften Schlafanzug vor sich sah, weigerte er sich standhaft, ins Leben zurückzukehren. Und das, dachte Rose in dem fremden Hotelbett, ist ja auch völlig natürlich, da er vor zehn Tagen gestorben und eingeäschert worden ist.

Sie kletterte aus dem Bett, tappte ans Fenster und öffnete es, um die Nacht hereinzulassen. Die Luft, die ins Zimmer fegte, war kühl; als sie ins Bett zurückging, schaltete sie die Heizdecke ein. Dieses Hotel war eine richtige Entdeckung – mit allem Komfort. »*Tout confort.*« Wer hatte das gesagt? Mylo natürlich. »*Tout confort*«, hatte er gesagt, als er sie fest in seine Arme geschlossen hatte, jenes erste Mal damals in diesem furchtbar ungemütlichen Hotel in der tristen kleinen Hafenstadt, wo sie ihr erstes Stelldichein hatten.

Mit einem Mal nahm Ned vor ihrem verwitweten geistigen Auge Gestalt an. Ned, der sie dabei beobachtete, wie sie den Brief von Mylo mit seinen detaillierten Informationen zu der komplizierten Reise las. »Du nimmst das Schiff wie üblich von Dunoon nach Glasgow; in Glasgow nimmst du den Zug um 11.30 Uhr nach Crewe. In Crewe wartest du eine Stunde, dann nimmst du den Zug nach Holyhead. Ich werde auf dem Bahnsteig warten. Du mußt nichts tun, was du nicht tun willst, aber ich muß dich unbedingt sehen, ehe ich das Land verlasse. Es könnte sehr wohl die letzte Gelegenheit sein, daß wir uns sehen.« Hatte Ned, der sie beobachtete, wie sie Mylos Brief las, auch gehört, wie sie zwei Tage zuvor einen Anruf bekommen hatte? Der unerwartete – denn sie hatte ihm mit Absicht nicht die schottische Adresse genannt – Anruf von Mylo, Ferngespräch. Er hatte gesagt: »Ich bin in Dublin. Ich habe dir die Züge und das Schiff aufgeschrieben, die du nehmen mußt, um zu mir zu kommen. Enttäusche mich nicht.« Und, schlauer Mylo, er hatte aufgelegt, ehe sie schwindeln oder Einwände machen oder sich seine Nummer geben lassen konnte, um zurückzurufen.

Es behagte ihr nicht, daß er in Dublin war, wo sie doch geglaubt hatte, er wäre in Frankreich. Ihre Gedanken hatten, wenn sie zu Mylo abgeschweift waren, den Ärmelkanal überquert, ja sich auf die Eisenbahnfähre und den Zug nach Paris geschwungen. Was hatte er in Dublin zu tun?

Was hatte Ned wohl gedacht, als er sie den Brief lesen sah? Während ihr Herz einen Schlag aussetzte, hatte sie möglichst beiläufig gesagt: »Ach, verflixt, das hatte ich ganz vergessen, wie entsetzlich unhöflich von mir. Die Wigrams erwarten mich am Mittwoch. Ich werde einen Tag früher abreisen müssen. Sie sind die besten Freunde meines Vaters.« (Na ja, das wären sie vielleicht, wenn es sie gäbe.) »Es tut mir furchtbar leid, es ist zum Verrücktwerden.« Sie hatte Ned den Brief hingestreckt, als sei es ein völlig unbedeutender Brief, ein Brief von einer ungeduldig wartenden Gastgeberin, wobei sie Gefahr lief, daß Ned ihn nahm, ihn las, wahrscheinlich aber eher nicht, da er ohne Brille nur mit Mühe lesen konnte und sie mit etwas Glück oben gelassen hatte. Mit heftig klopfendem Herzen setzte Rose auf Neds schwache Augen und gute Manieren.

»Natürlich mußt du hin«, hatte er gesagt, »das heißt aber, ich kann dich nicht nach Hause fahren.«

»Ach«, hatte sie gesagt, »ich nehme den Zug – sie schreibt, ich muß in Crewe umsteigen.«

»Ich habe Nicholas und Emily versprochen, sie im Auto nach Hause zu bringen, und wir können sie doch nicht zwingen, ihren Besuch abzukürzen, sie verlassen sich auf mich.«

»Natürlich. Schon gut. Es dauert ja nicht lange. Du kannst sie nicht im Stich lassen, sie können sich doch die Eisenbahn nicht leisten.« Inbrünstig dankte sie Gott für die Schmarotzerangewohnheiten der Thornbys, ihr unentwegtes Armutsgewinsel.

»Du Ärmste. Wie langweilig für dich.« Emily, sonst berühmt für ihren Adlerblick, hatte nichts bemerkt. »Die Trennung«, sagte Emily, »wird eurer Verlobung zusätzliche Würze verleihen, und wer weiß, vielleicht ergibt sich irgendein Vorteil aus deinem Pflichtbesuch, ein üppiges Hochzeitsgeschenk vielleicht?«

Ned hatte ihr am Abend zuvor, als sie durch das Flußtal spaziert waren, einen Heiratsantrag gemacht. Und Rose, vom Wunsch ihres krebskranken Vaters in die Enge getrieben, hatte ihm beim Geschrei von Brachvögeln, die im Sumpf weiter oben am Berghang krakeelten, ihr Jawort gegeben.

Es war nicht durch und durch betrügerisch, was ich vorhatte, dachte Rose, während sie allein in dem fremden Hotel lag, ein Teil meines Ichs wollte Ned ja heiraten. Ein Großteil sehnte sich nach Geborgenheit, einem Haus in London, dem Haus auf dem Lande; die prächtige Hochzeit war verlockend, die Kleider, die ich mir nie hatte leisten können. Im August 1939 in Schottland bei dem großen Fest zur Moorhuhnjagd war ich fast verliebt in Ned, und überall seine wohlgesinnten

Verwandten, die meinten, ich würde sehr gut zu Ned passen. (Ein nettes kleines Ding, recht hübsch, sie wird sich schon machen.) Sie hatten gewußt, diese Verwandten, was von Neds Frau erwartet wurde. Mit achtzehn, dachte Rose, hatte ich nicht die geringste Ahnung.

Wie sie so im Dunkeln dalag, meinte Rose, sie höre einen Brachvogel schreien, und vor ihr inneres Auge trat Neds Gesicht, nicht wie es gewesen war, als er starb, sondern wie es 1939 gewesen war, ehe sein Haar schütter und grau, ehe sein Gesicht faltig wurde. Er war ein ungeheuer netter Mann, dachte sie. Ich hatte ihn sehr gern, was für einen wunderbaren Freund er abgegeben hätte; ich muß verrückt gewesen sein, ihn zu heiraten. Ich habe keinen Brachvogel schreien hören, ich habe es mir nur eingebildet.

Ned hatte sie nach Dunoon ans Schiff gefahren und dafür einen Jagdtag geopfert. Neds Tante und Onkel hatten ihr zwei Paar Moorhühner als Mitbringsel für ihre imaginäre Gastgeberin, Mrs. Wigram, aufgedrängt. Rose erinnerte sich, wie sie sich ihr Lachen verkniffen hatte, was zu Tränenfluten führte, die für Schmerz über die Trennung von Ned gehalten wurden. »Mußt doch nicht weinen, Schätzchen, du siehst ihn ja in ein paar Tagen wieder.« Neds Tante hatte sie an ihren mächtigen und ziemlich weichen Busen gedrückt und mit den Lippen einen Abschiedskuß in die Luft geschmatzt. »Na komm!«

Nicholas und Emily waren auf die Autofahrt und zu ein paar planlosen Einkäufen in der Stadt mitgekommen. Damals schon, dachte Rose amüsiert, haben sie ihre Nase in mein Leben gesteckt. Neds Verwandte hatten auf der Eingangstreppe gestanden und zum Abschied gewinkt, erfreut darüber, daß Neds Zukunft geregelt war, voller Bedauern darüber, daß Rose einen Tag früher abreisen mußte, aber, gute Manieren mal beiseite gelassen, voller Ungeduld, nun endlich zur Jagd aufzubrechen; eine Schar Jagdhelfer und Treiber wartete schon. Und wer, dachte Rose, während sie all die Jahre zurückblickte, wer war noch dagewesen?

Zwei Vettern von Ned, die bald darauf im Krieg fallen sollten, und, ja, natürlich Harold Rhys und Ian Johnson, damals vergnügte, gutgelaunte Junggesellen, Neds Freunde. Es sollte nicht mehr lange dauern, da heirateten auch sie und begannen den langen Abstieg hin zu Arthritis, Hämorrhoiden, Taubheit, Fettleibigkeit, Operationen wegen diesem und jenem, zu haufenweise Enkeln und unerquicklichen Schwiegersöhnen, den Abstieg, der sie in das verwandelte, was sie jetzt waren, triste, alte Männer. Doch damals, erinnerte sich Rose, meinten sie, das Recht und auch die Pflicht zu haben, zu jedem Mädchen auf dem Fest zudringlich zu werden, und sie erwarteten, daß die Mädchen das schmeichelhaft fanden.

Warum habe ich heute morgen zu Nicholas gesagt, daß ich Harold und Ian nicht kannte, bevor Ned und ich geheiratet haben? Er deutete doch an (oder?), daß ich mit einem oder beiden geflirtet oder eine Affäre gehabt haben könnte. Armer Nicholas, er ist besessen, Emily übrigens auch, von meinem Intimleben, für das es keine Beweise gibt. Sie schnüffeln ins Blaue hinein, sie stöbern aus purer Gewohnheit herum. Ich war unvorsichtig, durcheinander, weil ich an die Hunde dachte, meine lieben Hunde, die von diesem Lastwagen zermalmt wurden. Er wird sich daran erinnern, daß Ian und Harold schon damals dort in Schottland waren, denn er war auch dort. Mein Gedächtnis wird schwach, jetzt, wo ich alt werde.

Sie sah sich neben Ned in dessen offenem Wagen über die Berge nach Dunoon fahren. Sie sah sich mit den Moorhühnern in der Hand an Bord des Schiffes gehen, sah, wie das Schiff vom Kai ablegte; Ned, Emily und Nicholas, die winkten; Ned, der rief, sie würden den Verlobungsring aussuchen, wenn sie sich bald in London wiedersähen; sie hatte zurückgewinkt und dann, endlich allein auf dem Schiff, der einen ganzen Tag währenden Reise nach Holyhead mit einer Mischung aus Beklommenheit und Freude entgegengesehen.

Nur ein sehr naiver Mensch kann sich ungestraft erlauben, was ich getan habe, dachte Rose. Nicht einmal Nicholas und Emily wäre es in den Sinn gekommen, daß ich mich nicht zu den Wigrams, einem Pflichtbesuch bei Freunden meines Vaters aufgemacht hatte, sondern daß ich zu Mylo unterwegs war.

Das Reizvolle an der Situation war gewesen, daß Nicholas und Emily von Mylos Existenz in Roses Leben kaum gewußt hatten und Ned ebenfalls nicht. In der Erinnerung an die Reise durchlebte Rose aufs neue ihre Ängste. Die Angst vor Entdeckung durch ihre Eltern oder Ned, vor allem aber die Angst, daß am Ende der Reise Mylo nicht da wäre.

Rose erinnerte sich, daß sie im Zug von Glasgow nach Crewe die Moorhühner ins Gepäcknetz gelegt hatte. In Crewe hatte sie sie absichtlich dort liegenlassen, aber als der Zug aus dem Bahnhof herausfuhr, hatte ein Mitreisender geschrien, herumgestikuliert und die toten Vögel einem Gepäckträger zugeworfen. Oh, diese verdammten Vögel, dachte Rose, und versuchte sich zu erinnern, wie sie sich schließlich von ihnen befreit hatte, kam aber nicht darauf. (Die Erinnerungslücken, wenn man alt wird.) Meine Ängste, dachte Rose und erinnerte sich lebhaft daran, meine Ängste waren so groß.

Und dann, am Ende des endlosen Tages, als der Zug in den Bahnhof von Holyhead einfuhr, stand Mylo auf dem Bahnsteig, das Gesicht müde und angespannt. »Ich dachte, du würdest vielleicht nicht kommen«, hatte er gesagt, und später waren sie in dem schrecklichen kleinen Commercial Hotel durch die bräunliche Halle gegangen, die nach kaltem Rauch und schalem Bier, nach Jahren voll dünstendem Gemüse und Versagen roch, und die gerade Treppe zu einem Zimmer mit einem Doppelbett hinaufgestiegen. Er hatte die Tür zugemacht. »Es ist ziemlich schäbig, tut mir leid.« Dann hatte er sie in die Arme geschlossen, sich aufs Bett gesetzt, war darauf herumgehüpft, um es zu testen, und hatte mit krächzender, ein wenig heiserer Stimme gesagt: *»Tout confort«* und damit versucht, ihre Lage, ihre Liebe heiterer zu stimmen, ihre Angst und ihre Unwissenheit zu zerstreuen.

Wer hätte damals, überlegte Rose, während sie den Nachtgeräuschen, der leichten Brise lauschte, die jetzt flüsternd durch das Schilf am Wasser strich, wer hätte damals glauben mögen, daß ein achtzehnjähriges Mädchen und ein neunzehnjähriger Junge noch jungfräulich sind? Denn diese Angst, die heftige Angst vor dem tatsächlichen Miteinander-Schlafen, hatte sie beide geplagt, erinnerte sich Rose, obgleich Mylo, in der Annahme, er wisse schon, wie man das mache, so tat, als hätte er keine Angst (und sie, um fair zu sein, tat dasselbe).

»Was hat der Mann an der Rezeption wohl gedacht?« hatte Rose geflüstert. Zitternd hatten sie die Anmeldung unterschrieben.

»Der hält uns für ein Pärchen in den Flitterwochen«, antwortete Mylo beherzt.

»Das getrennt anreist?« hatte Rose spöttisch gelacht. »O Mylo.«

»Ist doch egal, vergiß ihn. Jetzt bist du hier. Küß mich.«

Sie hatten sich umarmt und geküßt. Rose erinnerte sich, wie seine Arme sie umschlungen hielten und daß sich seine Rippen ziemlich schmerzhaft gegen ihre Brust gepreßt hatten. Sie hatten sich atemlos, lachend voneinander gelöst.

»Das Bett ist ziemlich klumpig«, hatte Rose gesagt. Und dann: »Wollen wir rausgehen, bevor es dunkel wird, und einen Spaziergang über die Klippen machen?«

Einträchtig drückten sie sich vor dem, was kommen mußte.

Ich bin nie wieder dort gewesen, dachte Rose, die Stadt ist jetzt sicher doppelt, dreimal so groß, vielleicht haben sich sogar die Klippen, über die wir spaziert sind, seit jenem Sommer vor fast fünfzig Jahren verändert.

Sie waren Hand in Hand oben auf den Klippen entlanggewandert, hatten den Möwen gelauscht, ohne einer Menschenseele zu begegnen, sich vorgebeugt, um in die Tiefe zu blicken, und unter sich nahe den Felsen arglos Seehunde herumschaukeln sehen, die ihre Köpfe auf den dicken Hälsen mal in die eine und mal in die andere Richtung drehten und ihre Kugelaugen rollten.

Am späten Nachmittag waren sie zu einer steinigen Bucht hinabgeklettert, und Mylo hatte gesagt: »Komm, wir schwimmen.«

»Keine Badesachen«, wandte sie ein.

»Dann nackt, hier sieht uns niemand.«

Überaus wagemutig zog sie sich dicht am Wasser aus und watete schnell hinein, spürte schmerzhaft die Steine unter ihren Füßen. Das Wasser war eiskalt. Sie schaute sich um, sah Mylo nackt, wunderschön. Sie hatte noch nie einen nackten Mann gesehen, war bestürzt über die Größe seines Gliedes.

Sie schwamm ein paar Züge hinaus, kehrte um, schwamm zurück, kletterte auf die Steine, die in der Dünung scharrend hin und her rutschten, trocknete sich notdürftig mit einem Taschentuch ab, zog sich an.

Aber Mylo, der selbstbewußt über die Kiesel hinwegschritt, machte einen flachen Kopfsprung und schwamm mit mächtigen Stößen hinaus. Sie sah seinen Körper silbrig im grünen Wasser leuchten.

Die Seehunde waren weg; sie stieg die Klippe hinauf, sah Mylo beim Schwimmen zu und wartete, daß er zurückkam.

Er hatte gesagt: »Du mußt nichts tun, was du nicht tun möchtest«, aber sie wußte, ob sie's mochte oder nicht, sie würde es tun. Ach, wir Armen, seufzte Rose innerlich fast fünfzig Jahre später. Was für ein Schlachtfeld in diesem klumpigen Bett. Wie ironisch das *»tout confort«*. Was für eine Enttäuschung für Mylo, wie schmerzlich das ganze Erlebnis.

»Du bist nervös, mein Schatz, versuch, locker zu sein, sei glücklich.«

»Glücklich«, flüsterte Rose jetzt in der Erinnerung. Glücklich, dachte sie bitter; was wir gebraucht hätten, war ein Dosenöffner. Wenn mir alles weh tat, was war mit Mylo, was war mit ihm? Auch er muß wund gewesen sein. Komisch, dachte sie, jetzt allein mit ihren Erinnerungen, ich habe ihn nie gefragt, ob es ihm weh getan hat. Er war schließlich eingeschlafen, den Kopf auf ihrer Brust, die Arme um ihren Körper geschlungen, und sie, schlaflos wie jetzt, hatte seinem Atem gelauscht, so wie sie jetzt der Nacht lauschte und über ihrer beider tragikomischen, ergebnislosen Versuch lächelte, miteinander zu schlafen.

Mylo war ganz früh am Morgen mit dem Schiff nach Dublin abgereist, und sie hatte den Halbzehnuhrzug nach London genommen, wo Ned mit ihr drei Tage darauf zu Cartier ging und den Verlobungsring kaufte, zu dessen genauer Betrachtung er seine Brille aufsetzte.

Drei Tage später erklärte Mr. Chamberlain den Krieg. Ende September wurden sie getraut.

6

Mr. Chamberlains Kriegserklärung freute Rose, sie erleichterte sie innerlich, machte Schluß mit der Möglichkeit, daß man ihr Fragen stellte wie: Wie war die Fahrt zu den Wigrams? Hatte sie sich gut amüsiert? Wer war sonst noch da? Hatten sie sich über die Moorhühner gefreut? Niemand war an ihrer sagenhaften Reise interessiert, jeder bereitete sich auf den Krieg vor; diejenigen mit lebhafterer Phantasie auf den nahen Tod. Für Rose war der Krieg nur von zweitrangiger Bedeutung – sie war allein von der Frage ausgefüllt: War sie schwanger oder nicht?

Nach zehn Tagen lähmender Angst war die Erlösung beim Einsetzen ihrer Regel so groß, daß sie lange brauchte, um die Maßnahmen zu erfassen, die von Ned und seiner Familie gemeinsam mit ihren Eltern für eine Hochzeit in die Wege geleitet wurden, nämlich für ihre mit Ned. Ned bestand auf einem frühen Datum. Er würde sofort zu seinem Regiment einrücken, bekäme zu seiner Hochzeit Urlaub und wiese dann Rose in Slepe ein, wo sie während seiner Abwesenheit wohnen würde. Sie wurde nicht um ihre Meinung gefragt, ihre Zustimmung wurde stillschweigend vorausgesetzt.

In seiner vernünftigen, praktischen Art hatte Ned, so schien es, nicht nur den Krieg vorausgeahnt, sondern auch Vorbereitungen getroffen. Da ihn die Vorstellung schmerzte, Flüchtlinge in seinem geliebten Haus einquartieren zu müssen, hatte er schon Monate zuvor dafür gesorgt, daß der größere Teil des

Hauses von einer Abteilung des Informationsministeriums übernommen wurde und er nur ein Minimum an Räumen für seinen eigenen Gebrauch, und jetzt natürlich für Rose, behielt.

Als Rose voller Freude ihren blutbefleckten Schlüpfer sah und aus der Verwirrung ihrer geheimen Ängste auftauchte, stellte sie fest, daß inzwischen eine Menge ohne sie passiert war. Ihre Eltern und der Peel-Clan schoben sie liebevoll zur Seite. »Wir kommen sehr gut zu Rande.« Die Worte »ohne dich« waren, ohne wirklich ausgesprochen zu werden, stillschweigend mit enthalten. Die Nähe des Krieges erforderte Abkürzungen, rasches Handeln, kein Getrödele. Es war keine Zeit für Ausflüchte von seiten der Braut; das beste wäre, wenn sie den Mund hielte und diejenigen, die wüßten, worauf es ankommt, einfach weitermachen ließe. Rose könne doch zweckmäßigerweise die Telefonanrufe entgegennehmen und Mitteilungen weiterleiten, sagte ihre Mutter. Und so drückte sie sich nervös im Haus herum, wartete, daß das Telefon klingelte und nahm atemlos den Hörer ab, weil der Anrufer ja Mylo sein konnte: Er war es nie.

Wenn Mylo sich gemeldet hätte, wenn ich seine Stimme gehört hätte, fragte Rose sich fünfzig Jahre später, wäre ich zu ihm gefahren?

Die Frage war im Laufe der Jahre immer wieder aufgetaucht, ohne eine klare Antwort zu erhalten. Eine zweite Frage, auf die sie keine Antwort hatte, war, wie und warum sie sich so ohne Gegenwehr – wie sie in der Festigkeit des Alters meinte – von dieser unerbittlichen Woge des Wohlwollens hatte plattwalzen lassen können. Warum hatte sie nicht laut und deutlich die Stimme erhoben und einfach gesagt: »Ich möchte Ned nicht heiraten«?

Während sie mit der Vorstellung spielte, sich mit Ned zu

verloben, hatte sie sich vage eine lange Verlobungszeit vorgestellt, während der es vergnügliche Einkäufe für die Aussteuer gäbe, Zeit, sich mit Neds Freunden und Verwandten bekannt zu machen, Zeit herauszufinden, ob seine Ideen mit ihren grundsätzlich übereinstimmten (hatte ich überhaupt Ideen?). Ob ihre Neigungen und Vorlieben ähnlich waren, Zeit, sich gegenseitig kennenzulernen. Vor allem aber Zeit, sich die Sache anders zu überlegen, Zeit, die Verlobung zu lösen.

Es schien, als ob während der zehn Tage ihrer, wie sie später meinte, Scheinschwangerschaft ein unaufhaltbarer Schwertransporter voller Familienbräuche ins Rollen gekommen war. Sie und Ned würden in der Kirche getraut werden, in der alle Peels heirateten (keine Zeit, das Aufgebot zu bestellen, man erhielt eine Sondererlaubnis). Ein Bischof, ebenfalls ein Peel, wollte die Trauung vornehmen, unter der Bedingung, daß er den Empfang sausen lassen durfte, damit er den Zug am Bahnhof Liverpool Street erreichte und zu seiner Diözese zurückhasten konnte. Sie sollte einen Schleier aus Peelscher Familienspitze und um den Hals die zu dem Anlaß aus dem Banksafe geholten Peelschen Diamanten tragen. Der französische Schneider von Neds Tante Flora war bereit, das Brautkleid in Rekordzeit zusammenzubasteln, vorausgesetzt, der Schnitt war schlicht (Rose ließ es später schwarz färben und trug es noch jahrelang). Die Flitterwochen würden nicht an irgendeinem exotischen Ort, sondern auf Slepe verbracht werden, so daß die Ehe so begann, wie sie auch fortgesetzt werden mußte, zu Hause.

Einmal machte Rose mit vor Nervosität piepsiger Stimme ihrem Herzen Luft, und zwar vor ihrer Mutter, die damit beschäftigt war, Hochzeitseinladungen zu schreiben. »Ich kann mir nicht vorstellen, wozu ihr *mich* überhaupt braucht, könntet ihr für den Tag nicht ein Mannequin engagieren?«

Ohne aufzublicken, hatte ihre Mutter erwidert: »Sei nicht schwierig, Liebling. Wenn dir was weh tut, geh und leg dich mit 'ner Wärmflasche hin; wenn nicht, kannst du dich nützlich machen, indem du diese Briefumschläge adressierst. Hier ist die Liste.«

Ich hatte keinen Mumm, dachte Rose im Alter, ich habe mich nicht entscheiden können. Die Eltern und Ned freuten sich so auf das Ganze, daß es gemein gewesen wäre, ihnen die Freude zu verderben, ihnen ihre Hochzeit zu nehmen.

Und während jener langen heißen Septembertage, als Whitehall sich hinter Sandsäcken verbarrikadierte und die Londoner sich in Khaki und Blau zu kleiden begannen, klingelte ständig das Telefon, aber nie war es Mylo.

So schwer es jetzt zu glauben ist, dachte Rose, ich wurde durch Sitten und familiären Druck geformt, durch das, was richtig und zweckmäßig für die anderen war, durch das, was von mir vom Augenblick meiner Zeugung an erwartet wurde: nicht anders als ein Tier, ein Schwein, ein Rennpferd, ein Preisträger in Crufts.

Doch da waren noch Mylo, der nicht in den Rahmen paßte, und Nicholas und Emily, die auch damals kaum des Konformismus bezichtigt werden konnten.

Rose drehte sich in dem fremden Bett auf die Seite und preßte die Wange ins Kissen, während sie sich an Emilys spitze Nase und die hellen, neugierigen Augen erinnerte, als sie mit der Frage herauskam: »Was wirst du eigentlich im Krieg machen?«

»Ich heirate.«

»Das weiß ich, ich meine in der Rüstungsarbeit.«

»Darüber hab' ich noch nicht nachgedacht. Was wirst du denn machen?«

»Wir denken über Möglichkeiten nach, versuchen rauszufinden, was das lustigste für uns sein wird.«

»Wir?«

»Nicholas und ich.«

»Rückt er denn nicht ein?«

»Nicholas möchte nichts Gefährliches tun, das will keiner von uns beiden. Das überlassen wir Krethi und Plethi.« Emily gelang es, diese Bezeichnung für ihre Mitmenschen mit besonderem Abscheu zu füllen.

Rose erinnerte sich, daß sie über Emilys Aufrichtigkeit entsetzt gewesen war.

»Es gibt massenhaft Beschäftigungen, die nur für bestimmte Leute reserviert sind. Wir werden zusammenbleiben«, hatte Emily gesagt.

»Oh«, hatte Rose geantwortet. »Oh«, ziemlich entsetzt über Emilys selbstsichere Freiheitsliebe, die sich etwa um diese Zeit offen zu zeigen begann.

Aber Emily hatte die Aufmerksamkeit von sich und ihrem Bruder wieder auf Rose gelenkt. »Rose«, hatte sie gesagt. Sie saßen gerade bei Rose in der Diele und bewachten das Telefon, das in dem Moment schwieg. »Rose«, sie senkte leicht die Stimme, denn Roses Mutter hatte den Ruf, sie habe das Gehör einer Fledermaus. »Rose, weißt du irgend etwas über Sex? Wir machen uns Sorgen um dich.« Sie beugte sich zu Rose hinüber und sah ihr direkt in die Augen. »Weißt du etwas?«

»Natürlich.« Rose war rot geworden. »Ich heirate doch, oder?«

»Das ist ja der Grund, weshalb ich gefragt habe, weswegen wir uns Sorgen machen. Ich wette, du weißt überhaupt nichts. Deshalb bin ich vorbeigekommen, wir ...«

»Wir?«

»Nicholas und ich. Wir glauben, du hast keine Ahnung. Hast du zum Beispiel jemals einen nackten Mann gesehen?«

»Natürlich.« (O wunderbarer Mylo!)

Emily lachte. »Quatsch. Statuen vielleicht. Die Wirklichkeit sieht ganz anders aus. Statuen haben sehr kleine Pimmel. Ehrlich, Rose, wir sind besorgt um dich. Was hat dir denn deine Mutter gesagt? Ich wette, sie hat dir gar nichts gesagt. Ich wette, ich habe recht.«

»Sie hat gesagt, sie nimmt an, ich wüßte über solche Sachen Bescheid.«

»Was für Sachen?«

»Ich nehme an, sie meinte – du weißt schon.«

»Und was hast du gesagt?«

»Ich habe ja gesagt.«

»Na klar.« Beide Mädchen brachen in schrilles Gekicher aus. Roses Mutter rief von oben, wo sie an ihrem Schreibtisch die letzten Hochzeitseinladungen adressierte: »Über was für einen Witz lacht ihr denn?«, ohne eine Antwort zu erwarten. Als Emily sich wieder gefaßt hatte, flüsterte sie: »Hat sie dir nicht mal gesagt, daß du eine Dose Vaseline kaufen sollst?«

»Wozu denn das?«

»Aha, wir hatten recht! Du hast keine Ahnung, keine blasse Ahnung. Nicholas und ich haben drauf gewettet.«

»Vermutlich wißt ihr beiden über alles Bescheid«, hatte Rose eingeschnappt geäußert. (Nie, nie im Leben würde sie über Mylo zu plaudern beginnen.)

»Wir dachten, wir sagen's dir besser, ehe du eine allzu große Überraschung erlebst. Das Heiraten könnte ein ziemlicher Schock sein.«

»Nein, danke, es geht euch nichts ...«

»Wir wollen keine Wiederholung von damals, als du das

erste Mal deine Tage hattest«, sagte Emily erbarmungslos. »Wenn deine Mutter sich nicht dazu durchringen konnte, dir dazu was zu sagen, wird sie dir auch nicht erzählt haben, was passiert, wenn du mit Ned oder mit irgendeinem anderen Mann im Bett liegst, obwohl Nicholas schwört, daß du nie Ehebruch begehen wirst, auch darauf haben wir gewettet.«

»Ich ...« Rose erinnerte sich des demütigenden Erlebnisses, wie sie ihre erste Regel bekommen hatte, als sie die Nacht im Pfarrhaus geblieben war. Nicholas und Emily waren überraschend mitteilsam und lieb gewesen, sie hatten sie nicht gehänselt. Als sie mit der Neuigkeit nach Hause gekommen war, hatte ihre Mutter verlegen gesagt: »Ich hatte es dir irgendwann mal sagen wollen.« Vielleicht, erinnerte sich Rose, damals gedacht zu haben, vielleicht würde ihr die Mutter irgendwann nach der Heirat mit Ned die Anfangsgründe des Sexuallebens eröffnen. »Na schön«, sagte sie widerstrebend zu Emily, »schieß los.«

Während sie Emily zuhörte, war sie über deren Erfindungsgabe erstaunt. Manches davon mag wahr sein, hatte sie gedacht, aber sie ist verrückt, wenn sie glaubt, daß das Spaß macht.

Als Emily innehielt, um Atem zu holen, fragte Rose: »Woher weißt du das alles?«

»Wir ...«, begann Emily, dann brach sie ab, lachte in einer Art, die für sie Verlegenheit bedeutete, änderte den Kurs. »Wir haben dir einen Termin bei Helena Wright verschafft.«

»Und was ist sie, wenn sie zu sprechen ist?«

»Ärztin für Schwangerschaftsvorsorge, sie ist berühmt«, flüsterte Emily.

»Oh.«

»Wir dachten, wir schenken dir das zur Hochzeit. Etwas Praktisches, damit du immer an uns denkst.«

»Wie aufmerksam.« Rose war entgeistert über die Art, wie die beiden sich einmischten. Selbst wenn es Emily und Nicholas waren, das ging zu weit. Konnten sie ihre Scheinschwangerschaft erraten haben? »Nein, danke«, rief sie. »Bitte nicht.« Ihr wurde klar, daß die Annahme eines solchen Geschenks Emily und Nicholas auf ewig mit jeder ihrer sexuellen Erfahrungen verknüpft und sie zu so etwas wie Paten gemacht hätte. Fünf Jahrzehnte später dachte Rose, sie war für den einfallsreichen Vorschlag der beiden vielleicht nicht dankbar genug gewesen. Sie hatte es bis nach den Flitterwochen verschoben, selbst einen Termin auszumachen, bis sie sich unvermittelter dessen bewußt geworden war, was Emily mit »den Fakten« meinte, eine verspätete Handlung, die sie, wenn sie irgendeinen anderen Mann als Ned geheiratet hätte, teuer zu stehen hätte kommen können, da Christopher vor seiner Zeit auf die Welt gekommen wäre. Aber Ned, so vernünftig, war auch vorsichtig; so wie er sich auf den Krieg vorbereitet hatte, bereitete er sich auch auf die Ehe vor.

Von meiner Hochzeit habe ich wenig in Erinnerung, dachte Rose, während sie einsam in dem Hotelbett lag. Meine Mutter wählte die Choräle aus, Neds Tante Flora die Blumen (ich habe Gladiolen schon damals gehaßt, seitdem hasse ich sie erbittert). Ich weiß noch, wie Neds Onkel, der Bischof, die Liturgie herunterrasselte; fürchtete er, den Zug zu verpassen? Ich weiß noch, wie ich an Neds Arm den Mittelgang entlang hinausschritt, den Peelschen Schleier zurückgeschlagen, damit ich etwas sehen konnte, was nicht der Fall war, als ich mit meinem Vater den Gang hineingeschritten war, und wie ich die Gemeinde nach Mylo absuchte, aber er war nicht darunter, und er befand sich auch nicht in der kleinen Schar, die sich vor der Kirche zum Gaffen versammelt hatte. Er war nicht da.

7

»Ich denke, das ist sehr gut abgelaufen.« Ned nahm seine Hand vom Steuerrad und tastete nach Roses Händen, die gefaltet in ihrem Schoß lagen; er drückte die Faust, die sie bildeten. »Glücklich, Liebchen?«

»Ja.«

Das hätte der Moment sein können, Ned zu sagen, daß sie es nicht ausstehen konnte, wenn man sie »Liebchen« nannte, daß sie es schlicht haßte. Es zog sich alles in ihr zusammen, wenn man sie »Liebchen« nannte.

Aber es war bereits zu spät. Sie würde lernen, ihre irrationale Abneigung gegen dieses Kosewort zu unterdrücken, und froh sein, daß »Liebling« zu Mylo gehörte. Wenn Mylo mit dieser Stimme, die wie Honig klang, den man so lange hatte stehenlassen, bis er körnig wurde, »Liebling« sagte, reagierte ihr ganzes Wesen.

Und so antwortete Rose, als Ned ihr Ende September 1939 auf der Fahrt von London nach Slepe die Hände drückte und fragte: »Glücklich, Liebchen?«, ihm strahlend mit »Ja«.

Dank Neds Planung war die Hochzeit ohne Schwierigkeiten über die Bühne gegangen. Ned plante gern; seine Aufmerksamkeit fürs Detail sollte ihm in der Army bald so gut zustatten kommen, wie sie es im Geschäftsleben bereits tat. Am Ende des Krieges war er Stabsoffizier. Er beglückwünschte sich dazu, daß seine Entscheidung, sich zu verheiraten, in Gang gesetzt durch ein Gespräch mit seinem schottischen Onkel, sich so gut anließ.

Einige Zeit zuvor, an einem bitterkalten Januartag, hatte Ned mit seinem Onkel Archibald Loftus im Vestibül des Hyde Park Hotel oben am Ende der Treppe auf dem Sofa gesessen und beobachtet, wie die Leute von der Knightsbridge ein- und ausströmten. Sie hatten im Club seines Onkels zu Mittag gegessen, wo Onkel Archibald bei eingemachten Shrimps und Steak- und Nierenpastete die Ansicht geäußert hatte, da Ned jetzt das Alter von dreißig Jahren erreicht und sein Erbe angetreten habe, sei es für ihn vielleicht ratsam, bald zu heiraten. Onkel Archibald hatte es sich zur Gewohnheit gemacht, bei den seltenen Gelegenheiten, wenn sie sich begegneten, seinem Neffen den einen oder anderen nützlichen Rat zu geben. Ned hatte im Prinzip bereits zugestimmt, und sie waren ins Hotel zurückgekehrt, in dem sein Onkel und seine Tante während ihres Ausflugs in den Süden wohnten, den sie von ihrem Haus in Argyllshire aus unternommen hatten. Nun saßen sie einträchtig beieinander, verdauten ihr Mittagessen und dachten über Onkel Archibalds Ansichten zum Verzicht auf die Ehelosigkeit nach.

»Such dir ein Mädel«, hatte er gesagt. »Sie braucht nicht besonders hübsch zu sein – das kann lästig sein –, natürlich aus einer anständigen Familie, sie braucht kein Geld zu haben, du hast genug, das erweitert dein Aktionsfeld. Gesund natürlich, keine Leichen im Schrank und so jung wie möglich.«

»Warum?«

»Es ist, wie wenn du einen jungen Hund oder ein Pferd kaufst«, sagte Archibald Loftus ungehalten. »Du richtest sie dir nach deinen Bedürfnissen ab. Wenn du dir ein Mädchen nimmst, das Zeit für andere Affären hatte, wird sie Vergleiche anstellen, schädliche, wenig schmeichelhafte Vergleiche. Nein, nein, je jünger, desto besser. Es ist wie beim Fischkauf, du suchst nach dem Funkeln im Auge und stellst sicher, daß das Funkeln dir gilt. Frag deine Tante Flora.«

»Hast du das bei ihr auch so gemacht?«

»Hab' sie praktisch von der Schulbank weggeholt.« Archibald Loftus streckte seine langen, dünnen Beine aus und zündete in Gedanken versunken seine Zigarre an. »Möchtest du einen Brandy?« fragte er. Ned erinnerte sich, daß er, als er dem Angebot zustimmte, bemerkt hatte, daß sein Onkel noch etwas loswerden wollte. Irgendeine Perle der Weisheit, hatte er sich amüsiert gesagt. »Es wird noch eine kleine Weile dauern, bis deine Tante zurückkommt«, sagte sein Onkel, womit er Neds Verdacht bestätigte. Sie hatten schweigend dagesessen, bis der Ober den Brandy gebracht hatte und wieder verschwunden war. »Noch etwas wirst du vielleicht nützlich finden«, sagte Onkel Archibald, während er den Brandy zwischen den Händen anwärmte und mit seiner langen Raubvogelnase beschnupperte. »Du erinnerst dich vielleicht daran, daß meine Mutter aus Österreich stammte, eine halbe Wienerin war?«

»Ja?« Ned, den diese Abschweifung irritierte, roch an seinem Brandy und wartete darauf, daß sein Onkel weitersprach.

»Nun, ihr Onkel – wir sind jetzt bei meiner Hochzeit mit deiner Tante Flora, lieber Junge –, der Onkel meiner Mutter, ein durch und durch wienerischer Prachtkerl und ein großes As bei Frauen – aber ich schweife ab –, gab mir einen ganz unbezahlbaren Rat. Soll ich ihn dir verraten?« Er warf Ned von der Seite einen Blick zu.

»Ich wäre dir dankbar.«

»Mußt ihn natürlich nicht annehmen; er ist, wie soll ich sagen, ein bißchen kontinental.« Onkel Archibald lachte.

»Oh.« Ned hoffte, daß er nicht skeptisch klang; es gab Zeiten, da konnte sein Onkel leicht allzu drastisch sein.

»Soll ich weiterreden?« Ned nickte. »Ich weiß nicht, was ich von Ausländern halten soll; als Schotte habe ich eine Schwäche für sie, fühle mich bei ihnen wohler als ihr hier unten in London.«

»Drück dich klarer aus, Onkel Archibald.«

»Das werde ich, Ned. Ich bin kein Politiker; wenn ich etwas klarmache, ist es klar und nicht irgendein verdammter Euphemismus für Wirrwarr.«

»Bitte sprich weiter.« Wenn er in dem Tempo weiterredet, komme ich zu spät zurück ins Büro. »Sag schon, wie lautete der Rat des Wiener Onkels deiner Mutter?« Ich hör' lieber auf den alten Knaben, hatte Ned gedacht, in der Regel schätze ich seinen Rat.

Onkel Archibald senkte die Stimme, so daß die Leute, die gerade auf dem Weg zu den Fahrstühlen an ihnen vorbeigingen, nicht mithören konnten. »Am Morgen deiner Hochzeit fickst du eine andere Frau.« Er atmete durch seine Zigarre ein. »Wenn du eine Geliebte hast, ist es natürlich einfach, wenn nicht, besorg dir irgendwas leicht Erreichbares.«

»Warum denn?« erinnerte Ned sich, dumm gefragt zu haben.

»Mein Lieber, denk doch nach.« Onkel Archibald war aufgebracht. »Wenn du schon einen Gang hinter dir hast, hast du's nicht eilig, du ruinierst dir deine Hochzeitsnacht nicht durch nutzlose Ungeduld, du kannst es dir leisten, zu warten, dir Zeit zu lassen. Du heiratest, das setzen wir voraus, eine Jungfrau.«

»Oh«, sagte Ned, der nun erkannte, worum es ging. »Ah.«

»Wenn du eine Witwe heiratest, ist das natürlich nicht anwendbar. Selbstverständlich nicht nötig, daß du meinen Tip beherzigst. Ich geb' ihn dir nur für den Fall, daß er von Nutzen ist.« Neds Onkel hatte einen Schluck von seinem Brandy getrunken, an seiner Zigarre gepafft.

»Hast du dich an diesen Tip gehalten?« hatte Ned gefragt.

Archibald Loftus hatte gelacht. »Flora und ich sind immer glücklich gewesen. Ah, da kommt sie ja.« Er war aufgestanden, um seine Frau, Neds Tante Flora, zu begrüßen, die mit Päckchen beladen, doch erstaunlich frisch nach dem Winterschlußverkaufsgetümmel von der kalten Straße hereingekommen war.

»Onkel Archibald und Tante Flora sind doch gute Beispiele für eine glückliche Ehe, nicht wahr?« brach Ned das Schweigen zwischen sich und Rose, während er auf Slepe und ihre Hochzeitsnacht zufuhr.

»Ja«, sagte Rose.

»Sind deine Eltern glücklich?«

»Darüber habe ich eigentlich nie nachgedacht«, sagte Rose. »Sie streiten sich nicht, also sind sie's vermutlich.«

»Wir werden glücklich sein«, sagte Ned beim Fahren und fühlte sich seinem Onkel Archibald dankbar. »Ich möchte, daß du glücklich bist, und ich möchte, daß du Slepe liebst.«

»Das werde ich sicherlich. Ich hab's ja, wie du weißt, nur von außen gesehen.«

»Ich möchte, daß alles eine herrliche Überraschung ist«, sagte Ned.

»Bestimmt«, versicherte sie ihm. »Es hat von weitem wunderschön ausgesehen; ich habe es von der anderen Talseite aus gesehen, als ich mit Nicholas und Emily dort langgefahren bin.«

»Wie gut kennst du denn die beiden?«

»Mehr oder weniger mein ganzes Leben lang, es ist die Nachbarschaft. Ihr Vater war unser Pfarrer. Mein Vater ist sein

Anwalt. Seit er Bischof geworden ist, habe ich sie nicht mehr allzuoft gesehen. Sie sind Nachbarn. Warum? Magst du sie nicht?«

»Du hättest sie dir als Freunde also nicht ausgesucht?«

»Vielleicht nicht. Ich habe nie drüber nachgedacht. Warum? Magst du sie nicht?« fragte Rose wieder.

»Sie sind in Ordnung«, sagte Ned, »nicht direkt mein Fall. Ich dachte, weil du sie zu Onkel Archie und Tante Flora eingeladen hast, daß ihr euch nahesteht.«

»Sie haben sich selbst eingeladen«, sagte Rose, »das hatte nichts mit mir zu tun.« (Nicholas und Emily stehen mir nicht nahe, dachte Rose, niemand steht mir nahe außer Mylo.)

»Oh«, sagte Ned, der seine Gedanken neu ordnete. »Oh« und »Ich verstehe«. Er fuhr einige Meilen, ohne ein Wort zu sagen, während er eine leise innere Unruhe zum Schweigen brachte. »Ich habe dafür gesorgt, daß für uns die Kamine angezündet sind, wenn wir ankommen, und ich dachte, es wäre nett, wenn etwas zu essen bereitsteht, etwas Einfaches, das wir uns selber warm machen können. Wir haben kein Personal, das weißt du, nur die Farthings.«

»Den Gärtner und seine Frau, die saubermacht?« Rose hoffte, Ned würde ihr nicht noch einmal von den Farthings erzählen, die für den entfernten Verwandten, von dem Ned Slepe geerbt hatte, saubergemacht und den Garten besorgt hatten. Sie hatte sowieso schon Angst vor ihnen oder vor dem Gedanken an sie, da sie kürzlich in einem von Daphne du Mauriers Romanen von bösartigen, alten Hausangestellten gelesen hatte.

»Ja, sie«, sagte Ned. »Wir werden allein sein. Niemand weiß, daß wir da sind, ich habe allen gesagt, wir würden unsere erste Nacht im Ritz verbringen.«

»Ich auch«, sagte Rose. Sie hatte sich aufs Ritz gefreut, da sie nie auch nur einen Schritt über dessen Schwelle gesetzt hatte, war aber, wie sie hoffte, zu taktvoll, um Ned ihre Enttäuschung merken zu lassen.

»Da wären wir!« sagte Ned und bog mit dem Wagen von der Straße in die Auffahrt ab. »Dort ist das Haus, da ist Slepe.«

»Ja«, sagte Rose und betrachtete angenehm überrascht das Gebäude aus dem siebzehnten Jahrhundert. »Weiß es, daß wir kommen?«

»Niemand weiß es, bis auf Farthings. Ich hoffe, du wirst erfreut sein.«

»Ich hoffe, das Haus wird erfreut sein«, sagte Rose und eilte die flachen Stufen hinauf, stieß die Eingangstür auf, ging durch die mit Steinplatten ausgelegte Diele zu dem Holzfeuer und blickte sich um in dem Haus, das fünfzig Jahre lang ihr Zuhause sein sollte, »und ich bin es natürlich auch.«

Ned trug die Reisetaschen herein und knallte die Tür zu. »Endlich allein«, sagte er. Er nahm Rose in seine Arme: »Willkommen auf Slepe, Mrs. Peel.« Er küßte sie: »Mrs. Peel.« (Er hatte sich diesen Satz innerlich immer wieder vorgesagt und freute sich jetzt, ihn auszusprechen.) »Da liegt ein Päckchen für dich«, sagte er ärgerlich, als er über Roses Kopf hinweg zum Dielentisch hinübersah.

»Oh?« Rose löste sich von ihm und sah auf das Päckchen. »Es sieht nicht wichtig aus«, sagte sie in gleichgültigem Ton, »wahrscheinlich bloß etwas, was ich liegengelassen habe.« Ned schien die Albernheit dieser Erklärung nicht zu bemerken; er legte Scheite aufs Feuer. »Sie sehen ein bißchen feucht aus, ich hätte gedacht – komm, Liebchen«, er nahm ihren Arm, »ich möchte dich dem Haus vorstellen, damit ihr euch kennenlernt.«

»Ich komme«, antwortete Rose, wobei sie das Gefühl hatte, das Haus würde nicht nur sie, sondern auch Mylo kennenlernen müssen. Sie merkte nicht, daß Ned neben ihr voll Undank die Anwesenheit einer dritten Person spürte. Einer »leicht erreichbaren« Person, wie Onkel Archibald es formuliert hatte.

»Ist es nicht wunderbar, daß wir endlich uns selbst überlassen sind?« sagte Ned lauter.

»Ja«, antwortete Rose, »wirklich.« Als sie an dem Päckchen auf dem Dielentisch vorbeiging, drehte sie es teilnahmslos um. Sie bemerkte, daß die Briefmarken darauf französisch waren. Also ist er in Frankreich angekommen, dachte sie, rief ihre Gedanken aus Dublin zurück und schickte sie auf eine rasche Reise quer durch England (er muß in weniger als einer Meile Entfernung an mir vorbeigekommen sein, und ich habe es nicht gewußt), über den Kanal – war die Überfahrt stürmisch? – und weiter nach Paris. »Zeig mir alles«, sagte sie und ließ ihre Hand in die von Ned gleiten. »Zeig mir das Haus, und zeig mir den Garten, ehe es dunkel wird, und dann laß uns zu Abend essen …«

»… und zu Bett gehen«, sagte Ned.

»Ah …«, sagte Rose (wird es hier besser sein als im Ritz oder schlechter?), »und …«

»Und eine Flasche Champagner zum Abendessen«, sagte Ned. (Jemand hatte gesagt: »Mach sie vorher besoffen« – Onkel Archibald wahrscheinlich.)

»Ich glaube, ich habe auf dem Empfang schon genug getrunken«, sagte Rose.

»O nein, Liebchen, bestimmt nicht«, antwortete Ned.

Nun versuchte Rose, in dem Hotelbett liegend und den Nachtgeräuschen lauschend, die durch das offene Fenster flüsterten, sich an ihre Hochzeitsnacht zu erinnern.

Ned war sanft gewesen. Seine Ohren waren kalt. Er war ziemlich bald eingeschlafen. Warum erinnere ich mich nur an seine kalten Ohren? fragte sie sich, während sie wach lag wie schon fünfzig Jahre zuvor. Wenn ich meine Autobiographie schriebe, würde kein Leser besonders spannend finden, welche Temperatur Neds Ohren hatten.

8

In ihrer Hochzeitsnacht war Rose dankbar, daß Ned ein liebenswürdiger und fürsorglicher Mann war (er hatte diesen Ruf). Da sie sich ihrer Unerfahrenheit bewußt war, drückte sie die Daumen und hoffte. Sie war bemüht, ihm behilflich zu sein, ihm die Dinge zu erleichtern, die Sache auf dem richtigen Fuß zu beginnen – was allerdings Füße zu suchen hatten in dem, was sie vage als »Sachen« bezeichnete (sie scheute immer noch vor dem Wort Sex zurück), das wußte sie nicht.

Obwohl sie den Besuch bei der Ärztin für Schwangerschaftsvorsorge verschoben hatte, war sie nicht untätig gewesen. An einem Nachmittag, an dem sie angeblich für ihre Mutter Besorgungen machte, hatte sie die Regale der Buchhandlung Foyles durchstöbert und eine Sexualkunde für Anfänger gefunden. Diesen Leitfaden hatte sie, in die Toilette eingeschlossen, sorgsam durchgelesen und an den graphischen Darstellungen herumgeknobelt, die keine Ähnlichkeit mit ihrer Erinnerung an den Mylo aus Fleisch und Blut hatten. Wörter, die sie nicht kannte, schlug sie im Lexikon ihres Vaters nach, war hinterher aber nur wenig klüger. Nachdem sie die notwendigen Informationen auswendig gelernt hatte, warf sie das Buch in einen Abfallkorb im Park, weil sie der Haushaltshilfe ihrer Mutter nicht traute, die die Eigenheit hatte, Küchenutensilien, sogar Silbergabeln und -löffel, in den Mülleimer zu werfen und sie später wieder herauszuholen. Das Buch hatte sie teils verwirrt, teils abgestoßen, gut daran fand sie nur, daß es so unromantisch war. Romantik, Freude, Lust sollten der Leser oder die Leserin erst beim eigenen Amüsement erfahren und entdecken. Rose spürte, sie mußte sich auf Ned verlassen und darauf, daß er ihr zeigte, wie diese Seite des Sex, dieser Glückszustand, erreicht wurde.

Im Bett mit Ned, der seine Arme um sie geschlungen hatte, versuchte sie, ihre Nerven so unter Kontrolle zu bekommen, daß die Leichenstarre, die ihren Körper befallen hatte, wich. Sie hatte in Erinnerung, daß in dem Buch die Entspannung beider Partner als besonders wichtig bezeichnet wurde. »Zieh deine Pyjamahose aus, Ned, sonst verhedderst du dich noch in der Kordel.« Er hatte gelacht, sich von der Hose befreit, das Licht ausgeknipst und gesagt: »Das ist besser«, erleichtert, hatte sie geküßt, und sie hatte ihn wiedergeküßt und gespürt, wie er sich entspannte.

»Wo hast du denn dein Haaröl her?« Sie roch an ihm, eine unbewußte Verzögerungstaktik, und schnupperte an seinem Hals herum.

»Trumpers, manchmal Penhaligon. Warum?«

»Ich mag den Geruch. Gerüche sind wichtig für mich.«

Ned streichelte sie, er glitt mit der Hand an ihrer Seite hinab, hielt an ihrer Hüfte inne und ließ seinen Daumen nahe an ihrer Scham haltmachen. Hatte Ned ebenfalls den Ratgeber gelesen? Rose unterdrückte ein Lachen, und ihre angespannten Muskeln lockerten sich. »Du kannst nicht sehr treu sein, wenn du in beide Geschäfte gehst.« Immer noch schob sie das Unausweichliche hinaus.

»Aber ich bin treu.« Ned streichelte etwas heftiger. »Ist das schön? Sag's mir.«

»Ja.« Und es war ganz schön.

»Wenn wir dir ein Kissen unters Gesäß stecken, ist es bequemer.«

Er *hatte* dieses Buch gelesen. Sie langte im Dunkeln nach einem Kissen, zitternd in einer Mischung aus Belustigung und Angst. »So besser?«

Als Ned eingeschlafen war, lag Rose da und horchte auf die Magnolie, die vorm Haus wuchs und sich mit ihren steifen, blanken Blättern raschelnd und kratzend an der alten Steinmauer rieb. In ihrem Innern hörte sie eine Stimme sagen: »... und mit Ned im Bett wirst du dich fragen, ob dieser merkwürdige Geschlechtsakt sich mit Mylo nicht in etwas Grandioses verwandeln würde.« Ein Gefühl der Trostlosigkeit befiel sie.

Niedergeschlagen war sie vorsichtig aus dem Bett gestiegen, wo sie Ned tief in einsamem Schlummer versunken zurückließ, hatte sich aus dem Fenster gelehnt, die Nachtluft kühl an ihren heißen Wangen gespürt, den durchdringenden Duft der Magnolienblüten gerochen und eher gefühlt als gesehen, wie die Nachtfalter um sie herumflatterten; hatte Mitleid und Zärtlichkeit für Ned empfunden, gezittert, als sich die Magnolienblätter regten, und war wieder ins Bett zurückgegangen.

Halb erwachend hatte Ned sie gepackt: »Wer? Bist du's? Bist du's, Rose?«

»Ja. Ja, ich bin's.«

»Wo bist du gewesen?«

»Bloß am Fenster ...«

»Rose, verlaß mich nicht.«

»Warum sollte ich denn?«

»Versprich, mich nie zu verlassen, versprich es ...«

»Natürlich verlasse ich dich nicht.«

»Schwöre.« Er saß inzwischen aufgerichtet da. »Sag es, sag: Ich schwöre, dich nie zu verlassen.«

»Sei nicht albern, Ned, du schläfst noch halb.« Sie kam sich fürsorglich, mütterlich vor.

»Nein, tu' ich nicht. Ich bin absolut hellwach. Schwöre, sag: Ich schwöre, dich nie zu verlassen.«

»Ich hab's schon getan, bei unserer Trauung, in der Kirche ...«

»Du warst nicht bei der Sache, du warst abgelenkt, innerlich warst du meilenweit weg.« (Woher wußte er das?)

»Mach schon, schwöre es mir jetzt.« Er war unnachgiebig, geradezu tyrannisch.

»Na schön.« Sie fühlte Angst. »Ich schwöre, dich nie zu verlassen. Und was ist mit dir? Was schwörst du mir?«

»Nicht nötig, daß ich ...« Er war zufrieden, glitt zurück in seinen Schlaf und ließ sie erst später, viel später ihren eigenen Schlummer finden, aus dem sie am sonnenhellen Morgen erwachte, als Ned, der schon auf und angekleidet war, zufrieden und fröhlich auf einem Tablett das Frühstück ins Zimmer brachte. »Aufwachen, Mrs. Peel, wir haben nur diesen einen Tag zur Erkundung ...«

»Und die anderen Tage?« fragte sie, während sie Kaffee eingoß und ihm seine Tasse reichte.

»Die anderen Tage brauche ich, um dich über alles ins Bild zu setzen für die Zeit, wenn ich weg bin.«

»Und ich soll hier alleinbleiben?« Sie wußte das. Hatte sie nicht eingewilligt, Gefallen an der Idee gefunden, die Befreiung von ihren Eltern zu erleben, darauf bestanden, daß sie damit zu Rande käme, sich wohlfühlen würde?

»Du hast gesagt, du wärst lieber allein für dich, aber es ist noch nicht zu spät. Wir können jemanden suchen, der hier bei dir wohnt, eine Freundin, die mit dir ...«

»Wen denn zum Beispiel?«

»Emily.«

»Warum schlägst du Emily vor?«

»Ist sie nicht deine Freundin?«

»Nicht so richtig. Was ich gern hätte, wäre ein Hund oder zwei Hunde.« Rose stellte sich ein Paar umgänglicher Tiere vor.

»Oder ein Rudel!« lachte Ned. »Denk an den Krieg, Liebchen. Bald werden die Lebensmittel rationiert; ein Hund sollte mehr als genug sein.«

»Oh, die Rationierung«, sagte Rose, beschloß aber insgeheim, so viele Hunde zu haben, wie sie nur wollte.

»Ja, die Rationierung«, sagte Ned, »wir werden lernen müssen, damit zu leben. Was mich daran erinnert, daß ich dir zeigen muß, wo das Benzin ist.«

»Was denn für Benzin?«

»Ich habe viele Kanister in einem Schuppen im Unterholz versteckt.«

»Ist das nicht verboten? Du hast einen Hamstervorrat?«

»Ich habe lange vor Beginn der Rationierung damit angefangen.« Ned spürte Mißbilligung. »Ich habe die Rationierung kommen sehen, und deshalb habe ich einen Vorrat angelegt.« (Das ist vielleicht nicht ganz die Wahrheit, sagte er sich, aber sie muß es ja nicht wissen.) »Wenn wir besetzt werden, müssen wir unter Umständen schnell wegkommen, oder du mußt es, wenn ich nicht da bin.«

»Willst du damit sagen, daß die Deutschen bei uns einmarschieren?« sagte sie ungläubig.

»Wenn's schlecht ausgeht.« Ned hatte Unterhaltungen in seinem Club zugehört.

»Gottogott!«

»Es wird sich sowieso als nützlich erweisen«, sagte Ned.

»Das wird kein kurzer Krieg, ganz gleich, was die Leute sagen, und ich bin mir sicher, daß alles knapp wird; vernünftige Leute füllen ihre Vorratsschränke.«

»Reiche Leute! Na ja«, sagte Rose, »ich werde für meine Hunde Hundefutter in Dosen hamstern.«

»Du solltest einen Hund haben«, sagte Ned, als käme die Idee von ihm. »Ich wäre glücklicher, während ich weg bin, wenn du einen Hund hättest. Ich kaufe dir einen.«

»Ich möchte mir meinen Hund selber aussuchen …«, rief Rose, ehe sie sich bremsen konnte. Sie wußte, daß Neds Wahl nicht die ihre wäre.

»Na schön«, sagte Ned, »wenn du drauf bestehst.« Er kam sich betrogen vor, ja verletzt, da er glaubte, er habe geplant, ihr einen Hund zu kaufen, einen Schäferhund oder einen Labrador.

Rose, die den Temperatursturz bemerkte, sagte: »Noch etwas Kaffee?« und hielt die Kanne in die Höhe (George III., kürzlich nebst dem Haus geerbt). Ned reichte ihr seine Tasse. »Ja, bitte.« Warum soll ich sie nicht selber ihren Hund aussuchen lassen, dachte er nachsichtig; es war ein schöner Tag, die letzte Nacht war gut verlaufen, er fühlte sich befriedigt, ergeben, Rose sah sehr hübsch aus, wie sie da mit dem Tablett auf dem Schoß im Bett saß.

Er hatte an der vergangenen Nacht Spaß gehabt, fast mehr, als er erwartet hatte. Seine Ehe, in die er mit Vorsicht und Besonnenheit eingetreten war, ließ sich gut an. Onkel Archibald war doch ein kluger alter Knabe. »Wir werden einen hübschen Welpen aussuchen«, sagte er, »wenn du versprichst, auf die Teppiche zu achten.«

»Teppiche?« Sie tat, als verstünde sie nicht.

»Wenn ich dich auf den Inspektionsgang mitnehme, Mrs.

Peel, werde ich dir die Teppiche zeigen, ein paar sind sehr wertvoll, sie sollten eigentlich an die Wand gehängt werden.«

Rose fragte sich, wie lange wohl Ned seinen Spaß daran hätte, sie Mrs. Peel zu nennen. »Ich habe gelesen«, sagte sie, »daß man in der Türkei auf neuen Teppichen Gänse hält, damit sie alt aussehen, und dann, wenn sie so richtig vollgeschissen sind, werden sie im Bosporus gewaschen.«

»Ich mag es nicht, wenn du dieses Wort gebrauchst«, sagte Ned.

»In Ordnung«, erwiderte Rose, »ich tu's nicht mehr. Ich werde jetzt aufstehen. Das mit dem Hund eilt nicht. Ich denke, ich hätte gern eine Hündin. Ein Rüde könnte sein Bein an den Chippendale-Stühlen heben. Mach nicht so 'n Gesicht, Ned, ich frotzle doch bloß. Hier, nimm das Tablett.« Sie schob ihm das Tablett zu. »Laß mich ein Bad nehmen, dann möchte ich durchs Haus geführt und jedem Möbelstück, jedem Bild, jedem Teppich vorgestellt werden.« Lachend stieß sie mit den Füßen die Bettdecke zurück und ließ ihre Beine sehen. Das Nachthemd war an ihren Schenkeln nach oben gerutscht; Ned sah den dunklen Haarbusch, als sie sich aus den Bettüchern strampelte. »Gib mir eine halbe Stunde Zeit, wir treffen uns im Garten.«

Ned hätte sie gerne gepackt, aber in seinen Händen hielt er das Tablett; er sah, wie sie ins Bad schlüpfte und die Tür zumachte, womit sie ihn ausschloß.

Ned trug das Tablett nach unten und sagte sich, daß Rose sehr jung und formbar sei, daß mit der Liebe zu ihm auch die Liebe zu seinem Besitz kommen werde. Er stellte das Tablett auf den Küchentisch, wo Mrs. Farthing es finden würde, dann schlenderte er durchs Haus und hinaus in den Garten.

Während Ned an seinem Erbe großen Gefallen fand, hegte

er für den Garten keine leidenschaftlichen Gefühle. Blumen waren unwesentlich, sie verblühten, wurden von Schnecken gefressen, gingen ein. Sich über Bilder, Möbel, Silber und Teppiche zu erregen, das war natürlich. Ned krümmte sich innerlich beim Gedanken an Roses vulgäre Sprache. Der Garten, zwar ästhetisch gesehen schön, hatte an sich keinen Wert, abgesehen natürlich von seinem Wert von soundso viel pro Morgen. Ned hatte das leise Gefühl, daß ihm hier an Sensibilität etwas abging, daß er für den Garten ebenso leidenschaftlich empfinden sollte wie für das Haus und dessen Inventar. Auf einer Steinbank in der Sonne sitzend, versuchte er, hinter diesen persönlichen Mangel zu kommen, ihn festzumachen. Er hob ein Stöckchen auf und schlug damit nach einer verspäteten Wespe, die in der Nähe von ein paar japanischen Anemonen herumsummte. Die Wespe legte einen Zwischenspurt ein. Ned beobachtete sie, wie sie davonflog. Den Geldwert seines Gartens zu schätzen, grübelte er, war ebenso schlüpfrig – schlüpfrig war das unangenehme Wort, das ihm dabei einfiel –, wie einen Preis auf Rose auszusetzen. Aber nein, dachte er und trat nach einem Kiesel, der zu seinen Füßen auf dem Weg lag. Er hatte sich Rose ausgesucht, sie mit Sorgfalt ausgewählt, Rat eingeholt, sein Urteilsvermögen, seinen Grips benutzt. Ich habe klaren Kopf behalten, dachte Ned, während er in der Wärme des späten Septembertages saß und Schmetterlingen zusah, die einen Strandasternbusch belagerten und umflatterten. Ich habe mich für sie entschieden, ich habe sie mir auf dieser Party aus der Menge ausgewählt, ich habe einen Beschluß gefaßt.

»Woran denkst du?« Rose setzte sich neben ihn auf das Ende der Steinbank und drehte sich zu ihm herum. »Du machst so ein ernstes Gesicht.«

»Ich habe an die Wintertennisparty bei den Malones gedacht, wo ich dir das erste Mal begegnet bin und …«

»Und?«

»Und mich in dich verliebt habe.«

»Ah«, sagte Rose ungläubig, und dann: »Ich erinnere mich, ich erinnere mich gut.« Sie stieß den Atem in einem Seufzer aus.

Sie hatten dagesessen, das jungvermählte Paar, und sich jeder an die Wintertennisparty erinnert.

9

Ned erinnerte sich, daß Onkel Archibald »Du mußt an irgendeiner Stelle anfangen« gesagt und ihm die Einladung der Malones zu ihrer Tennisparty entgegengestreckt hatte. »Da könnte es einige Mädchen geben, die in Frage kommen. Ich kenne die Malones, sie sind alte Freunde von mir, die sich gleich nach dem Krieg diese Tennishalle gebaut haben. Ihre Wintertennisparty ist ein Ereignis. Sie holen sich Leute aus London runter und mischen sie unter die einheimischen Talente. Es ist ein alljährliches Fest, das man sich nicht entgehen lassen darf, und ein Kompliment, wenn man eingeladen wird.« Er war begeistert.

»Ich werde wohl eingeladen, weil ich Slepe geerbt habe.« Ned drehte die Einladung mit argwöhnischen Fingern mal so und mal so herum.

»Ganz recht, und ich werde eingeladen, weil wir alte Freunde sind. Wir haben vor dem Krieg zusammen Tennis gespielt. Er war gut, fast wimbledonreif.«

»Spielt er denn immer noch?«

»Nein, zu arthritisch, aber er sieht den jungen Leuten gern zu. Flora und ich fahren immer hin, wenn wir unten im Süden sind. Wir fahren mit dir mit, wenn es dir nichts ausmacht. Brausen für den Tag da runter.«

»Ich bin gar nicht so furchtbar erpicht drauf.«

»Komm, Ned, du mußt doch deine Nachbarn um Slepe

herum kennenlernen. Die Malones haben Söhne, und es werden, wie ich schon sagte, Mädchen da sein.«

»Oh.«

»Die Sorte Mädchen, die du in London ausführen solltest, Mädchen, die zu dir passen würden«, sagte Tante Flora.

»Ich wittere eine Falle«, sagte Ned belustigt.

»Großer Gott, Ned, die Mädchen werden dich schon nicht beißen, du spielst ganz anständig Tennis, du mußt mal einen Anfang machen, es ist ein Jahr her, seit ich dir den Rat gab zu heiraten, und dieses Tennis ...«

»Am zweiten Weihnachtstag? Mitten im Winter? So schnell nach dem Weihnachtsdinner? Ich bin eher an ein weihnachtliches Familientreffen oder einen Jagdtag gewöhnt.«

»Der Tennisplatz ist in der Halle, Ned, wunderbar drauf zu spielen. Aus Holz, macht das Spiel sehr schnell, selbst ziemlich schlechte Spieler kriegen 'ne gute Vorstellung hin. Wenn du da drin spielst, und draußen stürmt's und graupelt's, wirst du froh sein, daß du hingefahren bist. Siehst mehr von den Mädchen, als wenn sie bis zur Nasenspitze eingemummelt sind und gottserbärmlich auf einem Jagdstuhl rumhocken oder wenn sie auf einem Pferd, das sie nicht halten können, durch die Gegend hüpfen und du nicht mehr von ihnen siehst als ihren Hintern. Ich hab' selbstverständlich nichts gegen Hintern, aber ein Tennisdress im Warmen bringt sie vorteilhafter zur Geltung ...«

»Ehrlich, Onkel Archie ...«

»Ich werde für dich zusagen«, sagte Neds Onkel. »Ich muß ihn sowieso anrufen. Du bekommst ein gutes Mittagessen«, fügte er tröstend hinzu, »dazu die körperliche Bewegung, und für diejenigen, die noch länger bleiben, gibt's am Abend Tanz.«

Es hatte ein Herrendoppel stattgefunden, erinnerte sich jetzt Ned; er hatte mit Richard Malone als Partner gegen Nicholas

Thornby und einen Gast aus London gespielt. Der Platz war wundervoll, wie sein Onkel gesagt hatte; er fand, er spielte gut.

Außer ihm wohnten in dem Haus noch George und Richard Malone, drei Herren aus London, vier lebhafte Mädchen, Freundinnen der Malone-Söhne, Emily und Nicholas Thornby und eine sehr junge, sehr scheue Rose, die als Ersatz für eine Kusine dazugekommen war, die mit Grippe im Bett lag. Wenig später hatte Ned sich als Partner von Emily in einem gemischten Doppel vergnügt. Sie legte eine temperamentvolle Partie hin. Ned bemerkte, daß sie keinen Büstenhalter trug; er war an Mädchen gewöhnt, die Büstenhalter trugen, und das Fehlen desselben störte ihn ein bißchen. Zweimal verfehlte er eine leichte Rückhand, während er darüber nachdachte. Trotzdem oder vielleicht auch deshalb machte er ihr den Vorschlag, sie könne doch mal zum Essen rauskommen, wenn sie das nächste Mal in London sei, obwohl er sich auf Slepe noch nicht richtig häuslich eingerichtet habe; würde sie lieber essen und tanzen gehen oder ins Theater?

Später, als Emily und drei der Mädchen aus dem Haus ein Damendoppel spielten, schaute Ned ihnen zu, während Richard Malone dasaß und seiner kleinen Flamme etwas ins Ohr flüsterte, was diese zu Kicheranfällen hinriß. Von den vier Damen war Emily bei weitem die eifrigste Spielerin gewesen, war in die Höhe gesprungen und hatte sowohl viel Bein als auch die störenden Brüste sehen lassen und sich hochgereckt, um schwierige Bälle zurückzuschmettern, die nicht unbedingt ins Feld gingen und sogar bei ihr im Aus hätten landen können, wenn sie sie nur gelassen hätte. Emily fiel Ned von neuem auf, als er mit einem der Mädchen aus London gegen sie und ihren Bruder Nicholas spielte. Das Geschwisterpaar bildete ein seltsam geschlossenes Team, das keine Gnade walten ließ.

Von den Mädchen aus London lernte Ned zwei näher kennen, mit denen er später in London ausging und von denen er wiederum Einladungen in ihre Kreise erhielt. Emily kam oft nach London, und dann rief sie ihn immer an, so daß er sie binnen weniger Monate recht gut kennenlernte. Unmerklich schloß sie sich der Gruppe von Freunden an, die er damals am häufigsten sah.

Es war ganz und gar nicht wahr, daß er, wie er Rose nun erzählte, sich auf der Wintertennisparty in sie verliebt hatte. Er hatte sie kaum wahrgenommen. Auf jeden Fall war Rose, durch ihre Schüchternheit ohnehin schon kaum sichtbar, einem Großteil der Tennisspiele ferngeblieben.

Es war viel später, auf einer anderen Party – Ned hatte sich unterdessen mit den Malones angefreundet –, daß Ned Mrs. Malone zufällig zu einer Freundin sagen hörte: »Ist es nicht merkwürdig, daß ein unscheinbares kleines Ding wie Rose Freeling plötzlich zu einer ausgesprochenen Schönheit erblüht ist?«

»Sie ist sicher verliebt«, sagte Mrs. Malones Freundin und sah quer durchs Zimmer zu Rose hinüber.

»Die Jungs sagen nein. Sie sagen, sie hätte keinen bestimmten; George und Richard finden sie unnahbar, aber beide finden sie ungeheuer attraktiv.«

»Wer ist sie?« fragte Mrs. Malones Freundin.

»Niemand Besonderes«, sagte Mrs. Malone. »Die Familie ist in Ordnung, nehme ich an, aber Geld ist nicht vorhanden. Der Vater ist Anwalt, nicht erfolgreich, ziemlich krank, dem Tode nahe, wie es heißt. Die Mutter ein Stockfisch. Das Mädchen kann einem leid tun, es hat nicht viel Spaß. Wir baten sie letztes Jahr am zweiten Weihnachtstag zum Tennis, als irgendein Mädchen ausfiel. Sie schien nicht gerade viel Eindruck zu hinterlassen, aber wir dachten, wir geben ihr noch mal eine Chance, und da fanden die Jungs sie absolut hinreißend.«

Mrs. Malones Freundin sagte: »Hinreißend sein ist nicht alles. Man braucht Geld, um Erfolg zu haben.«

»Stimmt«, sagte Mrs. Malone und beobachtete Rose, die auf der anderen Seite des Zimmers bei einer Gruppe von Männern stand. »Aber komisch ist es doch, sie war so schüchtern als Kind und ziemlich häßlich, und jetzt ...«

»Ich dachte immer, Emily Thornby gilt hier als die Dorfschönheit«, sagte Mrs. Malones Freundin, »nicht daß sie ausgesprochen schön ist.«

»Bei denen ist auch nicht viel Geld vorhanden«, sagte Mrs. Malone, »aber sie und ihr Bruder sind ungeheuer rührig.«

Ned, der diese Unterhaltung mithörte, begann Rose im Auge zu behalten und ergriff wenig später die Gelegenheit, sie zum Tanzen aufzufordern, um sie näher kennenzulernen.

Rose trug gar nichts unter ihrem Kleid, weder Büstenhalter noch Schlüpfer, aber da sie nicht daran dachte, bemerkte Ned es nicht, trotzdem war er plötzlich darauf bedacht, Eindruck zu machen. Die Ungezwungenheit, mit der Rose in der Gruppe von Männern gestanden hatte, ärgerte ihn.

Und so kam es, daß, als Onkel Archie und Tante Flora zu ihrer alljährlichen Hausparty anläßlich der Moorhuhnjagd in Argyll zwei von Neds Freunden, Harold Rhys und Ian Johnson, einluden, um ihre schon älteren Freunde mit jungen Leuten zu durchmischen, Tante Flora noch zwei von Neds Verwandten dazu geladen und Emily und Nicholas sich mit Erfolg um eine Einladung hatte bemühen lassen. Und Onkel Archie war es, der Rose auf der weihnachtlichen Tennisparty bemerkt hatte und erstaunt gewesen war, daß Flora Roses Namen nicht auf die Liste gesetzt hatte. Obgleich Ned gerade dabei war, Rose näher kennenzulernen, reagierte er nicht schnell genug.

»Unauffällige Mädchen wie Rose Freeling schlüpfen einem durch die Finger«, sagte Archie, »steck sie mit Ned unters selbe Dach.«

»Aber sie hat doch kein Geld«, sagte seine Frau, die auch keines gehabt hatte und diesen Nachteil kannte.

»In Neds Fall ist das egal. Ich dachte, wir wären uns einig.«

»Sehr gut, ich schreibe ihr«, sagte Flora, die den Geldmangel nur aufs Tapet gebracht hatte, um ihren Mann auf die Probe zu stellen. »Du hast sicher recht«, setzte sie hinzu. »Ned ist die Sorte Mann, die sich von einem unpassenden Mädchen angeln läßt; ich bin nicht sicher, ob ich die beiden Thornbys hätte einladen sollen.«

»Ich finde, sie sind ein munteres Paar«, sagte Archibald Loftus, »das Mädchen bringt mich zum Lachen.«

»Ein bißchen zu munter«, sagte Flora, »obwohl ich dir nicht genau sagen kann, warum ich das meine.«

Gerührt darüber, welche Betriebsamkeit seine Verwandten zu seinem Wohl an den Tag legten, und davon überzeugt, daß ihre Besorgnis überflüssig sei, hatte Ned sich nach reiflichem Hinundherüberlegen entschlossen, aus dem ihm vorgelegten Angebot Rose zu erwählen. Er hatte nie irgendeinen Zweifel, daß sie mit ihm einverstanden war.

Und so kam es, daß, als sie am Morgen nach ihrer Hochzeit im Garten in Slepe auf der Steinbank saßen, Ned sich ehrlich selber glaubte, als er Rose erzählte, er habe sich neun Monate zuvor bei der Tennisparty am zweiten Weihnachtstag in sie verliebt.

10

Roses Erinnerungen an die Wintertennisparty standen in so gut wie keiner Beziehung zu Neds; vielleicht war das einzige, was ihnen gemeinsam war, ihre anfängliche Abneigung, an ihr teilzunehmen.

Mrs. Freeling war am Telefon gewesen und hatte Mrs. Malones kurzfristige Einladung in Roses Namen angenommen.

»Das ist wahnsinnig nett von Ihnen«, schwärmte sie. »Ich bin sicher, sie wird begeistert sein. O ja, sie spielt recht annehmbar, auch wenn sich das prahlerisch von mir anhört. Um halb zwölf dort sein? Ja, natürlich kann sie das. Thornbys holen sie ab? Wie freundlich von Ihnen, dafür zu sorgen. Natürlich hätte mein Mann sie hingebracht, aber es geht ihm im Augenblick nicht sehr gut. Rose wird begeistert sein.«

»Ich bin nicht begeistert«, sagte Rose, die das zufällig mithörte.

»Das solltest du aber, du bist noch nie von ihnen eingeladen worden. Das Wintertennis bei den Malones ist ein Ereignis«, sagte Roses Mutter.

»Als Lückenbüßer«, sagte Rose. »Und erst auf die letzte Sekunde.«

»Was macht das denn?« entgegnete ihre Mutter barsch. Sie fühlte sich ständig schuldig, weil sie nicht, wie sie meinte, die Nervenkraft hatte, Rose gesellschaftlich den Weg zu ebnen. Rose selbst bemühte sich nicht. »Du bemühst dich einfach nicht. Hier ist eine Gelegenheit, neue Leute kennenzulernen. Du weißt doch, wie schwierig es für mich ist, Partys für dich zu geben, wo dein Vater so unpäßlich ist und ...«

»So wenig Geld hat.« Rose kannte die Litanei.

»Wirklich, Liebling!«

»Ich möchte da nicht hin«, sagte Rose. »Tennis mitten im Winter ist lächerlich.«

»Es ist ein überdachter Platz. Ich habe gehört, es ist dort schön warm. Und Logierbesuch aus London wird da sein. Nette junge Leute.«

»Die ich nicht kenne.« Rose spürte bereits, wie sich ihre Zehen vor Entsetzen zusammenkrümmten bei der Aussicht, blasierten Leuten aus London zu begegnen.

»Und die Malone-Jungs, Richard und George, kennst du kaum noch, seit sie erwachsen sind. Das ist eine Gelegenheit, sie näher kennenzulernen.«

»Sie hatten all die Jahre jede Gelegenheit, mich kennenzulernen, Mutter, und sie haben keine Anstalten gemacht.«

»Quatsch, Rose.« Mrs. Freeling unterdrückte ihre Zustimmung mit dieser rüden Bemerkung. Als sie noch klein gewesen waren, hatte sie die Malone-Jungs zu der Kinderparty eingeladen, die sie sich einmal im Jahr für Rose, ihr einziges Kind, zu veranstalten zwang, eine enorme Anstrengung, nach der sie wieder in ihre übliche Lethargie verfiel im Gefühl, ihre Pflicht getan zu haben.

»Das einzige Mal, als sie jemals hier waren, warf George Malone mit Marmelade nach den anderen Kindern und schrie, das wäre die beschissenste Party, auf der er je war«, sagte Rose.

»Nun ja, Liebling, aber er war sehr jung, erst acht oder zehn. Mrs. Malone rief an und entschuldigte sich. Wirklich. Ich erinnere mich genau daran. Der arme kleine Junge war überreizt und hatte erhöhte Temperatur.«

»Haha!« sagte Rose. »Haha!«

»Rose!«

»Seitdem haben sie immer Ausflüchte gemacht, wenn du sie eingeladen hast, sie sind nie wiedergekommen.«

»Also, Liebling, jetzt sind sie erwachsen, da ist alles ganz anders.«

»Ich bin auch erwachsen«, sagte Rose. Sie hatte bewundert, was George getan hatte, sich voller Schadenfreude daran erinnert, wie rosa und gelbe Marmelade durch die Luft geflogen, gegen die Wände im Eßzimmer geklatscht und auf den Haaren niedlicher kleiner Mädchen gelandet war. George hatte recht gehabt: Die Partys ihrer Mutter waren einfach grauenhaft. »Wenn er sich zu einem entsetzlichen Langweiler entwickelt hat«, sagte sie, »ist es um so schlimmer.«

»Du kennst ihn nicht gut genug, um dir ein Urteil zu erlauben«, sagte ihre Mutter.

»Ich habe keine Tennissachen«, sagte Rose.

»Das ist nicht wahr, du hast dir im Juli neue Schuhe gekauft.«

»Kein Kleid.«

»Rose, du bist einfach schwierig.«

»Keinen Schläger.«

»Du kannst meinen nehmen«, sagte Roses Vater, der von der ›Times‹ aufblickte und hoffte, dem Streit ein Ende zu machen. »Ich werde ihn nie wieder benutzen«, sagte er voll Selbstmitleid.

»O Vater«, rief Rose, »nicht doch.«

»Geh einfach auf die Party, mach deiner Mutter die Freude. Du wirst sicher deinen Spaß haben.«

»Du möchtest also, daß ich hingehe?«

»Mich würde der Gedanke freuen, daß mein Schläger benutzt wird«, sagte Roses Vater, aber der Ton, wie er das sagte, machte sein ansonsten großzügiges Angebot wieder kaputt, und seiner Tochter drehte sich das Herz im Leibe um.

»Na schön, ich gehe hin«, sagte Rose. (Und warum muß er mir mit seinem verfluchten Tennisschläger so weh tun? Warum muß er mir seinen Krebs aufhalsen, schrie sie innerlich, während sie ihren Vater die Zeitung zusammenfalten und aus dem Zimmer hinken sah. Warum bringt ihn ein angeblicher Magenkrebs dazu zu hinken?) »Aber Weiß werde ich nicht tragen«, sagte sie zu ihrer Mutter.

Mrs. Freeling gab keine Antwort. Sollte Rose doch alle Farben des Regenbogens tragen, wenn sie nur hinging. Leute, die so reich waren wie Malones, luden unscheinbare, schüchterne und – sagen wir's, wie's ist – mittellose Mädchen wie Rose kein zweites Mal ein. Es geschah nicht oft, daß einer ihrer Gäste sich im entscheidenden Augenblick mit einer Grippe ins Bett legte und eine vom Himmel gesandte Lücke hinterließ. Das Schicksal, sagte sich Mrs. Freeling, als sie in die Küche ging, um ihre Einkaufsliste aufzustellen, war nicht immer bösartig.

Wenn auf der Maloneschen Party irgendein sympathischer junger Mann wäre, er könnte sich doch womöglich zu Rose hingezogen fühlen. Sie ausführen, wenn sie nach London kamen. Vielleicht war Rose nicht das beschieden, was ihrer Ansicht nach ihr beschieden gewesen war, nämlich vom Leben zerschmettert zu werden. Ich hatte nie irgendwelche realen Möglichkeiten, sagte sich Mrs. Freeling, als sie den Speiseplan für den Tag aufstellte; ich bin immer zerschmettert worden.

Damals hatte Mrs. Freeling das Gefühl, ihr werde besonders

übel mitgespielt, denn der Spezialist hatte gesagt, die einzige Chance ihres Mannes sei eine längere intensive Behandlung in London. Binnen einer Woche sollten sie jeweils für eine halbe Woche in eine teure Etagenwohnung umziehen, damit Roses Vater sich seiner Behandlung unterziehen könnte, und regelmäßig wieder aufs Land zurückkehren, damit er zu seiner kränkelnden Kanzlei dürftigen Kontakt behielte.

Was Mrs. Freeling noch heftiger quälte als der mögliche Krebs ihres Mannes (es war noch nicht sicher, ob er Krebs hatte), ihre Mittellosigkeit und Roses kratzbürstige Schüchternheit, war der unbewußte Wunsch, daß ihr Mann doch einfach tot umfallen möge, daß ihre lange, traurige, unbefriedigende Ehe zu einem Ende käme, solange sie noch in einem Alter war, in dem sie etwas Spaß haben konnte. Natürlich wußte Mrs. Freeling nicht, daß sie derartige Gedanken hegte; sie wirbelten in den Tiefen ihres Unterbewußtseins herum.

Schmollend ging Rose zur Garderobe, wo der Tennisschläger ihres Vaters in seinem Spanner hing. Sie nahm ihn heraus und zog an den Saiten.

Eine Treppe höher angelte sie die Tennisschuhe hinten aus ihrem Schrank. Sie hatte sie schmutzig weggestellt, sie hatten grüne Flecken; Rose legte sie zum Weißen beiseite. Sie schob ihre Winterkleider zur Seite und zog das einzige Sommerkleid hervor, das sie mochte, ein einfaches, dunkelrosafarbenes Baumwollkleid, das ihr der Dorfschneider im letzten Sommer genäht hatte. Ihre Mutter hatte die Stoffmenge falsch eingeschätzt und zuviel gekauft; es war noch genug übriggeblieben für passende Schlüpfer; das war der Grund, weshalb sie das Kleid am liebsten mochte. Ihre Mutter hatte den Stoff für sie gekauft, und diesmal hatte sie ausnahmsweise den Geschmack ihrer Mutter einmal nicht in Frage gestellt. Als Rose die Kleidungsstücke aufs Bett legte, damit sie gewaschen und gebügelt würden, begann sie sich fast auf die Party zu freuen.

»Meine Mutter«, sagte sie zu ihrem Ebenbild im Spiegel, »hofft, ich werde dem Richtigen begegnen. Gott, meine Haare sehen ja gräßlich aus!« Sie ging ins Bad, um sie zu waschen. »Sie sind fettig, und sie haben Spliß.« Sie war noch in dem Alter, in dem Mädchen großes Theater um ihre Haare machen; ihre Haare waren kein bißchen fettig, und Spliß hatten sie auch nicht.

»Was machst du da?« Die Stimme ihrer Mutter kam die Treppe heraufgeschwebt.

»Wasche mir die Haare«, rief Rose, den Kopf im Waschbecken.

»Verbrauch nicht das ganze heiße Wasser.«

»Es passiert unbewußt, völlig unbewußt, sie denkt nicht mal!« Rose tauchte den Kopf so heftig ins Waschbecken, daß Wasser auf den Boden platschte. Als sie wieder hochkam, um Luft zu holen, hörte sie erneut die Stimme ihrer Mutter. »Was?« schrie sie. »Kann nichts hören. Was hast du gesagt?«

»Ich habe gesagt«, Mrs. Freeling stand nun in der Badezimmertür, »ich habe gesagt, Ned Peel wird an der Tennisparty teilnehmen. Nun sieh bloß mal, was du für eine Schweinerei auf dem Fußboden gemacht hast. Das wischst du aber wieder auf, ja?«

»Wer ist denn Ned Peel?« Rose massierte Shampoo in ihr Haar.

»Ist das gut für dein Haar, wenn du's so oft wäschst? Du hast es doch erst vor zwei Tagen gewaschen. Ned Peel ist der Mann, der in Slepe eingezogen ist, der Erbe vom alten Mr. Peel.«

»Na und?«

»Sei nicht unverschämt, Rose. Ich habe mich gerade vergewissert, ob Emily und Nicholas dich morgen auch bestimmt abholen werden. Und Emily hat mir gesagt, daß er kommen wird.«

Rose sagte nichts, während sie die Haare spülte, den Kopf mit einem Handtuch abrubbelte und den Kamm durchs nasse Haar zerrte. »Mach das nicht, Liebling«, sagte Mrs. Freeling, »laß das Haar von alleine trocknen, nasses Haar ist so spröde.«

»Mutter!«

»Schon gut, Liebling, ich lasse dich in Frieden. Ich möchte ja nur, daß du dich amüsierst ...« Mrs. Freeling zog sich zurück. Rose lief ihr nach, schlang die Arme um sie und drückte sie an sich. »O Liebling, du machst mich ja ganz naß«, sagte Mrs. Freeling.

»Oh, oh«, flüsterte Rose, als sie ihrer Mutter hinterhersah, wie sie die Treppe hinunterstieg, »keine von uns beiden kriegt's jemals richtig hin.« Sie betrachtete die entschwindende Rückseite ihrer Mutter voll Mitleid. »Arme Mutter, ich soll also von diesem Ned Peel verputzt werden?« Sie begann ihre Nägel zu feilen, während sie darauf wartete, daß die Haare trockneten. Ich sollte mir am besten die Achselhöhlen rasieren, dachte sie. Und was ist mit meinen Beinen? Sie zog ihre Strümpfe herunter und musterte die weichen, fast unsichtbaren Härchen an ihren Beinen. Nein, laß die Beine behaart. Sie ging zurück ins Badezimmer und klaute ihrem Vater eine von seinen Rasierklingen. Nachdem sie sich die Achselhöhlen rasiert hatte, nahm sie die Klinge aus dem Rasierapparat und tat sie in ihre Handtasche. Ihr war eine verzweifelte Idee gekommen.

11

Eines der Geheimnisse an Nicholas und Emily war, daß es ihnen trotz ihres unentwegten Armutsgeschreis immer gelang, schick auszusehen; sie verströmten ein Fluidum aus Selbstvertrauen und Gewitztheit, das Rose entnervend fand. Als sie in makellos weißer Tenniskleidung unter identischen Kamelhaarmänteln in dem ehrwürdigen alten Morris ihres Vaters angefahren kamen, sprangen sie aus dem Wagen, um Rose zu begrüßen und sich dabei eitel zur Schau zu stellen.

Rose kamen sie oft wie zu dicht gepflanzte Setzlinge vor, die ineinander verschlungen aufwuchsen. Sie lächelte die Geschwister verschmitzt an, die Arm in Arm vor ihr posierten. »Weiden«, sagte sie, »biegsam, ungestutzt.«

»Was?« fragte Emily.

»Nichts«, sagte Rose.

Nicholas rief: »Wie hübsch du aussiehst, Rose«, womit er sagen wollte: Sieh uns an, sind wir nicht hübsch?

»Soll ich mich nach hinten setzen?« fragte Rose, die ihren alten Schulmantel um sich raffte und über dem rosa Kleid zusammenzog. »Wofür sind denn die Koffer da?« fragte sie, als sie sich auf den Rücksitz zwängte und Tennisschläger und Koffer zur Seite schob.

»Am Abend gibt's normalerweise Tanz«, sagte Emily und stieg wieder in den Wagen. »Wir haben unsere Abendgarderobe mitgebracht, um uns umzuziehen.«

»Oh«, sagte Rose überrascht.

»Er findet eigentlich für die Logiergäste statt, aber wir sind, wenn wir drum gebeten werden, drauf vorbereitet, länger zu bleiben«, sagte Nicholas, der sich's auf dem Fahrersitz bequem gemacht hatte. »Na los, du alte Klapperkiste.« Der Wagen schoß los.

»Ich sehe, du hast den Schläger deines Vaters dabei«, sagte Emily, deren kleinen, glänzenden Augen nichts entging, »seinen neuen Slazenger. Was ist denn mit deinem passiert?«

»Kaputt«, sagte Rose, die sich minderwertig vorkam. Wenn sie mir was von dem Tanz gesagt hätten, hätte ich abgesagt, dachte sie, während sie vor ihrem geistigen Auge Leute in Abendgarderobe tanzen sah, während sie immer noch ihren rosa Baumwollfummel anhatte. (Sie würde inzwischen unter den Armen geschwitzt oder sich vorn irgendwas draufgeschüttet haben.) Sie sagte: »Mir hat niemand was von Tanzen gesagt.«

»Mach dir nichts draus«, sagte Emily, die mit Nicholas darüber gesprochen hatte, ob man es Rose sagen solle, und dagegen gestimmt hatte. (Nichts war schlimmer als ein überzähliges Mädchen, das die Paarkonstellationen durcheinanderbrachte.) »Nicholas oder irgend jemand anderer kann dich ja nach Hause fahren. Wir haben uns die Schläger am Ende des Sommerschlußverkaufs zugelegt«, sagte sie, »sie sind nagelneu.«

»Sie riechen gut.« Rose beroch das Leder an den Schlägergriffen. »Wunderbar.«

»Von jetzt ab überläßt uns Vater seinen Wagen ganz; die Diözese stellt ihm einen neuen, jetzt, wo er Bischof ist«, sagte Nicholas.

»Oh«, sagte Rose beeindruckt. »Ein Wagen umsonst.«

»Wir wollen ihn bald gegen was Flotteres tauschen; er sieht

ein bißchen zu kirchlich aus, meinst du nicht auch?« sagte Emily. »Wir möchten einen roten Sportwagen.«

»Hätte ich mir denken können«, sagte Rose.

»Gegen einen Hauch Vulgarität ist nichts auszusetzen«, sang Nicholas.

»Und«, sagte Emily und beugte sich über den Vordersitz zu Rose, »Vater legt seine Ersparnisse im Pfarrhaus an.«

»Was meinst du damit?«

»Der neue Pastor möchte ein kleineres Haus. Vater kauft dem Sprengel das Pfarrhaus ab und überschreibt es zu gleichen Teilen auf unsere Namen. Er hat gehört, das spart die Erbschaftssteuer.«

»Sehr aufmerksam von Vater«, sagte Nicholas.

»Wir werden drin wohnen, nur wir zwei«, sagte Emily.

»Der wahre Grund ist, im Bischofspalast würde er uns als Peinlichkeit empfinden«, sagte Nicholas. »Nicht, daß er's tatsächlich sagen würde.«

»Warum«, fragte Rose verwirrt, »sollte er denn?«

»Wenn du's nicht weißt, werden wir's dir nicht sagen«, sagte Emily in einem Ton, der sie im Laufe des Lebens noch so manchen Freund kosten sollte. Nicholas kicherte.

Rose wünschte sich sehnlichst, sie hätte sich in ihren Gefühlen von ihrem Vater nicht beeinflussen lassen. »Seid ihr bei diesem Wintertennis früher schon mal gewesen?« fragte sie unsicher.

»O ja, oft«, sagte Nicholas.

»Mehrere Male«, sagte Emily.

Einmal vielleicht, dachte Rose.

»Ich habe gehört, Ned Peel wird auch da sein. Ich hoffe, er wird uns als Nachbar gefallen«, sagte Emily. »Ich rechne auf ihn als wichtige Stütze.«

»Er hat mir recht gut gefallen, als ich ihn kennenlernte«, sagte Nicholas, der in der Londoner Untergrundbahn auf einer kurzen Fahrt zwischen Knightsbridge und Piccadilly zufällig neben Ned gesessen und die Gelegenheit ergriffen hatte, sich vorzustellen. »Ich bin ihm vor gar nicht so langer Zeit in London begegnet. Vor dem Tode seines Onkels ist er natürlich nie runter nach Slepe gekommen.«

»Der alte Mann war ein Einsiedler«, sagte Emily, »hatte nie Gäste. Ned hat das Haus noch nicht richtig in Betrieb genommen, hoffentlich ist er nicht wie sein Onkel.«

»O nein, er ist ganz und gar nicht wie der Alte«, sagte Nicholas, »er ist völlig anders.«

»Es heißt, der alte Mann liebte nichts als seinen Garten«, sagte Emily. »Er hatte ganztägig einen Gärtner da, aber keine richtigen Hausangestellten. Ich wette, das Haus ist in furchtbarem Zustand.«

»Angeblich voller schöner Dinge«, sagte Nicholas, der mit Zwischengas um eine Ecke fuhr. Der Morris, eine so großartige Behandlung nicht gewöhnt, kreischte im Getriebe wie ein wahnsinniger Truthahn und nippelte ab.

»Armer, alter Tattergreis, blieb länger auf der Welt als erwünscht«, sagte Nicholas und startete den Wagen von neuem. »Höchste Zeit, daß was Junges nach Slepe kam.«

Was sie alles wissen, dachte Rose und überlegte, ob ihr Kleid die richtige Länge habe, kam zum Schluß, daß dem nicht so sei, fummelte an dem Racket ihres Vaters herum, das auf ihren Knien lag. Es ist zu schwer, dachte sie, es ist ein Herrenracket, ich werde nie damit spielen können, ich werde wie ein Idiot aussehen, ich wünschte, ich wäre nicht mitgefahren. Dann dachte sie: Niemand wird mich bemerken, das tun sie nie, sie werden Emily bemerken, sie ist so lebhaft, sie wird sich in den

Vordergrund spielen, die Mädchen aus London ausstechen, warum zum Teufel sollte ich mir Sorgen machen? Dann wieder dachte sie: Alle werden Weiß tragen. Ich werde auffallen wie eine Krähe im Taubenschlag. Mit meinem rosa Kleid werde ich allen ins Auge fallen, wenn ich was Ungeschicktes tue, ich will nicht bemerkt werden, und Emily will es, sie werden Emily bemerken, und wenn auch nur, weil sie Weiß trägt und einen neuen Schläger hat. Ich wollte, ich hätte den Mut, Nicholas zu bitten, mich an einer Bushaltestelle abzusetzen, damit ich wieder heimfahren kann. (Hier gibt's keine Bushaltestelle.)

Nicholas steuerte den alten Morris vor die Haustür der Malones. »Da wären wir, Mädels, die Schlacht kann beginnen.«

Sie waren zu früh angekommen.

George Malone, der von den Ställen kommend ums Haus bog, fand das Grüppchen auf der Eingangstreppe, wo es darauf wartete, daß auf das Klingeln geöffnet wurde.

»Hallo, hallo«, sagte George, »ihr seid aber früh dran, vor zwölf fangen wir nicht an zu spielen, aber kommt doch rein. Sicher ziehen sich gerade alle um. Ich möchte wetten, ein paar von den Mädchen sind noch nicht mal auf, beim Frühstück haben ein paar Gesichter gefehlt; wir waren gestern abend auf 'ner Party und sind erst frühmorgens ins Bett gekommen; aber ich werde euch was sagen, ich lasse euch von Betty rüber zum Platz bringen, vielleicht möchtet ihr gerne 'n bißchen aufschlagen oder so was, schon mal 'n Blick draufwerfen. Zeigst du ihnen den Weg, Betty?« sagte George zu dem Dienstmädchen, das die Tür öffnen gekommen war. »Ihr wart ja noch nicht hier, nicht wahr?« sagte er zu Emily.

»Rose war noch nicht hier«, antwortete Emily rasch, »ich weiß, wo's zum Tennisplatz geht. Komm, Rose, ich zeige dir den Weg.«

George lächelte Rose an und sagte: »Kocht deine Mutter immer noch diese umwerfenden Marmeladen?« Und zu Nicholas sagte er: »Ich muß schnell rauf, mich umziehen. Mutter hat's gern, wenn wir fertig sind, um unsere Gäste zu begrüßen.«

Das ist der Moment, wo ich, wenn mir Nicholas näherstünde, Schmerzen vortäuschen und ihn bitten würde, mich nach Hause zu fahren, dachte Rose, aber er würde mich durchschauen. Warum, o warum bringen er und Emily es nur fertig, daß ich mir so provinziell vorkomme? Sie folgte Nicholas, Emily und dem Dienstmädchen durchs Haus, zu einer Seitentür hinaus und durch ein Stück Garten zu dem Gebäude, in dem sich die Tennishalle befand. Dort ließ das Mädchen sie allein.

Nicholas und Emily zogen ihre Mäntel aus; Nicholas maß die Höhe des Netzes, korrigierte sie, wippte mehrmals elastisch auf den Ballen und schwang den Schläger, um einen imaginären Ball zu servieren.

»Ist George nicht ein alter Witzbold«, sagte Emily und hieb mit ihrem neuen Racket durch die Luft. »Was meinte er denn mit dieser Anspielung auf die Marmeladen, Rose?«

»Keine Ahnung«, sagte Rose, die sich erleichtert daran erinnerte, daß Nicholas und Emily nicht auf der Party gewesen waren, auf der George ihre Mutter blamiert hatte, sondern mit Mumps im Bett gelegen hatten.

»Schlagen wir ein bißchen auf«, sagte Emily und ließ wieder ihr Racket schwirren. »Wo sind die Bälle?«

»Hier.« Nicholas machte einen Karton neuer Bälle auf. »Na los, Mädels, ich nehm's mit euch beiden auf.«

»Nein, du und ich gegen Rose und den Wunderschläger ihres Vaters«, rief Emily, »soll Rose Freeling es doch gegen die Thornbys aufnehmen.«

»Warum denn nicht«, sagte Rose, kämpfte mit ihren Schnürsenkeln, richtete sich auf, um sich Emily zu stellen, und nahm den Schläger ihres Vaters in die Hand. Der Griff war zu dick, für eine Männerhand gemacht. Ihr kam der Gedanke, ein Grund, weshalb ihr Georges entsetzlicher Auftritt mit den Marmeladen solchen Spaß gemacht hatte, war, daß Emily und Nicholas nicht Zeuge gewesen waren; das Leben, bei dem Nicholas und Emily nicht Zeuge waren, war erträglich. Nicholas war bereits auf dem Platz und übte seinen Aufschlag. »Warum spielen wir kein Einzel und lassen Rose den Balljungen machen?« Nicholas war wütend auf George, weil er seine Schwester herabgesetzt, ihn wegen seiner Ungeschicklichkeit, zu früh zu kommen, brüskiert hatte und Heimlichkeiten von Rose wußte. (Was ist das für eine Geschichte mit den Marmeladen? Das muß ich rauskriegen) Er wußte, daß George nur so tat, als meinte er, dies sei Emilys erster Besuch; er hatte einmal zufällig gehört, wie George zu einem anderen Mann gesagt hatte, Emily sei ein zudringliches, kleines Flittchen, dem's ganz guttäte, wenn man ihm einen Dämpfer verpaßte. Nicholas machte seinem Zorn Luft, indem er auf den Ball so fest einschlug, wie er nur konnte. Rose konnte ruhig der Prügelknabe sein.

Als Rose auf den Platz ging, spürte sie Nicholas' Feindseligkeit gepaart mit Emilys Bosheit; sie mißtraute beiden. Sie fühlte, wie sich die Elastizität des Holzbodens auf ihre Beine übertrug. Sie schwang das Racket ihres Vaters, retournierte Nicholas' Aufschlag und genoß das Pfeifen des Balles, dessen Aufprall auf den Saiten des Schlägers, das Gefühl, wie die Sehnen in ihrem Handgelenk darauf ansprachen. »Ich nehm's mit euch beiden auf«, rief sie, schon fröhlicher gestimmt.

»Na na! Hör sie dir an! Na schön, kleine Rose, wir nehmen

dich beim Wort. Willst du zuerst servieren?« fragte Nicholas gönnerhaft.

»Nein, ihr.« Sie stand an der Grundlinie bereit.

»Kein Pardon«, sagte Nicholas.

»Kein Pardon«, antwortete Rose.

Emily hüpfte in der Nähe des Netzes von einem Fuß auf den anderen und sah Rose höhnisch an.

Nicholas schlug auf und legte all seine Kraft hinein.

Rose retournierte den Aufschlag, indem sie den Ball mit etwas Glück hart und flach zurückschlug. Die Saiten des Rackets ihres Vaters teilten sich mit einem scharfen, schwirrenden Ton. Der Ball, in einer Verbindung aus Roses Kraft und dem Gewicht des Schlägers übers Netz geschlagen, knallte auf Emily und traf sie hart zwischen den Brüsten. Emily schrie auf. »Mein Brustbein!«

»Entschuldigung!« rief Rose. »Oh, seht mal, was ich mit Vaters Racket gemacht habe. O verflixt, ich geh' mal sehen, ob ich mir von jemandem einen Schläger leihen kann.« Sie lief rasch vom Platz und machte sich aus dem Staub. Hinter ihr stöhnte Emily, und Nicholas tröstete sie. Ich muß hier weg, dachte Rose und rannte durch den Garten ins Haus. Sie lief einen Korridor hinunter, öffnete wahllos eine Tür und schloß sie hinter sich. Sie befand sich in Mr. Malones Bibliothek. Ein Holzfeuer brannte im Kamin, Hyazinthen, die in großen Schalen überall im Raum verteilt waren, dufteten, kein Laut, nur das leise Ticken einer Konsoluhr auf dem Kaminsims und das Rascheln von Asche, als auf dem Rost ein Scheit herabbrannte.

Rose legte den defekten Schläger auf den Tisch, lehnte sich, auf die Hände gestützt, darüber und ließ wütende Tränen auf die polierte Holzplatte fallen. So stand sie mehrere Minuten, indem sie mit schweren, zitternden Atemzügen Luft holte und Nicholas und Emily verfluchte.

Dann wischte sie sich die Augen mit dem Handrücken und richtete sich auf.

Einen Meter vor ihrer Nase lagen auf der anderen Seite des Tisches zwei Männerfüße, nackt, hoch gewölbt, lange Zehen. Die Fersen ruhten auf einer Nummer von ›Field‹.

Rose sagte: »O mein Gott« und erstarrte.

Die Füße verschwanden, als die Beine, zu denen sie gehörten, vom Tisch genommen wurden. Ein junger Mann erhob sich und hielt das Buch, in dem er gelesen hatte, an die Brust gedrückt.

Rose glotzte erstaunt. Er war nicht viel älter als sie. Groß, dünn, in Kleidern, die sie bisher nur an französischen Arbeitern gesehen hatte, ausgebeulte Baumwollhosen in einem ausgeblichenen Blau, eine dazu passende ausgebeulte Jacke über einem dunklen Flanellhemd ohne Kragen, das am Hals mit einem beinernen Kragenknopf geschlossen war. Er hatte dichtes, fast schwarzes Haar, das er etwas länger als die meisten Leute trug, ein hageres, neugieriges Gesicht, eine längliche Nase, einen breiten Mund und schwarze, intelligente Augen.

Sie standen da und starrten sich über den Tisch hinweg an. Die Uhr auf dem Kaminsims tickte weiter, während ihre Blicke sich gegenseitig maßen, taxierten, fragten.

Dann lächelte er. »Ich muß meine Socken anziehen. *Je m'appelle Mylo, et vous?*«

»Rose«, sagte Rose.

»Schön«, sagte Mylo und setzte sich auf das Sofa, das ihn vor Rose verborgen hatte. »Ich habe vorn in meinem Socken ein verdammt großes Loch.«

»Oh«, sagte Rose.

»Warum setzen Sie sich nicht?« fragte Mylo. »Sie könnten sich Ihre Tränen hiermit abwischen.« Er griff über den Tisch nach einem Löscher und zog ein Blatt Löschpapier heraus.

»*Comme ça*«, sagte er und wischte die Tränen fort, die auf dem Tisch ihre Spuren hinterlassen hatten. »Salz ist nicht gut für Möbel oder Wangen. Salz trocknet und wird unangenehm.« Er reichte Rose das Löschpapier. »Versuchen Sie's.«

Rose nahm das Blatt Löschpapier und betupfte damit ihr Gesicht. »Danke.«

»Wunderbar. Und jetzt die Socken. Sehen Sie sich bloß mal dieses Loch an.« Er schlängelte seinen Zeh durch das Loch.

»Sind Sie Franzose oder Engländer?« Rose bewegte sich um den Tisch näher ans Feuer.

»Beides«, sagte Mylo. »Französische Mutter, englischer Vater. Und Sie?«

»Engländerin.«

»Zum Tennis hier?«

»M-m-m.«

»Ihr Racket mit Absicht kaputtgemacht?«

»Ich hatte für alle Fälle eine Rasierklinge bei mir, aber es ist auch so entzweigegangen. Es ist das von meinem Vater. Ich hatte mich über jemanden geärgert.«

»Sie werden zurückgehen müssen ...«

»M-m-m.«

»Aber nicht gleich. Kommen Sie, setzen Sie sich her.« Er tätschelte das Sofa.

Rose setzte sich in eine Sofaecke und zog die Beine hoch. »Werden Sie denn Tennis spielen?«

»Großer Gott, nein. Keine Bange. Ich doch nicht. Ich bin nur Privatlehrer.«

»Was?«

»Privatlehrer. Ich bin hier, um mit George Französisch zu parlieren, damit er die Endrunde fürs Auswärtige Amt schafft. Ich werde für meine Mühe bezahlt unter der Bedingung, daß ich mir kein englisches Wort entschlüpfen lasse. Die Farbe steht Ihnen.«

»Ach? Danke.«

»Und Sie sind eigentlich nicht Bestandteil dieser *galère.* Nicht Ihre Sache, dieser Heiratsmarkt, nicht Ihre Sache, die Auktion.«

Rose sah ihn stumm fragend an.

»Sie wissen doch, daß es darum geht, tun Sie nicht so. Ich wette, Ihre Mutter oder Ihr Vater hat Sie gedrängt, auf diese Party zu gehen.«

»Das stimmt«, gab Rose zu, »ich glaube schon.«

»Eine Gelegenheit, nette junge Leute ...«

»Ja, ja«, sagte Rose ungehalten. »Seien Sie still.«

Mylo drehte den Socken so herum, daß sein Zeh nicht mehr zu sehen war, und zog den zweiten an. »Das gibt's in den besten Kreisen«, sagte er, »eine Verstandesheirat ist eine Heirat, die oft für alle von Vorteil ist, Eltern, Kinder, alle. In Frankreich, wo ich gelebt habe, wird kein Hehl daraus gemacht, jeder weiß es. Sie ist salonfähig. In diesem Land wird die Sache verpackt, verkleidet, kaschiert mit so was wie Wintertennispartys. Mich würde interessieren, warum Sie eingeladen wurden.«

»Ich bin ein Lückenfüller«, sagte Rose, »ein Mädchen hat Grippe.«

Mylo lachte. »Das erklärt alles.« Er fing an, nach seinen Schuhen herumzusuchen. Der eine hatte sich in der heimtückischen Art unbeseelter Gegenstände unter das Sofa verkrochen. Rose betrachtete Mylos Nacken, als er nach dem Schuh angelte. Sein Haar wuchs in einer Spitze nach unten. »Hab' ihn!« Er setzte sich wieder hin und schnürte den Schuh zu. Rose, die beobachtete, wie seine langen Finger die Schuhbänder verknoteten, fühlte sich unerklärlicherweise getröstet, spürte dann kurz eine freudige Regung. Mylo lehnte sich zurück, streckte seine Beine ans Feuer, drehte sich zu Rose herum und betrachtete sie.

Auf ihren angezogenen Beinen sitzend, ließ Rose den Blick von Mylos Füßen, die nun schicklich bekleidet waren, vorbei an seiner Taille, wo die zu weiten Hosen mit einem Ledergürtel zusammengehalten wurden, über die derbe Baumwolljacke, langsamer jetzt, hinauf zu seinen Augen wandern.

»Na, also«, sagte Mylo, und seine Lippen verzogen sich zu einem Lächeln. »Wir könnten doch heiraten?« schlug er vor.

»Was?«

»Wie ist Ihre Einstellung zur Ehe?«

»Beklommenheit.«

»So intelligent wie schön. Aber was sagen Sie? Ja oder nein?«

Noch nie hatte sie jemand für intelligent gehalten; die Äußerung, verbunden mit Schönheit, brachte sie zum Lachen. Auch Mylo lachte.

»Meine französische Hälfte ist brauchbar. Ich habe kein Geld, wir werden warten müssen, aber nichts kann uns doch davon abhalten, uns unterdessen zu lieben, oder?«

»Machen Sie sich über mich lustig?«

»Nein, bestimmt nicht. An der Liebe ist nichts lustig. Das hat mir mein Vater gesagt. Er hat mir auch gesagt, daß sie äußerst schmerzlich sein kann.«

»Ah.« An Schmerz in Verbindung mit Liebe hatte sie noch nicht gedacht. »Oh.«

»Ich denke, ehe man Sie vermißt, sollten Sie besser zum Tennis zurückgehen. Dann kommen Sie nach einer Anstandspause wieder her. Sie können mir von sich erzählen, und ich erzähle Ihnen von mir. Na los, Rose, gehen Sie.« (Ich brauche einen Moment, um nachzudenken.)

»Muß ich?« (Dies ist eine idiotische Unterhaltung.)

»Ich fürchte, ja.« (Worauf lasse ich mich hier ein?)

»Na schön.« Sie stand auf. »Ich gehe.« (Vielleicht ist er nicht ganz richtig im Kopf.)

»Aber kommen Sie wieder.«

»Ja«, sagte sie, »natürlich.« Sie wußte, sie würde es tun.

Als sie sich zum Gehen wandte, sagte Mylo: »Dieser Mensch, über den Sie sich gerade geärgert haben …«

»Zwei Menschen. Nicholas und Emily Thornby.«

»Fürchten Sie sich vor ihnen?«

»Selbstverständlich nicht.«

»Was haben sie Ihnen getan?« Er glaubte ihr nicht.

Rose zögerte. Warum ihre Schwachheit bloßlegen, warum diesem Fremden die beiden erklären? »Ich kenne sie mein ganzes Leben lang«, sagte sie ausweichend. »Ihr Vater war unser Pfarrer; man erwartete von uns, daß wir Freunde sind.«

»Geben Sie mir ein Beispiel, das erklärt, warum Sie sich vor ihnen fürchten.«

»Aber das tue ich nicht«, bestritt Rose energisch.

»Ach, hören Sie doch auf.«

»Na schön. Vor Jahren … es war ein Witz. Wir waren alle ungefähr sechs oder sieben, ich ging auf eine Klostertagesschule, sie besuchten eine fortschrittliche Schule die Straße ein Stück weiter runter.«

»Und?«

»Ich weiß nicht, warum ich Ihnen das erzählen sollte, es ist alles vergessen, Jahre her.« Sie machte einen Rückzieher.

»Sie erinnern sich aber offensichtlich.«

»Es ist furchtbar albern.«

»Erzählen Sie weiter …«

»Sie protzten damit herum, daß meine Nonnen fad wären und daß sie an ihrer Schule massenweise Witze und komische Geschichten lernten, die sie mit nach Hause brächten und ihren Eltern erzählten, und sie alle lachten dann zusammen über die Geschichten.«

»Das klingt doch in Ordnung.«

»Habe ich auch gedacht.«

»Weiter.«

»Ich habe seit damals nie drüber geredet. Ich weiß nicht, warum ich's Ihnen jetzt erzähle.«

»Nun machen Sie schon weiter.« (Sie sieht bedrückt aus.)

»Also. Sie erzählten mir ihren *besten* Witz, ja, ich habe ihnen tatsächlich einen Sixpence dafür bezahlt, sie sagten, wenn deine Nonnen drüber lachen, kriegst du deinen Sixpence zurück, ich sagte, natürlich werden meine Nonnen lachen, sie lachten oft, sie waren ziemlich lustig, diese Nonnen. Ich dachte, ich werde ihn erst an meinen Eltern ausprobieren, und wenn sie lachen, werden's sicherlich auch die Nonnen tun, meine Eltern lachen nie viel, verstehen Sie. Ich bezahlte also meinen Sixpence, und Nicholas und Emily erzählten mir ihre Geschichte.«

Ein blitzartiger Verdacht. »Haben Sie diese Geschichte damals verstanden?«

»Natürlich nicht, aber das konnte ich doch nicht sagen, oder?«

»Erzählen Sie sie mir, wenn Sie sich dran erinnern.«

»Ich erinnere mich nur zum Teil dran.«

(Ich wette, sie erinnert sich an alles.) »Also, erzählen Sie.«

»Die Geschichte drehte sich um einen Mann und ein Mädchen, die Boot fahren. Sie kommen einem Lastkahn in die Quere, und der Kahnführer schreit: ›Ich sehe, du hast ’ne Rille in der Zille, deswegen sage ich nicht, was ich sagen wollte, aber ich sage dir …‹ Den Rest habe ich wirklich vergessen …«

(Lügnerin.) »Aber Ihren Eltern haben Sie die Geschichte erzählt, dafür hatten Sie sie lange genug in Erinnerung behalten.«

»Ja. Sie hatten irgendwelche Leute auf ein Glas da.«

»Und?«

»Mein Vater hat mich verdroschen, und meine Mutter hat mich zwei Tage lang in mein Zimmer eingesperrt.«

»Die Nonnen haben die Geschichte also nie gehört?«

»Nein.«

»Vielleicht wären die Nonnen sanfter gewesen.«

»Sie hätten die Wörter auch nicht gekannt.« (Komisch, daß meine Mutter sie kannte.)

»Und von Ihnen erwartete man nach wie vor, daß Sie mit diesen reizenden Kindern spielten?«

»Natürlich. Meine Eltern dachten, ich hätte die Geschichte von einem ungezogenen katholischen Kind; sie beschwerten sich bei der Mutter Oberin und nahmen mich von der Schule; es gab ein Riesentheater.«

»Und Sie haben nie was verraten?«

»Ich konnte doch nicht zulassen, daß Nicholas und Emily triumphierten.«

»Was für bezaubernde, unschuldige Kinder.«

»Vielleicht haben sie bei ihrer Taufe nicht geschrien«, sagte Rose.

»Vielleicht können Sie sich eines Tages rächen.«

»Vielleicht werde ich das tun«, sagte Rose lächelnd. »Es wäre mein Sixpencestück wert.«

»Ich liebe dich.«

»Sie nehmen mich auf den Arm.«

»Nein.«

Rose wandte sich wieder zum Gehen. Es war zu früh, um ihm zu sagen, daß sie die Bedeutung der anstößigen Wörter immer noch nicht kannte; in einem Wörterbuch hatte sie keine obszöne Bedeutung finden können. Sie hatte ihre Naivität weit genug aufs Spiel gesetzt.

Mylo sah ihr nach, als sie zur Tür ging; an der Tür drehte sie sich um. Es fiel beiden auf, daß sie sich nicht berührt hatten, ihre Hände hatten sich nicht einmal gestreift, als er ihr das Löschpapier gegeben hatte.

»Später?« fragte sie über den Zwischenraum zwischen ihnen hinweg.

Mylo nickte.

»Und die Gefahren?« fragte sie, als hätte sie bereits Erfahrung in der Liebe, im Leben.

»Denen trotzen wir gemeinsam.« Er winkte ihr mit seinem Buch hinterher. »Allen, Emily und Nicholas, dem ganzen Klüngel.«

Rose lachte.

»Erzähl ihnen da draußen auf der Auktion, daß auf dich schon geboten worden ist«, sagte Mylo.

»Dann werden mich die Gefahren nicht schrecken«, sagte sie. Und dann: »Ist das Gebot hoch?«

»Unbegrenzt.«

12

Mylo versuchte, sich wieder auf sein Buch zu konzentrieren, aber es war zwecklos; er legte es weg. Ich werde George daraus vorlesen lassen, dachte er, und mich über seinen grauenhaften Akzent hermachen. Während er liest, kann ich träumen. Er stand auf und lief im Zimmer hin und her; er fühlte sich in Gefahr. Eine bislang unabhängige Zukunft war in einem einzigen Augenblick mit der des Mädchens in dem rosafarbenen Kleid verbunden, verflochten worden, das ins Zimmer gestürzt war und seine Einsamkeit gestört hatte.

Beim Hinundhergehen erinnerte sich Mylo daran, wie sein Vater über die Liebe philosophiert hatte, über ihre tragischen, komischen, erfreulichen und schmerzlichen Seiten. Einen Exkurs über die Liebe, als sie in der Provence unter Platanen an einem Kaffeehaustisch gesessen, sein Vater Pastis getrunken und seine Mutter genäht hatte, um einen Riß in seinem Hemd zu flicken, seinem besten, das er am Abend auf der *fête* zu tragen hoffte. Dann und wann hörte sie auf zu nähen, um einen Faden abzubeißen und ihren Mann spöttisch anzulächeln, der ihrem zehnjährigen Sohn einen Vortrag über die Fallstricke und Freuden der Liebe hielt, ihm zuredete, sie zu genießen, doch leichtzunehmen. Er muß ein bißchen betrunken gewesen sein, dachte Mylo, der sich an den wolkigen Pastis im Glas erinnerte, während das scheckige Sonnenlicht schräg über das Gesicht seines Vaters fiel, die Augen seiner Mutter aufleuchten ließ. »Denk dran«, ermahnte ihn sein Vater, »die Liebe kann dein ganzes Leben verändern, dich aus der Richtung werfen, dich in eine Falle locken.«

»C'est juste«, sagte der Cafébesitzer, der seinem Vater noch einen Drink eingoß.

»Dein Vater wechselt natürlich nie die Richtung«, sagte Mylos Mutter. Sie machte sich über ihren Mann lustig, weil dessen Haupteigenschaft Flatterhaftigkeit war.

»Da hast du's, mach dich nur über mich lustig, zieh mir den Boden unter den Füßen weg.« Mylos Vater hatte seine Frau angeblickt, ihr über den Glasrand hinweg verschwörerisch zugelächelt. »Wie üblich.«

Mylos Mutter wurde rot, als sie den Blick seines Vaters erwiderte. Der Cafébesitzer klatschte mit seiner Serviette, bemerkte: *»C'est un beau discours«* und verschwand leise in sich hineinlachend im Innern des Cafés. Mylo, der seine Eltern beobachtete, hatte mit Schrecken bemerkt, daß seine Eltern ineinander verliebt waren. Er war verblüfft. Über sein verdutztes Gesicht amüsiert, hatte seine Mutter ernst gesagt: »Hör zu, was dein Vater sagt, Mylo, er warnt dich vor dieser schrecklichen Gefahr, der du um jeden Preis ausweichen mußt.«

»Es ist nur recht, daß man ihn auf die Gefahren aufmerksam macht«, protestierte sein Vater, »wenn er es trifft ...«

»So ein Mädchen wie mich?« Sie hatte die Hände mit der Näherei in den Schoß sinken lassen. »Denk dran, Mylo, wenn die Falle zugeht, *gare à toi*, nimm die Warnung deines Papas zur Kenntnis.«

»Aber es wird zu spät sein«, rief Mylos Vater klagend. *»Il sera foutu«*, und seine Eltern hatten gelacht und sein verwirrtes Gesicht beobachtet.

Das Wunderbare an ihnen, dachte Mylo, während er in Mr. Malones Bibliothek hin und her ging, war, daß ihre Liebe füreinander ihm Auftrieb gegeben, ihn umschlossen, mit ihnen mitgerissen hatte. (Ein törichter, unnötiger Unfall hatte sie beide getötet und ihn mit sechzehn gezwungen, sich allein seiner Zukunft zu stellen. Es war genug Geld dagewesen, um seine Ausbildung auf dem Gymnasium zu beenden, aber keines für die Universität. Er lernte, die Jahre, die er mit seinen Eltern in Frankreich, England, Deutschland, Italien und kurz in Südafrika verbracht hatte, wohin er mit seinem Vater gereist war, einem unsteten, freien Journalisten, als wichtige Erfahrung anzusehen, als Hohe Schule des Lebens – dieses abgestandene Klischee. Zweisprachig mit Französisch und Englisch, konnte er sich noch in drei anderen Sprachen durchwursteln.) Er hatte erlebt, wie seine Mutter in Deutschland als Jüdin beleidigt wurde, hatte die Faschisten in Italien ihre tödliche Pantomime aufführen sehen, hatte seinen Vater zu illegalen politischen Treffen in Spanien, zu den ersten marxistischen Versammlungen in den Schwarzenvierteln von Kapstadt begleitet, war im Bewußtsein aufgewachsen, Engländer zu sein. »Auch wenn«, wie seine Mutter zu sagen pflegte (*»even though«*, außerstande, die »ths« richtig auszusprechen), »auch wenn sie manchmal langsam von Begriff sind, sind sie dein Volk. *Je te donne ton pays.*«

Sie sei eine Anglophile, jammerte sein Vater, die es danach verlange, ständig in dem scheußlichen englischen Klima zu leben statt in dem ihres Heimatlandes Frankreich.

Mylo hielt im Herumgehen inne und blickte in den Maloneschen Garten hinaus, auf die säuberlich beschnittenen Hecken, den geharkten Kies, die ordentlichen Blumenbeete. Was wäre meiner Mutter widerfahren, überlegte er, in dem Krieg, der auf uns zukommt? Wie wären für sie als Jüdin die Dinge in Frankreich gelaufen? Die Juden gehen keinen sehr angenehmen Zeiten entgegen. Es besteht die Möglichkeit, es sei denn, es geschieht ein Wunder, daß in den Dörfern in England und Frankreich an den Kreuzungen Schilder stehen, die Juden den Durchgang verbieten, wie es in Deutschland geschieht. Und mein Vater, dachte Mylo, der schrieb, um die Schliche und Heucheleien von Regierungen an den Pranger zu stellen, wie wäre es ihm ergangen? Könnte, würde er sich angepaßt haben? Höchst unwahrscheinlich, dachte Mylo und lächelte, als er sich daran erinnerte, wie sein Vater, wenn auch nicht gerade ausgewiesen, so doch nicht allzu höflich aufgefordert worden war, Südafrika zu verlassen. Während er hinaus auf den reifbedeckten Garten blickte, summte Mylo das Lied vor sich hin, das aufzuzeichnen er seinem Vater geholfen hatte, ein Lied, das auf diesen geheimen Treffen gesungen wurde:

Tom blows hot,
Tom blows cold,
Ev'ry time poor Tom gets so-old,
Therefore, brothers, black and white,
Workers of the world unite!

Er wünschte sich, während er die Worte leise vor sich hinsang, es gäbe eine Möglichkeit, seine Eltern davon in Kenntnis zu setzen, daß die bislang theoretische Erfahrung dessen, wovor sie ihn lachend gewarnt hatten, ihn jetzt erwischt hatte. »Peng, ratsch, klatsch«, sagte er laut.

»Was?« fragte Rose, die eben in die Bibliothek trat.

»Wie lange du weggewesen bist«, rief er.

»Ich mußte zwei endlose Sätze spielen, jedesmal, wenn ich

dachte, ich hätte beinahe verloren, gewann meine Partnerin einen Ballwechsel.«

»Draußen wird's schon dunkel.«

»Ja.« Sie ging langsam auf das Feuer zu. »Ich muß nach Hause.«

»Noch nicht!« rief er schmerzlich.

»Mrs. Malone hat gesagt, wenn ich in die Bibliothek schaue, würde ich einen jungen Mann namens Mylo Cooper finden. Sie wußte nicht, daß ich ihn bereits gefunden habe.«

»Und?«

»Ich soll dich fragen, ob du schon was gegessen hast …«

»Habe ich nicht.«

»Und wenn du noch nichts gegessen hast, soll ich dich von deinen Büchern weglotsen und in die Küche bringen, damit du dir von der Köchin Tee auf einem Tablett geben läßt. Es sieht nicht so aus, als ob du in deine Bücher vergraben wärst.«

»Ich habe gerade an dich gedacht.«

»Oh, gut – und sie sagte, du bist komisch, wenn's darum geht, Leute kennenzulernen.«

»Sie ist komisch, wenn's darum geht, daß ich Leute kennenlerne; es ist meine Kleidung, ich mache Mrs. Malone gesellschaftlich Schande.«

Rose lachte. »Dachte ich mir. Ich mag deine Kleider. Dann hat sie gesagt, ich soll dich bitten, mich nach Hause zu fahren; wenn du Tee getrunken hast natürlich erst.«

»Und du auch.«

»Und sie hat gesagt, du sollst ihren Wagen nehmen, nicht den ihres Mannes.«

»Gut. Wann wirst du zu Hause erwartet?«

»Zu keiner bestimmten Zeit. Wenn meine Mutter weiß, es

wird noch getanzt, wird sie hoffen, daß man mich auffordert dazubleiben. Ich weiß es und möchte es nicht.«

»Dann holen wir uns eben Tee, setzen uns her, so lange wie wir wollen, und du kannst mir die Geschichte deines Lebens erzählen.«

»Die ist ganz kurz und langweilig.«

Sie standen da und betrachteten den Garten in seinem Winterschlaf. Eine Amsel, die sich auf den Rasen niedergelassen hatte, blieb horchend stehen und rannte dann ein paar Schritte. Ein zweiter, stärkerer Vogel kam herabgeflattert und lief angriffslustig auf den ersten Vogel zu, der jedoch glucksend davonflog.

»Ich habe dich noch nicht berührt. Ich heb's mir noch auf«, flüsterte Mylo.

Rose erschauerte. »Glaubst du, ich explodiere, verschwinde?«

»Vielleicht. Das alles erschreckt mich«, sagte Mylo. »Holen wir uns Tee. Ich habe dir so viel zu erzählen. Mir ist ganz schwach vor Liebe.«

»Wenn du noch nichts gegessen hast, könnte deine Schwäche auf Hunger zurückzuführen sein«, sagte Rose, sich in Nüchternheit flüchtend.

Aus der Wärme der Maloneschen Küche hatten sie sich ein Tablett geholt, das eine Teekanne, Butterwecken, Brot und Butter, Erdbeermarmelade, Stücke vom Weihnachtskuchen und Früchtebrot enthielt. Im Widerschein des Holzfeuers und dem eisigen Sternenlicht des Winterabends aßen sie, nebeneinander auf dem Sofa sitzend.

Es schien nicht nötig zu reden – ihr ganzes übriges Leben dehnte sich vor ihnen aus.

Als sie fertig waren, trug Mylo das Tablett in die Küche

zurück. Rose saß da, wartete auf seine Rückkehr und lauschte dem fernen Lärm der Partygäste, die nicht mehr Tennis spielten, sondern jetzt im Salon am anderen Ende des Hauses herumalberten und flirteten. Emily und Nicholas hatten sich in die Gesellschaft eingefügt, waren bei den Mädchen aus London groß angekommen, hatten ihre Stellung bei den Malones gefestigt und Rose vergessen. Und während Rose auf Mylo wartete, empfand sie eine Freude und Beklommenheit, die ihr völlig fremd war, unheimlich.

Als Mylo zurückkam, knipste er eine Lampe an und ließ Licht neugierig in dunkle Ecken spähen und Roses Augen und Mund erhellen. Er kniete sich neben sie auf den Kaminvorleger. *»Elle est belle à la chandelle«*, zitierte er.

»Mais le grand tour gâte tout«, fuhr sie fort.

»Du kennst also Molière?« Er war überrascht.

»Ein bißchen. Nicholas hat mich mit diesen Versen verspottet, als ich fünfzehn war ...«

»Ich hatte nicht vor, mehr als die erste Zeile zu zitieren. Soll ich ihn für dich zur Rechenschaft ziehen?«

»Ich denke, das wird das Leben schon tun. Erzähl mir von dir.«

»Wo anfangen?«

»Bei deinen Eltern vielleicht. Offenbar wird man stets nach seinen Eltern beurteilt – das ist nicht immer fair.«

»Sie sind tot«, sagte Mylo.

Rose sagte nichts.

»Ich will versuchen, sie für dich zum Leben zu erwecken. Während du Tennis gespielt hast, habe ich an sie gedacht. Sie haben mal, als ich klein war, versucht, mir von der Liebe zu erzählen. Ich werde dir eines Tages erzählen, was sie gesagt haben, aber nicht jetzt.«

»Sie haben dich gewarnt?«

»Sie konnten mich nicht vor etwas warnen, das sie dermaßen liebten ...«

»Oh, die Glücklichen«, rief Rose aus.

Mylo sah Rose starr an. »Ja. Mein Vater war klug, unbesonnen, stürmisch. Einer, der Lügengeschichten zum Platzen brachte, ein Berichterstatter unbequemer Tatsachen. Er liebte Ideen. Er war Reisender, Linguist, Liebhaber. Meine Mutter betete er an, und sie ihn. Meine Mutter war Jüdin, schön, französisch, entschlossen; sie errichtete um uns eine Mauer aus Liebe. Sie hatten ungeheure Hochs und Tiefs«, sagte Mylo, »weil mein Vater keine Kompromisse einging, und meine Mutter hätte ihm das auch nicht durchgehen lassen.«

»Und sie haben dich glücklich gemacht?«

»Sehr. Du hättest sie geliebt, und sie dich.«

»Danke, daß du mir von ihnen erzählt hast.«

Mylo legte Scheite aufs Feuer, schichtete sie auf die glühende Asche, so daß der Zugwind sie erreichen konnte und sie Feuer fangen würden.

»Und du?« fragte er leise. »Wirst du mir von deinen Eltern erzählen?«

Rose holte tief Atem. »Mein Vater stirbt an Krebs, zumindest denkt er das; für mich ist das schwer zu glauben, aber es ist die allgemeine Ansicht. Er ist Anwalt, nicht erfolgreich, ich weiß nicht, warum. Doch, ich weiß es, ich muß ehrlich sein. Er ist erfolglos, weil er allen alles ist, und das mögen die Leute eigentlich nicht. Er versucht, die Leute zu erfreuen, wenn sie nackte, sogar unangenehme Tatsachen erfahren wollen, folglich trauen sie ihm nicht (auch ich nicht, flüsterte sie). Außerdem ist er ein Snob. Es ist ihm sehr wichtig, wer man ist, wieviel Geld man hat. Warum lachst du?«

»Ich lache nicht«, sagte Mylo, der angesichts des Schmerzes in Roses Stimme den Atem angehalten hatte.

»Meine Mutter ist so ziemlich das gleiche«, fuhr Rose fort, »aber sie ist scheu und unbeholfen. Wenn sie Leute im Haus hat, steckt sie sie mit ihrer Verlegenheit an. Ich habe von meinen Eltern noch nie so gesprochen. Sie ist verzweifelt darauf aus, daß ich einen Mann mit Geld heirate. Sie hat mich gezwungen, heute zu diesem Tennis hier zu gehen; sie dachte, ich würde jemand Passendem begegnen. Du lachst *doch*.«

»Du bist *mir* begegnet.«

»In ihren Augen oder in denen meines Vaters wärst du eine Katastrophe«, rief Rose voller Schmerz, »und so grauenhaft ich sie auch dargestellt habe, ich liebe sie wohl trotzdem, aber«, weinte sie, »sie lieben sich nicht. Diese fixe Idee mit dem Krebs haben sie sich ausgedacht, um einander zu entfliehen.«

»O mein geliebter Schatz.« Mylo schlang seine Arme um Rose. »Da«, sagte er und küßte sie, »da! Endlich habe ich dich berührt.« Er schloß sie in die Arme und tröstete sie. »O mein geliebter Schatz.« Er wußte nicht, ob er sie wegen ihrer Eltern oder wegen seiner Liebe tröstete.

»Mylo, Mylo, Mylo«, Rose liebte seinen Namen, die Arme um seinen Hals gelegt, ihr Gesicht an seinem.

»Hör mal ...«, sagte er.

Sie hörten, wie die Partygäste exaltiert miteinander schäkernd vom Salon durch die Diele strömten, Georges Gelächter, Richard, der irgendeinen dämlichen Witz schrie, Nicholas' Kichern, die Mädchen, die gurrend und kreischend, mit plötzlichem Geschrei antworteten. »Sie gehen nach oben, um sich umzuziehen. Es gibt also doch Tanz.«

»Nicht für uns«, sagte Rose kokett.

»Soll ich dich nach Hause fahren? Hol deinen Mantel, wir

treffen uns auf der hinteren Auffahrt bei Mrs. Malones Wagen.«

»Ich muß ihr noch auf Wiedersehen und Dankeschön sagen. Es geht ganz schnell.« Sie konnte es nicht ertragen, sich von ihm zu trennen.

»Auf Wiedersehen«, sagte sie zu Mrs. Malone, die müde im Salon saß, »und vielen Dank für den schönen Tag.«

»Ziemlich langweilig, fürchte ich, Sie haben nicht viel Tennis gespielt. Sie müssen wiederkommen.« Mrs. Malone hatte Kopfweh; sie hatte vor, sich einen strammen Whisky zu genehmigen, während sie ihr Bad nahm. Die kleine Freeling schien es mit dem Abschied eilig zu haben. Und das kann ich ihr auch nicht verdenken, dachte Mrs. Malone. Die Jungs tun nichts anderes, als die Mädchen so lange zu provozieren, bis sie toben und kreischen, höchste Zeit, daß sie heiraten, die hier scheint recht still zu sein.

Rose rannte durchs Haus, um wieder bei Mylo zu sein. »Du wirst dich an die Namen all der geeigneten Heiratskandidaten erinnern müssen, mit denen du Tennis gespielt hast«, sagte er.

»Morgen. Nicht jetzt.« Sie schlug die Wagentür zu, setzte sich neben ihn.

Mylo küßte sie, ihr Gesicht in seinen Händen. »Wen hast du noch geküßt, Rose?«

»Der einzige Mensch, der mich geküßt hat, tat's unter dem Mistelzweig, um dann darüber zu lachen. Er hatte einen nassen Mund und einen Schnurrbart; es war schrecklich.«

»Auf ihn kann ich nicht eifersüchtig sein.«

»Es wird nie jemanden geben, auf den du eifersüchtig sein könntest …«

»Ach, Rose …«

Wie unschuldig wir waren, dachte Rose ein halbes Jahrhundert später in dem Hotelbett. Auf komische Weise bemitleidenswert. Stürzten uns in die Stromschnellen, die uns gegeneinanderwarfen, uns auseinanderrissen. In der Stille der Nacht war plötzlich aus dem Wald jenseits des Baches der Schrei einer Füchsin zu hören, die nach einem Fuchsrüden rief, der das Blut zum Erstarren bringende Schrei, der so manchen Städter zu Tode erschreckt hat (dort draußen wird jemand umgebracht). Rose erstarrte, sich deutlich erinnernd. Die Füchsin schrie erneut, so wie ihre Vorfahrin in jener Nacht geschrien hatte, als Rose zum erstenmal Mylo begegnet war. Rose lehnte sich zurück und lauschte angespannt. Nach wem horche ich? Ned? Mylo? Armer Ned, tot. Ned, eingeäschert, Staub, Staub.

»Ich komme nicht mit rein«, sagte Mylo unterwegs, »ich komme dich besuchen, sobald ich mich meinen Privatlehrerpflichten entziehen kann.«

»Es ist besser so«, pflichtete Rose bci. »Bestimmt mögen sie dich nicht«, sagte sie. »Ich will mir diesen Tag nicht kaputtmachen lassen.« Meine Mutter, dachte sie, oder mein Vater könnten Mylo mit einem einzigen abschätzigen Blick beschmutzen. Morgen werde ich mich stärker fühlen.

»Du kannst sie ja mit deinen großartigen Leistungen im Tennis erfreuen.«

»Ich habe das Racket meines Vaters zerschlagen und kann mich nicht erinnern, mit wem ich gespielt habe.«

»Morgen früh wird's dir wieder einfallen. Wirst du ihnen von mir erzählen?«

»O nein, sie würden versuchen, dich kleinzumachen, du kennst sie nicht. Ich erzähle ihnen nichts. Ich weiß, so ist es am besten.«

»Ich könnte meine Freude laut herausschreien.«

»Besser nicht. Wenn du sie mal siehst, wirst du's verstehen. Deiner Familie hättest du es erzählen können. Meiner kann ich's nicht sagen. Sie machen alles kaputt.«

»Dann werden wir's für uns behalten.«

»Versprochen?«

»Ich verspreche es«, sagte Mylo, der, jung wie er war, die zerstörerische Macht des Klatsches kannte. »Es hält vielleicht nicht lange vor«, sagte er, »aber ich sage nichts.«

»Halte hier«, sagte Rose. »Durch den Wald dort führt eine Abkürzung.«

Sie stiegen aus, ließen den Wagen am Straßenrand stehen und spazierten einen mit Rasen bewachsenen Reitweg entlang, auf dessen hart gefrorenem Gras ihre Schritte knirschten. Sich bei den Händen haltend, schlenderten sie schweigend dahin, als der Vollmond plötzlich hinter einer Wolke hervorgeschossen kam, die nackten Äste der Bäume beleuchtete und ihre Gesichter preisgab, so daß sie stehenblieben und sich anstarrten und jede Linie und Höhlung, jede Rundung von Mund und Wange erforschten, um sie sich ein für allemal einzuprägen. Dann schloß Mylo sie in seine Arme und drückte sie fest an sich, und Rose entdeckte die Freude, sich an ihn zu schmiegen, ihre kalte Nase an seinem Hals zu wärmen, sich von ihm liebkosen zu lassen und ihn zu küssen.

In dem Moment geschah es, daß die Füchsin schrie. Aneinandergepreßt flüsterten sie: »Schsch, horch mal, wird er antworten?« Und wieder schrie die Füchsin.

»Ach Mylo«, sagte Rose, »hoffentlich rufe ich nie nach dir und bekomme keine Antwort.«

»Nur der Tod könnte mich hindern. Freilich«, sagte Mylo und lachte jetzt, »liegt es in der Natur der Sache, daß ich aufgehalten werden kann, mein Schatz, aber kommen werde ich, es wird nie lange dauern.«

Wie lange dauern fünfzig Jahre? überlegte Rose, als sie schlaflos in dem Hotelbett lag. Wie berechnet man das Vergehen der Zeit, ohne verrückt zu werden?

13

Mrs. Freeling erwachte früh, wie es ihre Gewohnheit war, und hievte sich auf einen Ellenbogen hoch. Zwei Meter von ihr entfernt schlief ihr Mann auf dem Rücken, den Mund offen, und sein Atem strömte in kummervollem Rhythmus ein-aus-ein-aus.

Zu dieser Stunde nahmen ihre Gedanken, ehe sie sie gesammelt hatte, stockend ihren Weg an dem Warnschild vorbei, auf dem »Kein Durchgang« stand. Der erste nicht klar formulierte Gedanke lautete: Ich wünsche mir, wenn er schon sterben muß, daß er nicht so lange damit rumtrödelt.

Der zweite lautete: Wenigstens haben wir in London getrennte Zimmer, und das wird ohne viel Aufhebens zu getrennten Zimmern auch hier führen. Wenn er sterben sollte, könnte ich dann dies Haus hier verkaufen und in irgendwas Kleineres umziehen, das leichter zu führen ist. Oder eine Mietwohnung.

Und der nächste: Wenn Rose doch nur heiraten würde, dann könnte ich alleine wohnen.

Dann dachte sie: Ich habe sie gestern nacht gar nicht nach Hause kommen hören; ich würde gern wissen, ob sie auf der Party irgendwelche neuen Leute kennengelernt hat. Sie ist hübsch, es sollte eigentlich nicht allzu schwer sein, sie mit jemand Passendem zu verheiraten. Ich muß da wirklich was unternehmen. Wie man das wohl anfängt? Ich bin so schlecht in solchen Dingen.

An dieser Stelle gestattete Mrs. Freeling ihrem Traum, ihr einen Schwiegersohn zu präsentieren, der, außer sich auf Rose einzulassen, auch für seine Schwiegermutter freiwillig ein mietfreies Haus oder Cottage aus dem Ärmel zog. Aber das ging zu weit, zu schnell. Sollte Rose nur erst mal heiraten.

Mrs. Freeling sank zurück in ihre Kissen und atmete tief und langsam vom Bauch her sechsunddreißigmal ein-aus-ein-aus, was, wie sie irgendwo gelesen hatte, schöne Gedanken und den Seelenfrieden fördern sollte. Vielleicht, dachte sie, wäre die Ehe für Rose das richtige; vielleicht hatte sie nichts gegen das Körperliche dabei – so schmutzig im besten Fall, so schmerzlich im schlechtesten. Es gab Frauen, denen das offenbar nichts ausmachte. Es muß schrecklich sein, vergewaltigt zu werden, dachte Mrs. Freeling, die ins Unterbewußtsein verdrängte, daß ihr Mann sie – wie sie es sah – in der Hochzeitsnacht (und später) vergewaltigt hatte, und daß Roses Geburt, ein anderes qualvolles Ereignis, die unmittelbare Folge davon war.

Zeit, aufzustehen.

Mrs. Freeling schwenkte die Beine über die Bettkante und tastete mit den Füßen nach ihren Pantoffeln. Es war dumm von mir, dachte sie, als sie in ihren Morgenmantel schlüpfte, mich all die Jahre mit einem Doppelbett zufriedenzugeben. Es ist sehr viel besser, seit wir Einzelbetten haben. Wenn Rose heiratet, werde ich ihr von Anfang an zu Einzelbetten raten.

Mrs. Freeling begab sich ins Badezimmer.

Während sie sich die Zähne putzte, dachte sie, Rose sollte in der Lage sein, einen Ehemann zu finden; wenn sie zehn Jahre älter wäre, wär's eine andere Geschichte, sie hätte mit dem Problem der Männerknappheit seit dem letzten Krieg zu kämpfen. Es hatte »zehn Millionen zuviel Fraun, zehn Millionen zuviel Ehefraun« gegeben, wie es in dem Schlager hieß. Sie wußten gar nicht, was für ein Glück sie hatten, dachte Mrs. Freeling, als sie ins Waschbecken spuckte und die Zahnbürste unter dem Wasserhahn ausspülte.

Während des Anziehens legte Mrs. Freeling ihre Aufwachgedanken ab und nahm mit Hemdchen, Schlüpfer, Hüftgürtel, Strümpfen, Schuhen, Tweedrock, Bluse und Strickjacke ihre eigentliche Gestalt an. Dann kniete sie kurz an ihrem Bett nieder und sprach ihr Morgengebet: Vater unser, vergib uns unsere Schuld, ehe sie rasch nach unten trabte, um nachzusehen, ob die Dienstmädchen das Frühstückstablett ihres Mannes fertig hatten.

»'n Morgen, Kinder.«

»Morgen, Madam.«

»Ich bringe es ihm rauf«, sagte sie und warf einen prüfenden Blick auf das weiche Ei, den Toast, die Butter, die Orangenmarmelade und den chinesischen Tee, »er hat es gern, wenn ich da bin, wenn er aufwacht. Ich bin gern dabei.«

»Ja, Madam«, sagte die Köchin.

Das Hausmädchen sagte nichts; sie hatte von ihrer Mutter in Wales einen Brief bekommen und hatte Heimweh.

Mrs. Freeling trug das Tablett nach oben. Als sie an Roses Schlafzimmertür vorbeikam, klopfte sie forsch dagegen. »Zeit, aufzustehen«, rief sie, »Frühstück ist fertig.«

Rose stöhnte, ein Stöhnen, das sie während ihrer Jugend perfektioniert hatte, weil sie wußte, das Stöhnen wurde erwartet. Auf keinen Fall durfte sie den Schrei herauslassen: »Ich bin verliebt, ich bin verliebt, ich bin verliebt«, der in ihr aufstieg. Drossle ihn, hüte ihn, halte ihn geheim.

»Da bin ich, Liebling, hier ist dein Frühstück. Wie hast du geschlafen? Komm, ich schüttele dir die Kissen auf. Warte eine Sekunde, hier sind deine Zähne – wie geht's dir heute morgen, mein armer Liebling? Ist das alles, was du brauchst? Ja, ich frage sie beim Frühstück und sage ihr, daß sie zu dir raufkommt und dir alles erzählt. Ach, du wirst aufstehen? Das ist gut. Geht's dir heute besser? Wie schön. Bald sind wir in London und beginnen mit deiner Kur. Je eher, desto besser. Ich mach' das Fenster nur einen Spalt auf, es ist ein bißchen miefig hier drin. Ich hole dir einen Schal, den du dir um die Schultern legen kannst ...«

»Mach mich nicht nervös. Laß das Fenster, wie's ist.«

»Oh, sehr gut. Ich schicke dir dann gleich Rose wegen des Tabletts hoch ...«

»Ich stehe auf. Warum hörst du nicht zu?«

»Natürlich, du stehst auf, entschuldige. Es ist ein herrlicher Morgen. Ich kann's gar nicht erwarten zu hören, wie es Rose ergangen ist.«

»Ich schon. Sie hat meinen Schläger kaputtgemacht.«

»Was? Woher weißt du das denn?«

»Konnte nicht schlafen. Bin aufgestanden und nach unten gegangen, um ein bißchen zu lesen. Sah ihn auf dem Flurtisch liegen. Nagelneuer Slazenger.«

»Oh, Liebchen, wie das wohl passiert ist?«

»Hat ihn irgendeinem Burschen auf dem Kopf zertrümmert.«

»Unsinn, Liebling, Rose würde nie ...«

»Wo ist die ›Times‹?«

»Oh, entschuldige, ich habe vergessen, sie aufs Tablett zu legen. Ich schick' dir Rose damit rauf, dann kannst du ...«

»Bemüh dich nicht, kann die Zeitung im Bett sowieso nicht richtig lesen, unbequem.«

»Ich wünschte. Ich wünschte.« Mrs. Freeling trabte nach unten zu ihrem eigenen Frühstück im Eßzimmer. Sie wäre entsetzt gewesen, wenn ihr jemand gesagt hätte, was sie sich wünsche, sei der Tod ihres Mannes. »Wir sind neunzehn Jahre verheiratet«, sagte sie oft zu Leuten, »und nie ein böses Wort.«

»Ah, Rose, bist du da? Hast du dich amüsiert? Komm nicht gähnend ins Zimmer. Hat das Tanzen Spaß gemacht?« Sie bot Rose die Wange zum Kuß dar.

»Ich habe nicht getanzt.«

»Wieso bist du dann so spät nach Hause gekommen?«

»Oh, Mrs. Malone – du weißt doch, wie das ist – es waren viele Leute da – viele haben gewartet – dann ist ihr Wagen ...«

»Haben dich denn Thornbys nicht nach Hause gebracht?«

»Nein, Mrs. Malone hatte jemanden, der im Moment dort wohnt, um mich in ihrem Wagen heimzufahren.«

»Wie nett von ihr. Einer von den jungen Männern, die dort wohnen?«

»Irgend so ein Privatlehrer«, sagte Rose schlau.

»Ach, wirklich.« Mrs. Freelings Interesse ließ nach. »Du mußt uns alles darüber erzählen. Reich mir mal die Milch, Liebling. Sitz grade, laß dich nicht so hängen, das sieht so häßlich aus. Dein Vater sagt, du hättest sein Racket kaputtgemacht.«

»Ja, es war ein ungeheurer Treibschlag. Ich habe den Ball so hart getroffen, daß die Saiten geplatzt sind.«

»Oh, du meine Güte.«

»Kommt's drauf an? Er wird ihn nie mehr benutzen.«

»Rose, wie *kannst* du nur!«

»O Mutter, nicht weinen – bitte, nicht weinen.«

»Es ist nur, es ist nur alles so schrecklich.«

»O Mutter, hör auf. Bitte. Hör zu, ich erzähle dir von der Tennisparty. George Malone hat gefragt, ob die Köchin immer noch ihre Marmeladen kocht, und der neue Besitzer von Slepe, Ned Peel, war da ...«

»Ned Peel? Hast du dich viel mit ihm unterhalten?«

»Eigentlich nicht, nein. Eigentlich überhaupt nicht.« Rose, die gehofft hatte, sie könnte ihre Mutter trösten, merkte bekümmert, daß sie sie enttäuschte.

14

Ich habe es eigentlich immer geschafft, meine Mutter zu enttäuschen, dachte Rose in ihrem Hotelbett. Sie hatte das Fenster inzwischen weit aufgeschoben und meinte, das Rascheln des Schilfs, das sich in der stillen Nacht wiegte, wirklich zu hören, sich es nicht nur einzubilden.

Auch meinen Vater habe ich enttäuscht, dachte sie, aber nicht so sehr. Er hatte seine Arbeit, mit der er sich beschäftigen konnte, und seinen angeblichen Krebs. Ich würde gern wissen, ob er wirklich Krebs hatte. Ob es nicht vielleicht Magengeschwüre oder so was Ähnliches waren. Er ist an einem Schlaganfall gestorben. Ich kann mich noch an die Empörung meiner Mutter erinnern, als die Rechnung für die Krebsbehandlung zu bezahlen war. War all das Geld zum Fenster hinausgeworfen? Es ist komisch, wie wenig ich von meinen Eltern weiß. Rose verzichtete auf den Schlaf, stellte sich auf eine schlaflose Nacht ein.

Sie konnten sich nicht ausstehen, die beiden, dachte sie. Es war ziemlich furchtbar, wie sie vorgaben, es wäre anders.

Vermutlich hatten sie nie irgendwelchen Spaß im Bett. Wenn sie den gehabt hätten, hätte es auch Höhen und Tiefen in ihrem Verhältnis zueinander gegeben. Erfrischende Schreiereien, um das Einerlei zu durchbrechen. Ihre Kräche wurden weggedrängt, durften nie an die Oberfläche dringen, genau das, wovon man Magengeschwüre bekommt.

Diese Streitereien, dachte Rose, schrien nach einer Runde heilsam kräftiger Ficks. Ich wette, meine Mutter hat nie einen Orgasmus gehabt. Mein armer Pa hätte gar nicht gewußt, wie man das macht, daß sie einen bekommt. Für eine Frau der Generation meiner Mutter war ein Orgasmus eine Zufallsangelegenheit. Ich bin fast sicher, daß sie gestorben ist, ohne ihre Klitoris entdeckt zu haben. Sie hat immer gesagt, sie sei unglücklich. Mich würde interessieren, überlegte Rose, inwieweit die Neigung zum Gitarrenspiel bei der jüngeren Generation zu sexueller Erfüllung beigetragen hat. Ich muß mich mal bei Christopher erkundigen. Nein, das geht nicht, er fände meine Frage geschmacklos. Christopher hat zuviel von Ned abgekriegt. Kein Wunder, daß Helen ihn dermaßen im Griff hat.

Die Zeit, die für meine Eltern am wenigsten enttäuschend war, dachte Rose, war die Spanne zwischen der Wintertennisparty und meiner Hochzeit mit Ned.

Es war unglaublich, nachträglich betrachtet, wie Ned sich in das Leben der Freelings gedrängt hatte. Hatte es einen Augenblick gegeben, wo es möglich gewesen wäre, Ned Einhalt zu gebieten, ihn zu stoppen, ohne ihn ein für allemal zu verletzen? Lieber, sanfter Ned. Gab es einen Augenblick, wo ich hätte Halt rufen können? Es war mein Fehler, dachte Rose, ich war unaufmerksam, ich hätte sehen müssen, daß seine Stärke seine sichtbare Verletzlichkeit war. Ich habe ihn benutzt, um die Aufmerksamkeit von Mylo abzulenken. Ich habe Ned hinter mir hergeschleift wie der Kiebitz seinen Flügel.

Sie versuchte sich zu erinnern, wann es als unwidersprochen, gebilligt gegolten hatte, daß Ned ständig zu ihnen kam.

Zuerst waren es George und Richard gewesen, die, auf dem Weg zu Thornbys, unter diesem oder jenem Vorwand, vorbeigekommen waren oder irgendeine Botschaft ihrer Mutter an Roses Mutter vorbeigebracht hatten, aufgrund einer Freundschaft, die, zu frühem Tod bestimmt, nur kurz geblüht hatte und gestorben war, als Rose Ned heiratete.

Manchmal brachten George und Richard Mylo mit, um sich in ihrem Französisch zu üben. Andere Male waren Nicholas und Emily und andere junge Männer da, deren Namen und Gesichter sich ihr jetzt entzogen. Ich war verliebt, dachte Rose, das machte mich für andere Männer anziehend, so funktioniert das halt, genau wie in der Tierwelt.

Mrs. Freeling war entzückt gewesen und hatte auf Motten und Kerzenlicht angespielt, so daß ihre Tochter gequält zusammenzuckte. Der Auftritt dieser bescheidenen Anzahl junger Männer hatte ihren Eifer erregt und ihren sanften Druck auf Rose, doch zu heiraten, gesteigert. Sie hackte geschickt auf den jungen Männern herum. Der Vater des einen trank, jener hatte einen Onkel, der ein heimlicher Bankrotteur war, von der Mutter eines dritten hieß es, sie habe indisches Blut. Wie hatte sie diese Dinge herausbekommen, mit welcher Gerüchteküche stand sie in Verbindung? Für eine kontaktarme, unauffällige Frau war sie ganz schön auf Draht. Sie mischte die Karten und zauberte die beiden Malones in den Vordergrund (der Vorfall mit der Marmelade war vergessen), nur um sie beiseite zu schieben, als Ned auf der Bildfläche erschien und wieder erschien, zum Dauergast wurde.

Sie hat Mylo eigentlich nie richtig zur Kenntnis genommen, dachte Rose. Keine Alarmglocke läutete. Achtundvierzig Jahre später lachte Rose leise in sich hinein.

Mylo kam vorbei, nun wie alle anderen in die damalige Mode gekleidet. Tweedjackett und graue Flanellhose, eine Uniform, so allgemein verbreitet wie Jeans heute. Es hatte ein kurzes elterliches Aufbegehren gegeben. Sah er nicht ziemlich fremdländisch aus? Jüdisch vielleicht? Keine Familie. Kein Geld (armer Junge, wie abgetragen seine Schuhe waren). Keine richtige Stellung. Kein Universitätsabschluß. Entsetzlich jung.

Diese quasi unsichtbare Diskriminierung, die mal so, mal so auf viele Menschen paßte, reichte aus, daß Mylo ihren Eltern aus dem Weg ging, daß Rose und Mylo sich heimlich trafen, wo sie unbeobachtet waren: im Wald bei schönem Wetter, in Kirchen, wenn es regnete. Sie gaben vor, an alten Grabplatten interessiert zu sein, wenn jemand sie zufällig dabei störte, wie sie in ein Gespräch vertieft auf der bequemsten Kirchenbank fest umschlungen dasaßen oder sich laut etwas vorlasen. Unsere Liebe muß, wie Gebete, in die Mauern dieser Kirchen eingesickert sein und die Lenden der längst Verstorbenen unter den Grabplatten in Wallung gebracht haben, dachte Rose.

Mylo hatte einen kleinen Wagen erworben, mit dem sie weit hinausfuhren. Er hatte einem Freund von Mylos Vater gehört, der diesem einen Gefallen schuldig war und ihn bei dem Sohn einlöste.

Als Freelings zu Mr. Freelings Krebsbehandlung nach London zogen, trafen Rose und Mylo sich in den Museen, picknickten in den Parks, schlenderten Hand in Hand durch Kew Gardens, räkelten sich im Richmond Park. Mylo hatte unterdessen seine Arbeit bei Malones beendet (George bekam nie einen guten Akzent, war aber für seine Redegewandtheit berühmt) und suchte einen Job.

Während Rose im siebten Himmel schwebte, rückte Ned immer näher. Nett und freundlich zu ihren Eltern, durchweg aufmerksam, führte er Rose ins Quaglino's, ins Écu de France aus, ging mit ihr zu Abendessen und Tanz ins Berkeley, zum Lunch ins Savoy. Zur Regatta in Henley (befremdlich in seinen rosa Socken), zum Eton-und-Harrow-Ball, zur Luftfahrtschau, nach Wimbledon, ins Theater und ins Kino, breitete vor ihr die Reiche seiner Welt aus. Hatte sie ihn gegen Mylo ausgespielt, war sie durch Neds Gaben verführt worden?

Wenn ich nur keine Jungfrau gewesen wäre, dachte Rose. Wenn ich nur gewußt hätte, was ich später erfuhr, daß das gierige Übereinanderherfallen der Jugend, das uns in diesem stinkigen, kleinen Hotel so fehlschlug, zu einem wunderbaren, behaglichen Genuß werden kann.

Wie war die Falle zugeschnappt? Gab es einen Tag, an dem Mylo aufgesteckt hatte? War er wütend zurückgetreten? Wann hatte sie sich entschieden, auf Sicherheit zu setzen und ihren Eltern eine Freude zu machen? (Sei ehrlich, auch mir habe ich eine Freude gemacht.) Unmöglich jetzt, den Finger darauf zu legen, es reichte, daß sie »Ja, in Ordnung« gesagt hatte, als sie mit Ned in der Abenddämmerung durch das Bergtal seines Onkels Archibald spaziert war, während der Brachvogel rief.

Damals, dachte Rose bitter, hatten die Eltern ihre Enttäuschung plötzlich nicht mehr bemerkt und waren, sich in der gemeinsamen Sonne elterlichen Erfolgs wärmend, einander ziemlich zugetan.

Ich war so jung, entschuldigte sich Rose, und auch Mylo war so jung. Wenn wir doch nur hätten warten können.

Die Zuneigung meiner Eltern füreinander war nicht von Dauer. Aber die Falle schnappte zu, und ich, dachte Rose, gewann meinen Gefängniswärter lieb. Mylo, wütend und entfremdet, vom Krieg in Anspruch genommen, verschwand; er hätte, in seinem Schweigen, tot sein können, so vollkommen zog er sich zurück.

Das Telefon hatte geläutet, während sie vor dem Ankleiden für die Hochzeit in der Badewanne lag.

»Jemand möchte dich am Telefon sprechen, er will seinen Namen nicht nennen« – ihre Mutter war irritiert gewesen – »und auch nichts hinterlassen.«

In ihr Badetuch gehüllt, hatte sie seine heisere Stimme gehört: »Ich warte auf dich an der Straßenecke. Es ist nicht zu spät. Komm schnell, denk nicht lange nach. Ich habe den Wagen hier.«

»Wie soll ich? Ich sitze in der Badewanne. Ich ...«

»Dann will ich dich nicht weiter belästigen.« Er war wütend.

»O bitte, bitte, geh nicht weg, sag nicht auf Wiedersehen«, hatte sie gerufen ohne Rücksicht darauf, daß ihre Mutter auf der Treppe lauschte.

»Ich sage es ja nicht ...« Er hatte aufgelegt.

Eines von Neds Geheimnissen war sein Gefühl der Unsicherheit. Er brauchte es, ermutigt, gehätschelt zu werden. So etwas wie ein Parvenu – er war nur ein entfernter Verwandter des alten Peel und nicht in der Erwartung aufgewachsen, daß er erben würde –, genoß er es, wenn servile Kellner Bücklinge vor seinem Geld machten, indem sie Stühle zurechtrückten, mit Servietten klappten, Speisekarten vorlegten, und ich, dachte Rose, war zu jung, zu naiv, um es schon damals zu bemerken. Armer Ned, es macht mir nichts mehr aus, aber es gab Zeiten, da habe ich bitter bereut, dir jenes Versprechen, um das du mich batest, gegeben zu haben. Armer, alter Ned, armer Ned. Ich möchte bloß wissen, dachte Rose und war kurz schlagartig wach, ehe sie schließlich langsam in Schlaf sank, wo ich Neds Asche gelassen habe?

Ich werde so vergeßlich, dachte sie bekümmert, ich verliere andauernd irgendwas.

Dann: Wie dumm von mir. Wie konnte ich das nur vergessen? Helen hat die Sache in die Hand genommen. Das sah Helen ähnlich, dachte Rose und lächelte keineswegs sehr freundlich im Dunkeln. Man fragt sich, ob Helen Christopher sexuell befriedigt. Er trägt so eine unzufriedene Miene zur Schau. Er war so ein lieber, kleiner Junge. Jetzt hat er was Trauriges an sich. Sieht Helen mich heimlich an und überlegt, wie Ned und ich im Bett zu Rande kamen? Wird sie sich um Slepe so kümmern wie ich? Was wird sie mit Neds Asche machen? Ob sich Ned als Asche geborgener fühlt? Ned hatte es nie nötig, sich irgendwelche Sorgen zu machen.

Durchs offene Fenster kam die Hotelkatze gesprungen, schaute vorbei auf dem Weg, sich die Nacht zu vertreiben. Jetzt hüpfte sie auf Roses Bett, setzte die Pfoten auf ihren Körper, trat und schnurrte und streckte die Tatzen, um die Bettücher zu packen, faßte sie und zog sie schnurrend und vor Wollust knurrend zur Seite, und Rose, vor Überraschung gelöst, weinte um Ned zum ersten Mal, seit er gestorben war.

15

»So«, sagte Ned und ließ seine ungenauen Erinnerungen an das Wintertennis fahren, »soll ich dich durchs Haus führen? Wollen wir die große Bildungsreise beginnen?« Er war ungeduldig, stolz auf seine Besitztümer, erpicht darauf, damit zu protzen, Rose mit ihrer Zukunft zu beschenken.

Rose sprang auf. »Könnten wir erst durch den Garten gehen?«

»Wenn du das gern möchtest.« Er würde sie gewähren lassen. »Ich weiß nichts über Gärten«, sagte er, schlug nach einer vorbeifliegenden Biene und köpfte eine japanische Anemone.

Rose hob die enthauptete Blüte auf. »Ich weiß auch nicht viel, aber ich bin bereit zu lernen.« Sie lief vor ihm her.

Der gepflasterte Weg führte durch den Garten zu schmiedeeisernen Pforten, durch die man in einen zweiten Garten gelangte. »Wie wunderschön«, rief Rose, »zwei ummauerte Gärten, was für Reichtümer, was für wundervolle Blumen.« Sie blickte sich hocherfreut um.

»Es ist alles sehr unordentlich.« Ned warf kritische Blicke um sich.

»Deswegen ist es ja so aufregend«, sagte Rose. »Mir gefällt's.«

»Es gibt noch einen dritten, größeren Garten für Gemüse und Obst«, sagte Ned. »Er dürfte von Nutzen sein, wenn Eßbares knapp wird, wie's im Krieg neunzehn-vierzehn passiert ist.

Ich hoffe, Farthing kennt sein Geschäft. Ah, da ist Farthing ja – wir sagen wohl besser hallo.« Er ergriff Rose über dem Ellenbogen am Arm: »Das ist meine Frau, Farthing, Mrs. Peel.«

»Ah«, sagte Farthing und warf Rose einen flüchtigen Blick zu (als müßte ich zurechtgestutzt werden, dachte Rose). Farthing war ein Mann von sechzig mit einer lederartigen Freilufthaut, kleinen, hellen Augen, einem geschürzten Mund und einem aufmüpfigen Kinn. Er war sehr klein, nicht größer als Rose.

Rose nahm seine Hand. »Ihr Garten ist phantastisch.«

»Wer war das?« Farthings Blick schien an Roses Arm zu dem Blütenköpfchen in ihrer Hand hinabzugleiten.

»Ein Unfall.« Sie wollte Ned nicht verraten.

»Ich hab' ihn gesehn«, sagte Farthing. »Bienen sind nützliche Tiere.« Er hatte Neds Schlag nach der Biene beobachtet.

»Er hat daneben geschlagen!« Rose lächelte. »Halten Sie Bienen?«

»Zwei, drei Stöcke, je nachdem.«

»Wie steht das Gemüse, war's eine gute Saison?« Ned fühlte sich ausgeschlossen.

»Das Gemüse steht gut.« Farthing besah sich Rose genauer.

Ich wünschte, er würde mich mit Sir anreden, dachte Ned. »Wir sollten uns von jetzt ab auf Gemüse konzentrieren«, machte er seine Autorität geltend.

»Aber nicht so, daß wir gar keine Blumen mehr haben, Ned, Bienen brauchen sie, und Honig ist ungeheuer wichtig; Zucker wird rationiert werden, und ohne die Blumen zu stören, gibt's viele Gemüsesorten, die man dazwischen anbauen kann, stimmt's, Mr. Farthing?«

»Daran hab' ich noch gar nicht gedacht, Miss, gute Idee. Farthing reicht, Miss, einfach Farthing.«

»Mrs.«, berichtigte Ned, »seit gestern. Mrs. Peel.«

»Ah«, sagte Farthing, »öm.«

Er nimmt Ned auf den Arm, dachte Rose. »Werden Sie mich in Gartenarbeit unterrichten?« fragte sie Farthing. »Wenn ich allein bin.«

»Ah«, sagte Farthing, »Gemüse is' da hinten.« Er nickte zu einer Tür in der Mauer. »Schöne Ernte an Zwiebeln und Schalotten; mein alter Herr hat auch Knoblauch geliebt.«

»Gut«, sagte Rose. »Komm, Ned, laß uns einen Blick reinwerfen.« Sie ging voran in den Gemüsegarten. »Das ist ja alles wunderbar in Ordnung«, sagte sie, auf die Gemüsereihen zeigend. »Was für ein bezaubernder Mann; ist er nicht reizend, Ned?«

»Er wird sich an mich gewöhnen müssen«, sagte Ned, »er vermißt meinen Onkel.« Bezaubernd, fand er, war keine passende Bezeichnung für den Gärtner.

»Natürlich tut er das. Man kann seine Gefühle, seine Liebe an den Gärten erkennen.«

»Ich kann nicht sagen, daß ich das könnte, aber du hast ihm anscheinend gefallen ...«

»Komm, Ned, sei nicht mürrisch, sieh dir doch bloß mal diese Zwiebeln an! Die würden überall Preise erringen.«

(Ich bin nicht mürrisch.) »Ich würde dir lieber das Haus zeigen, komm mit ...« Ned führte sie an den Reihen der in der Sonne reifenden Zwiebeln vorbei, wobei er den Blick abwandte von den Früchten von Farthings Mühen. »Zum Glück hat sich Mrs. Farthing recht gut um die Möbel gekümmert. Am Haus muß vieles getan werden, aber wir werden bis nach dem Krieg warten müssen. Bisher habe ich nur einen Aga reinstellen lassen. Mein Onkel hat sich noch mit einem kolossalen viktorianischen Herd beholfen. Es muß alles modernisiert werden.«

»Ist Mrs. Farthing erfreut darüber?«

»Das sollte sie. Natürlich ist sie es. Hier, komm hier lang ins Haus, durch den Seiteneingang.« Ned ging ihr voran. »Wenn du das Haus kennst, kannst du mir bei den Entscheidungen behilflich sein, was daran getan werden muß. Dies hier ist die Küche. Hallo, Mrs. Farthing, das ist Mrs. Peel.«

Rose und Mrs. Farthing gaben sich die Hand. »Wie geht es Ihnen«, sagte Rose.

Mrs. Farthing, dünn, drahtig, groß und tatkräftig, stand, auf Abwehr eingestellt, am bleich geschrubbten Küchentisch. Rose konnte sich vorstellen, wie Mrs. Farthings knochige Hände die Scheuerbürste schwangen, womit sie die Maserung des Holzes zu fast parallelen Linien abgeschliffen hatte. Im Augenblick tat Mrs. Farthing so, als knete sie einen Teig; Rose hatte das Gefühl, sie wollte unbedingt bei der Arbeit angetroffen werden. Die rechtmäßige Herrscherin über dies Reich. Fremde bleiben bitte draußen. »Eine wunderschöne Küche.« Rose gefiel sie aufrichtig.

»Wir müssen sie modernisieren«, sagte Ned und blickte sich um, »Rat einholen.«

»Ich nehme an, Mrs. Farthing kann dir sagen, was gemacht werden muß, sie müßte diejenige sein, die das weiß.« Sie hatte bemerkt, daß die Ältere ein rotes Gesicht bekommen hatte.

Mrs. Farthing gab nicht so leicht nach. »Die Küche in unserem Häuschen ist so, wie wir sie gewollt haben, unser Mr. Peel hat das für uns getan.«

Wenn sie ihn so heftig vor den Kopf stößt, riskiert sie, hochkant rausgeschmissen zu werden. »Haben Sie denn eine Katze in Ihrem Häuschen? In einer Küche sollte eine Katze sein; hier sollte es auch eine Katze geben, nicht wahr, Ned?« plapperte Rose nervös.

»Möchten Sie denn eine Katze?« fragte Ned zweifelnd.

»Wir haben eine Katze bei uns im Häuschen, Miss, die Junge erwartet, Miss.«

(Noch jemand, der sie mit Miss anredet; sie ist eine verheiratete Frau, ich habe sie letzte Nacht dazu gemacht. Ned kribbelte es in Erinnerung daran.)

»Würden Sie mir eines abtreten, oder vielleicht zwei, damit sie Gesellschaft haben?«

»Ja, Miss, wenn Sie mögen, Miss. Farthing wollte sie ja ersäuf ...«

»O nein!«

»Moment mal, ich hab' gesagt, du darfst dir einen Hund halten, uns werden ja die Haare vom Kopf ...«

»Ich liebe Katzen. Meine Mutter hat mir nie eine erlaubt. Sie sorgen für sich selber, stimmt's, Mrs. Farthing?«

Mrs. Farthings Mund lächelte halb und halb. »Klar, Miss.«

Ned saugte Luft durch die Nase ein, wie es Rose an ihrem Vater kannte, wenn er besonders verärgert war. (Ich wette, ihre Katze ist fett wie 'ne Dampfnudel und kein doller Mäusefänger.) »Zeig mir das Haus«, sagte sie rasch. »Komm, Ned. Ich möchte alles sehen, die Bilder, Möbel, Silbergeschirre, Gläser, Teppiche, alles.«

Mrs. Farthing sah ihnen hinterher. »Sie könnte es packen«, sagte sie zu ihrem Mann, der mit einem Korb Gemüse in die Küche kam. »Tritt dir die Füße ab.«

»Ah«, sagte Farthing, »gib ihr ein' von den Honigwaben zu ihrem Tee.«

»Du liebe Güte«, sagte seine Frau spöttisch, »schon behext!«

»Mal 'ne Abwechslung«, sagte Farthing und schleuderte seine Stiefel von den Füßen, »wir müssen lern', daß wir Sir zu ihm sagen, wenn wir wollen, daß er glücklich ist.« Farthing war hämisch.

»Und zu ihr Mrs.?«

Mann und Frau keuchten und bogen sich vor Lachen.

»Ich werde allein im Haus sein, wenn du weg bist, nur ich mit meinem Hund und meinen Katzen und den Farthings in ihrem Häuschen«, sagte Rose.

»Wirst du ängstlich sein?« Ned war besorgt.

»Ich bin gern allein.« (Sicher wird Mylo manchmal hier sein, wenn auch nur in meinen Gedanken.) »Was ist das für ein Zimmer?« Rose öffnete eine Tür.

»Der Salon. Wenn du weißt, wie das Haus beschaffen ist, möchte ich entscheiden, welche Zimmer in Benutzung bleiben. Wenn die Leute vom Ministerium in den hinteren Teil einziehen, haben sie ihren eigenen Eingang, aber alles aus jenem Teil des Hauses muß eingelagert werden. Also gib acht, Rose, es ist wirklich nicht genügend Zeit, die Aussicht zu genießen, dies sind keine gewöhnlichen Flitterwochen ...« Er ließ sich seine Verärgerung anmerken.

»Nein.« Rose drehte sich vom Fenster weg. »Das sind sie nicht.« Sie wandte den Blick vom Garten ab, den sie immer mehr liebgewann. (Er hat bereits entschieden, welche Zimmer in Benutzung bleiben, wo die Möbel eingelagert werden.) »Was ist los, Ned?«

»Ich möchte, daß es dir hier gefällt, es ist deines so gut wie meines, das weißt du.« Er ergriff sie und hielt sie fest.

»Nein, das ist es nicht.« Sie machte sich los.

Ned hielt seinen Ärger im Zaum. Ich werde mir dieses Recht nicht nehmen lassen. Sie weiß nicht, was dieses Haus für mich bedeutet, sie hat keine Ahnung von den heiligen Pflichten des

Erbes. »Es ist unseres, Liebchen, und wird einmal unseren Kindern gehören.«

Rose wandte sich wieder dem Garten zu, der selbst durch das Fenster bezauberte; unbegreiflicherweise hatte sie überhaupt nicht an Kinder gedacht. (Warum muß er mich nur »Liebchen« nennen?) »O Ned.« Sie blickte weg.

»Ich hatte so gehofft, es würde dir gefallen.«

»Das tut es. Das tut es. Gib mir Zeit. Es ist soviel Neues aufzunehmen. Fang an, mich aufzuklären. Wer ist zum Beispiel der vornehme Herr über dem Kamin, der uns so wachsam beobachtet?«

»Augustus Napley. Er heiratete Angelica Peel. Sie kamen nicht miteinander aus. Mein Onkel hängte ihr dazugehöriges Porträt ins Eßzimmer, sagte, getrennt sähen sie viel glücklicher aus. Mein Onkel hatte die Neigung zu Schrullen, ein wunderlicher alter Herr.« Ned schätzte seine Verwandtschaft gering.

»Ich hätte ihn gemocht.«

»Mag sein. Wollen wir weitergehen?«

»Bitte.«

Ned führte sie im Haus herum und erklärte, benannte und beschrieb seine Schätze. Rose blieb stehen und hörte zu, war zufrieden damit, eine intelligente Miene aufzusetzen; später, wenn sie allein wäre, würde sie sich mit dem Haus vertraut machen, ihre eigene Beziehung zu ihm knüpfen.

Nach dem Mittagessen schlenderten sie über die Felder zum Gutshof, damit Ned sie seinem Pächter und dessen Frau vorstellen konnte. »Hadleys betreiben hier schon seit Jahren die Landwirtschaft; Milch, Butter, Eier und Sahne werden dir nicht ausgehen.«

»Wie du auf dem Thema Essen herumreitest.«

»Ich dachte, du würdest mir vielleicht Lebensmittelpakete schicken, wenn ich beim Regiment bin«, sagte Ned pikiert.

»Um deine Beliebtheit sicherzustellen.«

Ned sah sie durchdringend an. Er war sich nicht klar gewesen, daß sie so ... so gar nicht duckmäuserisch war.

Hadleys, John und Tina, waren beide großgewachsen und freundlich, ihre diversen Kinder ebenfalls freundlich. Ned sprach mit John Hadley über die Landwirtschaft; Rose sah, daß er sich bei ihnen wohlfühlte, ziemlich bewandert im Ackerbau war. Er blühte auf in der Atmosphäre des Bauernhauses und machte derbe Witze, welche die Hadleys zum Lachen brachten, nicht aber Rose; sie verstand sie nicht. Während sie Ned und Hadleys zusah, fragte sie sich, ob sie wirklich so ländlich-idyllisch waren, wie sie wirkten, oder ob sie es nur vortäuschten, um Ned zu gefallen. Als sie gingen, sagten Hadleys zu ihr, sie solle kommen, wann immer sie Lust dazu habe, sie sei immer willkommen.

Auf dem Weg zurück nach Slepe sagte Rose: »Ich mag sie, aber sie sind nicht so interessant wie Farthings. Hadleys sind offen, Farthings sind verschlossen.«

»Ich kann nicht sagen, daß mir Farthings sympathisch sind, aber sie tun ihre Arbeit; auf dem Hof geht's überall offen und ehrlich zu; Farthings sind anders.«

»Das gefällt mir gerade«, sagte Rose.

»Hoffentlich langweilst du dich nicht, wenn du allein bist.«

»Natürlich nicht. Ich werde jede Menge zu tun finden.«

»Du bist nur fünfundzwanzig Meilen von deinen Eltern entfernt.«

»Ja.«

»Und fünf von Thornbys.«

»Ja.«

»Und zehn von Malones.«

»Ich bin nicht so schrecklich gesellig, Ned.«

»Ich werde immer heimkommen können, wenn ich Urlaub erhalte, das heißt, solange wir in England sind.«

»Natürlich.«

»Es ist die Rede, ganz unter uns, von Frankreich.«

»Wann?«

»Ziemlich bald.«

»Frankreich!« (Mylo ist in Frankreich. Dieses Päckchen ...) »Wie bald?«

»Jederzeit jetzt, fürchte ich. Verdammt, wer ist denn das, der da drüben in der Auffahrt steht und winkt?«

»Emily Thornby.«

»Man hätte ihr mehr Feingefühl zugetraut«, rief Ned wütend, »als am ersten Tag unserer Flitterwochen hereinzuschneien.«

»Du hast doch selbst gesagt, es seien keine normalen Flitterwochen«, sagte Rose kühl.

»Hallo«, schrie Emily beim Näherkommen. »Ich kam gerade vorbei, da dachte ich, ich mache mal halt und seh' nach, wie ihr zu Rande kommt.«

»Sehr gut, danke«, sagte Ned frostig.

»Ich bleibe ja nicht«, sagte Emily lachend, »ich merke, daß ich nicht willkommen bin.« Ihre Augen tanzten lebhaft von Ned zu Rose und wieder zu Ned zurück.

»Komm rein und trink was«, schlug Rose vor.

»Danke. Ich habe unser Hochzeitsgeschenk im Wagen. Nicholas und ich haben es zu spät gekauft, wir konnten uns nicht entscheiden und hatten auch das Geld nicht. Würdest du es wohl aus dem Wagen holen, Ned?«

Ned schlenderte davon, auf Emilys Wagen zu, jeder Schritt der fleischgewordene Widerwille.

»Schließlich ist es uns gelungen, Mrs. Malones Konto damit zu belasten«, sagte Emily grinsend. »Das geht in Ordnung, sie wird's nie merken.« Sie betrachtete Neds Rückseite. »Wie geht's dir? Wie ist die Ehe denn so?« Emily senkte ihre Stimme um eine Oktave. »Meinst du denn, du wirst es schaffen?« – Ihr Blick glitt an Rose entlang, vom Kopf zu den Füßen und wieder hinauf.

»Was ist es denn für ein Geschenk?« fragte Rose, die spürte, wie sie errötete.

»Eine Lampe von Peter Jones, Fortnum's würde Mrs. Malone nichts in Rechnung stellen. Es ist eine Tiffany-Kopie, die garantiert weiches Licht spendet. Nicholas hat's ausprobiert, es ist sehr sexy. Geht's dir wirklich gut?« bohrte sie nach.

»Natürlich«, antwortete Rose gezwungen.

Emily zog eine Grimasse und kicherte. »Das ist gut.« Sie verfolgte, wie Ned mit einem Pappkarton in den Armen zurückkam. »Das haben wir gehofft, Nicholas und ich ...«

Ned stellte den Karton neben Rose ab. »Ich bringe dich zu deinem Wagen, Emily.«

»Oh«, sagte Emily. »Rose hat doch eben einen Drink vorgeschlagen.«

»Ein andermal«, Ned hatte sie am Ellbogen gepackt, »nicht heute.«

»Oho«, sagte Emily und reckte ihre schmale Nase in die Luft, »so steht's also.«

»Ganz recht.« Ned öffnete die Tür von Emilys Wagen und begann sie hineinzuschieben.

»Also, wie ist sie, Ned?«

Ned versetzte ihr einen kräftigen Schlag auf den Hintern.

»Autsch!« schrie Emily.

»Hau ab!« sagte Ned gutgelaunt und knallte die Wagentür zu.

»Schon besser«, murmelte Mrs. Farthing, die von einem Fenster aus zusah, »vielleicht schafft er's.«

»Warum hast du das denn getan?« fragte Rose, als Emily davonfuhr.

»Sie hat's nicht anders gewollt«, sagte Ned, der seine Hände aneinander rieb. »Meine Hand brennt richtig, sie hat einen harten Hintern.«

»Ich dachte, Männer wie du schlagen Frauen nie«, sagte Rose, die überlegte, warum die merkwürdige kleine Szene mit Emily sie beunruhigte.

»Es hängt ganz von der Frau ab.« Ned beendete das Thema.

»Ich weiß, ich bin sehr naiv«, stellte Rose fest.

»Sei froh«, sagte Ned. Er legte seine Hand, die immer noch brannte, Rose um die Taille und zog sie Richtung Haus. »Komm rein, es wird kühl. Deine Naivität ist ein Teil deines Charmes«, sagte er.

Auf dem Weg zum Haus überlegte Rose, ob unter ähnlichen Umständen Mylo Emily einen Klaps gegeben hätte. Ich weiß nicht, warum Ned sie geschlagen hat. Sie ist lästig, sicherlich – und hätte Mylo es getan? In der Diele blieb Rose stehen, und mit einem Mal zitterte sie. Ich muß aufhören, an Mylo zu denken, aufhören, Vergleiche anzustellen. Es ist nicht fair. Ich habe Ned das Versprechen gegeben. Versprechen. Angst überkam sie. Ich muß Mylo davon trennen, oder ich werde verrückt.

»Was ist, Rose, ist dir kalt? Bist du müde? Warum zitterst du? Ein Gänschen, mit Gänsehaut?« Durch Roses beunruhigten Gesichtsausdruck entnervt, versuchte Ned einen Witz zu machen.

Rose schüttelte den Kopf. »Kein Gänschen«, sagte sie, »kein Geist. Es ist nichts, vielleicht brauche ich einen Pullover.«

»Bist du sicher?«

»Laß mir Zeit, Ned. Mir war nicht klar, wieviel an dieser Heirat hängt. Dein Haus, deine Besitztümer, deine Leute ...«

»Aber Liebchen ...«

»Ich werde damit fertigwerden, ganz bestimmt, ich werde dich nicht enttäuschen.« Rose streckte Ned ihre Hand entgegen. »Ich bin kindisch.«

»Ja«, sagte Ned verwirrt, »das bist du.«

Sie überlegte, ob er absichtlich so begriffsstutzig war, ob er sie zu schützen versuchte, wie sie ihn bereits schützte. Gestern nacht, dachte sie, habe ich mir vorzustellen versucht, er sei Mylo; es hat nicht funktioniert. Es ist unmöglich, mit Ned im Bett zu liegen und zu meinen, es könnte je so ähnlich sein wie mit Mylo. Er ist sowieso weg, sagte sie sich bitter, das ganze Gerede, er werde anrufen, war reine Augenwischerei.

»Ich denke, ich nehme ein Bad, um warm zu werden«, sagte sie.

»Tu das. Dann komm und leiste mir bei einem Drink Gesellschaft.« Ned ging im Salon auf die Flaschen mit den alkoholischen Getränken zu. Wir müssen diesen Raum verschließen, er ist zu groß, dachte er, die Möbel wegpacken und für die Dauer des Krieges die Bibliothek des Alten benutzen. Er wanderte in Gedanken durch die Räume und entschied, welche Möbel umgestellt, welche eingelagert, welche Zimmer in Benutzung bleiben sollten. Er goß sich einen Schnaps ein, schlenderte zurück in die Diele und brüllte die Treppe hinauf: »Mach nicht zu lange, ich brauch' dich hier bei mir.« Er lauschte auf Roses leise Antwort und ging langsam zum Kamin zurück. Ich muß Rose mein Haus aufprägen, dachte er, während er dastand und horchte, ob sie zurückkam, aber alles, was er hörte, war das spöttische Geplapper von Dohlen, das durch den Schornstein herunterkam. Er riß ein Streichholz an und bückte sich, um Feuer anzuzünden. »Das wird euch ein Ende machen.« Er beobachtete, wie der Rauch in Kringeln nach oben stieg.

16

Farthings sahen aus der Ferne zu, wie Ned seine Flitterwochen genoß. Sie beobachteten amüsiert, welche Befriedigung er daraus zog, Rose in sein Besitztum einzuführen. Er ging mit ihr mit der gleichen Sorgfalt um, wie er sie dem Sheraton-Schreibtisch, dem Couchtisch, den Regency-Kommoden, dem Sofa, den Sesseln, Bücherregalen und Teppichen zukommen ließ, mit denen er die ehemalige Bibliothek seines Onkels möblierte, die er umstellte und nochmals umstellte, bis er überzeugt war, daß jedes Stück an der richtigen Stelle stand.

Er führte Rose herum, zeigte ihr jedes Zimmer und versicherte sich, daß sie hineingehörte, dann spazierte er mit ihr über seine Felder, zeigte ihr die Grenzen seines Besitzes und band sie an sein Land.

So wie Farthings bemerkt hatten, daß er mit seiner Uniform eine militärische Erscheinung annahm, so stellten sie fest, daß er, umgeben von seinen ererbten Besitzungen, diese in Ehren hielt und mit ihnen sein Ehefrau-Anhängsel, womit seine Rolle als Landedelmann komplett war. Für jemanden, der bis vor kurzem kaum den Fuß aus London herausgesetzt hatte, das gaben sie zu, machte er seine Sache gar nicht schlecht.

Es belustigte Farthings über die Maßen, wenn Ned ein geradezu weibliches Interesse an seinem Haushalt zeigte, Listen über Vorräte aufstellte, die noch vor der Rationierung und möglichen Engpässen angelegt werden konnten, wenn er neben Lebensmitteln große Mengen Kohle und Anthrazit bestellte und mit Hadleys vereinbarte, daß Holz zum Feuern im Winter aufgestapelt werden sollte. Zu Mrs. Farthings großem Vergnügen überprüfte und kritisierte er selbst Roses kärgliche Aussteuer und riet ihr, sich so rasch wie möglich mehr warme Kleidung zu beschaffen, dicke Pullover, lange Hosen und Fellstiefel, um darüber hinwegzukommen, daß in Slepe, einem zugigen Haus mit mehreren Türen nach draußen, nicht anständig geheizt wurde.

»Denkt an alles«, sagte Farthing lakonisch.

»Lebensmittelliste, so lang wie ein Arm«, sagte seine Frau und streckte ihren Arm in einer hämischen Geste aus.

»Weiß alles«, sagte Farthing.

»Nicht ganz«, sagte Mrs. Farthing und wartete, bis Ned mit Rose aus der Marktstadt heimgekommen war, wo sie sämtliche Lager geplündert hatten, um sogleich eine neue Liste von Vorräten zu präsentieren, ohne die, wie sie behauptete, der Krieg nicht zu überstehen sei. Olivenöl, Konserven mit goldfarbenem Sirup, Reis und Zucker.

Nicht allzu erfreut nahm Ned Rose auf einen zweiten Beutezug mit und war noch weniger entzückt, als diese, ganz bei der Sache, zusätzlich noch Toilettenpapier, Kerzen, Hundefutter in Dosen und Badeseife von Roger & Gallet auf die Liste setzte.

»Aber wir haben doch gar keinen Hund ...«, protestierte Ned.

»Noch nicht ...«

»Sie wird sich machen«, sagte Farthing, der sich von der Gartenarbeit freigenommen hatte, um seiner Frau zu helfen, die Vorräte in den Speisekammerschränken zu verstauen. »Tatsache is', sie hat schon angefangen.«

»Mein armer Rücken!« Mrs. Farthing richtete sich stöhnend auf. »Wenn er weg ist, bringen wir ihr bei, wie man Butter in Salz einmacht und Eier einlegt *und* daß er nicht für Schinken und Speckseiten vorgesorgt hat.« Mrs. Farthing machte es sich bequem, die Hand gegen ihr Kreuz gepreßt.

»Ein Schwein?« schlug ihr Mann vor.

»Zu weichherzig, würd' ich sagen.«

»Öm. Also Ferkel aufziehn?«

»Das wird reichen.«

»Für wen ist das denn alles? Wird keine Flüchtlinge hier geben.«

»Möchte gern, daß seine Offizierskameraden sich hier aufhalten. Hab' gehört, wie er das zu ihr gesagt hat.«

»Und was hat sie dazu gesagt?«

»Ja, Ned, warum nicht. Als würd' sie selber nicht hier wohnen.«

»Sie ist nur halb da. Meinste, sie gewöhnt sich ein, wenn er weg ist?«

»Ich glaub', sie sucht sich ihren eignen Weg; ihrer is' nich seiner, das is' mal sicher.«

Am letzten Abend seines Urlaubs führte Ned Rose zu einem Nebengebäude im Wäldchen hinter den Garagen. »Hier drin ist es«, sagte er und sperrte einen mit einem Vorhängeschloß gesicherten Schuppen auf. »Ich zeige dir, wo ich den Schlüssel aufbewahre. Das Benzin ist in den Tanks dort.« Er zeigte ihr zwei große verzinkte Metallbehälter. »Du wirst sehen, wenn du die Leiter da hinaufsteigst, daß sich das Benzin in den darin versteckten Kanistern befindet, vierhundertfünfzig Liter.«

»Meine Güte!« Rose spähte von der Leiter aus nach unten. »Was für eine Menge.«

»Ich hab' mir von einem von den Jungs vom Regiment helfen lassen; Farthings wissen natürlich nichts davon.«

So natürlich ist das nicht, dachte Rose, die zusah, wie ihr Mann die Tür verschloß.

»Du darfst es nur im äußersten Notfall benutzen«, sagte Ned, »für Vergnügungsfahrten ist es nicht da.«

»Was wäre denn ein äußerster Notfall?«

»Die deutsche Invasion.«

»Also könnte ich nach Schottland abschwirren?« Rose war belustigt.

Ned ignorierte ihr keckes Gerede. »Es ist mehr als nur möglich, nach allem, was ich aus dem Kriegsministerium gehört habe.«

»Hast du einen direkten Draht dahin?« stichelte Rose.

»Man bekommt so seine Informationen«, sagte Ned. Ach, tatsächlich? dachte Rose.

»Sollte ich aufs Festland versetzt werden, lege ich meinen Wagen still; er säuft zuviel Benzin; ich besorge dir einen kleinen Morris mit mäßigem Verbrauch.«

»Oh. Wie mäßig denn?«

»Es ist eine Überraschung. Die Werkstatt bringt ihn morgen herüber.«

»Ich bin überrascht. Danke, Ned.«

»Er ist nicht neu, er ist gebraucht.«

»Gut genug, um in einem äußersten Notfall vor den Deutschen auszureißen.«

Ned war nicht sicher, was er vom Ton seiner Frau halten sollte. Er faßte sie scharf ins Auge und versuchte, ihre Gedanken zu erraten.

Ein äußerster Notfall, dachte Rose gerade, als sie lächelnd den Blick ihrem Gatten zuwandte, wäre auch, wenn ich rasch zu Mylo eilen müßte, aber ich kann nicht rasch zu ihm eilen, weil ich nicht weiß, wo er ist; ich kann nicht ins Leere eilen.

»Ich bin traurig«, rief sie plötzlich leidenschaftlich.

»Ich fahr' doch nur bis Aldershot.« Ned mißverstand sie. »Ich bin auch traurig, aber ich komme heim, wann immer ich kann. Es gibt ja Urlaub. Und ich bringe Leute mit her. Du wirst nicht lange einsam sein. Ich werde anrufen.«

»Du wirst anrufen?«

»Natürlich. Ich werde oft anrufen, jeden Tag wahrscheinlich.«

»O Ned. Ja, natürlich. Daran hatte ich nicht gedacht.« (Und Mylo? Wann ruft er an?)

»Wenn du merkst, du bist einsam, ist ja deine Familie da. Die ...«

»Es wird mir schon gutgehen, Ned, ich freue mich darauf, allein zu sein«, sagte sie rasch. »Ich möchte nicht ...«

»Das ist ja reizend!« rief Ned verletzt.

Wie konnte ich mir das entschlüpfen lassen? »Du weißt, ich meine nicht, daß ich mich freue, ohne dich zu sein. Ich meine, ich bin auch allein ganz glücklich, ich bin ans Alleinsein gewöhnt. Ich bin ein Einzelkind, Ned.«

»Liebchen«, sagte Ned, »es ist mein letzter Abend.« Er legte den Arm um sie. »Komm zu Bett.«

Morgen, dachte Rose, als sie die Treppe hinaufging, wenn er weg ist, mache ich das Päckchen auf. Vielleicht sagt es mir, wo Mylo ist. Es wird eine Nachricht drin sein. Es muß eine Nachricht drin sein. »Na schön, mach schnell«, sagte sie zu Ned, um seine Abreise zu beschleunigen.

Ned nahm ihre Hand und rannte mit ihr, sie mißverstehend, die letzten paar Stufen nach oben. In dem großen, ziemlich klumpigen Himmelbett schlief Ned mit Rose, dann, erschlafft, lag er müde da und dachte über seine Flitterwochen nach, die so schnell und arbeitsreich vergangen waren. Er war zufrieden, als er die Ummöblierung der Räume überdachte, das Einlagern der Vorräte, die Pläne, was wer noch zu tun hatte, wenn er auf Urlaub kam. »Es ist wunderbar«, sagte er schlaftrunken, »wie gut du dich in Slepe eingefügt hast, so als wärst du schon seit immer hier, du gehörst hierher.«

Rose knirschte mit den Zähnen, um sich die Antwort zu verkneifen: Ich bin keine von deinen Regency-Kommoden. »Ich glaube, eines der Dinge, die ich unbedingt tun muß, ist, eine neue Matratze für dieses Bett zu besorgen«, sagte sie. »Sie ist verflucht klumpig.«

»Mir scheint sie in Ordnung zu sein.« Ned war fast eingeschlafen (er mußte ihr beibringen, nicht zu fluchen).

Rose lag da und überlegte, was wohl in Mylos Päckchen war. Vielleicht war die Aufforderung drin, sofort zu kommen, und sie hatte schon eine Woche verstreichen lassen, ohne es zu öffnen. Vielleicht würde sie in dem Wagen hinfahren, den Ned ihr schenkte, und ihre Flucht als »äußersten Notfall« hinstellen. Aber ich kann nicht, ich habe versprochen, nicht wegzugehen; Versprechen dürfen nicht gebrochen werden. Hatte Ned, der arme, freundliche Ned, der nun schlief, eine dunkle Ahnung, was er tat, als er ihr dies Versprechen abrang?

Liebe oder verabscheue ich Ned? fragte sich Rose und trat unbewußt mit dem Fuß nach ihm, zuckend wie ein Hund im Traum, zog ihren Fuß beschämt zurück, als ihr Zehennagel seine Wade streifte. Ned rührte sich nicht.

Am Morgen, als er seine Uniform angezogen, seinen von Ledercreme glänzenden Sam-Browne-Gürtel umgeschnallt, als er den Waffenrock nach unten gezogen hatte, damit er straff auf der noch nicht von Orden dekorierten (sie würden kommen) Brust auflag, mit der Uniform seine militärische Miene angelegt hatte und in seinem Wagen davongefahren war, um sich zu seinem Regiment und damit, nach vielen Fehlalarmen, in den Krieg zu begeben, sprang Rose, die es kaum erwarten konnte, daß er ihren Blicken entschwand, immer drei Stufen auf einmal nehmend, die Treppe nach oben, um aus seinem Versteck unter einem Nachthemd in einer Schublade Mylos Päckchen hervorzuholen.

Mylo hatte ihr eine Bonnard-Lithographie geschenkt.

Sie riß die Verpackung auf und drehte das Bild um, fand aber keine Botschaft, keinen Hinweis auf eine Adresse.

Sie saß da und starrte es enttäuscht an. Aber dann, während sie es ansah, wurde ihr klar, daß es geschriebener Worte nicht bedurfte. Die Zärtlichkeit, mit der der Liebhaber auf dem Bild das Mädchen mit seinem Arm umfaßte, die Art, wie sie in sein Gesicht hinuntersah, sagten alles, was nötig war.

So haben wir auf dieser Lichtung im Richmond Park gesessen, so uns auf dem Rasen von Hampton Court geräkelt, so war es in den Gärten von Kew, auf dem Land bei mir zu Hause, so wird es für uns beide, sagte das Bild, das ihr Mylo geschickt hatte, unser Leben lang sein, für immer.

Ihr Versprechen an Ned mußte gehalten werden, aber es würde in keiner Weise etwas an der Liebe ändern, die sie für Mylo empfand.

Wenig später ging sie, das Bild in der Hand, in die Küche hinunter, um sich von Farthings einen Hammer zu leihen und einen Nagel zu erbitten. Dann in ihr Schlafzimmer, um das Bild dort hinzuhängen, wo sie es als letztes am Abend und als erstes beim Aufstehen sehen konnte.

»Sieht jetzt glücklicher aus«, sagte Mrs. Farthing zu ihrem Mann. »Trag nicht den ganzen Dreck rein, tritt dir die Füße ab.«

»Das Bild aufgehängt?« fragte Farthing, dem wie seiner Frau nichts Neues entging, das ins Haus kam.

»Sieht so aus«, antwortete Mrs. Farthing.

»M-m-m ...«, murmelte Farthing, zufrieden, daß sein flinkes Hirn und seine Röntgenaugen richtig gefolgert hatten, daß der Inhalt des ausländischen Päckchens ein Bild war.

17

Die Aussicht, ihr neues Zuhause ohne Ned zu erkunden, barg beträchtlichen Reiz. Es gab Gegenden im Garten, wo er sie nicht hatte verweilen lassen wollen, ein Zimmer, das von ihrem Schlafzimmer abging, wollte sie gern zu einem Wohnzimmer für sich machen und mit verschiedenen kleinen Möbeln ausstatten, die er mit Staubbezügen zugehängt hatte; sie würde sie aus der traurigen Menge, die den Krieg über in Quarantäne war, herausholen. Auch Farthings trächtiger Katze war ein Besuch abzustatten.

Wenn der Wagen, den Ned ihr versprochen hatte, geliefert würde, wollte sie nach London fahren, um für das Bett eine neue Matratze zu kaufen. Ich habe nichts gegen das Bett als solches, sagte sie sich, es ist die Matratze, die so verdammt beschissen ist. Ich möchte die Matratze los sein, auf der Ned mich gerade gefickt hat. (Ich werde, wenn ich es will, Wörter gebrauchen, die er mißbilligt; er ist ein Heuchler.) Trotzdem ist er so aufmerksam, mir einen eigenen Wagen zu schenken, ich sollte dankbarer sein. Je eher der Wagen geliefert wird, desto besser.

Während sie auf den Wagen wartete, schlenderte sie im Garten umher, dann setzte sie sich, um zwei Amseln zu beobachten, die sich an heruntergefallenen Maulbeeren gütlich taten, die wie Blutgerinnsel unter einem Baum verstreut lagen. »Was für eine Schweinerei«, hatte Ned angeekelt bemerkt, »da muß was geschehen.« Die Amseln taten doch schon etwas.

Der Fahrer des Wagens hupte, als er zum Haus herauffuhr. Rose lief ihm entgegen. Sie war enttäuscht, als sie Emily erkannte; sie hatte einen Mechaniker von der Autowerkstatt im Dorf erwartet. »Hab' dir deine Überraschung gebracht.« Emily stieg aus dem Wagen, der einmal dem Bischof, ihrem Vater, gehört hatte. »Neds Geschenk.«

Gleich hinter Emily kam Nicholas in einem blitzenden MG herangebraust. »Heil der Braut!« rief Nicholas, als er den MG neben seiner Schwester zum Stehen brachte. »Ist Ned fort? Trauert die Braut um ihren Bräutigam? Aber eigentlich«, sagte er und stieg aus, »wissen wir, daß er fort ist, wir sind auf der Hauptstraße an ihm vorbeigefahren.«

»Er sieht in Uniform sehr elegant aus«, sagte Emily. »Größer irgendwie. Findest du ihn nicht größer als erwartet, Rose?«

»Nein«, sagte Rose und beobachtete die Gesichter ihrer Nachbarn (als Freunde betrachtete sie sie in diesem Moment nicht). Das ist eindeutig eine abgekartete Sache, dachte sie, aber ich werde ihnen nicht die Freude machen, mir was anmerken zu lassen, und auf ihren Köder anbeißen. »Ich sehe, ihr habt euch euren Hauch Vulgarität zugelegt«, sagte sie, indem sie ihre ganze Nonchalance zusammennahm und es schaffte, Emilys Anzüglichkeit zu ignorieren. »Ich hoffe, ihr habt vollgetankt, die Batterie nachgefüllt, die Reifen kontrolliert? Habt ihr die Versicherungspapiere und so weiter mitgebracht?« fragte sie kühl. »Oder habt ihr sie Ned gegeben?«

Sie ging um das Bischofsauto herum, als freute sie sich darüber. »Die liebe, alte Karre«, sagte sie, »sie erinnert mich an das Wintertennis bei Malones, wo ich Ned zum ersten Mal begegnet bin« (und meinem geliebten Mylo) »und wir uns ineinander verliebt haben. Wenn ihr Ned nicht genauso gut kennen würdet wie ich, würdet ihr nicht glauben, daß er sentimental ist, nicht wahr?« Rose blickte lächelnd Nicholas und Emily an, die inzwischen neben ihrem roten Sportwagen standen. Sie begann gezwungen zu lachen. »Tut mir leid, ich kann euch nicht reinbitten«, sagte sie, »ich habe nur drauf gewartet, daß ihr ihn mir bringt, damit ich nach London fahren kann. Laßt doch mal sehen, wie ihr in eurer neuerworbenen Vulgarität wegfahrt – oh, ich darf zu dem Wagen nicht ungerecht sein. Ich habe den ganzen Tag Einkäufe zu erledigen und bin schon spät dran. Wir hatten früher mit euch gerechnet, aber Ned konnte nicht warten.« (Wie mache ich meine Sache?)

Nicholas' und Emilys Blicke begegneten sich.

Das haben sie nicht erwartet, dachte Rose, und jetzt wissen sie nicht, ob ich wußte, was Ned getan hat, oder nicht. Vielleicht werde ich den Wagen des Bischofs mögen, er ist ja ein recht netter, alter Herr. Später werde ich vielleicht mal herausfinden, ob Ned mich ausgetrickst hat oder sie Ned.

»Sind das die Papiere? Danke, Nicholas.« Sie nahm von Nicholas die Wagenpapiere entgegen.

Die Art, wie Ned Emily auf den Hintern gehauen hat, hat was hiermit zu tun, dachte sie, aber es ist egal, es ist ja nicht so, daß ich in Ned verliebt wäre, keiner von ihnen weiß, wie sicher ich mich fühle.

Rose stand da und sah Nicholas und Emily ruhig an, die unter ihrem amüsiert-forschenden Blick langsam nervös wurden und sich weit weg wünschten. Was sie für einen grandiosen Witz gehalten hatten, war sonderbarerweise irgendwie nach hinten losgegangen. Nicht Rose war es, die überrascht, enttäuscht und auf ihr Maß zurückgestutzt war, sondern sie selber.

Durchs offene Fenster der Bibliothek hörte man das Telefon

läuten. »Da muß ich rangehen, es wird Ned sein«, rief Rose. »Wiedersehen, danke und auf bald.« Sie lief die Eingangstreppe hinauf ins Haus, schloß die Tür, und ließ die beiden auf der Auffahrt stehen.

»O Gott, laß es Mylo sein«, betete sie im Laufen, aber Gott erfüllte an dem Tag keine Gebete; es war Ned.

»Rose, ich hätte dir das mit dem Wagen sagen sollen.«

»Ach ja?«

»Mir kam beim Fahren der Gedanke, daß ich dir hätte erklären sollen, daß ich den Wagen von Thornbys gekauft habe.«

»Ach ja?«

»Ja. Ich dachte, du könntest ...«

»Könnte was?«

»Könntest etwas Besseres erwartet haben, ich ...«

»Ja?«

»Er ist wahnsinnig gut in Schuß. Der Bischof ...«

»Und ultraseriös.«

»Was?«

»Jeder wird erwarten, daß ich Gamaschen trage.«

»Was?«

»Was?«

»Bist du enttäuscht? Ich habe mich fast gefragt, während ich so fuhr, ob du wohl was Besseres erwartet hast.«

»Aber nein, Ned. Warum wiederholst du dich?«

»Sie wollten unbedingt ...«

»Ich weiß, Ned.«

»Also, du bist nicht ...?«

»Nein, ich bin nicht.«

»Also dann, ich ...«

»Wo bist du, Ned?«

»Auf halbem Weg nach Aldershot, warum?«

»Dann fahr ganz hin. Ich fahre nach London, um eine Matratze zu kaufen und ein paar Hochzeitsgeschenke umzutauschen.«

»Rose, welche denn? Wir haben gar nicht drüber gesprochen …«

»Nicholas' und Emilys zunächst einmal; sie haben diese Lampe auf Mrs. Malones Konto buchen lassen.«

»Ich kann nicht glauben …«

»Ich schon.«

»Ihre Zeit ist vorbei«, sagte das Fräulein vom Amt gelangweilt.

»Rose!«

Und haben sie den MG vielleicht auf dein Konto bei der Werkstatt buchen lassen? Rose legte den Hörer auf.

18

Das Leben, das bisher nur sozusagen an Roses Rändern geknabbert hatte, nahm jetzt seinen Anfang. In den ersten sechs bis acht Kriegsmonaten wurde sie erwachsen.

Die Woge von Flüchtlingskindern aus London, welche die Gegend zu Beginn des Krieges überschwemmt hatte, ebbte ab und zog sich zurück, als die erwarteten Massenbombardements und Giftgasangriffe auf größere Städte nicht eintraten. Vom ersten Exodus blieben bei Farthings nur zwei Kinder wie herrenloses Gut zurück, die 1945 so bäuerlich und unverwüstlich herangewachsen waren wie jedes einheimische Kind.

Ned, den seine Nachbarn gern wegen seines Egoismus (und Weitblicks) beschimpften, weil er den größeren Teil seines Hauses dem Informationsministerium überlassen hatte, wurde jetzt um seinen Scharfsinn beneidet, da er so dem Problem aus dem Weg gegangen war, Wohnraum an Kinder abtreten zu müssen, die eventuell verlauste Köpfe hatten oder ins Bett machten. Daß niemand wirklich mit solchen Kindern in Berührung gekommen war, gehörte nicht zur Sache. Das ganze Land war mit Horrorgeschichten von Flüchtlingen angefüllt, so wie es später mit persönlichen Bombenerlebnissen angefüllt sein sollte. Während der als »Sitzkrieg« bekannten Ruhe vor dem Sturm füllten Hausbesitzer mit unbewohnten Zimmern diese mit alten Tanten oder unverheirateten Verwandten, die dem Roten Kreuz oder WVS, dem Women's Voluntary Service, beitraten und sich ihren Gastgebern nützlich machten in einer Zeit, als Hausangestellte immer knapper wurden.

Rose, der ihre Rolle in der Nachbarschaft neu war, bekam die Diskussionen, die im Gange waren, und den allgemeinen, von Rechtfertigungen begleiteten Wirrwarr kaum mit; sie war damit beschäftigt, ein Haus zu führen, so groß und unbequem wie Slepe, und für Neds Freunde zu sorgen, die er auf Urlaub mitbrachte und die lautstark nach Getränken, warmem Essen, heißen Bädern und molligen Betten verlangten. Nachts pflegte Ned das zu erwarten, was er sein »Wälzen im Heu« nannte – das Regimentsleben hatte die Wirkung, ihn viel ungehobelter zu machen, als es vor dem Krieg seine Art gewesen war.

In Neds einfältig-verzückter Umarmung versuchte Rose, nicht auf das Telefon zu horchen. Während die Monate verstrichen, zwang sie sich, immer weniger hinzuhorchen, nicht zu rennen, wenn es tatsächlich klingelte, und nicht atemlos zu sein, wenn sie den Hörer hochriß.

Der Krieg in Finnland begann und endete traurig. Der Winter wurde bösartig. Es schneite und fror, Rohre platzten, wenn die Temperaturen vorübergehend stiegen und es dann noch heftiger fror. In ganz England wurden die Klempner, die nicht eingezogen worden waren, die Könige der Gesellschaft.

Ned wurde mit seinem Regiment von einem Tag zum anderen nach Frankreich verlegt.

Rose war allein auf Slepe, hörte dem Radio zu, das Nachrichten von der eingefrorenen Maginot-Linie, vom eiserstarrten Nordeuropa zusammentrug. Sie holte sich zwei von Mrs. Farthings Kätzchen ins Haus und deckte sich mit Wärmflaschen ein. Mit den Kätzchen und den Wärmflaschen ins Bett gekuschelt, zitterte sie, während der Wind ums Haus heulte und die Schornsteine herabfuhr. Immer noch unterließ es das

Telefon, Mylos Stimme zu übermitteln. Sie suchte Trost in der Lithographie, die ihr Mylo geschickt hatte, und wehrte sich gegen die Einsamkeit.

Hin und wieder, wenn sie nachts wach wurde, zweifelte sie daran, daß er ihr den Bonnard geschickt hatte. Im Päckchen hatte nichts Schriftliches gelegen. Fast sein letztes Wort, so erinnerte sie sich betrübt, war gewesen: »Ich werde dich nicht wieder belästigen.«

Angesichts der bald drohenden Benzinrationierung fuhr sie ab und zu nach London, um ihren Eltern einen Pflichtbesuch zu machen, die seit Roses Heirat ständig in der Stadt lebten, wo ihr Vater ganz mit seiner Krebsbehandlung beschäftigt war. (Sie schien nicht besonders gut anzuschlagen, er sah aber auch nicht schlechter aus.) Sie fuhr in ein London, dessen Straßen, Parks und Plätze in überfrorenem Schneematsch versanken, der mit grauem und braunem Dreck besprenkelt war.

Sie brachte ihren Eltern vom Gut Sahne und Butter und gelegentlich ein Huhn mit. (»Ich fürchte«, warnte sie einmal, »das wird das letzte Mal sein, daß ich mit dem Auto komme; mit dem Zug wird's schwieriger, euch Sachen mitzubringen.« – »Unsinn«, sagte ihre Mutter, »du bist doch ein kräftiges Mädchen; dein Vater braucht ein bißchen was extra.«)

Sie blieb immer nur so kurz bei ihnen, wie es der Anstand zuließ. Besuche bei ihren Eltern verwirrten sie. Außerdem scheute sie deren forschende Blicke, deren unausgesprochene Fragen. Wenn sie wieder auf der Straße war, flüsterte sie die Antworten: »Nein, ich bin nicht schwanger, und nein, ich bin nicht glücklich.«

Als sie nach einem solchen Besuch die Sloane Street hinunterging, traf sie zufällig Mrs. Malone. Der Älteren fiel Roses bedrücktes Äußeres auf. Sie blieb stehen, begann zu plaudern, lud sie in der Nähe zum Essen ein. »Im Cordon Bleu ißt man noch ganz gut.«

Rose war drauf und dran abzulehnen, mit der Begründung, sie habe noch den ganzen Tag mit Einkäufen vor sich und keinen Hunger. Sie standen im Wind, der am Kenya Coffee Shop vorbei in ihre Richtung wehte; ein Kunde, der herauskam, brachte einen Schwall Kaffeeduft mit auf die eisige Straße. Roses Mund füllte sich mit Speichel.

Sie setzten sich an einen Tisch in dem Restaurant und bestellten. Rose erzählte Mrs. Malone, sie habe ihre Eltern besucht, um so ihre Anwesenheit in London zu erklären.

»Ich habe gehört«, sagte Mrs. Malone, »daß sie für die Dauer des Krieges ihr Haus aufgegeben haben und vielleicht verkaufen wollen?«

»Das haben sie mir gar nicht erzählt«, sagte Rose überrascht.

»Weil sie Sie nicht beunruhigen wollen.« Mrs. Malone strich Butter auf ihr Brot; sie hatte Hunger und konnte es nicht abwarten, daß die Kellnerin das Essen brachte. »Ihre Mutter«, sagte sie kauend, »würde lieber in London wohnen, sie erwartet ja, daß Ihr Vater stirbt.«

Rose, die das ebenfalls erwartete, über die Möglichkeit aber nie mit jemand anderem als Mylo gesprochen hatte, sagte nichts; sie war der Meinung, sie kenne Mrs. Malone nicht gut genug, um über das Thema Tod zu reden.

»Nennen Sie mich doch Edith«, sagte Mrs. Malone, »das ist der Name, den ich nun mal am Hals habe.«

»Oh«, sagte Rose, »Edith, danke.«

Die Kellnerin brachte das Bestellte. Edith Malone begann zu essen. »Kommen Sie, essen Sie. Es ist leichter«, sagte sie, »über Ihren sterbenden Vater mit jemandem vergleichsweise Fremden zu sprechen als mit Ihrer Mutter.«

»Ich vermute ...« Rose nahm einen Bissen in den Mund, es schmeckte ihr, und das machte das Thema des Todes ihres Vaters noch schlimmer. »Ich vermute ...«

»Was Ihre Mutter bekümmert, ist natürlich die Tatsache, daß Ihr Vater nicht stirbt, er hat gar nicht Krebs.«

»Oh.«

»Ich kenne seinen Arzt. Die Situation ist schlimm für Ihre Mutter, sie hatte gehofft freizukommen ...« Mrs. Malone kaute weiter.

»Woher wissen Sie ...«

»Ich weiß es, aber ich nehme nicht an, daß Ihre Mutter es weiß.« Edith kaute langsam. »Wenn sie's weiß, verdrängt sie's. Ihre Mutter versucht, gut zu sein, sie hatte zweifellos eine christliche Erziehung, sie ist unterdrückt, und sie ist verhärtet.«

»Sie nimmt doch ständig was dagegen ein.« Rose mußte unwillkürlich lachen.

»Sehen Sie. Ob es hier wohl noch Mohrenköpfe gibt, die sind so lecker, oder hat sie der Krieg ausgehen lassen?«

»Aus«, sagte eine vorbeigehende Kellnerin, die Mrs. Malone zu kennen schien.

»Dann zwei Kaffee«, sagte Edith. »Schwarz. Nun hofft Ihre Mutter, wenn sie in London bleiben, wird der Gott des Krieges mit einer Bombe gefällig sein und Ihren Vater hinwegraffen.«

»Es finden gar keine Luftangriffe statt.« Rose krümmte sich vor Heiterkeit.

»Die kommen schon noch«, versicherte Edith, erfreut darüber, daß sie Rose zum Lachen gebracht hatte.

»Und was macht sie dann?« Rose befreundete sich mit dieser neuen Version von Edith Malone.

»Oh, dann fängt sie an zu *leben*«, sagte Edith und nippte an ihrem Kaffee, »aber«, sie war plötzlich traurig, »vielleicht stellt sie auch fest, daß das Leben, wenn man es lebt, dem Kaffee insofern ähnelt, als der Duft köstlicher ist als die Flüssigkeit. Sie haben nicht gewußt, daß ich so klug bin, nicht?«

»Nein.« Rose griente sie an. »Das wußte ich nicht.«

Ich wünschte, dachte Edith, dieser trottelige George oder Richard, dieser Schwachkopf, hätten sich dieses Mädchen geschnappt, statt Ned Peel sie sich wegangeln zu lassen. Warum habe ich sie nie so richtig wahrgenommen? Ich hätte doch daran was drehen können. »Falls Sie nichts Besseres zu tun haben«, sagte sie, »kommen Sie doch mit zu Harrods. Ich möchte mich mit Spielsachen eindecken.«

»Spielsachen?« Rose war verwirrt. »Wozu?«

»Die werden vielleicht bald knapp, bestimmt sogar. Schon heute morgen habe ich festgestellt, daß es für den Weihnachtsbaum keine Glaskugeln mehr gibt. Alles in Deutschland von unseren *Feinden* hergestellt! Lächerlich, nicht wahr, was einem die Realität des Krieges zu Bewußtsein bringt.«

»Ja«, sagte Rose (die Realität des Krieges heißt für mich: kein Mylo).

»Wenn dieser Sitzkrieg vorbei ist, wird's eine neue Welle von Flüchtlingskindern geben. Ich habe vor, das Haus mit ihnen zu füllen. Ich habe sie genausowenig gewollt wie alle anderen Leute auch. Und jetzt schäme ich mich ziemlich. Ich decke mich mit Spielsachen und Geschenken für sie ein. Wollen Sie mir helfen und mir Ihren Nachmittag schenken?«

»Sehr gern.«

»Gut«, sagte Edith und zahlte die Rechnung. »Wir können zehn Kinder unterbringen; sie können die Tennishalle als Spielzimmer benutzen.«

»Ich wußte nicht ...«, begann Rose.

»Wußten nicht, daß eine Frau wie ich ein soziales Gewissen haben könnte? Lassen Sie sich nicht täuschen. Ich habe vor, mich an diesen Kindern ebenso zu erfreuen, wie sich Ihre Mutter ihrer Witwenschaft erfreuen wird.«

Erschreckt und erfreut fragte Rose: »Und was ist mit Mr. Malone? Weiß er Bescheid?«

»Er wird seine Freude an ihnen haben. Bisher habe ich es ihm noch nicht gesagt. Er hatte nie viel Zeit für George und Richard, als sie klein waren, allzu beschäftigt damit, Geld zu verdienen. Es ist viel leichter, sich an anderer Leute Kindern zu erfreuen, man ist letztlich nicht verantwortlich. Kommen Sie, wir verplempern unsere Zeit. Haben Sie ein Auto?«

»Ja, das des Bischofs. Warum?«

»Da kann ich Sie mit meinen Päckchen volladen.«

»Natürlich, aber wollen Sie nicht lieber von Harrods liefern lassen?«

»Es könnte einen Luftangriff geben, und dann sind sie verhindert«, sagte Edith hoffnungsvoll. »Ziemlich komisch, nicht wahr, daß man von einem Moment zum nächsten nicht weiß, ob wir nun einen Luftangriff kriegen oder nicht.« Und als sie Roses verwirrte Miene sah, sagte sie: »Kommen Sie, meine Liebe, es hat keinen Sinn, niedergeschlagen zu sein, es ist besser, so viel Spaß wie nur möglich aus jeder Situation zu ziehen – in diesem Fall dem Krieg.«

»Ich hatte mir das nicht so vorgestellt.«

»Dann fangen Sie damit an. Spaß ist gut für die Moral. Gute Moral gewinnt Kriege. Nebenbei, haben Sie gesagt, der Wagen des Bischofs? Der von den Thornbys?«

»Ja. Ned hat ihn ihnen abgekauft.«

Oder sie haben ihn ihm verkauft, dachte Edith. »Sehen Sie die beiden oft? Nicholas und Emily?«

»Nicht allzuoft.«

»Auch da werden Sie einen neuen Einblick ins Leben erhalten, vermute ich. Etwas, was dieser Junge, der George Unterricht in Französisch gegeben hat, über sie gesagt hat, fand ich ziemlich interessant. Ein aufmerksamer Bursche war das.«

Rose sah weg, sie verkniff sich ihr Verlangen, dieser neuen Edith Malone gegenüber von Mylo zu sprechen, aber es war riskant, sie durfte es nicht. Sie folgte Edith ins Harrods und dachte, wenn Edith imstande war, ihr nicht nur ein völlig neues Bild von sich selbst, sondern auch von ihren Eltern zu präsentieren, dann könnte sie auch sehr wohl in der Lage sein, ihr einen neuen Mylo zu enthüllen, aber er ist ganz mein, dachte sie, ich muß ihn nur entdecken.

Als Edith Malone wenig später Roses Wagen mit ihren Spielzeugpäckchen belud – sie selbst wollte einen Tag später mit dem Zug aufs Land zurückkehren –, dachte sie, es wäre nicht verkehrt, George und Richard vorzuschlagen, sie sollten Rose doch hin und wieder ausführen, ein bißchen Schwung in ihr Leben als Strohwitwe bringen. »Kommen Sie doch mal zum Abendessen rüber«, sagte sie. »Ich rufe an, dann machen wir was aus. George und Richard kommen bald auf Urlaub, sie würden Sie gern sehen.«

Rose bezweifelte das einigermaßen. »Ich habe sie seit Ewigkeiten nicht mehr gesehen. Was machen sie denn?«

»George soll bald ins Ausland versetzt werden, und Richard hat's endlich in die Marinereserve geschafft. Sie werden doch kommen, nicht wahr?«

»Sehr gern«, sagte Rose.

Und so knabberte das Leben ein bißchen weiter, hob sich jedoch die grausamsten Happen für später auf.

19

Rose holte sich am Ende des Winters eine böse Erkältung. Sie wäre sie losgeworden, wenn sie, wie ihr Mrs. Farthing nahegelegt hatte, im Bett oder in nur einem Zimmer mit gleichmäßiger Temperatur geblieben wäre; aber das genau wollte sie nicht. Sie zog niesend von der Küche, wo es warm war, durch eiskalte Korridore zur Bibliothek, wo es in der Nähe des Kaminfeuers zu heiß, aber wenn man sich zwei Meter davon entfernte, schon wieder extrem kühl war. Sie stapfte im Garten umher und schmiedete mit Farthing Pläne, obwohl ihr klar wurde, daß der zu ihr nur ja und amen sagte, um dann auf seine Weise weiterzumachen. Sie besuchte den Gutshof, wo sie Hadleys über den Weg lief. Es war ihr ein Bedürfnis, sich mit Slepe bekanntzumachen, wie sie es sah, nicht wie Ned es ihr gezeigt hatte; sie war an die ihr aufgebürdete Verantwortung nicht gewöhnt und würde Zeit brauchen, sie zu tragen. Mrs. Farthings Meinung nach setzte Rose ihrer Unvernunft die Krone auf, als sie, um Ned abzuholen, der aus Frankreich auf Urlaub kam, nach London fuhr und dort auf einem zugigen Bahnhof herumhing, um auf seinen Zug zu warten. Der hatte nach einem falschen Minenalarm im Kanal eine Stunde Verspätung.

Ihre Heimreise ging langsam vonstatten, der Zug war überfüllt und kalt.

Ned wollte sie jede Sekunde seines Urlaubs um sich haben, sei es im Haus oder bei den Gängen über das Anwesen. Er war düster, niedergeschlagen und ungewöhnlich schweigsam. In Norwegen tobte verheerend der Krieg, und er war überzeugt, wenn das Wetter umschlug, würde auch in Frankreich gekämpft werden. Er war pessimistisch, was den Krieg betraf, sprach abfällig über die Regierung. Er vertraute Rose seine Befürchtungen an, sie schniefte in seinen Armen. Ihm gefiel die neue Matratze nicht, die sie bei Heals gekauft hatte, und er zögerte nicht, ihr das zu sagen. Er verbannte die Kätzchen aus dem Schlafzimmer und weigerte sich, sie wieder hereinzulassen, als sie schüchtern, doch beharrlich mitten in der Nacht an der Tür kratzten, so daß Rose vor lauter unterdrückter Wut ihre Zehen zusammenkniff. Außerdem hatte er Angst, sich Roses Erkältung zu holen. »Ich würde ja alle Mann im Offizierskasino anstecken«, knurrte er.

»Tut mir leid, Ned. Ich kann nichts dafür, daß ich erkältet bin. Ich hab's nicht mit Absicht gemacht.«

»Du hast keine Vorstellung, wie kalt es in Frankreich ist. Ich kriege womöglich noch eine Lungenentzündung«, brummte Ned lauter, drehte sich um, zog sich die Bettdecke um die Schultern und damit seiner Frau weg.

»Dann kannst du als dienstuntauglich entlassen werden«, versuchte sie ihn zu trösten, während sie die Decke wieder zu sich zog.

»Die Lungenentzündung hole ich mir bestimmt erst, wenn wir von den Deutschen überrannt werden. Dann wird's zu spät sein ...«

»Ned, hör auf zu jammern, du hast dich noch nicht angesteckt, mag sein, du bist sogar immun gegen meine Viren. Was ist los mit dir? So habe ich dich noch nie gesehen, sag mir, um Gottes willen, was los ist.«

Statt zu antworten, rollte Ned sich auf sie und vögelte los, kam mit einem Grunzen zum Orgasmus und sackte über ihr zusammen, so daß ihr Gesicht gegen seine Schulter gequetscht wurde, und da ihre Nasengänge mit Schleim verstopft waren, erstickte sie fast.

»Geh um Himmels willen runter.« Sie grub ihm ihre Fingernägel ins Fleisch.

Ned wechselte ein bißchen die Lage. »Was ist denn?«

»Du zerquetscht mich. Ich kann nicht atmen, mehr rüber. Diese akrobatischen Übungen sollen doch angeblich vergnüglich und romantisch sein. O Gott, wo ist denn mein Taschentuch, wo hat sich's hin verkrochen?« Sie fand es und putzte sich kräftig die Nase.

»Verflucht, verdammt, zum Teufel, scheiß doch auf dich und deine Erkältung«, schrie Ned und begann unter heftigen, würgenden Schluchzern zu weinen. »Oh, Mist.«

»Ned!« Sie hatte ihn noch nie fluchen hören. »Was ist los? Was ist mit dir? Es tut mir leid, daß ich so ekelhaft erkältet bin.« Sie hatte auch noch nie einen Mann weinen sehen.

Ned weinte immer weiter.

Rose setzte sich auf und wiegte seinen Kopf an ihrer Brust. »Ned, sag mir, was ist dir passiert?«

Neds Schluchzer ließen nach; er umklammerte Rose mit seinen Armen, drückte sein Gesicht an ihre Brust, und seine reichlichen Tränen benetzten ihr Nachthemd. Nach einer Weile tastete er nach ihrem Taschentuch und putzte sich ohne Rücksicht auf ihre Viren die Nase. Dann rutschte er von ihr weg und legte sich auf den Rücken, die Arme unter dem Kopf. »Die Wahrheit ist«, sagte er, »ich habe Angst. Ich habe Angst vor dem Krieg. Ich habe bodenlose Angst. Ich liege nachts in Frankreich wach und stelle mir vor, wie es wohl sein wird, wie es wirklich sein wird, wenn man verwundet ist. Wie es sein wird, wenn man stirbt. Ich kann mit niemandem darüber reden. Ich wollte, ich hätte es dir nicht erzählt. Du wirst jetzt, nehme ich an, nichts mehr mit einem Feigling zu tun haben wollen.«

Rose empfand plötzlich große Zuneigung für Ned. »Ned, Liebling, ich liebe dich. Ich habe geschworen, ich würde dich nicht verlassen, weißt du nicht mehr?« (Ich könnte sie von ihrem Versprechen entbinden, dachte Ned, nein, nein, das könnte ich nicht.) »Ich bin sicher, du wirst nicht verwundet, warum solltest du? Alle sagen, dieser Krieg wird ganz anders als der von neunzehn-vierzehn, keine Opfer.«

»Das sagt man ...«

»Du wirst nicht fallen. Ich bin mir sicher. Du bist kein Feigling. Wir haben alle Angst, wir alle, und ich fürchte mich ständig und besonders nachts, deswegen habe ich auch die Kätzchen zur Gesellschaft.« Während sie von Angst redete, kramte sie Schrecken hervor, die bis jetzt verdrängt waren, sie wollte sie mit ihm teilen, ihm davon erzählen.

»Du benutzt deine Katzen als Wärmflaschen. Woher weißt du, daß ich nicht getötet werde?«

»Ich weiß es einfach.« Sie versuchte stark zu sein.

»Ich kann zum Krüppel werden. Mir können die Beine abgerissen werden. Ich kann blind werden. Ich kann taub werden. Ich habe von einem gehört, der ist nahe der Maginot-Linie auf eine Mine getreten, ihm wurden die Beine abgerissen, und jetzt ist er blind und taub.«

»Wie nahe bist du denn an der Maginot-Linie?«

»Ungefähr hundert Meilen.«

»O Ned ...«

»Ich bin froh, daß du auch Angst hast. Ich dachte, nur ich hätte welche. Du hast keinen Grund, dich hier auf Slepe zu fürchten.« Er war geradezu eifersüchtig auf seine Angst, wollte sie nicht teilen.

»Wir haben alle Angst. Sonst wären wir keine Menschen.«

»Sicher, daß du mich nicht verläßt?«

»Ich habe es versprochen.«

Ned seufzte, drehte sich zu ihr herum: »Ich höre diese Scheißkatzen an der Tür kratzen. Soll ich sie reinlassen?«

»Ja bitte, Ned.«

Er stieg schwerfällig aus dem Bett und öffnete die Tür: »Kommt rein, ihr kleinen Mistviecher.« Nach dem Einzug der Kätzchen schloß er die Tür und kam ins Bett zurück, wobei er kalte Zugluft mitbrachte. Er lag da und hielt ihre Hand.

»Woher kommen all diese unflätigen Reden, Ned? Das ist nicht deine Art.«

»Was ist meine Art? Was bin ich? Jeder flucht, unter Männern ist jedes zweite Wort Scheiße oder verflucht, das ist ansteckend.«

»Wie meine Erkältung.«

Ned lachte. »Jeder …«

»Auch sie haben Angst. Auch sie hat das Grauen gepackt.«

»Freut mich, freut mich zu hören.« Ned schlief ein, tief atmend, in seinen Schlaf tief versunken. Wachend lauschte Rose auf Neds Atmen, spürte das verstohlene Näherkommen der Kätzchen, den leichten Satz aufs Bett, den rhythmischen Tritt von Pfötchen, das leise Schnurren in Katzenkehlen, als sie sich in der Mulde zwischen Gatte und Gattin niederließen.

Drei Tage später, am Ende von Neds Urlaub, fuhr sie mit ihm nach London. Er war fröhlich, fast ausgelassen. Sie gingen zu seinem Schneider und bestellten eine neue Uniform, dann weiter ins Wiltons zum Essen. Sie aßen jeder ein Dutzend Austern, und Ned machte einen geschmacklosen Witz über die Vergeudung der sexuell stimulierenden Wirkung, jetzt, da sie sich trennen mußten. Rose hatte keinen Hunger und sah zu, wie er außer seinem auch ihr Schwarzbrot samt Butter verzehrte und zwei Halbe Guinness trank. Sie fuhr mit ihm im Taxi zur Victoria Station und plauderte noch vom zugigen Bahnsteig zu ihm hoch, als der Schaffner in seine Pfeife blies. Sie reckte sich auf die Zehenspitzen und gab ihm einen Abschiedskuß. Der Zug fuhr hinaus. Sie winkte, bis er ihren Blicken entschwunden war.

Von Neds Ängsten war keine Rede mehr gewesen. Sie fühlte sich äußerst krank.

Sie fuhr mit einem Taxi zur Paddington Station und nahm den Nachmittagszug nach Hause.

Als Mrs. Farthing den Arzt rief, kam er zwei Tage später; er hatte alle Hände voll zu tun, denn seine zwei Kollegen waren eingezogen worden. Er maß Rose die Temperatur und horchte ihre Brust ab.

»Sie haben eine Lungenentzündung; ich fürchte, im Krankenhaus wird kein Bett frei sein.«

Rose krächzte, das höre sie mit Freuden, sie sterbe lieber in ihrem eigenen Bett und wenn sie die Zeit für gekommen halte. Der Arzt warf die Katzen aus dem Zimmer. Rose kroch zur Tür und ließ sie wieder herein, während Mrs. Farthing den Doktor hinausbegleitete. Als Mrs. Farthing mit einer neuen Wärmflasche und einem heißen Getränk mit viel Honig wiederkam, zog sie die Augenbrauen hoch. »Was Sie wolln, is', daß Farthing Ihn' ein Loch in die Tür macht, dann könn' sie komm' und gehn, wie's ihnen gefällt. Würd' an der Zugluft kein bißchen ändern.«

»Danke«, flüsterte Rose.

»Farthing nimmt den Bischofswagen, um Ihn' Ihre Medizin zu holen.«

»Danke.«

»Was Sie hier drin brauchen, is'n hübsches Feuer im Kamin.«

»Wunderbar …«

Während der nächsten Tage hörte Rose nach Atem ringend dem Nachrichtensprecher im Radio zu, der den Rückzug aus Norwegen schilderte, und war froh, daß der liebe, gute Ned nicht dort war. Einmal wachte sie in der Nacht auf und schrie, Mylo ertrinke in einem kalten Fjord. Sie machte Licht, und während sie den Blick auf die Bonnard-Lithographie gerichtet hielt, wußte sie, daß er sie ihr geschickt hatte, auch wenn keine Nachricht dabeigewesen war. Sie beschloß, da sie dem Tode so nahe sei, müsse sie was dagegen tun. Sie entschloß sich, positiv über das Leben nach der Lungenentzündung zu denken; es bestand doch die Möglichkeit, daß es lebenswert war.

Als der Zug Victoria Station verließ, schob Ned das Fenster nach oben und streckte den Rücken, der von dem ausgiebigen Abschied von Rose steif geworden war. Es war verblüffend, wie reizlos ein Mädchen durch einen Schnupfen aussehen konnte. Er öffnete zwei Uniformknöpfe, lehnte sich zurück und klappte seine Abendzeitung auf. Durch irgendeinen glücklichen Zufall schien er das Abteil für sich zu haben. Er fühlte sich nach seinem Austernmahl sehr wohl und wünschte im nachhinein, er hätte seine Eherechte während des Urlaubs besser genutzt. Es war ärgerlich gewesen, daß Rose so eine fürchterliche Erkältung hatte.

Als die Tür zum Gang aufglitt und ein Mädchen sich mit dem Rücken voran hereinschob, nahm Ned seine Zeitung herunter und guckte. Sie rückte ein Schild an der Glastür zurecht, auf dem »Reserviert« stand. Sie stieg über seine Beine hinweg und heftete ein entsprechendes Schild ans Fenster neben ihm.

»Hallo, Ned«, sagte Emily.

»Was machst du denn hier?«

»Dasselbe wie du. Fahre nach Dover. Mein Job hält mich auf Achse.«

»Wo hast du denn diese Schilder her?«

»Wir hatten einen Onkel im Aufsichtsrat der Great Western Railway, Nicholas hat sie geklaut, als er uns in Paddington Station mal hinter die Kulissen führte. Wir finden sie wahnsinnig nützlich in Kriegszeiten.« Emily zog inzwischen die Rouleaus an der Gangseite des Abteils herunter.

»Warum machst du das?«

»Die Verdunklung.«

»Es ist noch heller Tag.«

»Ich dachte, es wäre schön, wenn wir ganz unter uns sind.« Emily wirkte so munter wie eine Amsel, die horcht, ob sich ein Wurm regt. »Eine entsetzliche Erkältung hat die arme, alte Rose, ich hoffe, du hast sie dir nicht geholt. Ich habe euch am Zug beobachtet.«

»Du fährst nicht wirklich zum Arbeiten nach Dover.«

»Wie hast du das rausgekriegt?«

»Du bist mir gefolgt.«

»Geschmeichelt?«

»Warum tust du das?«

»Du kannst alberne Fragen stellen«, sagte Emily frech. »Ich dachte, es wäre nett für uns.«

»Oh.« Ned rückte zur Seite, als Emily es sich auf dem Platz neben ihm bequem machte.

Der Zug holperte über ein paar Weichen und nahm Tempo auf. Emily rutschte näher.

»Ich bin ein verheirateter Mann«, sagte Ned steif.

»Das stimmt«, pflichtete ihm Emily bei.

»Ich liebe meine Frau, und sie liebt mich auch sehr.«

»Wenn du das glaubst, glaubst du alles.«

Ned hob wütend die Hand.

»Nicht nötig, daß du mich schlägst.« Emily legte ihre Hand Ned in den Schoß. »Was hast du denn da?«

»Emily, benimm dich.« Ned fing an zu lachen.

»Warum benehmen wir uns nicht so, wie uns zumute ist. Warum machen wir uns keine angenehme Reise und füllen die Zeit nutzbringend aus?«

»In der Eisenbahn? Man kann doch nicht ...«

»Es gibt herzlich wenig, was man in der Eisenbahn nicht machen kann.«

»Emily. Nein.«

»Na, komm schon, Ned – nebenbei, warum hast du mich neulich so gehauen? Du hast mir weh getan.«

»Das wollte ich auch. Ich habe mir die Hand weh getan. Was *machst* du da, Emily?«

»Knöpfe dir den Hosenschlitz auf. Oh, guck mal!«

»Wo hast du denn das alles gelernt?« fragte Ned wenig später.

»Das interessiert doch nicht.«

»Ich bin sicher, diese Stellung ist eine sexuelle Perversion.«

»Passend für Zugfahrten.«

»Wirklich, Emily, ich ...«

»Wenn dein Schiff nach Frankreich wegen Minen im Kanal aufgehalten wird, könnten wir doch für die Nacht in diesem reizenden Hotel absteigen. Letztes Mal, als Nicholas und ich da waren, haben wir uns den Magen mit Austern vollgeschlagen. Ist das nicht unglaublich, sie sind nicht rationiert.«

»Rose und ich hatten Austern zu Mittag.«

»Ziemlich verschwendet an Rose. Ist sie dir denn treu?«

»Natürlich ist sie das.«

»Bist du sicher?«

»Selbstverständlich. Wir sind verheiratet. Sie hat's versprochen.«

»Und Männer sind anders?«

»Männer – nun ja – Männer haben andere Gewohnheiten.«

»In diesem Fall ...«

»Ich warne dich, Emily, ich lasse dich nicht zur Gewohnheit werden«, sagte Ned standhaft.

»Wer hat denn an so was gedacht? Was für eine alberne Idee«, sagte Emily, trug Lippenstift auf, puderte sich die Nase, kämmte sich das Haar. »Ich bin keine Gewohnheit. Ich nicht. Ich bin ein Zeitvertreib.«

»Eine vorübergehende Laune«, sagte Ned hoffnungsvoll.

»Möglich.« Emily beleckte ihren Finger und strich sich die Augenbrauen glatt, während sie im Spiegel über den Sitzen ihr Spiegelbild betrachtete.

Ned tätschelte ihr den Hintern, als sie ihren Rock zurechtrückte. »Vielleicht schwimmen Minen im Kanal«, gab er zu verstehen.

Aber Emily hatte inzwischen festgestellt, daß die Fahrt gerade die richtige Länge gehabt hatte. »Ich muß mich mit einem Typen vom Landwirtschaftsministerium treffen«, sagte sie. »Tut mir leid.« Sie küßte Ned flüchtig. »Wiedersehen, Ned. Vielen Dank. Ich habe wirklich einen Job«, sagte sie, »der Kerl ist einer von den Irren, die die South Downs umpflügen wollen, aber probier das Hotel mal aus, wenn du nicht wegkommst.« Sie sprang vom Zug ab, als er in den Bahnhof einfuhr, und rannte auf den Ausgang zu.

Ned fragte sich, als er sein Gepäck aus dem Netz hob und sich in seinen Mantel quälte, warum er sich Emilys Verhalten gefallen ließ, warum er ihre Geilheit amüsant fand. Gott sei Dank, dachte er, ist Rose nicht so, und lächelte, als er einen Gepäckträger rief, über die Erinnerung an Roses rote und geschwollene Nase. Eine böse Erkältung ist besser als jeder Keuschheitsgürtel, dachte er, während er dem Gepäckträger den Bahnsteig hinunter folgte, und beschloß, von seinem Esprit begeistert (könnte er es ein Epigramm nennen?), es sich zu merken und in eine der Unterhaltungen einfließen zu lassen, die sich an Gästeabenden im Kasino oft ergaben.

Die Überfahrt nach Frankreich war kalt und stürmisch. Ned suchte auf der Leeseite eines Schornsteins Schutz vor dem Wind, denn er zog es vor, an Deck zu bleiben, in sein Wohlgefühl gehüllt. Er dachte liebevoll an Rose. Wenn er durch Paris käme, hätte er vielleicht Zeit, ihr irgendein dezentes Parfüm zu kaufen. (Emily hatte recht gut gerochen.) Wie Onkel Archie es vorausgesagt hatte, war eine unerfahrene Braut genau das, was man brauchte; er war dem alten Halunken dankbar. Meine Ehe läßt sich gut an, dachte er, und erinnerte sich an Rose mit größerer Zärtlichkeit, als er sie empfunden hatte, als er bei ihr war. Er schlief im Zug nach Paris, in ein volles Abteil gepfercht, und wachte ruhig und gefaßt auf. Er vergaß die Ängste, die er Rose gebeichtet hatte, und beglückwünschte sich zu der Episode mit Emily, in der Meinung, mit ihr recht gut zurechtgekommen zu sein. Es kam ihm nicht in den Sinn, daß er sein neues Selbstvertrauen der einen oder anderen der beiden Frauen verdankte; er war ein zu feiner Mensch, um sich auf Gewissensprüfungen näher einzulassen.

20

George Malone, den seine Mutter zu Rose geschickt hatte, um sie übers Wochenende einzuladen, war entsetzt, sie so krank vorzufinden.

»Mein Gott, Rose, du siehst wirklich wie ein krankes Huhn aus!«

Rose keuchte, hustete, zappelte herum, um sich auf ihren Kissen weiter nach oben zu ziehen, sank zurück und tastete nach ihrem Taschentuch, den Mund voll Schleim.

»Hier, warte mal ...« George bückte sich, hievte sie hoch, während er die Kissen hinter ihr übereinanderlegte und aufschüttelte. »Besser so?«

Rose spuckte in ihr Taschentuch, nickte. Ihr Gesicht, bemerkte George, war grau, durchsichtig.

»Wer sorgt denn für dich?«

»Mrs. Farthing.« Ihre Stimme war ein heiseres Flüstern.

»Und was ist mit deiner Mutter?«

»Hat eine Nachricht geschickt – kann nicht –, Vater ist auch krank.«

»Diese alte Kamelle!« George kannte Mr. Freelings schlechte Gesundheit schon seit Jahren und war nicht geneigt, daran zu glauben. Sein Vater hatte oft bemerkt: Immer wenn's was gibt, das Freeling unbedingt tun möchte, besonders wenn's um Geld geht, ist er plötzlich ganz gesund. »Die kennen wir doch alle.« Er zog sich einen Stuhl heran, nahm Roses

Hand und rieb sie zwischen seinen. »Was sagt denn dein Arzt?«

»Lungenentzündung«, flüsterte Rose und verstummte hustend, keuchend, nach Atem ringend.

»Du solltest im Krankenhaus liegen.« George war alarmiert.

»Nein. Kann ich nicht ausstehen ...«

»Bestimmt wäre es ...«

»Nein, herumkommandiert ...«

»Stimmt.« George sah sich im Zimmer um. »Hast du's warm genug?«

»Ja.« Rose lag mit geschlossenen Augen da. »Katzen, Wärmflaschen« – sie lächelte – »wären im Krankenhaus nicht erlaubt.«

»Das stimmt.« George, dessen Augen sich langsam an die Wülste und Beulen in dem Bett gewöhnten, bemerkte die Katzen, die mit einer Mischung aus Furcht und Unverschämtheit über Roses Körper hinwegstarrten. »Auf den Korridoren in diesem Haus ist es wie in einer Leichenhalle«, sagte er. »Komm, ich fache das Feuer hier bei dir ein bißchen an.«

»Danke«, sagte sie krächzend.

George stocherte im Feuer, legte neue Kohle und Holzscheite darauf, sah zu, wie es aufflammte. »Ich geh' mal eben rüber zu Mrs. Farthing.«

»Denen geht's auch nicht gut.«

Als er Mrs. Farthing in ihrem Häuschen gefunden hatte, sagte er verärgert: »Mrs. Peel ist verflucht krank.«

»Kein Grund zu fluchen. Farthing is' auch krank und die Kinder auch, ich tu' alles, was ich kann.«

»Sie sollte nicht allein sein in diesem kalten Haus.«

»Hören Sie sich das mal an«, sagte Mrs. Farthing angriffslustig. Sie zeigte zur Decke, und George hörte einen Hustenchor. »Kann mich nicht zweiteilen«, sagte Mrs. Farthing. »Ihre Mutter will nich kommen, sie mag sie sowieso nich. Der Doktor sagt, es isne Epidemie, und das letzte Bett im Krankenhaus is' belegt. Sie wollte da nich hin, sagte, sie wartet auf'n Anruf. Ich hätt' Farthing oder eins von den kleinen Mädchen schicken könn'.«

»Von Ned?« George interessierten die kleinen Mädchen nicht.

»Hatse nich gesagt. Glaube aber nich. Sie will nich, daß ich's ihm verrate.«

»Ich habe heute früh im Radio gehört, daß alle Urlaube aufgehoben sind; er würde sich bloß zu Tode ängstigen«, sagte George. »Sie müssen da drüben irgendwelche Maßnahmen erwarten. Eine Offensive vielleicht.«

»Ha«, sagte Mrs. Farthing, »tät' ihm gut, sich zu ängstigen.«

George reagierte nicht darauf. »Was sagt denn der Arzt?«

»Sie warmhalten. Ihr ihre Medizin geben, viel Flüssigkeit und aufs Beste hoffen.«

»Und Ihr Mann? Die Kinder?«

»Dasselbe, aber die ham nur Grippe; sie hat Lungenentzündung.«

Mrs. Farthing, erkannte George, war der Erschöpfung nahe. »Tut mir leid, daß ich so schroff war«, sagte er. »Wie steht's mit Ihnen? Sie sehen nicht gesund aus.« Oben fing eines der Kinder zu weinen an. »Könnte ich Ihnen helfen, wenn ich bliebe?« fragte er. »Ich kann die Kamine in Gang halten, ihr Heißes zu trinken geben. Ich rufe meine Mutter an.«

»Das könnten Sie wohl«, gab Mrs. Farthing zu. »Wenn man in der Diele Feuer machen würde, würd's das Haus 'n bißchen wärmen, und dann is' da noch der Aga in der Küche.« Sie klang eher widerwillig als dankbar. »Es is' beängstigend, wenn sie phantasiert.«

»Phantasiert?«

»Sieht so aus, sagt immer: ›Ich hätte zärtlicher sein sollen‹, immer und immer wieder.«

»Ich gehe und rufe meine Mutter an.«

Im Haus machte George Feuer im Aga, zündete die Kamine in der Diele und in der Bibliothek an, ging hinauf in Roses Zimmer und stand da und sah ihr zu, wie sie schlief. Sie sieht furchtbar aus, dachte er und erinnerte sich, wie fröhlich und hübsch sie eigentlich war. Jetzt war sie nicht hübsch.

Er rief seine Mutter an.

»Du liebe Güte! Dein Urlaub. Egal, da kann man nichts machen. Ich warte gerade darauf, daß Richard eintrudelt, dann kommen wir rüber und übernehmen die Sache abwechselnd.«

»Ich komm' schon zu Rande.«

»Sei nicht albern. Hast du gesagt, Roses Mutter will nicht kommen? Wirklich, diese Frau! Sie wollte nichts weiter, als ihre Tochter loswerden – ich bin sicher, ihr Mann ist nicht krank – na ja, am besten, wir handeln wie Nachbarn. Ich frage mich, ob wohl Thornbys helfen würden. Sie wohnen viel näher dran. Nein«, gab sie sich selbst die Antwort, »viel zu egoistisch.«

Zu krank, um zu bemerken, was um sie herum geschah, wurde Rose erst Tage später klar, daß Malones en bloc gekommen waren, um für sie zu sorgen. Edith schickte Mrs. Farthing weg, damit die sich um ihre eigene Familie kümmerte, setzte sich mit dem Arzt in Verbindung, kriegte wie durch ein Wunder Wärme ins Haus und pflegte Rose, indem sie ihr die Kissen aufschüttelte, Schwitzbäder verpaßte, die Einnahme der Medikamente überwachte, während ihr Mann und die Söhne ans Telefon gingen, Einkäufe machten und die Kamine heizten. Da es Richards Urlaub war und George erwartete, ins Ausland geschickt zu werden, blieben alle Malones zusammen, wobei die Angst vor dem Krieg der Familie noch größeren Zusammenhalt gab als üblich.

Edith gestattete sich eine Reihe schonungsloser Rügen, wenn sie an Roses desinteressierte Eltern dachte. Wenn ich ihre Mutter wäre, dachte sie, oder wenn ich ihre Schwiegermutter wäre, und warf ihren unverheirateten Söhnen vorwurfsvolle Blicke zu. Schwer von Kapee, langsam im Schalten, dachte sie.

Nach vier Tagen erklärte der Arzt Rose außer Gefahr. Die Eltern Malone zogen sich mit Richard zurück, der in Plymouth auf seinem Schiff erwartet wurde. George blieb da, um Rose Handreichungen zu machen und sie zum Essen zu überreden.

George saß bei Rose und las ihr aus ›Krieg und Frieden‹ vor. Während sie fiebrig im Bett gelegen hatte, war einer der Anrufe für ihn gewesen; er war nach Moskau versetzt worden, mußte in zwei Wochen abreisen. »Man sollte wenigstens etwas von ihrer Literatur kennen …«

»Kannst du Russisch?« Ihre Stimme wurde schon kräftiger.

»Nur Französisch. Mein Französisch ist ziemlich gut. Du wirst dich nicht mehr erinnern, aber ich hatte einen privaten Französischlehrer.«

»Hat er angerufen?« Sie richtete sich in den Kissen auf.

»Der Privatlehrer? Warum sollte er? Ach, du meinst Ned. Nein, hat er nicht. Wahrscheinlich zu beschäftigt. Wenn man den Nachrichten glauben darf, sind die Dinge da drüben in Bewegung oder werden's bald sein.«

Kein Anruf. »Schick mir einen Astrachanhut.« Ihre Stimme wurde matt.

»Ich werd's versuchen.«

»Da, das Telefon!« Sie mühte sich hoch, versuchte, aus dem Bett zu steigen.

»Bleib liegen«, er schob sie zurück, »ich gehe schon ran.« George verließ das Zimmer.

Rose lauschte angespannt. »Wer war es?«

»Nicholas und Emily fragen, ob sie zum Baden rüberkommen dürfen. Nach viel Speichellecken haben sie den Klempner dazu gekriegt, daß er ihnen ihre geplatzten Rohre repariert, aber der kniet sich bis über die Ohren in die Sache und hat ihnen das Wasser abgestellt. Was soll ich ihnen sagen?«

»Laß sie kommen.«

»Egoistische Biester, sie hätten auch eher kommen können, ich habe ihnen gesagt, daß du krank bist.«

»Ist doch egal.«

George ging langsam wieder nach unten. Er wollte nicht, daß Nicholas und Emily herüberkamen. Er hörte, wie er zu Nicholas sagte, es sei nicht möglich, daß sie an diesem Tag kämen. »Kommt, wenn ich weg bin«, hörte er sich sagen. »Ich lasse bei Farthings eine Liste mit Besorgungen, die ihr erledigen könnt.« Dies ist mein letzter Nachmittag bei Rose, dachte er. Er war die Treppe schon wieder halb hinauf, als das Telefon erneut klingelte. Rose sollte sich einen Nebenanschluß an ihr Bett legen lassen; all dies Gehetze die Treppe rauf und runter war doch lächerlich. »Hallo«, schrie er unnötig laut. »Wer ist da? Rose liegt krank im Bett.«

»Sagen Sie ihr«, sagte Mrs. Freeling, »daß ihr Vater tot ist.«

»Blinder Alarm, bloß blinder Alarm«, murmelte George, als er zu Rose zurückging.

»Wer war's?«

Ihm kam der Gedanke, daß sie einen Anruf erwartete, er erinnerte sich an eine kleine Kusine mit Liebeskummer, die genau so einen Gesichtsausdruck gehabt hatte. »Deine Mutter, sie …«

»Geht's meinem Vater besser?«

»Tot«, sagte George, peinlich berührt.

»Oh.« Sie legte sich zurück. »Krebs?«

»Klingt nicht so. Sie sagte, sie ging heute morgen mit seinem Frühstückstablett, seinem üblichen weichen Ei in sein Zimmer und stellte fest, daß er im Schlaf gestorben war, ein Schlag. Ein Herzschlag vielleicht?«

»Was hat sie noch gesagt?«

George überlegte, ob er vertuschen sollte, was Mrs. Freeling gesagt hatte. »Wenn du mir deine Wärmflasche gibst, bring' ich sie nach unten und fülle sie neu«, wich er aus.

Rose kramte nach der Flasche, die unter den Katzen gelandet war, zog sie hervor und reichte sie George. »Was hat sie noch gesagt, George?«

»Was für eine Eierverschwendung, wenn sie so knapp sind.« George schnappte sich die Wärmflasche und lief aus dem Zimmer. Sein Gelächter platzte auf der Treppe los.

Als er nach angemessener Wartezeit die frische Wärmflasche zurückbrachte, entschuldigte er sich. »Ich hätte nicht lachen dürfen. Es tut mir leid.«

»Was konntest du dafür? O George!« Rose fing ebenfalls an zu lachen. Sie langte nach oben, ergriff seine Hand. »Oh, ho-ho-ho. Halte einen Augenblick meine Hand. Meine Mutter hat darauf so lange gehofft. Was für ein Schreck. Sie sind nicht wie deine Eltern, George, sie kommen nicht miteinander aus, er war so schwer zufriedenzustellen. Ich habe ihn nie – oh, wo ist mein Taschentuch?« Sie weinte jetzt, ihr abruptes Lachen war in Tränen, Triefnase, Schluchzen umgeschlagen. »Ich habe ihn nie zufriedengestellt, ich war eine hundsmiserable Tochter. Er wünschte sich nur, daß ich in sichere Obhut kam, er redete unablässig davon, er war so froh, als ich Ned heiratete, seiner Meinung nach war Sicherheit das einzige, worauf's ankommt, ich habe ihn nie sehr geliebt. Ich hab' so ein schlechtes Gewissen …« Der Rest von Roses Erklärung erstickte in Schluchzern. George merkte, daß er sie in die Arme nahm, um sie zu trösten, wobei er mit dem Fuß ausschlug, um die kochendheiße Wärmflasche wegzubugsieren und die Katzen zur Seite zu schieben. Es erschien ihm einfacher, Rose in ihrem Bett zu trösten; auf die Weise würde ihr nicht kalt werden. Im Gegenteil, ziemlich warm. Einfacher, wenn er seine Hosen auszog. Dies ist eigentlich nicht meine Art, dachte er, aber trotzdem ist es ziemlich schön, und Ehrenwort, es ist oh-ah-oh. »Himmel, Rose, das hatte ich wirklich nicht vor. Ich hoffe, du denkst nicht, ich hätte es drauf angelegt zu – ich hoffe, ich habe deine Lungenentzündung nicht verschlimmert –, hier, warte, bis ich die Wärmflasche wieder gefunden habe, oh, gut, sie ist noch warm, o Gott, sieh dir diese Katzen an, was für eine gefühllose …«

»Hör auf zu labern.« Rose brachte die Bettücher in Ordnung, während er in seine Hose stieg, zog ihr Nachthemd runter und die Laken nach oben, legte sich die Wärmflasche an die Füße, langte nach einem Kamm und fuhr sich damit durch die Haare. »Könntest du mir einen heißen Schwamm bringen?« Vor Schreck fühlte sie sich fast gut. George ließ den Warmwasserhahn laufen, drückte den Schwamm darunter aus, brachte ihn Rose, sah ihr zu, wie sie sich das Gesicht wusch, die Tränen wegwischte, und überlegte, was er tun oder sagen solle.

»Ach, George.« Rose blickte hoch in sein ängstliches Gesicht und reichte ihm den Schwamm zurück. »Ich habe solchen Hunger.«

Von Zeit zu Zeit in seinem Leben war George versucht, die Geschichte zu erzählen, wie er das Fäßchen Austern gefunden hatte, das seine Mutter zu Roses Genesung dagelassen hatte. Wie sie zusammen gepraßt hatten, sie in ihrem Bett, er daneben. Wenn jemand eine scherzhafte Bemerkung über die potenzsteigernden Eigenschaften von Austern machte, pflegte George zu sagen, darüber wisse er nichts, aber er habe gehört, sie seien wunderbar für Genesende. Wenn er im Alter durch den Geschmack von Austern an die Episode mit Rose erinnert wurde, rätselte er, ob die Sache wirklich passiert war oder ob er Wahrheit und Dichtung vermischt hatte, um eine gute Geschichte daraus zu machen. War es denn wahrscheinlich, so fragte er sich, daß er in dieser Situation frische Austern in einem Fäßchen gefunden haben sollte? Oder möglich, daß er die Frau eines Freundes verführt haben sollte, als sie mit Lungenentzündung im Bett lag? Auf jeden Fall war das keine Geschichte, die man jedem erzählen konnte. War ich so ein Kerl? fragte er sich immer wieder, während er seine geliebte Frau, die prächtigen Söhne und Töchter, die bezaubernden Enkel betrachtete. »Als ich im Krieg nach Moskau versetzt wurde«, sagte er dann und steuerte seine Gedanken in ruhigeres Wasser, »habe ich viel Zeit mit der Suche nach einem Astrachanhut für die Frau eines meiner Freunde zugebracht.«

»Und hattest du Erfolg?« fragte dann der eine oder andere von ihnen. »Warst du verliebt in sie?«

»Ich kann mich nicht erinnern. Ich glaube aber nicht. Man hatte viel ernstere Sorgen; schließlich war Krieg – nein, Liebe war es nicht.«

Aber Rose erinnerte sich.

Wenn Leute über Stärkungen, Belebungsmittel nach schwerer Krankheit sprachen, behielt sie das Rezept, mit jemandem, den man mochte, in den man aber nicht verliebt war, eine schnelle Nummer zu schieben, für sich. Ein kurzer Schock sexueller Verblüffung, der dazu führen konnte, daß man sich überraschend gut und munter fühlte.

Nach ihrem kleinen Techtelmechtel mit George fühlte sie sich wohl genug, um an der Beerdigung ihres Vaters teilzunehmen, ihre Mutter darüber hinwegzutrösten, daß sie nie sein schwaches Herz bemerkt hatte, und eine passende Wohnung zu suchen, in der sie ihre Witwenzeit verbringen konnte.

In Wirklichkeit erstreckten sich die Beerdigung und Mrs. Freelings Umzug von Kensington nach Chelsea über einen Zeitraum von mehreren Monaten, in denen Rose während des Sommers 1940 oft nach London zu Besuch fuhr. Aber da das Gedächtnis nun mal so ist, wie es ist, raffte sie in der Erinnerung das Begräbnis und den Umzug ihrer Mutter auf eine kürzere Zeitspanne zusammen. Woran sie sich im Alter hauptsächlich erinnerte, war, daß sie nach der Beerdigung mit einem Gefühl der Befreiung nach Slepe zurückgekehrt war, und ihre ungeheure Verärgerung, als sie feststellte, daß Nicholas und Emily sich selbst eingeladen und das Haus mit Beschlag belegt hatten, während der Klempner ihre geplatzten Wasserrohre reparierte.

21

Das erste Anzeichen, daß ihr Alleinsein ein Ende gefunden hatte, war, daß sie, während sie die Auffahrt hinauffuhr, den MG erblickte, der schräg vor dem Haus parkte.

»Verdammt.« Rose stellte das, was sie innerlich weiterhin als Bischofswagen bezeichnete, neben dem MG ab. Sie nahm ihre Reisetasche und ging ins Haus. In der Diele blieb sie stehen und lauschte. Kein Laut war zu hören. Die Blütenknospe einer toten Kamelie fiel mit einem Plumps auf den Dielentisch. Es war kaum noch Wasser in der Vase, und die Blumen, die Edith Malone vor zwei Wochen hingestellt hatte, waren bräunlich und tot. Farthing hatte grollend zugesehen, als sie die Kamelien schnitt, und mit dem Zucken seiner Nase zu verstehen gegeben, daß Kamelien sich länger hielten, wenn man sie dort ließ, wo sie hingehörten. Nach dem Fallen der Blüte war die Stille absolut.

Rose sah in die Bibliothek. Niemand. Auch in der Küche war niemand.

Sie trug ihre Reisetasche nach oben, bestrebt, möglichst schnell die Trauerkleider loszuwerden. Sie nahm an, Thornbys hätten einen Spaziergang unternommen, während sie auf sie warteten. Sie würde ihnen Tee anbieten und sie dann eiligst nach Hause verfrachten. Sie hatten es nicht für nötig befunden, zur Beerdigung ihres Vaters zu kommen. Sie hätten, dachte sie verärgert, sich die Mühe machen können. Andere hatten es auch getan. Neds Onkel und Tante aus Argyll zum Beispiel, die ihre Eltern kaum kannten.

Als sie über den Treppenabsatz zu ihrem Zimmer ging, sah sie, daß die Tür zu einem Gästezimmer einen Spaltbreit offenstand, und ging hin, um sie zuzumachen, aber zuvor sah sie hinein, für den Fall, daß die Katzen sich hineinverirrt hätten; eingeschlossen könnten sie ein Chaos anrichten. Zu ihrer Überraschung sah sie Kleider nachlässig verstreut herumliegen, ein offenes Buch auf einem Stuhl, Bürsten und Kämme auf der Frisiertoilette. Das Bett in Unordnung. Mit krauser Stirn schloß sie die Tür.

Dann hörte sie von der anderen Seite des Treppenabsatzes aus dem Gästebad glucksendes Gelächter, Emilys Lachen. Was für eine verdammte Unverfrorenheit. Wütend betrat sie das Badezimmer.

»O Rose.« Nicholas langte aus der Wanne nach oben und packte sie am Handgelenk. »Du bist also wieder da. Wie ging's? Wir wußten, es wäre Neds Wunsch, daß wir uns ganz wie zu Hause fühlten, deshalb haben wir genau das getan. Setz dich und erzähle, Schätzchen. Das ist für uns das erste Bad seit Wochen – kann dir gar nicht sagen, welche Wonne es ist, sich richtig im Wasser zu suhlen, nachdem man sich nur in Teilen waschen konnte und das Wasser im Kessel heißmachen mußte – man friert so dabei, man kommt sich so benachteiligt vor.« Er zog Rose näher zur Badewanne. »Setz dich, Engelchen, während wir dir von unserem Dorfklempner erzählen; er macht Emily heimlich schöne Augen, und sie ermutigt ihn.« Er zerrte Rose auf den Stuhl neben der Wanne.

»Hallo, Rose.« Emily lag Nicholas gegenüber in der Wanne. Sie hatte sich ein Kissen aus dem Gästezimmer genommen, um Kopf und Schultern gegen die Wasserhähne zu schützen; dessen edler Brokat war klatschnaß. »Leiste uns Gesellschaft«, sagte Emily, »erzähl uns das Neueste.« Sie griente übermütig zu Rose hoch. »Weißt du noch, wie wir als Kinder alle zusammen gebadet haben? Schade, daß nicht auch Platz für dich ist. Was warst du für ein scheues, kleines Ding!«

»Du hast geweint, war's nicht so, Rosie?« Nicholas ließ Roses Handgelenk nicht los.

Rose erinnerte sich an ihre höllische Verlegenheit, als sie, ein Einzelkind, dahintergekommen war, daß von ihr erwartet wurde, sich mit den Thornby-Kindern eine Badewanne zu teilen, bei denen sie nach einer Kinderparty die Nacht über hängengeblieben war (der Wagen ihres Vaters war defekt; er hatte sie nicht nach Hause holen können). Sie hatte aggressiv reagiert, eine Szene gemacht, sich partout nicht ausziehen wollen, geschrien. Nicholas' und Emilys Kindermädchen hatte sie gehänselt, weil sie ihren Körper versteckte, und sich über ihr kindliches Schamgefühl lustig gemacht. »Was hast du denn zu verstecken?«

Nicholas und Emily waren dem Beispiel gefolgt und hatten in lautem Singsang »Was hast du zu verstecken« geleiert. »Zieh die Schlüpfer aus. Was hast du zu verstecken?« Auch jetzt versteckten sie nicht viel.

Rose, die mit einem Ruck ihr Handgelenk befreite, erinnerte sich, wie Nicholas völlig außer Rand und Band gedroht hatte, ins Badewasser zu pinkeln. Das Kindermädchen hatte ihm zwei Klapse gegeben, einen auf jede Pobacke; sie war entsetzt und merkwürdig erregt gewesen.

Sie erhob sich. Auf keinen Fall würde sie sich ihr Erstaunen darüber anmerken lassen, daß sie sie zusammen in der Badewanne liegen sah, und sich spöttischen Bemerkungen darüber aussetzen, daß sie nicht weltgewandt sei. »Ned konnte zur

Beerdigung nicht heimkommen«, sagte sie, nicht bereit, seine mögliche Einladung zu billigen oder zu bestreiten. (Ich kenne Ned noch nicht gut genug, dachte sie.) Sie zwang sich, gelassen auf die beiden hinunterzusehen, wie sie so im dampfenden Wasser lagen, Nicholas seiner Schwester mit seiner großen Zehe den Hals kraulte und sie träge ihr Bein, dann das ihres Bruders einseifte. Von den sichtlichen Geschlechtsunterschieden abgesehen, waren sie sich auffallend gleich.

»Ned hat uns nicht ausdrücklich eingeladen – um ehrlich zu sein«, sagte Emily lachend und forderte Roses Empörung heraus. »Bemerkst du den Unterschied?« fragte sie, Roses Blick folgend.

Rose wurde wütend gewahr, daß ein Teil ihres Bewußtseins notiert hatte, daß Nicholas im Gegensatz zu Ned beschnitten war. »Oh, ich würde mir nicht die Mühe machen, ehrlich zu sein, Emily, das sieht dir doch nicht ähnlich, oder?« Sie bückte sich, riß Emily mit einem Ruck das Kissen hinter dem Kopf weg und zog zugleich den Stöpsel aus der Wanne. »Das hier trocknet wohl besser im Wärmeschrank.« Sie ignorierte Emilys Protestgeschrei, als die sich rasch zur Seite drehte, um zu vermeiden, daß ihr die harten Hähne gegen Kopf und Hals schlugen. Sie wrang das Kissen über der Badewanne aus. »Wann seid ihr denn hergekommen?« fragte sie möglichst beiläufig. »Oder sollte ich sagen, eingezogen?«

»Gestern«, sagte Nicholas rasch. »Mrs. Farthing hat gesagt ...«

Sie haben ihr gesagt, wir hätten sie eingeladen, dachte Rose. »Vielleicht tätet ihr besser daran, eurem Klempner mal ein bißchen auf die Finger zu gucken«, schlug sie vor, während sie zusah, wie Nicholas aus der Wanne stieg, und seine dürren Beine bemerkte, wobei sie klar zu erkennen gab, als sie ihren

Blick über ihn hinwegwandern ließ, daß sein Körper verglichen mit Neds schlecht abschnitt. »Ned war nicht gerade der Inbegriff der Willkommensfreude, als du das letzte Mal vorbeikamst, stimmt's, Emily?«

»Bei *dem* Mal nicht.« Emily stieg aus der Badewanne mit der leisen Andeutung, es habe ein anderes Mal gegeben (und wenn, dachte Rose, ist mir's egal). »Ich will euch ja nicht hetzen.« Rose sah, wie Emily sich nach einem Badetuch umblickte. »Jetzt fällt es mir wieder ein, ich habe zu George gesagt, er solle euch ausrichten, ihr könntet irgendwann rüberkommen. Wie dumm von mir, das zu vergessen. Oh, möchtet ihr ein Handtuch?« fragte sie, als wäre es irgendwie ungewöhnlich, ein Handtuch zu benötigen, als schüttelten sich normale Leute wie Hunde, wenn sie aus einer heißen Badewanne stiegen.

»Wir hätten selbst welche mitbringen sollen.« Nicholas hatte den Spaß an der Situation verloren, in der überall herrschenden Zugluft in Slepe begann er zu zittern.

»O nein, nein, nein«, sagte Rose. »Ich hole euch welche«, fügte sie huldvoll hinzu, als sie hinausging, die Tür offenließ, damit der Zug noch stärker wurde, und sich Zeit ließ, während sie auf die andere Seite des Treppenabsatzes ging, die Tür zum Wärmeschrank aufmachte, das nasse Kissen zum Trocknen hineinlegte und zwei der am wenigsten guten Badetücher hervorholte. »Hier«, sagte sie, gemächlich zurückschlendernd. »Ich würde euch ja bitten zu bleiben«, sagte sie, »aber ich erwarte jeden Augenblick Ned, und wir werden allein sein wollen, ihr wißt ja, wie das ist – oder wißt ihr's vielleicht nicht?«

»Danke.« Emily schnappte sich ein Handtuch und schlang es um sich.

»Und Nicholas …« Sie streckte Nicholas ein Handtuch hin. »Mein armer Nicholas, du hast ja überall Gänsehaut.«

Sie warf einen verächtlichen Blick auf seinen ungeschützten Körper. »Na«, sagte sie, »ich mache euch Tee, bevor ihr geht. Ich setze mal eben den Kessel auf.« Sie zwang sich, das Badezimmer langsam zu verlassen, die Treppe gemessen hinunterzugehen. Auf halbem Weg hinab übermannte sie ihre Wut über das egomanische Verhalten der beiden; sie fühlte sich beleidigt, daß sie uneingeladen gekommen waren, sich zusammen in die Badewanne, und wie's schien, auch zusammen ins Bett gelegt hatten.

»Emily«, brüllte sie die Treppe hoch.

»Ja?« Emily, halb abgetrocknet, lehnte sich über das Geländer. »Was ist?«

»Macht das Bad sauber, ehe ihr geht, zieht das Bett ab und legt die benutzten Laken in den Wäschekorb.« Ein Desinfektionsmittel vorzuschlagen, würde die Sache zu weit treiben.

»Oh«, sagte Emily, »die berühmte Gastlichkeit auf Slepe!« Aber sie ging folgsam zurück, und Rose hörte, wie sie im Bad mit Wasser herumspritzte und sich in einem unfreundlichen Ton an Nicholas wandte.

Rose setzte den Wasserkessel aufs Feuer und stellte zwei Tassen samt Untertassen hin; sie wollte Nicholas und Emily beim Tee nicht Gesellschaft leisten. Amüsiert stellte sie fest, daß sie von Neds Slepe so heftig Besitz ergriff, als wäre es ihr Eigen.

Mrs. Farthing kam von draußen herein. »Froh, Sie wieder hier zu sehn. Sie ham sich selber eingeladen, haben gesagt, Mr. Peel hätte …« Ihre Nasenlöcher zuckten. »Und Sie hätten gesagt …«

»Keine Sorge«, sagte Rose, »sie sind schon auf dem Heimweg.«

»H-m-m-m.«

»Mir wäre es lieber, wenn Ned es nicht erfährt.«

Mrs. Farthing lockerte ein paar Falten rund um ihren Mund zu einem Lächeln. »Soll ich den Kuchen rausholen?«

»Natürlich nicht.«

»Honigwabe?«

»Später, für Sie und mich.«

»Ha!«

»Und wir beziehen das Bett frisch. Ned könnte nach Hause kommen; er könnte vielleicht jemanden mitbringen.«

»Sind besorgt, nicht? Wegen dem Krieg?«

»Ich glaube, der Krieg nimmt an Schärfe zu. Ja, ich bin besorgt.«

»Es heißt ja«, sagte Mrs. Farthing, um Roses Ängsten auszuweichen, »Pfarrer haben oft komische Kinder, Bischöfe vielleicht noch öfter.«

Ein Wagen hupte in der Auffahrt. Rose lief hinaus und erkannte Onkel Archibald, der sich rückwärts aus dem Bahnhofstaxi schob. Beim Anblick seines beruhigenden Rückens stieß Rose einen Freudenschrei aus: »Oh, Onkel Archie.« Sie hatte noch nie Onkel zu ihm gesagt.

Archie schloß sie in seine Tweedarme. Er roch nach Heidekraut und Whisky. Er umarmte sie fest und tätschelte ihr den Rücken. »Flora schlug vor, ich sollte dich mal besuchen, bevor es in den Norden zurückgeht; sie ist schon vorausgefahren.«

»Lieb, lieb. Komm rein und trink eine Tasse Tee.« Freudig umfaßte Rose den alten Mann. »Oh, ich freue mich, dich zu sehen.«

Während Onkel Archie seine Umarmung erneuerte und Rose mit einem Arm umfaßt hielt, um in seiner Hosentasche nach Kleingeld für das Taxi zu kramen, beobachtete er, wie

Nicholas und Emily sich aus dem Haus stahlen, in ihren MG stiegen und wegfuhren.

»Hast du Besuch?« fragte er.

»Nachbarn, die zum Baden hier waren; ihnen sind bei dem starken Frost die Leitungen geplatzt; sie haben jetzt erst den Klempner gekriegt.«

Während Rose Neds Onkel ins Haus führte, strich sie Thornbys aus ihrem Gedächtnis. »Komm rein. Mrs. Farthing macht gerade Tee, und dazu haben wir eine von Farthings Honigwaben. Du bleibst doch ein bißchen, oder?«

»Gern, aber nur eine Nacht.« Ihm gefiel, wie Rose ihn an der Hand ins Haus führte. Das Mädchen hat sich verändert, dachte er, ist erwachsen geworden, gereift; bestimmt ist sie in Ned verliebt; bravo.

Als sie Neds Onkel ins Haus führte, fiel Rose auf, daß sie dies Aufhebens um ihn um ihretwillen machte, nicht um Neds willen. Langsam werde ich zu Neds Ehefrau, dachte sie. »Erzähl mir, was du vom Krieg gehört hast«, sagte sie. »Ich bin sicher, du weißt mehr darüber, als was man im Radio hört oder in der Zeitung liest.«

»Ah«, sagte Onkel Archie und nahm zum Tee Platz. »Ja. Frankreich. Kann nicht sagen, daß ich mehr weiß als du, meine Liebe.«

Rose seufzte. Ganz unlogischerweise hatte sie gehofft, er hätte Neuigkeiten, nicht unbedingt von Ned, sondern von Mylo.

»Ich traue den Franzosen nur halb«, sagte Onkel Archie.

Mylo ist Halbfranzose, dachte Rose verzweifelt.

»Flora hat überlegt«, sagte Archibald Loftus und nahm seine Tasse entgegen, »ob du vielleicht nicht zu einsam bist, wo Ned weg ist und dein Vater gerade gestorben und so weiter. Sie hat überlegt, ob du nicht mit uns mitkommen und ein paar Wochen bleiben willst.«

»Oh, ich kann nicht so weit weg. Es ist schrecklich lieb; ich bin nicht einsam. Ich muß warten. Ich denke, ich fahre besser nicht weiter weg als bis London – meine Mutter und so weiter – ich warte auf Nachrichten.«

»Er schreibt natürlich?«

»Nein. Ja, ich meine, ja. Natürlich schreibt er.«

»Kann aber keine Neuigkeiten melden? Die Zensur ist übereifrig. Ja, bitte, davon hätte ich gern etwas.« Er nahm sich Honig, rührte seinen Tee um, trank und wischte sich den Schnurrbart mit einem Seidentaschentuch. Sie macht sich um Ned nicht so große Sorgen, wie man das erwarten sollte, dachte er. Ist es der Tod ihres Vaters, der ihr Kummer macht? Sie hat ihn nicht allzusehr gemocht, nach allem, was man hört. Langweiliger Bursche, ganz und gar nicht unser Schlag. »Dieser Krieg geht den Leuten auf die Nerven«, sagte er. »Sie werden sich besser fühlen, wenn's richtig losgeht. Alle sind ein bißchen enttäuscht davon, daß nichts passiert; wenn's soweit ist, werden sie wieder in beste Stimmung kommen; es ist, wie wenn man auf ein Baby wartet.«

Rose lachte. »Davon möchte ich nichts wissen.«

Also ist sie nicht schwanger; wird aber langsam Zeit. »Er wird bald wieder hier sein«, sagte er. Und dann verdammt noch mal sein Geschäft erledigen, dachte er, ich könnte ihm eine kleine Andeutung machen.

»Könnte denn jemand einfach verschwinden?«

»Nein, meine Liebe, o nein, komm bloß nicht auf schrullige Ideen. Die Army ist nicht auf den Kopf gefallen, sie hat ihren Papierkram gut im Griff, Ned verschwindet nicht einfach.«

Aber Mylo *ist* verschwunden, dachte Rose, kein einziges

Wort seit jenem letzten Anruf, als er so böse war, und er ist nicht in der Army.

Onkel Archibald begann Rose zu erzählen, was ihm Freunde in seinem Club über den Feldzug in Norwegen berichtet hatten. »Äußerst glücklos, aber jede Menge Heldentaten. Ein Glück, daß Ned nicht dort war. Wenn, dann wäre wirklich Grund zur Sorge gewesen.« Während er sein Honigbrot kaute, dann auf Mrs. Farthings Kuchen umstieg, dachte Archibald Loftus: Neds Rose hat es faustdick hinter den Ohren; man kann es sich sparen, darüber nachzudenken, was in ihrem Kopf vorgeht; was könnte sie meinen mit »verschwinden«? Menschen wie Ned verschwinden nicht, viel zu solide und nüchtern. Er beschränkte sich darauf, sich über das zu freuen, was er von ihr wußte, und seinen Tee zu genießen.

»Was du brauchst, meine Liebe«, sagte er, »wenn du nicht zu uns rauf nach Schottland kommen willst, ist ein bißchen Vergnügen; versuch doch mal, ein bißchen Spaß mit den Besuchen bei deiner Mutter zu verbinden.«

»Ich werde deinem Rat folgen«, sagte Rose, »falls sich die Gelegenheit ergibt. Bis dahin bleib ein oder zwei Nächte hier bei mir, komm und sieh dir den Garten an.«

»Ich würde gern erst die Nachrichten hören.«

»Na gut …«

22

Die Nachrichten beunruhigten Archibald Loftus ernstlich. (Warum klangen schlechte Nachrichten in schöner Umgebung noch schlechter?) Der Garten von Slepe war frühlingstrunken, der Duft von Farthings Goldlack durchdrang alles. Archibald war nicht wie Rose mit Aufmerksamkeit bei der Botanik; er war in Sorge. Die Nachrichten waren nicht nur ernst, sondern möglicherweise katastrophal. Rose schlenderte friedlich umher, roch an Blumen und pflückte kleine Schnipsel von Kräutern ab, die sie zwischen den Fingern zerrieb, womit sie dem Abend ihren Teil an Duft zusetzte. Sie leistete Archie schweigend Gesellschaft, unternahm keinen Versuch, eine Unterhaltung zu beginnen und führte ihn vom Haus weg, außer Reichweite des Radios.

Archibald wußte Schweigsamkeit bei einer Frau zu schätzen; er war mit einer Plaudertasche verheiratet. Aber an dem Abend hätte er sich gewünscht, daß dieses Mädchen, Neds Frau, nicht gar so reserviert gewesen wäre. Das bewies doch sicherlich irgendwelche zurückgehaltenen Gefühle und Sorgen? Wie kam es, daß er den Eindruck hatte, daß, was immer sie auch beunruhigte, nicht Ned betraf? Er brach das Schweigen: »Ich meine, du solltest hier nicht allein bleiben.«

»Warum denn nicht?«

»Die Lage da drüben sieht sehr düster aus.« Er ruckte mit dem Kinn in Richtung Frankreich.

»Für mich ist schwer zu erkennen, was geschieht«, sagte sie.

»Aller Wahrscheinlichkeit nach werden unsere Armeen besiegt werden. Ich traue den Franzosen nicht«, sagte er wie schon einmal.

»Ah.« Sie schenkte dem keine Aufmerksamkeit; sie lauschte einer Amsel, die sich auf dem Ast eines blühenden Kirschbaums das Herz aus dem Leibe sang.

»Die Deutschen könnten einmarschieren«, sagte Archibald offen heraus, »es ist mehr als wahrscheinlich.«

»Genau das hat auch Ned angedeutet«, stimmte sie zu.

»Dann ist er klüger, als ich dachte.«

Rose war versucht, Neds Benzinvorratslager zu erwähnen, dachte jedoch, besser nicht, er ist Staatsbeamter oder so was da oben in Schottland, und Ned hat gesagt, es soll geheimgehalten werden. Sie dachte amüsiert an ihren Mann und sein Geheimlager, von dem Farthings angeblich nichts wußten.

»Du hörst nicht zu«, sagte Neds Onkel.

»Doch.«

»Was habe ich als letztes gesagt?«

Rose lachte.

»Ich sagte gerade, Rose, falls und wenn die Deutschen einmarschieren, wärst du im Norden oben bei Flora und mir besser aufgehoben. Bitte sei vernünftig und komm.«

»Ich muß mich um Slepe kümmern, die Deutschen hin oder her. Außerdem wird Ned kommen. Ich muß hier sein, wenn er ankommt.«

»Beten wir, daß er kommt.« Archibald wurde seine gedrückte Stimmung nicht los.

»Natürlich kommt er.« Natürlich. Leute wie Ned gehen nicht verloren, aber Mylo, was ist mit Mylo?

»Komm mit mir nach London«, bedrängte Archibald sie.

Wenn ich sie bis nach London kriege, kann ich sie auch überreden, mit nach Argyll zu kommen, dachte er.

Wie er wohl ohne Schnurrbart aussehen mag? überlegte Rose gerade. Ich habe noch nie einen Mann mit Schnurrbart geküßt, wenn man mal von diesem Gerangel unter dem Mistelzweig absieht. Ich habe nicht viele Männer geküßt. Es ist sicher so, wie wenn man einen Fußabtreter küßt. »Ich muß hierbleiben.« Sie sah Neds netten Onkel an (hoffentlich ist Ned auch so attraktiv, wenn er alt ist). »Ich würde sehr gern, aber ich kann nicht, vielen Dank. Es ist sehr nett von dir und«, setzte sie hinzu, »Tante Flora.« (Ich möchte mal wissen, was Flora sagen würde, wenn ich ihr plötzlich aufgehalst würde.)

Archibald Loftus, seine Niederlage einräumend, brummte.

Am folgenden Tag fuhr er ab. Auf seiner Reise nach Norden saß er im Zug, betrachtete die vorübersausenden Felder und dachte, daß es schön wäre, wieder jung zu sein und Neds Frau zu verführen, daß sie genau der Schlag Mädchen war, um derentwillen er Flora hätte sitzenlassen können, daß es vielleicht doch gut war, daß sie noch nicht geboren war, als er Flora kennengelernt und geheiratet hatte, ihre Ehe war doch ziemlich glücklich gewesen. Er hatte nie eine Geliebte gehabt wie seine Wiener Onkel (da war ihm zweifellos etwas entgangen), die Versuchung war nie groß genug gewesen. Trotzdem, dachte er – ist Ned das klar? Behandelt er sie anständig? Tut er das? Ich bin eifersüchtig auf Ned, dachte er belustigt, eifersüchtig! Er stand von seinem Platz auf, ging im Zug entlang zum Speisewagen und bestellte sich einen großen Whisky. Während er ihn trank, ließ er seine Gedanken bei Rose verweilen und grübelte darüber nach, ob sie wohl eine dieser seltenen Frauen war, die im Alter genauso attraktiv wie in der Jugend sind. Und ob sie es wußte und Vorteile daraus zog. Er spürte den Stachel der

Begierde, während der Zug nach Norden raste, und wie er so die Felder vorbeisausen sah, merkte er, daß es um ihn noch nicht geschehen war, wenn ein Mädchen wie Rose in ihm solche Gefühle wecken konnte, und obwohl es in gewisser Weise unangenehm war, war es doch auch wohltuend. Dann dachte er an seine liebe Frau Flora, die unterdessen stämmig und kratzbürstig geworden war in ihrem Tweed und ihren derben Tretern. Und während seine Begierde verflog, bestellte er sich noch einen Drink.

Wieder allein, spazierte Rose im Garten umher, spielte mit den Katzen, ging kribbelig nach drinnen und hörte die Nachrichten. Noch während Onkel Archibald nordwärts nach Schottland fuhr, wurde der Sturz Frankreichs, der sich schon angedeutet hatte, eingestanden. Die Straßen waren von Flüchtenden verstopft, die Belgier forderten einen Waffenstillstand, die Franzosen und Briten wurden eingekesselt, als sie sich nach Dünkirchen zurückzogen, und die Evakuierungen begannen, während ein wunderschöner Tag auf den anderen folgte und die Vögel sangen.

Mrs. Freeling rief an, um mitzuteilen, daß sie sich auf ein Wagnis einlasse (Mrs. Freeling!) und die Pachtbriefe von zwei Wohnungen kaufe, nicht nur einer. Wenn eine bombardiert werde, zöge sie in die andere.

»Und wenn keine bombardiert wird?«

»Vermiete ich eine an die Deutschen und nehme in die andere Untermieter auf.«

»Oh.« Mutter machte Witze! Was kam denn nun noch?

»Weil jeder, der kann, London verläßt, kriege ich die zwei Wohnungen spottbillig. So eine Gelegenheit gibt es nie wieder.«

»Mir war gar nicht klar, daß du so einen – einen – wachen Geschäftssinn hast.« Rose amüsierte das.

»Mir auch nicht. Ist das nicht ulkig?«

»Ulkig?« Rose war verblüfft über diese neue Version ihrer Mutter. »Hast du keine Angst vor Luftangriffen? Daß du umkommst?« wollte sie wissen.

»Natürlich, aber das hält mich einfach nicht auf. Ich war zu lange eingedämmt.«

»Wo sind denn diese Wohnungen?«

»Eine in Chelsea, die andere ist in Regent's Park. Ich hatte erst an Hampstead gedacht, aber dann hat jemand gesagt, dort wohnen viele Juden, und die Luftangriffe könnten sich gegen sie richten. Sollte ich das Haus auf dem Lande verkaufen können, tja, dann könnte ich versuchen, ob ich was in der Gegend vom Holland Park finde. Das sollte nicht schwierig sein.«

»Eine *dritte* Wohnung?«

»Warum denn nicht? Wer nicht wagt ...«

»Ich wünsche dir Glück«, sagte Rose respektvoll. Also das ist sie gewesen, eingedämmt. Nein so was, dachte Rose und ging wieder in den Garten, wo sich nun der Flieder mit dem Goldlack mischte und eine Drossel mit herzzerreißender Süße sang. Wird meine Seele von Ned so eingedämmt werden wie ihre von Vater? Sie sann über die Aussichten nach, während sie den Steinweg entlangschritt. Als das Telefon endlich klingelte, rannte sie.

»Hallo?«

»Rose?« Eine rauhe Männerstimme.

»Ja?«

»Ich bin's, Ned. Ich bin hier an irgendeinem beschissenen Ort in Kent, werde aber wunderbarerweise heimgefahren.«

Er kam Stunden später an, erschöpft, sonnengebräunt vom

Warten an den Stränden, noch feucht vom Waten durchs Meer zu den Rettungsbooten, bester Stimmung.

»Hattest du denn keine Angst?« fragte sie zaghaft.

»Erschrocken über das Bombardement. Es war wirklich gruselig, weil ich meinen Stahlhelm voller Stachelbeeren hatte, die ich in einem verlassenen Garten gepflückt hatte. Ich wollte dir ein paar mitbringen, aber die Jungs auf dem Schiff haben sie gegessen.«

Eine neue Mutter, ein neuer Ned.

»Was ist? Was denkst du?« Er zog seine salzverkrustete Uniform aus. »Oh, ich weiß. Nein, es ist in Ordnung«, sagte er, »ich habe keine Angst mehr. Wenn's mal anfängt, ist keine Zeit mehr dafür da, und wenn Zeit dafür da ist, ist es nie so, wie ich's erwartet oder mir vorgestellt habe. Kleinigkeit, wirklich.«

»Ich bin froh.«

»Laß ein Bad für mich ein. Zum Glück habe ich nicht viel Phantasie, ich glaube, was ich davon hatte, habe ich in diesen letzten Wochen aufgebraucht.«

Sie brachte ihm einen Drink, als er in der Badewanne lag. »Mrs. Farthing hält dir das Essen warm.«

»Was ich brauche, ist Schlaf.«

»Iß erst.«

Sie sah ihm beim Essen zu, dankbar, ihn heil und gesund zu sehen. Liebevoll, ziemlich stolz, ihm zugetan auf kameradschaftliche Art, ganz und gar nicht so, daß Mylo hätte eifersüchtig werden können. (All das steht auf einem anderen Blatt.)

Ned schlief fünfzehn Stunden. Darauf küßte er sie zum Abschied und eilte zu seinem verstreuten Regiment wie ein Junge zum Fußballspielen.

Rose kehrte zurück zum Nachrichtenhören. Frankreich

brach zusammen. Paris fiel. Mr. Churchill flog hin und her. Die Evakuierung von einer halben Million Menschen aus Cherbourg und St. Malo ging weiter. Mr. Churchill hielt seine Blut-und-Mühsal-Rede. Roses Mutter möblierte ihre Wohnungen, zog aus der Wohnung aus, in der ihr Mann gestorben war (was für eine Geldverschwendung, diese ganze Krebsbehandlung, hatte er überhaupt Krebs gehabt?) und verkaufte das Haus auf dem Lande zu einem Wucherpreis. Apfelsinen verschwanden aus den Geschäften. Zum zweiten Mal strömten evakuierte Kinder aus London und anderen Großstädten heraus. Mrs. Farthing trat dem Women's Voluntary Service bei. Neds Regiment wurde zur Neubildung in die Nähe von Catterick verlegt. Farthing trat in die Home Guard ein. Nicholas und Emily riefen an, um mitzuteilen, daß ihre Wasserleitungen nun wieder in Ordnung seien, und ob Rose nicht zum Lunch rüberkommen wolle. Rose sagte: »Nein, vielen Dank.« Nicholas erwiderte: »Zu schade, wir haben beide hier am Ort Arbeit beim Landwirtschaftsministerium gekriegt. Schön gefahrlos. Wir können weiter zu Hause wohnen und bekommen reichlich Benzin zugeteilt.« Er klang äußerst vergnügt. Mitte des Sommers bot England der langen feindlichen Küste Europas die Stirn, und wie dem Rest der Bevölkerung auch wäre es Rose recht heiter ergangen, hätte sie nur was von Mylo gehört.

Um ihre ständig bohrende Angst zu stillen, fuhr sie für ein paar Tage nach London, half ihrer Mutter und ging mit Neds Regimentskameraden Harold Rhys und Ian Johnson aus. Sie führten sie zum Essen ins Czardas in Soho und zum Tanz ins Café de Paris. Sie erzählten ihr, wie tapfer Ned im Kampf gewesen war, daß er sicherlich ausgezeichnet würde (sie hatten recht; nicht lange danach bekam er das Verdienstkreuz verliehen). Ihre Freude über Neds Tapferkeit und Mut milderte die extreme Langeweile ihrer Gesellschaft. Rose kam sich vor wie eine Erwachsene, die plappernden Kindern zuhört, und schenkte ihnen nur die Hälfte ihrer Aufmerksamkeit, während der unbeschäftigte Teil ihres Innern über die Gefühle grübelte und nachsann, die sie für Ned hegte, seit er ihr seine Ängste gestanden hatte. Sie fühlte sich fürsorglich und war stolz darauf, daß er tapfer war. Sie versuchte sich einzureden, daß es vernünftiger war, Mylo zu vergessen und sich auf ihren Mann zu konzentrieren, daß es ihr, wenn sie sich nur zäh genug dahinterklemmte, auch gelingen würde.

Als sie durch St. James' Park nach Hause fuhr, kam sie an Rabatten voller Tulpen vorbei, die ihre Köpfe zum Mond erhoben, und wurde daran erinnert, wie sie das Jahr zuvor mit Mylo Hand in Hand herumgewandert war, mit ihm auf einer Parkbank gepicknickt hatte, wobei sie sich Brötchen, Leberpastete und einen Apfel geteilt hatten, denn sie hatten nicht einmal das Geld, um sich in einen Pub zu setzen, und ihr Herz wurde mit einem schmerzhaften Ruck wieder auf Kurs gebracht.

23

Rose bezahlte das Taxi und begrüßte die schmiegsam-halbwüchsigen Katzen. Sie schlangen sich einmal so und einmal so herum um ihre Knöchel, miauten, rannten auf die Küche zu, um zu zeigen, daß sie Hunger hatten, nicht gefüttert worden waren. Sie folgte. Zwei vorzügliche Katzendinner warteten darauf, von ihnen gefressen zu werden. Sie hockten sich hin und fraßen, denn sie hatten ihre Gesellschaft nötig, hatten Publikum nötig. Und ich habe es nötig, hier zu sein, dachte sie, während sie in der ihr bereits vertrauten Küche stand; es ist letztlich leichter, Ängste in der eigenen Umgebung zu ertragen. Sie gestand sich ein, daß Slepe ihr Zuhause war.

Farthing ging über den Hof, ein Gewehr über der Schulter. Er trug eine Home-Guard-Armbinde an seiner Arbeitsjacke und seinen Sonntagshut.

»Wird viel weniger blöd aussehen, wenn du deine Uniform kriegst«, drang Mrs. Farthings Stimme vom Cottage her durch die stille Luft. Farthing brüllte zurück: »Ich schieß' mit meinem Gewehr, Schatz, nicht mit der Uniform.« Er klang beherzt und spaßhaft. Rose hörte ihn auf sein Fahrrad steigen und unter dem schrillen Abschiedsgequietsche der kleinen Flüchtlingskinder über den mit Kopfsteinen gepflasterten Hof klappern. Sie formte mit den Händen einen Trichter und rief aus dem Küchenfenster: »Bin wieder da, Mrs. Farthing.«

»Gut. Hab' die Katzen gefüttert. Brauchen Sie was?«

»Nichts, danke, sonst lass' ich's Sie wissen.«

»Morgen hab' ich große Wäsche. Ich komm' dann ein, zwei Tage nicht, wenn Sie mich entbehren können.«

»Ich kann Sie entbehren.« Es reichte zu wissen, die Frau war da. Von der Rückseite des Hauses hörte sie das Telefon des Informationsministeriums klingeln, ohne daß jemand ranging. Die Angestellten hielten ihre Dienststunden ein, sie blieben auch unter sich und warfen Rose skeptische Blicke zu, wenn sie ihr über den Weg liefen, als hätte sie kein Recht dazu, als gehörte sie nicht ins Haus. Ned hatte irritiert festgestellt, daß sie in die Verbindungstüren neue Schlösser hatten einsetzen lassen. Er zog die Stirn in Falten, als Rose sagte, sie habe weder was dagegen, noch interessiere es sie. »Sie hätten um Erlaubnis fragen können«, knurrte er. »Es ist mein Haus, verdammt noch mal.«

Was heißt das schon? dachte Rose, von Neds Reizbarkeit amüsiert.

Sie fand Brot und Käse in der Speisekammer, aß stehend in der Küche, trank ein Glas Milch, füllte damit eine Untertasse für die Katzen und ging hinaus in den Garten.

Eine Mischung aus Staub in der Atmosphäre und Abendnebel färbte den Mond wie eine Blutorange. Sie stand auf der Treppe zu dem ummauerten Garten und sah hinauf. In der Ferne hörte sie das Klirren und Knarren von Pferdegeschirren, das Rumpeln von Rädern, das Schnauben von Zugpferden, als Hadleys im Mondlicht die letzte Fuhre Heu aufluden. Ihr Leben wird nicht sehr in Mitleidenschaft gezogen, dachte Rose. Sie werden sich nicht so verändern wie Malones durch ihre Flüchtlinge und wie Ned und seine Freunde durch die Army. Selbst Farthing wird sich in der Home Guard ändern, dachte sie und lächelte, als sie über die Wichtigtuerei nachsann, die von den Luftschutzwarten im Dorf zur Schau getragen wurde. London war mit Männern angefüllt, die sich zur Feuerwehr oder zur Ambulanz meldeten, auch Mädchen. Wenn man Onkel Archie reden hörte, regierten er und Tante Flora Schottland eigenhändig. Sogar ihre Mutter hatte gesagt, daß sie, sobald die Wohnungen fertig wären, dem Roten Kreuz beitreten würde. Rose wunderte sich über diese ganze Aktivität, das finster-entschlossene Vergnügen.

Ich möchte mit dem Morden nichts zu tun haben, dachte sie, als sie unter dem Spanischen Flieder umherspazierte, beobachtete, wie die Katzen in die Hocke gingen, erstarrten, sich auf Nachtfalter stürzten, sie verfehlten. Dennoch muß ich etwas tun; mich um Slepe kümmern und dem abwesenden Ned eine Ehefrau sein reicht nicht aus, um mich am Denken zu hindern. Ich muß gegen die Hoffnungslosigkeit angehen.

»Die Evakuierung ist vorbei«, sagte sie laut. »Neue Nachrichten werden nicht mehr kommen. Es ist vorbei, vorbei, vorbei. Ich muß etwas tun, um innerlich ruhig zu werden.« Sie ging durch die Tür in der Mauer in den Gemüsegarten.

Ich werde Farthing hier helfen. Eßbares anbauen. Vielleicht lassen mich Hadleys ihnen auf dem Hof helfen? Ich will mich müde schuften, um zu schlafen, mich am Denken zu hindern, mich Vergessen zu lehren. Als sie hinaufging, um zu Bett zu gehen, hatte der Mond seine rosige Farbe verloren, war wieder golden. Sie zog die Vorhänge zurück, kleidete sich in seinem Licht aus, sah hinaus zu den Katzen, die noch immer im Garten herumtollten, ging einsam zu Bett in der Annahme, sie werde schlaflos liegen, und schlief ein.

Als sie aus dem Schlaf hochfuhr, horchte sie auf eine Wiederholung des Geräuschs. Ein Steinchen flog durch das offene Fenster herein und landete hüpfend auf den blankgebohnerten Dielen.

Sie war mit einem Sprung am Fenster und beugte sich hinaus. Dunkel standen im Mondlicht ein Mann und ein Hund da. Der Mann, dessen Gesicht im Schatten lag, blickte herauf. Der Hund wedelte sanft und erwartungsvoll mit dem Schwanz.

»Rose?«

»Aah – Mylo«, flüsterte sie. »Mylo!«

»Wir klettern an der Magnolie hoch«, sagte er. »Komm, Comrade, rauf mit dir.« Er ließ den Hund hinaufklettern, wobei er ihn von unten stützte, während er ihm folgte. Der Hund krabbelte, mit allen vieren scharrend, die Magnolienblätter raschelten, und Mann und Hund kamen in einem Satz über das Fensterbrett hereingefegt. »Freust du dich?« Mylo nahm Rose in die Arme.

»Ich hätte dich sehr bald aufgegeben.«

»Du wußtest doch, daß ich kommen würde.«

»Ich habe gehofft, und wie ich gehofft habe – das Telefon hat nicht ...«

»Frankreich ist für die Dauer des Krieges telefonisch abgeschnitten.«

Der Hund ließ sich mit einem Schnaufer auf den Boden plumpsen. Mylo, die Arme um Rose gelegt, sein Gesicht in ihrem Haar, taumelte vor Erschöpfung.

»Leg dich ins Bett«, sagte sie und half ihm aus seinen Kleidern. »Hast du Hunger?«

»Später, später. Komm näher, zieh dieses blöde Nachthemd aus, laß mich dich ganz nahe fühlen.« Sie legte sich neben ihn, er schlang seine Arme um sie, vergrub sein Gesicht in ihrem Hals und schlief plötzlich ein.

Von Freude überwältigt, sog Rose in tiefen Zügen Luft ein, die von frisch gemähtem Heu, viel schöner noch, von Mylos Schweiß gesüßt war. Während Mylo schlief und die Vögel im Garten sich auf den Morgenchor einstimmten, lernte Rose das ungeheure Glücksgefühl großer Erleichterung kennen. Neben ihm zusammengerollt, nickte sie ein und erwachte mit der Freude, ihn bei sich zu fühlen. Sie horchte auf seinen Atem, legte ihre Hand auf sein Herz und spürte das Pochen unter ihrem Handteller. Auf dem Fußboden winselte der Hund im Schlaf, kratzte träumend mit den Pfoten über die Dielen.

Als die Drossel den Vögeln in geräuschvollem Crescendo den Ton angab, wachte Mylo auf, drehte sich herum, nahm sie fest in die Arme, küßte sie auf die Augen, fand ihren Mund, drang zärtlich, mit gewandter Leidenschaft in sie ein und liebte sie, sank lachend zurück.

»Diesmal haben wir es richtig hingekriegt.«

»Wunderbar.«

Was hatte sie getan, so ehefräulich mit Ned, so freundschaftlich mit George? Nicht dies hier, nichts, das dem hier glich.

»Und noch einmal?«

»Und noch einmal und noch einmal.«

Neben dem Bett nieste der Hund artig, erbat Aufmerksamkeit.

»Meine arme Comrade. Ich habe sie dir mitgebracht. Ich sagte, wenn du unbedingt mitkommen willst, wirst du's dir bei Rose gemütlich machen müssen. Wahrscheinlich hat sie Hunger. Wir sind weit gereist.«

»Ich bringe sie runter und füttere sie, lasse sie raus. Wo kommt sie denn her?«

»Frankreich.«

»Wie?«

»Sie hat sich an mich gehängt. Ist meinem Fahrrad nachgelaufen. Ich hatte einen Teil des Weges ein Fahrrad. Sie wollte nicht nach Hause. Hat kein Zuhause. Sie ist mir von Conches bis Perros-Guirec nachgelaufen, wollte ins Boot springen, fiel ins Wasser. Ich habe sie rausgefischt, sie hat sich mit mir in Brixham unbemerkt an Land geschlichen, und wir kamen hierher. Willst du sie behalten?«

»Natürlich. Ich habe die ganze Zeit auf den richtigen Hund gewartet. Ich habe mich mit Dosenfutter eingedeckt. Ned hätte es gern gesehen, wenn ich einen Labrador hätte. Oder einen Schäferhund. Was meinst du, was sie ist?«

»Ein französischer Mischling.«

»Ich gebe ihr zu fressen. Wie heißt sie?«

»Ich nenne sie Comrade ...«

Rose glitt aus dem Bett. »Dann komm ...«

»Bleib einen Moment stehen, laß mich dich richtig anschauen.«

Rose stand lächelnd im frühen Morgenlicht.

»Wenn du alt bist, wirst du nicht anders aussehen. Wer ist hier? Bist du allein im Haus?«

»Ja. Im Augenblick. Farthings wohnen im Cottage; er gärtnert, sie hilft, wenn ihr danach zumute ist; Neds Regiment ist in Catterick.« Sie mußte Ned erwähnen. Er existiert, sagte sie sich ohne Beunruhigung.

»Ist also aus Dünkirchen zurückgekehrt?«

»Ja.«

»Man würde es seinem schlimmsten Feind nicht wünschen, gefangengenommen zu werden. Es freut mich.«

Rose zog ihr Nachthemd und den Morgenrock über.

»Muß das sein?« protestierte Mylo.

»Ich zieh's aus, wenn ich wiederkomme.« (Mylo legte sich zurück.) »Bleib du auch so ...«

»Komm schnell wieder.«

»Ja. Komm, Comrade.« Rose lief mit der Hündin nach

unten, ließ sie in den Garten hinaus, sah zu, wie sie im Tau herumstelzte, sich vorsichtig niederhockte. Ich werde Ned erzählen, sie sei herrenlos, ich hätte sie aufgelesen. Die Hündin kratzte im Gras, warf kleine Erdbrocken hinter sich, kam fröhlich zu Rose zurück. In der Küche stellte Rose den Kessel aufs Feuer und machte eine Dose Hundefutter auf. Während die Hündin fraß, deckte sie ein Tablett, machte Kaffee, kochte Eier, machte Toast, stellte Orangenmarmelade, Butter und Honig dazu und trug das Tablett nach oben. Die Hündin folgte ihr auf den Fersen und schenkte den Katzen, die finster durch das Treppengeländer starrten, keinen Blick.

Rose stieß die Tür auf und trug das Tablett hinein. Mylo war wieder eingeschlafen. »Kommt rein, alle zusammen«, sagte sie.

Die Hündin legte sich am Bett nieder, während sich die Katzen mit gesträubtem Fell und Schwänzen wie Flaschenreinigern mit einem Satz aufs Fensterbrett in Sicherheit brachten, nadelspitze Zähne fletschten und die Mäuler zu stummem Gemaunze aufrissen.

Mylo wachte auf. »Rose?«

Sie stellte das Tablett aufs Bett. »Ich muß dich verheimlichen; ich habe nur eine Tasse für uns raufgebracht.«

»Zieh die Sachen da aus.«

Sie ließ den Morgenrock und das Nachthemd zu Boden fallen und stieg zu ihm ins Bett. Sie frühstückten nebeneinander sitzend und tranken aus der einen Tasse. Dann schliefen sie ohne Hast von neuem miteinander, voll Entzücken aneinander.

»Man sollte meinen, wenn man uns jetzt so sieht, wir hätten es das erste Mal in diesem trostlosen kleinen Hotel schon richtig hingekriegt.« Er streichelte ihre Seite. »Ich liebe dich, liebe dich, liebe dich.«

»Und ich dich.«

»Du solltest den gelangweilten Gesichtsausdruck der Mädchen sehen, die ich mit meiner Liebe zu dir beglückt habe. Eine hat mir ins Gesicht gegähnt.«

»Viele Mädchen?«

»Du solltest keine Fragen stellen. Wie geht's Ned?« konterte er.

»Ned geht es gut.«

»Ist das nicht *schön*.«

»Also ...«

»Du hast recht, weder Ned noch andere Mädchen haben irgendwas mit uns zu tun.«

»Nein, nichts.« (Fast nichts, sehr wenig.)

»Und sprichst du über mich?«

»Nie. Denn wenn, wenn ich damit anfinge, könnte ich bestimmt nicht mehr aufhören. Ich würde reden und reden, und meine Liebe könnte sich dabei in nichts auflösen.«

»Die Gefahr besteht.«

»Nicht wirklich«, sagte sie, »wie könnte sie?«

»Ach, mein Schatz«, flüsterte er und küßte sie, »und trotzdem ist es, so wie die Dinge liegen, besser, wenn niemand etwas von mir weiß, niemand darf wissen – was mein Job ist.«

»Was für ein Job?«

»Hin und her zu fahren.«

»Was? Wohin denn? Doch nicht ...«

»Ja. Ich werde wieder zurückfahren ...«

»Nein!«

»Ich muß. Ich werde oft wiederkommen. Nicht weinen, Rose, nicht weinen. Nichts ist leicht.«

Erst später empfand sie Groll.

24

Diese schönen Tage hatten einen Maßstab gesetzt, an dem man schwer festhalten konnte, dachte Rose, während sie in ihrem Hotelbett wachlag und dem Klatschen des Wassers gegen den Hotelsteg lauschte. Das Wetter war ideal gewesen; sie waren so glücklich in ihrer Liebe und fanden einander in Leidenschaft, Fröhlichkeit und Zufriedenheit. Für Zweifel oder Eifersucht war kein Platz gewesen. Ängste hatten sie beherzt ausgeschlossen. Die Erinnerung an diese Tage in der Mitte des Sommers 1940 sollte stark genug haften bleiben, um schmerzliche Tränen herbeizuführen, in Zeiten des Zweifels oder der Langeweile Mut zu machen und durch Enttäuschung, Irritation, Eifersucht und Zorn hindurch die Hoffnung am Leben zu erhalten. Wage ich zu hoffen? fragte sie sich. Ist die Hoffnung eine inzwischen vernachlässigte Gewohnheit, die stark war in der Jugend, als ich fürchtete, Mylo sei aus meinem Leben verschwunden, er liebe mich nicht mehr, liebe eine andere, sei tot? Damals hatte es wahrhaftig Zeiten gegeben, da die Hoffnung ziemlich tief sank.

Als draußen ein Rotkehlchen in einem Gebüsch zu singen begann, sah sie hinüber zu dem Bonnard, der in der Nähe des Bettes hing. »Ich hatte gehofft, du würdest ihn immer vor Augen haben wollen«, hatte Mylo an jenem Sommermorgen gesagt. »Du hast erraten, daß ich ihn dir geschickt habe. Du hast es natürlich gewußt?«

»Obwohl du kein Wort geschrieben hast.«

»Was ist das für ein Kleidungsstück, das sie trägt? Ein Hemdchen?« Auf seinen Ellbogen gestützt, musterte er das Bild.

»Hemdhose«, sagte sie.

»Hemdchen ist ein schöneres Wort.«

»Sie hat sich einen Träger zerrissen.«

»Zerreißt du dir deinen?«

»Ich erinnere mich, daß einer zerriß, als du mich im Park umarmtest. Ich dachte, wenn ich protestierte, würde es die Stimmung des Augenblicks zerstören ...«

Darüber hatte Mylo gelacht. »Sieh dir unsere Comrade an«, hatte er gesagt, und sie hatten sich beide aus dem Bett gelehnt und der Hündin die seidigen Ohren gestreichelt, während sie zu ihnen hochsah und mit hingebungsvollem Winseln die Lefzen blähte, bemüht, ihrer Zuneigung Ausdruck zu verleihen, armes, stummes Tier.

Ich erinnere mich an jeden Augenblick.

»Genauso fühle ich mich vor dir. Ich bin, wie der Hund, unfähig, mich auszudrücken«, hatte er gesagt.

»Du machst deine Sache nicht schlecht«, erinnerte sie sich, voll Zufriedenheit gesagt zu haben. (Nur vorübergehende Zufriedenheit natürlich.)

Wir spazierten im Mondschein über die Wiesen. Wir lagen im ummauerten Garten unter dem violetten und weißen Flieder im Gras, wir trugen unsere Mahlzeiten in den Garten hinaus, wir schwammen nackt im Fluß. Warum wurden wir nicht unterbrochen oder gestört? Ich erinnere mich. Farthing war mit der Home Guard beschäftigt; kurz danach bekam er seine Uniform; und Mrs. Farthing hatte ihre große Wäsche, ein alljährliches Ereignis von gewaltigen Ausmaßen, bei dem Vorhänge, Bezüge, ja selbst Teppiche sauber geschrubbt wurden; wahrscheinlich ließ sie sich von den kleinen Mädchen helfen, so daß sie uns nicht nachspionierten.

Wir lagen zusammen in der Badewanne, und ich erzählte ihm von Nicholas und Emily; er sagte: »Laß dich von ihnen nicht kränken, halte sie dir vom Leibe, sonst versuchen sie, sich in dein Leben zu drängen.«

»Alles schön und gut«, erinnerte sie sich, gesagt zu haben, »sie haben ein gewisses Talent.«

»Ein Talent, deinen neuralgischen Punkt zu finden und darauf rumzureiten?«

»Ja«, sagte sie. »Du sagst, wie's ist.«

»Dann verstecke deine neuralgischen Punkte.«

»Ich habe nur den einen, dich.«

»Also?«

»Also halte ich meinen Mund, verheimliche dich. *Ich* werde fremde Männer nicht damit langweilen, daß ich ihnen von dir erzähle, wie du diesen Mädchen.«

»Na na.«

»Wer waren sie denn überhaupt?«

»Ist das wichtig? Ein Mädchen in der U-Bahn, ein anderes in einem Café, kein Grund zur Beunruhigung – bloß Mädchen.«

»Ich bin aber beunruhigt.«

»Du mußt nicht eifersüchtig sein; es wäre logischer, wenn ich auf Ned eifersüchtig wäre. Ich bin's auch, wenn ich es mir recht überlege.«

»Wieso solltest du?« fragte sie verdutzt.

»Wieso sollte ich nicht?«

»O Mylo, hör auf. Ned – also, Ned denkt zuviel ans Essen; er hat Angst, nicht genug zu kriegen. Er ist wirklich nur an sich interessiert, nicht an mir, an mir nur gewissermaßen als Besitz, wie an den Möbeln, verstehst du?«

»Also nichts zu fürchten?«

»Natürlich nicht.«

»Aber du hast ihm versprochen ...«

»Er hatte Angst.«

»Hm.« Mylo war sich nicht sicher.

»Ich liebe dich, mein Geheimnis.«

Aber war er denn so geheim? Sie versuchte sich zu erinnern. Hatte es mit ihren Eltern nicht eine Szene gegeben, ehe sie sich mit Ned verlobte, als sie leichtsinnigerweise angedeutet hatte, nur um zu sehen, was sie sagen würden, daß sie vielleicht Mylo heiratete? War es Einbildung? Dachte sie sich die arroganten Herabsetzungen ihrer Mutter, die bissigen Bemerkungen ihres Vaters nur aus? Falls der Auftritt nicht stattgefunden hatte, war er doch sehr wohl möglich gewesen, also war die Wirkung dieselbe. Es konnte sogar eine noch schlimmere Szene gegeben haben als die, an die sie sich zu erinnern meinte, die aber aus ihrem Bewußtsein gelöscht war. Warum sonst die höhnischen Bemerkungen ihrer Mutter über »Leute, die Arbeiterkleider bevorzugen«, »Leute gemischter Herkunft«, abfällige Bemerkungen einer neidischen, unsicheren Frau. Komisch, daß sie verstummten, als ihre Mutter in der Zeitung einen Artikel über Mylo las, mit einem Lob über etwas, was er getan hatte. Aber das war Jahre später, kurz bevor sie starb. (Ich weiß, wo *ihre* Asche ist, dachte Rose; ich habe sie in den Serpentine gekippt.) Diese wenigen Tage, obgleich nicht absolut vollkommen, kamen der Vollkommenheit ziemlich nahe, erinnerte sich Rose und streckte ihre Beine in dem Hotelbett aus.

»Au! Gott! Au!« In ihrem Alter wird sie von einem Krampf heimgesucht. Sie schreit laut auf und quält sich aus dem Bett, damit sich die Muskeln in ihrer Wade nicht verhärten, tritt mit dem Fuß auf, um die gemarterten Sehnen zu entlasten. Ich hatte nie einen Krampf, als wir Hand in Hand an der Hecke entlangspazierten und Comrade Rebhühner und deren Küken aus dem hohen Gras am Wegrand aufscheuchte. Sie massiert sich die Beine, um die Schmerzen zu lindern, die so schnell aufhören, wie sie gekommen sind, aber ein Echo in ihrem Innern zurücklassen. »Ich bin wohl alt geworden«, sagt sie laut. Ist Freude noch möglich? So viele Male hatte sich die Freude verflüchtigt. Und die Hoffnung? Was war mit der Hoffnung?

Die Hoffnung war in arge Bedrängnis geraten, als Rose aufgewacht war und sich allein in ihrem Bett wiedergefunden hatte. Die Stille sagte ihr, daß er weg war; nur die Hündin, Comrade, die aufs Bett sprang, um ihr das Gesicht zu lecken und sich mit ihr zu grämen, bewies, daß er überhaupt dagewesen war.

25

Wahrscheinlich, dachte Rose in ihrem Hotelbett, während der Schmerz ihres Wadenkrampfs verebbte, wahrscheinlich war es im Spätsommer 1940, als sie ihre Zukunft plante. Was sie damals beschloß, war so durchdacht gewesen, wie wenn man eine Lebensversicherung abschließt. Die Enttäuschung, daß Mylo in der einen Minute da war und in der nächsten weg, war etwas, was zu ertragen sie nicht willens war.

Als Kind war sie einmal, wie es Kinder tun, auf dem Bett herumgehüpft, gegen eine Kante geprallt, hatte sich den Kopf an der Kinderzimmerwand gestoßen und sich eine Gehirnerschütterung geholt. Der verschwundene Mylo hatte sie ähnlich betäubt zurückgelassen, sie hatte nicht geglaubt, daß er dazu fähig sei, sie ohne ein Wort zu verlassen.

Das erste, was sie tun mußte, als sie feststellte, daß Mylo weg war: sich eine Lüge für den Hund auszudenken. Sie hatte ihn gefunden, erzählte sie Farthings, ohne Halsband, verlaufen. Es scheine ein ganz sympathischer Hund zu sein, denn er jage nicht hinter Katzen her.

»Hat er Flöhe?« fragte Mrs. Farthing.

»Nicht daß ich wüßte.«

Auf dem Weg zum Einkaufen fuhr sie beim Polizeirevier vorbei, meldete ihren Fund und vereinbarte, daß sie ihn behalten würde, sollte kein Anspruch auf ihn erhoben werden. Die Lügen gingen ihr mühelos von den Lippen.

»Dieses Vieh?« Der Wachtmeister machte ein skeptisches Gesicht. »Ich persönlich mag ein bißchen Klasse.«

»Ich mag ihn.«

»Er braucht ein Halsband und ’ne Zulassung.«

»Ich sorge dafür, daß er beides kriegt.« Sie fuhr mit Comrade auf dem Rücksitz zurück.

Als Ned für eine Woche auf Urlaub kam und Harold Rhys und Ian Johnson mitbrachte, hatte Comrade sich schon eingelebt. Still, stubenrein, trottete sie hinter Rose her.

»Was für ein schrecklicher Mischling. Was um alles auf der Welt kann das sein? So eine Kreatur kannst du doch nicht haben wollen. So was habe ich überhaupt noch nie gesehen. Wo hast du den denn aufgetrieben?«

»Er war einfach da. Ich fand ihn im Garten, und er hat sich mir angeschlossen.«

»Du willst ihn doch nicht etwa behalten?«

»Doch.«

»Ich wollte dir einen anständigen Hund schenken. Einen Labrador oder einen Schäferhund. Dieses Vieh ist gar nichts.«

»Vieles würde ich sagen«, mischte sich Ian Johnson ein. »Er sieht wie ein verwahrloster Beagle aus, der mit einem Terrier und einer Prise Spaniel gemischt ist.« Ian verspottete Comrade.

»Ich«, rief Ned ärgerlich, »wollte dir doch …«

»Ich weiß, daß du das wolltest.« Rose lächelte ihren Gatten an, ignorierte Ian (nicht nur langweilig, auch taktlos). Sie würde Comrades heldenhaften Rückzug quer durch Frankreich, ihren mutigen Sprung von der Mole, um das Boot zu erreichen (hatte Mylo vorgehabt, sie zurückzulassen?), ihr Bad in dem dreckigen, dunklen Wasser, um dann von Mylo herausgefischt zu werden, ihre illegale Einwanderung bei Brixham für sich behalten.

»Wenn wir in der Nähe der Küste wären«, sagte Harold Rhys, der, nie berühmt für seine Intelligenz, dennoch das Talent hatte, den Nagel auf den Kopf zu treffen, »würde ich sagen, er könnte ein französischer Hund sein. In ganz Frankreich findet man Hunde mit einem Schuß Jagdhund im Blut, die angeblich Abkömmlinge von Wellingtons Fuchshunden sind. Ich habe neulich in der ›Times‹ einen Brief gelesen, in dem stand, daß die französischen und belgischen Flüchtlingsboote Hunde und sogar Katzen rüberbringen. Anscheinend auch Omas. Es wurde auf die Tollwutgefahr aufmerksam gemacht. Eine Gruppe brachte sogar einen Pfarrer mit.«

»Tollwütige Omas, promiske Pfarrer«, höhnte Ian Johnson.

»Wir sind viel zu weit von der Küste weg«, fuhr ihm Ned über den Mund und starrte den Hund an. »Er macht nichts her für das Haus« (ihm schwebte auf der Zungenspitze »meiner Ahnen«), »für Slepe«, konzedierte er. Er hatte, wenn Rose davon sprach, daß sie einen Hund haben wollte, sich etwas Elegantes, Reinrassiges vorgestellt, mit dem man für den ›Tatler‹ posieren konnte, Rose in Tweed, er selbst mit Jagdhund bei Fuß.

»Ach, sind wir hochnäsig«, spottete Rose. Ned wurde rot.

»Ich habe einen Witz gemacht, nur einen Witz.« Aber seine Stimme klang nach wie vor wütend.

»Selbstverständlich, Schatz. Komm mit. Ich möchte dir meinen Kriegsbeitrag zeigen. Euch beiden macht's doch nichts aus, oder?« Sie führte Ned davon.

»Deinen was?«

»Kriegsbeitrag. Ich helfe Farthing regelmäßig im Garten, und ich arbeite auf dem Gutshof mit. Hadleys sagen, sie können mich gebrauchen.«

»Ich glaube nicht, daß ich …«

»So werde ich immer hier sein, wenn du nach Hause kommst, Ned.« Sie rammte einen Pflock in Neds Einwände.

»Oh«, sagte Ned, »ich verstehe«, während er über die Pros und Kontras nachsann. »Na, in Ordnung, wenn's dir nicht zuviel ist und du es unbedingt willst.« Er war nicht sicher, ob es ihm gefiel, merkte aber, daß er sie nicht hindern konnte.

»Wenn du das nicht gutheißt, ist mir eine Arbeit im Kriegsministerium angeboten worden.« Das war eine Lüge, aber woher sollte Ned das wissen?

»Ich möchte nicht, daß du in London bist, hier geht's dir viel besser, hier bist du sicherer.«

»Ich habe mir gedacht, daß du das sagen würdest. Und, Ned, wenn der Krieg vorbei ist, kaufen wir dir einen Labrador.«

Lernt sie, wie sie mit mir umspringen muß? fragte sich Ned, als sie durch den Gemüsegarten spazierten. Ich muß mal mit Onkel Archie ein Schwätzchen machen.

Und, dachte Rose und hängte sich bei Ned ein, sobald ich sicher bin, daß Mylo für immer weg ist, will ich schwanger werden. Mylo hätte ihr mehr sagen, ihr mehr Hoffnung geben sollen, ein Kind wäre ein Notanker in diesem gräßlichen Krieg, würde ihr Ängste und Unsicherheiten nehmen.

Erst nach Jahren gestand sich Rose ein, daß sie sich, wie es ihr Vater von ihr gewünscht hatte, für die Sicherheit entschieden hatte, aber damals, denn sie war nicht völlig unwissend, fragte sie sich auch irritiert, wo Mylo wohl gelernt hatte, so ein guter Liebhaber zu sein. Sie wußte, so was kam nicht von allein; hatte sie nicht selber die Technik bei Ned erst lernen müssen? Sie zählte George nicht mit und nahm Mylo sein heimliches Verschwinden bitter übel.

26

Statt sich zu legen, wuchs Roses Zorn noch, während im langen Sommer 1940 die Wochen zu Monaten wurden. Sie ärgerte sich über Mylos Heimlichtuerei, mit der er sich ohne ein Abschiedswort davongeschlichen hatte. Er hätte ihr vertrauen können, dachte sie, als sie die Gemüsebeete harkte, ihre Schubkarre durch den Garten schob, die Zwiebeln unter Farthings Aufsicht jätete. Ich hätte ihn nicht lange aufgehalten, nur lange genug für eine letzte Umarmung. Vielleicht war er zu anderen Mädchen geeilt. Der Gedanke an andere Mädchen machte sie immer wütender, während sie zwischen den Zwiebeln hockte, Unkraut ausriß und sich ihre Fingernägel mit Sand füllten. Seiner Arbeit schenkte sie wenig Glauben, wenn sie überhaupt existierte.

Als Ned anrief, schnatterte sie über ihre Tätigkeiten, erzählte ihm Neuigkeiten vom Gutshof, dem Garten, dem Dorf und brachte ihn zum Lachen über den Rat, den sie von Edith Malone erhalten hatte. »Sie will aus mir eine Gutsherrin machen; zum Glück ist dein Onkel kein Vorbild dafür. Ich sehe mich nicht in dieser Rolle. Manche ihrer Vorstellungen sind ausgesprochen feudal.« Sie spottete über Edith.

»Dann halte dich eben zurück«, sagte Ned lachend, froh, daß Rose glücklich schien, im Wahn, er würde sie für Slepe so zurechtbiegen, wie er sich das wünschte. Und Rose genoß diese Gespräche, freute sich auf Neds weit entfernte Stimme, die sie von ihrem Kummer ablenkte. Aber nachts, wenn ihr Körper nach ihrem Geliebten lechzte, verwünschte sie Mylo, beschloß, ihn zu vergessen, ihn aus ihrem Kopf zu streichen. Dann, wenn sie sich nachts aus ihrem Fenster beugte und den Duft der Magnolie einatmete, fiel ihr wieder ein, wie er heraufgestiegen war, die Hündin vor sich hergeschoben hatte, hörte sie die harten Blätter rascheln und sah sein fröhliches, erschöpftes Gesicht.

(Warum zum Teufel hatte er sich nicht wie ein normaler Mensch benommen und an der Haustür geklingelt?)

Als Ende September Ned auf Urlaub kam, überraschte sie ihn mit einer Zuneigung, die er für Liebe hielt, mit einer Zärtlichkeit, die er mit Wollust verwechselte, mit einer Freundschaft, die echt war. In ihrem Zorn und Kummer über Mylo sah sie nichts Sonderbares darin, daß sie sich um Trost an Ned wandte. In späteren Jahren meinte sie, sie könnte ihre Suche nach Trost in der Empfängnis eines Kindes übertrieben haben. Sie tat dies an Neds letztem Abend, indem sie einfach das ihr von Dr. Helena Wright gelieferte Utensil nicht benutzte. Sie machte sich vor, ein Kind würde Mylo aus ihrem Bewußtsein löschen. (Was beweist, gab sie im Alter zu, was für eine Idiotin ich war.)

Ned, der in seinem großen, so benzindurstigen Wagen aus Yorkshire heruntergefahren kam, verbrachte seinen Urlaub damit, ihn aufzubocken, zu ölen und zu fetten, die Batterie auszubauen und das Ganze mit Segeltuch zuzudecken. Von nun an, sagte er zu Rose, würde er die Eisenbahn und ihren Wagen benutzen, sollte er auf Urlaub nach Hause kommen, und auf die Weise Benzin sparen. »Wird dir dieser kleine Wagen denn reichen?« hatte er gefragt. Sie vermutete, daß er wegen dessen Erwerb Gewissensbisse hatte. (Nicholas und

Emily sah man in ihrem MG mit vom Landwirtschaftsministerium bereitgestelltem Benzin die Straßen entlangrasen.)

»Er wird mir vollkommen reichen«, versicherte ihm Rose, als sie mit ihm über die Felder spazierte, wie sie es mit Mylo getan hatte, am Fluß haltmachte, wo sie geschwommen waren, und Comrade zusah, die Rebhühner aus dem hohen Gras aufscheuchte, wie sie sie für Mylo aufgescheucht hatte. Sie hielt Ned beim Spazieren an der Hand und forderte sich dazu heraus, sie mit der Hand ihres Geliebten zu vergleichen.

Sie saßen an Neds letztem Abend auf der Steinbank, wo sie sich am Morgen nach ihrer Hochzeit so unterschiedlich an das Wintertennis erinnert hatten. Ned sollte mit dem Abendzug abreisen. Über die Felder hinweg rief John Hadley seine Kühe zum Abendmelken. »Hoi, hoi, hoi«, sein Ruf, der plötzlich vom Dröhnen eines Flugzeugs übertönt wurde.

»Ein feindlicher Bomber?«

»Nein, ein Jäger. Ein Hurricane oder ein Spitfire. Ich kann sie nicht auseinanderhalten.«

»Die Flüchtlinge bei Farthings können das«, sagte Rose.

»Ach, Kinder, Kinder ...« Ned schaute quer durch den Garten, wo der erste Frost den Dahlien noch den Garaus zu machen hatte. »Sobald das vorüber ist, möchte ich Kinder haben ...«

»Nicht eher?« Rose fand den Egoismus ihres Mannes amüsant. »Ich könnte doch schon vorher eins haben wollen. Oder nie«, hänselte sie, während sie Neds erschrecktem Blick begegnete, »oder läßt du mich aus dieser Sache raus?«

Ned wurde rot. »Du weißt, ich ...«

»Soll der Krieg die Fortpflanzung lahmlegen?« Plötzlich schrie Rose ihren Mann an, und ihre Stimme war schroff.

»Es ist doch kaum der Moment – während diese Schlacht

weitergeht – dort ist noch ein Flugzeug, ist es in Schwierigkeiten? – meiner Meinung nach besteht immer noch die Gefahr einer Invasion …«

»Churchill sagt, die Schlacht ist gewonnen …«

»So viele Piloten, die umgekommen sind. Ich wollte, ich hätte fliegen gelernt.«

»Ich bin froh, daß du's nicht gelernt hast.«

»Ich bin zu alt.«

»Bist du zu alt, um ein Kind zu haben?« fuhr Rose ihn an.

»Komm, wir wollen uns nicht streiten an meinem letzten Abend.«

»Na schön.« Zum Teil bedauerte sie ihre plötzliche Idee in der Nacht zuvor (vielleicht passierte nichts). »Du wirst ja bald wieder auf Urlaub sein.«

»Ich wollte uns die gemeinsame Zeit nicht verderben, deshalb habe ich dir nicht gesagt, daß wir nach diesem Urlaub eingeschifft werden.« Ned starrte die Dahlien an, orange und rot.

»Was?«

»Wir haben den Marschbefehl für den Nahen Osten.«

»Noch einer, der mir nicht traut.«

»Was?«

»Nichts, nichts. Wann geht's los?«

»Wir wissen es nicht; es kann noch Wochen dauern, aber morgen muß ich mir in London eine leichte Uniform anmessen lassen, meinen Anwalt besuchen …«

»O Gott, du hättest dich darauf verlassen können, daß ich dir deinen Urlaub nicht verderbe«, sie war bitter, »du behandelst mich wie ein Kind, einen Gegenstand …«

»Es tut mir leid.«

»Das möchte ich auch verflucht noch mal hoffen …« Eine

Zukunft ohne Mylo, und jetzt Ned. »Ich mag dich, Ned«, sagte sie kläglich.

»Und ich liebe dich.«

»Ich sagte mag, nicht liebe.« Rose war schroff.

»Ich hab's gehört. Es ist wichtig, den Menschen zu mögen, den man liebt. Ich liebe dich und mag dich, Liebchen.«

Rose atmete ein und stieß die Rede in einem Satz hervor: »Ich weiß, es ist albern, ich weiß, ich hätte es dir früher sagen sollen, aber ich kann's nicht ertragen, wenn man mich Liebchen nennt, Ned, mir wird davon ganz übel.«

Ned sah Rose erstaunt an; in einem geheimen Winkel seines Inneren regte sich der Verdacht, daß sie ihn nicht liebte.

Rose fuhr fort, beim Reden errötend: »Liebchen nennen Krankenschwestern ihre Patienten, Liebchen nannten meine Eltern sich im Haß, Liebchen ist für mein Ohr grauenhaft. Entschuldige, Ned, aber ich ertrage es einfach nicht, *Liebchen* genannt zu werden.«

Auf der anderen Seite des Gartens leuchteten die Dahlien orange und blutrot. »Ich leg' wohl besser 'n Zahn zu«, sagte Ned, »sonst verpasse ich noch meinen Zug. Ich hatte gar nicht bemerkt …«

Rose erhob sich, beschämt. (Was für ein Augenblick, um auf so was zu verfallen.)

Ned ging sein Gepäck holen, den Kopf voller Zweifel. Er hatte angenommen, seine Gefühle für Rose würden erwidert. Üblicherweise nicht zur Selbstbeobachtung neigend, kam er dennoch, während er mit Rose im Wagen zum Bahnhof fuhr, zu der Ansicht, daß Zuneigung länger anhielt als Liebe, die, wenn man Leute wie Onkel Archie reden hörte, nichts als ein Strohfeuer war. Er war froh, daß Rose ihn mochte, der Gedanke belustigte ihn, und er lachte laut auf. Rose unterließ die Frage: Wie lautete der Witz? Der Zug dampfte in den Bahnhof, sie mußten rennen, um ihn zu erreichen, und während Ned in den Waggon kletterte, hatte er kaum noch Zeit, ihr einen Abschiedskuß zu geben.

Als Rose zum Wagen zurückkehrte, mußte sie den Fahrersitz zurechtrücken, den Ned für sich passend verstellt hatte. Während sie ihn zurechtschob, dachte Rose: Trau's ihm zu, wenn er Zeit gehabt und nicht hätte zum Zug rennen müssen, hätte er den Sitz wieder nach vorn geschoben, ohne darum gebeten zu werden, er ist diese Sorte Mann; er würde Autositze für sie zurechtschieben, aber wenn es darum ging, eine Familie zu gründen, nahm er nur Rücksicht auf sich. Auf der Fahrt zurück nach Slepe lachte nun Rose ihrerseits, erfreut, ihm ein Schnippchen geschlagen zu haben.

27

Rose, die schlaflos in dem Hotelbett lag und dem Gezwitscher der Morgenvögel lauschte, war unschlüssig, ob sie bis zum Frühstück in ihrem Taschenbuch lesen oder sich zu einem Frühspaziergang entschließen sollte.

Sie dachte: Mir fehlt das tägliche Einerlei, aus dem das Leben auf Slepe bestand. Es hatte mit der Arbeit bei Farthing begonnen, mit Graben, Jäten, Säen, Ernten. Hatte zugenommen mit der Arbeit auf dem Gutshof und der Nähe zu Tieren, dem Geruch von Kühen beim Melken, dem Gackern von Hühnern, war gewachsen mit ihrem allmählich zunehmenden Interesse an dem Haus, indem sie Neds Vergnügen an den Bildern, Möbeln, Porzellan, Silbersachen und sogar an den Teppichen teilte, während sie sich vom unwissenden Mädchen zur Ehefrau und Mutter entwickelte. Die ganze Vielfalt kleiner Aufgaben, wiederkehrender Verantwortlichkeiten, Interessen und Irritationen, die Sicherheit und Zufriedenheit bedeuteten, ihr entrissen durch Neds Tod.

Aber das ist es doch, was ich ersehnt habe, spöttelte sie über sich, endlich frei zu sein.

Sie stand auf, zog Jeans und Pullover an und trat hinaus auf den taunassen Rasen.

Ein flotter Spaziergang, um »die Kletterozyten anzuregen«, ein Ausdruck ihres Vaters, von ihr wieder benutzt, weitergegeben an Christopher. Was um alles in der Welt sind Kletterozyten? Sie zweifelte an dem Wort, während sie sich am Bach entlang auf den Weg machte. »Ich hoffe«, sagte sie zu der Hotelkatze, die von ihrem nächtlichen Beutezug zurückkehrte, »mir meine schlechte Laune wegzuspazieren.« Die Katze wich der Hand aus, mit der Rose sie streicheln wollte, und setzte gleichgültig ihren Weg fort. »Soviel zur Hoffnung.«

Beim Gehen dachte sie über die Hoffnung nach und was einem ihr Verlust aufhalste.

Christopher zum Beispiel?

War Christopher das Ergebnis verlorener Hoffnung? Wahrscheinlich. Ihn Mylo in die Schuhe schieben? Eine Sperre gegen den Verlust von Mut, Furcht, Wut, Eifersucht, Einsamkeit oder das Ergebnis einer Zuneigung zu Ned und einem Mutterinstinkt, der stärker war als sie?

Das nicht. Sie hatte nie so getan, als sei sie übertrieben mütterlich, aber wie war Christopher, dieses reizende Pummelbaby, dieser entzückende kleine Junge, zu dem Mann herangewachsen, den sich Helen als Ehemann gewählt hatte? (»Laß mich das in die Hand nehmen; ich sehe doch, es wühlt dich auf. Ich kümmere mich schon darum«, und sie hatte die Urne mit Neds Asche an sich genommen, die Rose einen Moment lang neben die Sandwiches auf den Eßzimmertisch gestellt hatte, während sie nach einem Taschentuch suchte, um sich die Nase zu putzen. Einmischung oder Nettigkeit? Denk nicht an Helen; sie kann nichts dafür, daß sie so ist; Christopher liebt sie; genieße deinen Spaziergang.)

Es war nie leicht gewesen, das Gewirr aus Kopfgründen und Gefühlen aufzudröseln, das zu Christophers Geburt geführt hatte.

Hatte es denn etwas mit der Hündin Comrade zu tun gehabt?

Das ist lächerlich, Hunde fühlen sich in Menschen hinein, nicht umgekehrt. Und dennoch, als sie bemerkt hatte, daß Comrade trächtig war, schon trächtig gewesen sein mußte, als sie Mylo quer durch Frankreich folgte, neben dem Fahrrad herlief, ins Wasser sprang, um das abfahrende Boot zu erreichen, als er vielleicht oder vielleicht auch nicht die Absicht gehabt hatte, sie zurückzulassen – es hatte ein Zusammengehörigkeitsgefühl zwischen ihr und der Hündin geherrscht, als, Christopher war in ihrem Bauch noch wenig größer als ein Stecknadelkopf, Comrade Junge zur Welt brachte, von denen eines als Stammvater einer langen Reihe liebenswerter Mischlinge überlebte, die abrupt endete, als Christopher, der sich mit Helen stritt, es zuließ, daß die letzten auf der Hauptstraße von einem Schwerlastzug überrollt wurden.

Erst die Hunde, dann die Urne.

Wird Christopher sich dadurch mir gegenüber schuldig fühlen, wie ich mich immer meiner Mutter, meinem Vater gegenüber schuldig gefühlt habe?

»Hoffentlich nicht«, sagte Rose laut, während sie dem Weg folgte, der jetzt durch ein Wäldchen führte.

Da war die kleine Angelegenheit mit Mrs. Freelings Asche gewesen. (Der Angestellte im Krematorium hatte es Mrs. Freelings Asche genannt, nicht die Asche Ihrer Mutter oder Ihrer lieben Anverwandten, als er ihr das Päckchen gab.) Ned hätte ihre Schuldgefühle gegenüber ihren Eltern nicht verstanden. Der liebe, simple Kerl: Nach seinem Kodex liebte man seine Eltern, liebte man sogar angeheiratete Verwandte. Weder Ned noch Helen hätten verstanden, warum sie die Urne ihrer Mutter in den Serpentine ausgekippt und zugesehen hatte, wie die Asche sich wie eine Schärpe abwärts aufs Wasser senkte. Es war geschehen, um Mrs. Freelings Geist zu versöhnen, damit sie im

Tode glücklich blieb, getrennt von ihrem Gatten, den sie so quietschvergnügt überlebt hatte. Rose lachte kurz auf, als sie den Weg hochkeuchte, der vom Wasser weg einen Hügel hinaufführte. Es hatte niemandem geschadet, daß sie Ned und Christopher die leere Urne neben Mr. Freeling begraben ließ. Da sie nicht erwarteten, daß sie log, hatten sie geglaubt, es wäre Mrs. Freelings Wunsch, daß ihre Urne nicht geöffnet wurde. Christopher hatte die Urne ohne große Ehrerbietung genommen und gesagt: »Komische alte Oma.«

Sie kann nicht älter als fünfundvierzig gewesen sein, als ich entdeckte, wie komisch sie wirklich war, dachte Rose. Fünfundvierzig, und sie war mir so alt vorgekommen!

Wie komisch ihre Mutter war, hatte sie entdeckt, als sie einen Tag nach Neds letztem Urlaub nach London gefahren war und ihre Mutter zum Essen ausgeführt hatte. Es hatte sie sicherlich davon abgelenkt, dauernd an Mylo zu denken. Auf der anderen Seite des Tisches hatte sie eine völlig neue Mrs. Freeling erblickt. Sie wirkte nicht mehr unterdrückt, frömmlerisch, geduldig und nachsichtig, sie wirkte lebhaft; Witwe zu sein stand ihr.

Während sie ihre Bestellungen machten, beobachtete Rose ihre Mutter. Sie hatte sich ihr Haar anständig schneiden lassen, ihre Hände waren gepflegt, sie trug neue Kleider. Es gehe das Gerücht, erzählte sie Rose, die Regierung werde Kleidung rationieren. »Ich decke mich ein«, sagte sie. »Das solltest du auch tun.«

»Ich brauche nicht viel auf dem Land, nur viel warme Sachen. Slepe ist ziemlich kalt.«

»Ich hoffe nur, du bleibst nicht wie ich dein ganzes Leben auf dem Lande hocken.«

»Ich dachte …«

»Du solltest dich mit irgend etwas beschäftigen, wie ich. Ich habe beim Roten Kreuz eine Menge neuer Freunde gewonnen. Was machen denn all deine Nachbarn?«

»Mrs. Malone hat ihr Haus voller Flüchtlingskinder.«

»Gott helfe ihr, aber vielleicht hat sie Kinder gern? Hast du bemerkt, wie wunderbar London ohne sie ist? Ich genieße die Stille im Park ohne Kinderwagen, wenn ich morgens hindurchspaziere.«

»Und wie sieht's mit Luftangriffen aus?«

»Ich habe nicht viel Zeit für sie, zuviel zu tun am Tage, und nachts schlafe ich wie ein Murmeltier. Zum ersten Mal seit Jahren.«

»Wirklich?«

»Ich mache mich müde. Zum einen habe ich das Rote Kreuz, und dann möbliere ich immer noch meine Wohnung. Habe ich dir erzählt, daß ich einen Untermieter habe?«

»Nein.«

»Einen Major, der beim Kriegsministerium arbeitet. Er ist meistens weg, keine Sorge, er zahlt seine Miete und geht mir aus dem Weg.«

»Oh.«

»Du solltest öfter mal nach London kommen, ich kann dich bei mir unterbringen, wenn ich endlich mal eingerichtet bin. Es ist eine Menge los, Konzerte, und jetzt, wo die Theater auch wieder geöffnet haben, Schauspiele – du darfst dein Gehirn nicht einrosten lassen.«

»Ich hoffe nicht.«

»Und ich habe wieder mit Bridge angefangen, ein festes Quartett gebildet. Mein Major spielt mit, wenn er zu Hause ist, sollte einer von uns nicht können.«

»Du scheinst dich mit interessanten Dingen abzugeben.«

Rose taxierte diese neue Mutter, die sich chic kleidete, in Konzerte ging, Bridge spielte.

»War auch Zeit«, sagte Mrs. Freeling mit Nachdruck, »nach allem, was ich mit deinem Vater ausgestanden habe.« Rose hatte während der folgenden Schmährede gegen ihren toten Vater mit offenem Mund dagesessen. Sein Versagen, sein Egoismus, seine Einfallslosigkeit; er wurde Stück für Stück durchgehechelt, keine Seite blieb verschont. Einmal in Fahrt, konnte ihre Mutter nicht mehr aufhören: Sie listete die Verstimmungen eines ganzen Lebens auf. Ihres Vaters Tischmanieren, sein bösartiger Geiz, seine Treulosigkeit gegenüber Freunden, seine zur Schau getragene vornehme Christlichkeit, seine Arschkriecherei bei gesellschaftlich Höherstehenden, seine bitter verübelte Krankheit, die sinnlosen Behandlungskosten für einen nicht existenten Krebs, sein Schnarchen, seine Mittellosigkeit.

»Mutter ...«

Aber Mrs. Freeling war noch nicht fertig, heraus kam ihr Ekel vor Sex, ihres Gatten Pochen auf seine ehelichen Rechte – brutale Vergewaltigungen.

»Mutter, bitte ...«

»Und dann«, Mrs. Freeling gab sich keine Mühe, ihre Stimme zu senken, »der unsägliche Fortpflanzungsprozeß!«

»Ich dachte, die Ehe, die Bibel ...«

»Von *Männern* geschrieben.« Mrs. Freeling fegte die Bibel beiseite. »Sensible Frauen wie ich sollten so etwas nicht ausgesetzt werden – zum Glück ist für dich das Kinderkriegen hypothetisch.«

»Ach wirklich?« Rose war erstaunt.

»Natürlich. Ein gewissenhafter Mensch wie Ned würde nie ...«

»Mutter ...«

Die Stimme ihrer Mutter war klar und deutlich; die Leute an den Nachbartischen kauten mit gespitzten Ohren. »Es geht über meine Fassungskraft, daß sich Frauen das immer noch gefallen lassen«, sagte Mrs. Freeling.

»Die menschliche Rasse«, schlug Rose tapfer vor.

»Die Männer sind es, die wollen, daß sie weiterbesteht. Reine Eitelkeit. Nenne mir einen einzigen Grund, warum sie weiterbestehen sollte.«

»Ich ...«

»Und wenn sie das unbedingt müßte«, sagte Mrs. Freeling, »dann hätten die Leute, die früher Ammen hatten, das Tüpfelchen aufs I setzen sollen und den Gatten sich mit der Amme paaren lassen.«

Ist sie betrunken? Rose ließ ihren Blick heimlich über die Runde kauender Kiefer schweifen.

»Ich hoffe doch, du hast nicht vor, dich von Ned dazu verleiten zu lassen, die Qual und Erniedrigung zu ertragen, daß du ein Kind kriegst? Meine liebe Rose, das Ding hüpft in deinem Innern herum, daß du keine Kontrolle drüber hast; dein Körper gehört nicht mehr dir, du kannst dem nicht entweichen, er *wogt*!« Mrs. Freelings Stimme hob sich in angeekelter Erinnerung.

Mit dunkelrotem Gesicht murmelte Rose: »Entschuldige, Mutter, es tut mir ja so leid«, als Entschuldigung für ihre fötalen Kapriolen.

»Hör auf meinen Rat und wehr dich.« Die Rede war vorüber. Mrs. Freeling aß ihren Pudding, während ihre Tochter überlegte, ob die Freuden der Witwenschaft ihr Gehirn in Mitleidenschaft gezogen hätten. »Du denkst bestimmt, ich habe mich verändert.« Mrs. Freeling legte ihren Löffel hin und wischte sich den Mund mit der Serviette.

»Ein bißchen«, hatte Rose vorsichtig geflüstert.

»Ich bin die ganzen Jahre abgewürgt worden.«

»Wenn ich das bloß gewußt hätte.«

»Was hättest du denn tun können?« fragte ihre Mutter spitz. »Du bist genau wie er, du denkst nur an dich.«

»Ich hätte …«

»Du kannst eins für mich tun. Wenn ich tot bin, möchte ich *nicht* bei ihm begraben werden. Laß mich einäschern und verstreue mich über Wasser. Das würde mir gefallen. Kann ich auf dich rechnen?«

»Natürlich.«

»Schön. Ist das die Rechnung? Laß uns halbe-halbe machen.« Mrs. Freeling war auf diese Unterhaltung nie wieder zurückgekommen. Rose fragte sich manchmal, ob sie sich das Ganze nur eingebildet hatte. Der Gefühlsausbruch war kathartisch gewesen; sie erinnerte sich an den heiter-gelösten Gesichtsausdruck ihrer Mutter, als sie sich trennten.

Wie dankbar bin ich ihr jetzt, dachte Rose, während sie keuchend den Hügel hinaufstieg, daß sie es sich in meiner Kindheit und Jugend verkniffen hat, mich vor den Schrecken der Sexualität zu warnen, wie sie sie sah, und es mir überließ, meine Entdeckungen mit Mylo zu machen. (Und natürlich mit Ned.) Es hatte einen Luftangriff gegeben, erinnerte sie sich, als sie London verließ, und sie hatte sich beeilt, nach Slepe zurückzukommen, wo sie gerade, wie ihr jetzt im Rückblick über all die Jahre hinweg klar wurde, eine glückliche Woche mit Ned verlebt hatte.

28

Ned verließ die Kanzlei seines Anwalts und machte sich zu Fuß auf den Weg zu seinem Schneider. Es war Luftalarm; er hatte die Sirenen gehört, während er sein Testament besprach. Sein Anwalt, bereits gelangweilt, hatte gesagt: »Ich nehme an, Sie wollen nicht in den Keller runterflitzen, das ist die allergrößte Zeitverschwendung.«

»Nein, nein danke.« (Er würde mir die im Keller verschwendete Zeit in Rechnung stellen, ich kenne ihn, er ist gerissen.)

»Gut, dann lassen Sie uns hiermit weitermachen.«

»Natürlich.«

»Ihre Familienstiftung macht die Aufgabe ziemlich einfach; sie läßt Ihnen nicht viele Möglichkeiten, alte Rechnungen zu begleichen.« Der Anwalt hatte gelacht.

Im Gehen sann Ned verärgert über die Bestimmungen der Stiftung nach, die ihm Slepe eingebracht hatte. Dank den Gesetzen über Erstgeburtsrecht und Erbfolge hatte er Slepe von einem entfernten Verwandten geerbt; so weit, so gut. Doch sollte er ohne Sohn sterben, würde Slepe auf einen anderen Verwandten übergehen. Vielleicht, dachte Ned, während er forsch ausschritt, hatte er einen Fehler gemacht in der Art und Weise, wie er eine Familie gegründet hatte. Angenommen, man kriegte eine ganze Schar Mädchen, bekam beim ersten Versuch keinen Sohn zustande? Rose war wütend gewesen, hatte sich nicht ohne weiteres beruhigt; er war nicht sicher, warum sie wütend gewesen war, aber er hatte ein schlechtes Gewissen. Wenn der Krieg aus ist und sie meinen Sohn zur Welt bringt, schenke ich ihr ein Schmuckstück, dachte er. Dann dachte er, während er in die Bond Street einbog, warum warten, warum ihr nicht gleich ein Geschenk machen? Beim Gehen sah er in die Auslagen der Juweliere. Wenn er ihr Schmuck kaufte, hätte sie wenigstens etwas zu verkaufen, sollte er fallen, ehe sie einen Sohn gebar. Außer in Slepe festgelegten Geldern hatte er praktisch keine Ersparnisse. Rose selber hatte kein Geld. (Der verfluchte Anwalt hatte damals, als Ned heiraten wollte, dazu nur ts-ts gemacht.) Alle Schmucksachen kamen ihm wahnsinnig teuer vor, aber würden sie nicht an Wert gewinnen? Kaufen oder nicht kaufen? Ned wälzte den Gedanken hin und her. Der Haupthaken an der Familienstiftung war, daß jeder Penny sowie das Haus bei seinem Tode auf seinen imaginären Sohn überging. Bis heute morgen hatte Ned auf diese Klausel nicht besonders geachtet. Wie sollte Rose zurechtkommen? hatte er gefragt. »Das Übliche ist, daß Ihr Sohn Ihrer Witwe eine Zuwendung zahlt.«

»Aber angenommen, sie kommen miteinander nicht aus?«

Der Anwalt hatte geantwortet: »Besser, sie tun's«, die Stimme forsch und juristisch.

Arme, kleine Rose, dachte Ned zärtlich, warum ihr nicht jetzt ein Schmuckstück kaufen? Ihr Freude schenken, etwas, das sie versetzen kann, wenn ich sie als Witwe zurücklasse; sie kommt mit ihrer Mutter nicht aus, seine Eltern nicht zu mögen kann erblich sein. Ned schlenderte herum und blieb vor Cartier stehen. (Mein Gott, davon kann ich mir überhaupt nichts leisten! Unser Verlobungsring war schon zu teuer, man zahlt für den verdammten Namen.) Ned ging weiter. Trotzdem, dachte er, würde ich ihr gern etwas schenken, das sie an mich erinnert. Aber angenommen, ich täte es, und sie verscheuerte es ohne besonderen Grund? Besser, ich schenke ihr Schmuck, wenn sie meinen Sohn bekommen hat, als Belohnung, als Dankeschön. Noch hat sie die Aufgabe nicht erledigt; es wäre dumm, ihr jetzt schon Schmuck zu schenken, besonders, wenn erst all diese Mädchen kämen und man immer weitermachen müßte.

Und dennoch irgendein Geschenk? Sie hat schöne Dinge gern, sie hat ein gutes Auge, sie hat diesen Bonnard aufgegabelt, den sie in unser Schlafzimmer gehängt hat; hat gesagt, sie hätte ihn aus reiner Liebe gekriegt, damit er ein gutes Zuhause bekam. Er hatte gefragt: »Wie den Hund?«, im Scherz, und sie hatte gelacht. Der Hund war ja ein ziemlich gräßlicher Mischling, aber der Bonnard könnte sich leicht als kluge Investition erweisen. Trotzdem möchte ich ihr keinen Schmuck schenken, damit sie ihn verkloppt, um Bilder zu kaufen, mit Bildern kann man schweren Schiffbruch erleiden. Der Bonnard könnte ja nur ein glücklicher Zufall gewesen sein.

Er war die Bond Street halb hinaufgegangen und starrte blind ins Schaufenster vom White House. »Gott!« Er sah näher hin. »Das ist genau das, was das Mädchen auf dem Bild anhat. Rose besitzt keine aufregende Unterwäsche, vielleicht hat sie das Bild als Fingerzeig gekauft; mein Problem ist gelöst.«

Ned betrat den Laden und wählte sechs Paar cremefarbener Satin-Hemdhosen, vereinbarte, daß sie Rose geschickt würden, und schrieb »Mit all meiner Liebe, Ned« auf ein Kärtchen, das ihm die Verkäuferin gab. Erleichtert und in großzügiger Stimmung trat er wieder auf die Straße. Nach ein paar Schritten ertönte die Entwarnung. Er schob die Gedanken an Rose beiseite und konzentrierte sich auf seine leichte Uniform.

Sollte er zu Huntsman gehen oder zu Gieves? So wie er bei zwei Friseuren Kunde war, so war es auch mit den Schneidern, wobei er mal dem einen, mal dem anderen den Vorzug gab. Sein Weg führte ihn durch die Burlington Gardens zur Ecke Savile Row und Vigo Street und die Stufen hinauf zu Huntsman; im Glücksgefühl über seine Großzügigkeit entschied er sich für den versnobteren der beiden Schneider.

Emily, die die Savile Row hinabbummelte, erspähte Ned, als er aus dem Eingangsportal seines Schneiders trat, einen Augenblick stehenblieb, um zufrieden Atem zu schöpfen, und dann mit federndem Schritt die Stufen zur Straße hinunterstieg.

»Ned, hallo, Ned«, rief Emily, während sie in Laufschritt fiel. »Ned!«

Als Ned Emily erkannte, winkte er und wartete, bis sie an ihn herangekommen war. »Hallo, Em. Was machst du denn hier? Lange nicht mehr ...«

»Ich war auf dem Weg zu ... was machst du gerade?«

»Maßnehmen lassen für eine leichte Uniform. Komm, wir gehen zusammen essen.« Über seine spontane Einladung war Ned selber erstaunt. »Du hast doch nichts vor, oder?«

»Bloß Einkäufe«, sagte Emily. »Sehr gern. Danke. Wo wollen wir hin?«

»Quaglino's? Warum nicht?«

»Ja, warum eigentlich nicht.« Emily hängte sich bei Ned ein und drückte vertraulich seinen Arm.

Sie spazierten auf der Burlington Arcade über die Piccadilly bis zur Jermyn Street hinunter.

Im Quaglino's wurde Ned mit servilen Verbeugungen und Kratzfüßen begrüßt. Der Oberkellner fragte nach Rose und beobachtete Emily aus den Augenwinkeln, während er Ned die Speisekarte reichte. »Etwas zu trinken, während Sie warten?«

Sie nahmen zu einem Aperitif in der Vorhalle Platz.

»Und wie geht's Rose?« fragte Emily.

»Ich habe gerade ein Geschenk für sie gekauft, das heißt eigentlich sechs Geschenke, sie ist in Hochform.«

»Ach, glückliche Rose.« Emily lächelte Ned an, während sie an ihrem Glas nippte; Ned betrachtete sie spöttisch. Er fragte sich vage, warum während der vergangenen Monate keine Zeit gewesen war, Verbindung aufzunehmen.

»Es ist nett hier«, Emily nahm einen kleinen Schluck, »nicht wahr?«

»Ja, wirklich.« Ned streckte die Beine aus, zog sie wieder ein, um ein Paar in Marineuniformen vorbeizulassen; das Mädchen in seiner WRNS-Uniform war ein schmuckes kleines Ding. Er goß seinen Drink hinunter und bestellte sich noch einen. Emily lehnte ab, sie war noch mit ihrem ersten beschäftigt. Er war zufrieden mit seinem Vormittag, zufrieden mit seiner Uniform; zum Reiz, sich der Territorialarmee anzuschließen, hatte auch die Uniform gehört; in Uniform kam er sich wie ein besserer, anderer Mensch vor.

»Hübsche Uniform?« fragte Emily.

»Gedankenleserin. Ja, eine leichte. Ich werde nach Übersee versetzt.«

»O Ned, sollen wir dich verlieren?«

»Nicht für immer, noch bin ich nicht weg.«

»Was *wird* Rose nur machen?«

»Sie arbeitet den ganzen Tag im Garten, wo sie Gemüse zieht, und auf dem Gutshof auch; es ist ja ein drolliger Kriegsbeitrag, aber sie will's nicht anders, und so bleibt sie außer Gefahr.«

»Damit macht sie sich die Hände kaputt, bleibt aber von Unheil verschont«, sagte Emily, spreizte die Finger und betrachtete ihre roten Nägel, die gepflegten Nagelhäute.

Ned lachte. In welches Unheil könnte Rose schon geraten? »Laß uns essen.«

Sie begaben sich ins Restaurant und nahmen auf einer Polsterbank Platz, von der aus man den Raum überblickte.

Emily kratzte mit ihren Fingernägeln über das weiße Tischtuch und knirschte mit den Zähnen bei dem Gedanken, wie Roses Nägel sich spalteten und mit Sand füllten. »Was hast du ihr denn für ein Geschenk gekauft?«

»Ich habe ihr Unterwäsche in einem Laden gekauft, den ich gefunden habe, der sich White House nennt.«

»Unterwäsche!« krähte Emily vor Lachen und warf den Kopf zurück. »Hemdhosen, möchte ich wetten.«

»Tatsächlich, ja«, sagte Ned steif. »Na komm, was möchtest du essen?« Er klopfte leicht gegen die Speisekarte, um Emily darauf aufmerksam zu machen. Zur Ordnung gerufen, wählte Emily. »Und was treibt ihr in diesen Zeiten so, du und Nicholas? Immer noch das Landwirtschaftsministerium?«

»Tjap. Immer noch das Lawimi. Es paßt mir gut, ich kann reisen, wie du weißt.« Emily ließ einen Blick zu Ned hinübergleiten, der darauf nicht reagierte. »Erzähl mir«, sagte sie, »von Dünkirchen. Seither habe ich dich nicht mehr gesehen. Alle erzählen, wie tapfer du warst, hast einen Orden bekommen, nicht?«

»Den Verdienstorden.«

»Na los, erzähl mir alles darüber, ich möchte es wirklich wissen. Rose hat mir von den Stachelbeeren erzählt«, sagte Emily. Das war strenggenommen nicht wahr. Rose hatte Edith Malone von den Stachelbeeren im Stahlhelm erzählt; die Geschichte wanderte per Telefon von Mund zu Ohr und kam schließlich bei Nicholas an, der sie seiner Schwester erzählte. (Stelle dir den alten Ned in Gefahr vor, was denn noch alles?)

»Ich würde gern erleben, wie du auf Gefahren kühl reagierst«, sagte Emily, womit sie Ned von Gedanken an Rose abhielt. Wenn irgend jemand Dünkirchen erwähnte, erinnerte er sich, wie er in der Schlange am Meer gestanden hatte, die heiße Sonne auf dem Kopf, mit dem Gefühl, seine Beine schrumpften ein, und dem Lärm der Bomben. Er hatte gebetet, daß er wieder nach Slepe zurückkäme, und zu Rose natürlich. »Ich dachte, du hättest Rose nie zu Gesicht bekommen«, sagte er.

»Was bringt dich denn zu der Annahme? Ich bin doch ihre Nachbarin, und es gibt das Telefon. Komm schon, Ned, erzähl mir davon, wie du in Gefahr warst, du bist der einzige Mensch, den ich kenne, der in Dünkirchen war.«

»Jetzt bin ich in Gefahr«, sagte Ned und grinste.

»Ned, du flirtest ja.« Emily drehte sich zu ihm herum und preßte ihre Knie gegen sein Bein.

Ned legte Emily seine Hand auf den Schenkel und bohrte seine Fingernägel hinein. »Wo wohnst du?«

»Fährst du denn nicht zurück nach Slepe?«

»Nach Norden mit dem Nachtzug.«

»Ich wohne bei einer Freundin.«

»Ist die Freundin ausgegangen?«

»Weg«, sagte Emily.

»Iß zu Ende. Ich lasse die Rechnung kommen.«

»In Ordnung«, antwortete Emily.

»Ich liebe Rose«, sagte Ned.

»Selbstverständlich.«

»Zahlen, bitte«, sagte Ned zu dem Kellner.

Während sie auf die Rechnung warteten, saßen sie schweigend da; als sie kam, legte Ned Geldscheine auf die Rechnung, und der Kellner trug sie weg, um das Wechselgeld zu holen.

»Ich rufe mal eben bei Euston an und mache meinen Zug klar«, sagte Ned.

»In Ordnung«, sagte Emily.

Der Kellner brachte die über Neds Wechselgeld zusammengefaltete Rechnung auf einem Teller.

»Er ist gleich wieder da, er telefoniert nur mal eben«, sagte Emily.

Der Kellner verschwand.

Da niemand guckte, nahm sich Emily etwas von dem Wechselgeld und steckte es in ihre Tasche.

»Gut«, sagte Ned, der zurückkam. »Wir haben mehrere Stunden Zeit, bis mein Zug geht.« Er steckte das Wechselgeld ein, ohne einen Blick darauf zu werfen, ließ nur ein Trinkgeld liegen, das der Großartigkeit des Geschenks für Rose entsprach.

Emily las seine Gedanken.

»Ob sie sie wohl bei der Gartenarbeit trägt?«

Ned lachte, folgte ihr aus dem Restaurant und winkte ein Taxi heran. Er half Emily hinein. Emily sagte dem Fahrer die Adresse. Ned setzte sich und legte den Arm um Emily. »Ich frage mich, wie's jetzt wohl in Wien aussieht«, sagte er.

»Warum denn in Wien?«

»Ich dachte gerade an meinen Onkel Archie und seine Wiener Onkel.«

»Warum?«

»Die hatten ziemlich viel Spaß, habe ich gehört.«

29

Emily fand Rose in der Küche beim Frühstücken, Comrade zu ihren Füßen.

»Hallo«, sagte Rose.

Die Hündin wedelte mit dem Schwanz.

»Ich bin auf dem Weg zu eurem Gutshof, um mir ein paar Formulare des Landwirtschaftsministeriums ausfüllen zu lassen«, sagte Emily. »Eins kann ich dir sagen, Rose, du stehst vielleicht spät auf. Ich habe schon vor Stunden gefrühstückt«, setzte sie etepetete hinzu.

»Ich helfe beim Melken und füttere die Schweine, und nach dem Frühstück arbeite ich im Garten. Ich stehe vor sechs auf«, sagte Rose schlicht.

»Ich bitte um Verzeihung.« Emily setzte sich Rose gegenüber.

»Zeig mir mal die Formulare«, sagte Rose.

Emily legte schützend die Hand auf ihre Aktentasche. »Die sind für John Hadley.«

»In Neds Abwesenheit bin ich hier Herr im Haus.« Rose streckte die Hand aus. »Gib her.«

Widerstrebend zog Emily die Formulare aus ihrer Aktentasche, tat eines zurück und reichte die übrigen Rose.

»Gieß dir Kaffee ein.« Rose las die Formulare sorgfältig durch. »Nicht allzu unangenehm«, sagte sie, »sie wollen, daß wir mehr Weizen anbauen. Da werden wir noch eine Wiese umpflügen müssen, ansonsten ist die Sache in Ordnung. Jetzt zeig mir das andere.«

»Welches andere?« Emily machte ein unschuldiges Gesicht.

»Das Formular, das du wieder eingesteckt hast und das ich nicht sehen sollte.«

»Es wird dir nicht gefallen.« Emily zögerte, dann holte sie das Formular hervor.

Rose las, und ihre Augenbrauen gingen in die Höhe. »Nein«, sagte sie und zerriß wütend das Formular, »allerdings nicht.«

»Man wird dir einfach ein neues schicken«, sagte Emily mit gespielter Geduld.

»Sag denen, das ist nicht drin«, polterte Rose. »Sollen sie mich anzeigen, wenn sie mögen. Ich lasse unsere Saatkrähen nicht abschießen; die fressen doch kaum Getreide, sie fressen Schnakenlarven und tun viel Nützliches. Ihr Leute vom Landwirtschaftsministerium seid ein ignorantes Pack. Ich liebe unsere Saatkrähen, und Ned auch.« (Hat er das jemals gesagt?)

»Erzähl das meinem Ministerium.« Emily war geduldig.

»Das werde ich bestimmt«, erwiderte Rose energisch. »Wer ist dein Vorgesetzter?«

»Nicholas.«

Rose brach in Gelächter aus. »Nicholas? Wirklich?«

»Ja.« Emily lachte ebenfalls. »Weißt du was, wir frisieren die Bücher; niemand wird überprüfen, ob du die Anweisung befolgt hast.«

»Betrug?«

»Wenn du willst. Es ist Krieg, wir sind beschäftigt ...«

»Ein Krieg im Krieg. Nimm dir Toast und Marmelade. Noch Kaffee?«

Emily goß sich ihre Tasse wieder voll. »Tatsächlich bist du

nicht die einzige, die protestiert hat. Malones hätten *mich* fast abgeschossen. Aber dann versprach mir die liebe Mrs. Malone die ganze Jagdsaison hindurch zwei Paar Fasane im Monat.« Emily trank ihren Kaffee, wobei sie Rose über den Tassenrand hinweg im Auge behielt.

»H-m ... und womit kann ich dich bestechen?« Rose beobachtete Emily argwöhnisch.

»Moralische Unterstützung«, sagte Emily ernst.

Was führt sie im Schilde? fragte sich Rose. »Ich *dir* moralische Unterstützung geben? Soll das 'n Witz sein?«

Emily sagte: »Kein Witz. Ich bin schwanger.«

Rose nahm diese Neuigkeit schweigend auf. Dann fragte sie leise: »Heiratest du?«

»Ausgeschlossen.«

»Ist er tot? Bereits verheiratet?«

»Das ist nicht das Problem ...«

»Dann was? O Em, du wirst doch nicht ...«

»Ich habe schon einmal abgetrieben. Vor zwei Jahren. Es gibt eine Klinik in München. Nicholas kam damals mit. Wir hatten am Ende einen ziemlichen Spaß. Es kostete ein Vermögen. Wir haben eine von Vaters Teekannen verkauft; er hat sie nie vermißt, also schnauf nicht, aber jetzt, wo Krieg ist, kann man nicht nach München, oder?«

»Natürlich nicht.« Rose hatte die absurde Vorstellung, Emily und Nicholas könnten sich per Fallschirm nach München schmuggeln.

»Ich bin mit Engelmacherinnen und Stricknadeln nicht einverstanden. Ich hab's vergeblich mit Gin und heißen Bädern versucht. Du kennst uns. Nicholas hat mir geholfen, er hat mich fast bei lebendigem Leibe gekocht, nichts!«

»Es muß doch etwas, jemanden geben ...«

»Ich habe beschlossen, es zu kriegen.«

»Emily! Ist das wunderbar!«

»Ich weiß nicht, was daran so wunderbar ist.« Die Worte klangen verächtlich, aber Emily sah zufrieden aus.

Rose war von Emily nie in ein Geheimnis eingeweiht worden; es reizte sie, sich ihrerseits anzuvertrauen, sich zu offenbaren, aber der lange Umgang mit Thornbys hielt sie davon ab. Sie sagte sich, noch sei sie sich ihrer eigenen Schwangerschaft ja nicht absolut sicher; sie könnte sechs Wochen zu spät dran sein oder so was.

»Mir fällt auf, daß du nicht fragst, wer der Vater ist«, sagte Emily geziert.

»Das geht mich doch nichts an, oder?« fragte Rose.

Die beiden Frauen tranken nachdenklich ihren Kaffee. Comrade streckte sich am Boden aus und gähnte. Sie war matt vor Trächtigkeit.

»Ist dir übel?« fragte Rose behutsam.

»Morgens«, antwortete Emily. »Es ist nicht so schlimm.«

»Weiß es Nicholas? Ich meine, weiß er, daß du's behalten willst?«

»Natürlich weiß Nicholas Bescheid. Er findet, es ist ein fabelhafter Witz; er macht schon Pläne für die Zukunft des Kindes.«

»Oh.« Rose dachte über Emily nach. Emily mit ihren ungeheuer vielen Freunden, Emilys Besuche in London, ihre Beliebtheit auf Partys. Dann sann sie über das enge Verhältnis zwischen Bruder und Schwester nach; war Nicholas vielleicht froh darüber, daß Emily den Vater des Kindes nicht heiraten konnte, daß sie ihn nicht verlassen würde? Eine Menge Fragen auf einmal. »Was wirst du machen?« fragte sie. »Meinst du, Edith Malone würde behilflich sein?«

»Ich hab's dir doch gesagt. Keine Abtreibung. Wenn ich mich an Mrs. Malone wende, denkt sie, ich will George oder Richard die Vaterschaft in die Schuhe schieben.«

»Bestimmt nicht, sie ist so nett.«

»Es wäre das erste, was ich an ihrer Stelle denken würde«, sagte Emily. »Nein, nein, wir haben beschlossen, wir lassen die Leute denken und sagen, was sie wollen, und kriegen das Kind. Ich werde meinen Vater um Geld bitten. Er kann's nicht verweigern, eine Abtreibung würde er ablehnen, und er wird das Baby nicht akzeptieren, aber er ist nicht knauserig. Lieber Gott, von Bischöfen erwartet man, daß sie Christen sind.«

»Ich finde, du bist ungeheuer mutig, Nicholas auch.« (Nicholas wird das Drama lieben.)

»Eigentlich nicht.« Emily rührte in ihrem Kaffee, dann nahm sie noch einmal Zucker. »Entschuldigung, ich giere danach, ich vergesse andauernd, daß er rationiert ist.«

»Könntest du nicht sagen, der Vater war Jagdbomberpilot, wurde abgeschossen und ist tot?«

»O Rose, wie verflucht konventionell du bist«, schrie Emily zornig, »ein Seelchen voller Sitte und Anstand! Ich kann mich nicht damit abgeben zu lügen. Wenn's dich stört und die Leute fragen, sag einfach, du hättest verdammt noch mal keine Ahnung. Ich bin doch nicht das erste Mädchen, das so überrumpelt wird.«

»Aber …«

»Ich habe das Glück«, kreischte Emily, »mit Nicholas in unserem eigenen Haus zu wohnen. Wir haben beide Arbeit, niemand wird die kleine Emily in den Schnee hinausschicken. Es wird eine ganz kurze Aufregung geben. Aber wenn der Krieg weitergeht, haben die Leute Interessanteres, worüber sie reden können. Jetzt wünschte ich«, sagte Emily leidenschaftlich, »ich hätte es dir nicht erzählt. Du bist so verdammt rein, dir hängt kein bißchen was von schlechtem Ruf an, stimmt's?«

Am Boden wimmerte Comrade im Schlaf, schlug mit dem Schwanz auf die Fliesen.

»Ich bin froh, daß du's mir erzählt hast und nicht darauf gewartet hast, daß ich mich frage, ob dich jemand mit 'ner Fahrradpumpe aufpumpt.«

»Gut, in Ordnung, laß uns jetzt über das Ganze die Klappe halten, ja?«

»Es gibt keinen Grund, gereizt zu sein; selbstverständlich halte ich die Klappe.«

»Ich bin nicht gereizt«, schrie Emily und knallte ihre Tasse auf den Tisch. »Oh, verflucht noch mal, ich habe sie kaputt gemacht, war das eine von Neds besten?«

»Nein.« Rose holte eine neue Tasse aus dem Schrank, wischte die Pfütze weg, goß Emily frischen Kaffee ein und setzte sich, um zu Ende zu frühstücken.

Eine Weile redete keine von beiden, dann sagte Emily in normalem Ton: »Wann ist Ned weggefahren?«

»Er hat sich vor fast drei Wochen in Liverpool eingeschifft. Es war kalt und naß. Wenigstens ist er dorthin gefahren, wo die Sonne scheint.« (Seltsam, wie er mir fehlt, diese nüchterne Stimme.)

»Ich habe ihn in London gesehen, wir haben uns auf der Straße getroffen, er hat mich zum Essen eingeladen«, sagte Emily.

»Das hat er mir erzählt, hat gesagt, du wärst wahnsinnig amüsant, er hat 'ne Schwäche für dich. Hat er dir erzählt«, fragte Rose, »daß er mutig ganz allein in einen Laden gegangen ist und mir sechs Paar Hemdhosen gekauft hat? Im White House auch noch, denk mal, was das kostet!«

»Ja, hat er mir erzählt. Ich mußte drüber lachen.«

»Ich hätte gedacht, daß er zu gehemmt und schamhaft ist, um so was zu tun.«

»Viel zu gehemmt, aber er ist mutig, denk mal, was er in Dünkirchen gemacht hat; das hätte man ihm nie zugetraut. Ich habe ihn zum Reden gebracht. Dieses ganze Rückzugsgefecht, ehe sie rausgeholt wurden, muß schaurig gewesen sein.«

»Der Krieg bringt offenbar neue Seiten an den Menschen zum Vorschein; hast du von meiner Mutter gehört? Sie ist jetzt fest nach London gezogen, hat ihr Äußeres verändert und ist eine Bridgefanatikerin geworden. Sie hat sich dermaßen verändert, Emily, daß sie sich als jemand erweisen könnte, der dir helfen würde.«

»Ich will keine Hilfe. Ich dachte, ich hätte das klargemacht«, schnauzte Emily.

»Ja. Gut. Entschuldigung.« Rose nahm ihren Teller und die Tasse und ging in Richtung Spüle.

»Als ich Ned in London traf, hat er mir gesagt, daß er dich liebt.« Emily kam auf Ned zurück. War der Ned, den sie kannte, derselbe Mensch, der Roses Ehemann war, der Erbe von alldem? Emily blickte sich in der großen, ziemlich dunklen Küche mit ihrem Steinfußboden, dem Zugwind und dem störenden Geklapper um. Sie empfand keinen Neid gegenüber Rose.

»Ich glaube ihm, daß er mich liebt.« Rose spülte ihre Tasse unter dem Wasserhahn ab; mit Emily über Ned zu reden oder seine Liebe zu analysieren, dazu hatte sie keine Lust.

Emily betrachtete Roses Rücken, die ausgebeulten Cordhosen, das einfarbige Hemd unter dem dicken Pullover; wann würde sie Gelegenheit haben, die Hemdhosen zu tragen? Nicht beim Melken, Schweinefüttern oder bei der Gartenarbeit. »Tja«, sagte sie, griff zu ihrer Aktentasche, schnappte sie zu und nahm wieder ihre kühle Gelassenheit an, »ich muß los. Irgendwelche Aussichten«, fragte sie, als beide auf Emilys roten MG zugingen, »auf ein bißchen zusätzliche Butter ab und zu?«

Rose lachte. »Erpresserin. Butter ist rationiert, Fasane nicht. Keine Aussicht.«

»War 'n Versuch wert«, sagte Emily liebenswürdig. Sie küßte Rose auf die Wange und stieg in den Wagen. »Die moralische Unterstützung reicht mir schon.« Sie fuhr davon.

Rose ging zu Farthing in den Gemüsegarten, wo er am Umgraben und Düngen war, um den Boden auf die Winterfröste vorzubereiten. »Soll ich helfen?«

»Das hier könn' Se nich machen. Das is' zu schwer. Die Frühbeete müssen in Ordnung gebracht werden, machen Se das. Die sind voll Unkraut.«

»Was ist in den Beeten?«

»Parmaveilchen und Maiglöckchen. Im Frühjahr könn' Se se rauf nach Covent Garden schicken oder an ein' todschicken Laden wie Constance Spry und 'n Schweinegeld damit verdienen.«

»Was Sie alles wissen.« Rose nahm Mistgabel und Blumenkelle und machte sich neben den Beeten hockend an die Arbeit. Hat der schlaue alte Farthing erraten, daß Emily schwanger ist? Ahnt er, daß ich es bin? An schwere Arbeiten läßt er mich nicht ran. Ist Emily der Gedanke gekommen, oder ist sie zu sehr mit sich beschäftigt? Wollte Emily andeuten, fragte sich Rose, die mit den Gedanken noch immer bei der Freundin war, daß Ned der Vater sein könnte? Gemeiner Gedanke, sie versuchte, ihn beiseite zu schieben, aber er drehte sich mal so und mal so in ihrem Kopf herum. Emily würde schon, aber Ned?

Rose zog Hände voll Vogelmiere heraus, grub tief, um einen Löwenzahn auszureißen. Würde Emily, falls Ned? Würde Ned, falls Emily? Emily würde, aber Ned? Sie zog fest an der Löwenzahnwurzel, die abriß und einen Rest Wurzel tief im Boden zurückließ, der später ebenso ausdauernd wieder zum Vorschein käme wie Roses Verdacht gegen Emily. Würde es mir was ausmachen? fragte sie sich. Viel ausmachen oder wenig? Ganz und gar nichts? Die Frage erhebt sich gar nicht, schalt sie sich. Dann dachte sie überrascht, daß Emily verletzlich gewirkt hatte, und dann, noch überraschter, dachte sie, heute morgen habe ich sie gern gehabt. Ich habe sie noch nie zuvor gern gehabt. »Was denken Sie über Emily Thornby?« fragte sie Farthing, als der mit seiner Schubkarre an ihr vorbeirollte.

Farthing blieb stehen und lächelte: »Die hat Mumm. Den haben beide.«

»Ah.«

»Wohlgemerkt, unter uns gesagt, ich würd' keinem von beiden 'ne Rasierklinge in die Hand geben.« Farthing versetzte seiner Karre einen Ruck und trottete weiter.

Rose setzte sich auf ihre Hacken und lachte. »Keine sehr schmeichelhafte Bemerkung.«

»In 'ner kitzligen Lage wär' sie wahrscheinlich ganz in Ordnung«, rief Farthing über die Schulter zurück, »und ihr Bruder auch.«

»Ihr Vater ist ein vertrauenswürdiger Bischof, Farthing.«

»Und von wem stammt der ab? Irgendwo is' merkwürdiges Blut dazwischen.«

»Denken Sie vielleicht an Piraten?« fragte Rose, zog eine Raupe zwischen den Unkräutern hervor und warf sie einem wartenden Rotkehlchen zu. »Oder Zigeuner?«

»Ich denk' an gar nix.« Farthing kippte die Ladung Mist auf den Boden neben seiner Grabfurche.

Rose, der Emilys Seitenhieb gegen sie wieder einfiel, fragte: »Würden Sie mich als verflucht konventionell bezeichnen, Farthing?«, wobei sie Emilys Bezeichnung eher zugetan war.

»Würde nich sagen verflucht«, antwortete Farthing, während er mit der Gabel Mist in die Furche hob. »Das Wort konventionell ändert sich, je nachdem, was man in welchem gesellschaftlichen Umkreis tut, hab' ich gehört.«

»Was für ein Philosoph Sie sind«, antwortete Rose. »Ich denke, Sie und Mrs. Farthing wären ganz fabelhaft in einer kitzeligen Lage.«

»Könnt' sein«, gab Farthing zu.

30

Mylo hoffte, daß er wirklich Land roch. Er stand mit gespreizten Beinen, um das Dümpeln des Schiffes auszugleichen. Es war stockdunkel und eiskalt. Sein Reisegefährte, sein Schützling, kauerte unter Deck, um sich warm zu halten, wahrscheinlich schlief er.

Mylo richtete den bis aufs äußerste angespannten Blick über dunkles Wasser hinweg, feindselige Wogen, die hochschlugen, um ihr Salz mit dem Regen zu mischen, der in einem pausenlosen Sturzbach von Westen herunterpeitschte. Die letzten Worte, die sein Reisegefährte gemurmelt hatte, ehe er nach unten ging, waren gewesen: »*Quel climat maudit.*« Dies als Antwort auf die gebrüllte Information des Schiffers, daß sie den Kanal zu zwei Dritteln überquert hätten, zwei Drittel auf dem Weg zu ihrem Ziel. Nutzlos, darauf hinzuweisen, daß das Wetter in Frankreich genauso mies gewesen war.

Mylo richtete den Blick auf eine Wolke, die dichter als der Rest war, und versuchte, eine Orientierung zu finden. Aus Furcht, seine Unruhe und Angst zu erkennen zu geben, hatte er davon Abstand genommen, dem Schiffer im Ruderhaus Gesellschaft zu leisten. Die Einladung hatte es gegeben, aber Mylo hielt sie für lau. Die Aufgabe des Schiffers war, sie sicher rüberzubringen, nicht, sie gastlich aufzunehmen; wem es an Deck nicht gefiel, der konnte ja nach unten gehen. Während er gebannt ins Dunkel starrte, die Ohren taub vom Wind, die

Augen tränend von der Kälte, gönnte Mylo es sich, zaghaft an Rose zu denken, wie er sie das letzte Mal gesehen hatte, zusammengerollt in ihrem Bett, eine Hand unter das Kissen geschoben, wo sein Kopf unlängst noch gelegen hatte, den anderen Arm weit über das Bett geworfen. Er hatte sich gebückt, um sie zu küssen, und den Duft ihrer Haut und ihres Haars eingeatmet; sich zum Gehen zwingend, war er zur Tür geschlichen, hatte eine Hand ausgestreckt, um die Hündin Comrade abzuhalten, ihm zu folgen, hatte ihr mit Zeichen »bleib« zu verstehen gegeben, hatte die Tür geräuschlos geöffnet und war rasch nach unten und weggegangen.

Drei Monate lang hatte er seine Gedanken an Rose stark eingeschränkt, aus Furcht, er könnte tagträumend seine Wachsamkeit verlieren, ein Wort Englisch sprechen, sorglos werden, Gefangenschaft, Tod, Verrat riskieren.

War sie wütend oder traurig gewesen? Hatte sie verstanden? Hätte er sie warnen können oder sollen? Wie immer er auch wegging, es wäre schmerzlich gewesen; er hatte den Weg gewählt, der am wenigsten schmerzlich für ihn selbst war. Den Blick auf die Wolkenbank gerichtet, dachte Mylo nun an Rose, wünschte sich, er könnte ihre Stimme hören, ihren Körper spüren, das Salz auf ihren Lidern schmecken. In seinem Herzen erwartete er, sie genau so wiederzufinden, wie er sie verlassen hatte. Er würde wieder in ihr Bett steigen; sie würde in seinen Armen aufwachen.

Innerlich lächelte er spöttisch über dieses sentimentale Traumbild; Monate waren seit der Trennung vergangen.

»Das dort ist Start Point.« Die Stimme schreckte ihn auf, vertrieb Rose.

»Ich dachte, es wäre eine Wolkenbank.«

»Wir werden vor Tageslicht in Dartmouth sein. Möchten Sie

etwas Kakao? Kommen Sie zu uns ins Ruderhaus.« Die Stimme war freundlich, forciert gegen den Wind, wunderbar ruhig, verschwunden war der abgehackte Akzent, mit dem er gesprochen hatte, als er sie an Bord genommen hatte; es war eine nervöse Begegnung gewesen. Die Strömung war zu stark, die Stimmung gereizt gewesen, fast hätte es einen Schiffbruch gegeben. Der Schiffbruch hätte zur Verhaftung geführt, die Verhaftung zu …

Mylo folgte zum Ruderhaus, nahm den Kakao an, beantwortete Lächeln mit Lächeln. »Jetzt können Sie sich abregen, wir werden rechtzeitig zu Speck und Würsten an Land sein. Die Überfahrt war ein Kinderspiel.« Der junge Offizier war wahnsinnig erleichtert, ungeheuer zufrieden; also hatte auch er Angst gehabt. Er hat sie gut verborgen, dachte Mylo, während er seinen Kakao trank. »Ihr Franzmann schläft; ich hab' bei ihm reingesehen. Ob er auch Kakao haben möchte?«

»Er ist ziemlich müde, lassen Sie ihn schlafen.«

»Man wird Sie abholen, nehme ich an?«

»Jemand wird uns abholen, ja.«

»Habt viel Mut, ihr Jungs.«

»Ich bin nur ein *commis voyageur*«, sagte Mylo, halbwegs gekränkt von seiner eigenen Bescheidenheit, über die er sich innerlich lustig machte.

»Was heißt das?«

»Handelsreisender.« Beide Männer lachten. »Und ich bin ein halber Franzmann.«

»Ich muß schon sagen, Verzeihung, ich wollte nicht …«

»Wir Franzmänner nennen euch *rostbifs*.«

Wieder Gelächter, diesmal lachte der junge Offizier allein.

Als das Land näherrückte und den Wind aussperrte, sog Mylo, wieder an Deck, die Luft ein in der Hoffnung, den Geruch von Heimaterde zu riechen, ein gepflügtes Feld vielleicht, auf dem Möwen über frisch umgewendete Erdschollen herfielen, um sie nach Nahrung zu durchstöbern. Wenig später ankerten sie in einiger Entfernung zur Küste; er weckte seinen Reisegefährten, und sie wurden von einer Barkasse übernommen, die sie eiligst von dem Schiff wegbeförderte und an einer Mole abseits vom Hafen an Land setzte. Sie stolperten glitschige Stufen hinauf in die Arme wartender Beamter.

Mylos Gefährte zeigte keine Neigung, sich hinzuknien und den britischen Boden zu küssen, so wie es Jahre später ein Muß für Seine Heiligkeit Papst Johannes Paul werden sollte. Er stieß eine heisere Verwünschung aus, als sein Fuß auf einem Büschel Seegras ausglitt, das als Trost darüber hätte gedeutet werden können, daß man trockenes Land erreicht hatte, wenn er nicht schon vor Antritt der Reise seine Abneigung gegen alles Britische klar geäußert hätte, eine Abneigung, die nur von seinem Ekel vor allem Deutschen übertroffen wurde. Sie wurden über einen mit Kopfsteinen gepflasterten Kai in ein Gebäude geführt, in dem der Geruch von Seife, feuchten Uniformen und Tee hing, der sich gegen eine Wolke Zigarettenrauch durchsetzte. Benommen vom grellen Licht nackter Glühbirnen, dachte Mylo, es würde mindestens noch achtundvierzig Stunden dauern, ehe er sich seinen Gedanken an Rose richtig zuwenden konnte; sein Schützling sprach kein Englisch, war immer noch in seiner Obhut.

Von einer attraktiven Marinehelferin wurde ihnen Tee angeboten. Mylos Schützling nahm einen Becher, roch ungläubig daran und stellte ihn beiseite.

Ihr Geleitschutz verschwand durch eine Seitentür, während ein Armeeoffizier mit Geheimdienstabzeichen und einem Stapel Papieren aus einem Dienstzimmer trat, Mylo die Hand schüttelte und dessen Schützling grüßte.

»Versteht Ihr Freund Englisch?«

»Nein.« Mylo folgte dem Offizier in ein Büro.

»Tatsächlich 'n bißchen knapp mit Dolmetschern im Augenblick; unser einziger liegt mit 'ner Grippe im Bett. Macht nichts. Wir schicken Sie zur Berichterstattung nach London, und wenn Ihr Begleiter die Patriotic School hinter sich hat, sind die Freien Franzosen für ihn verantwortlich. Die bestehen auf einem eigenen Geheimdienst.«

»Mit wem wird er zu tun bekommen?« fragte Mylo harmlos.

»'n Typ, der sich Passy nennt, kam mit de Gaulle rüber. Hab' ihn natürlich nicht persönlich kennengelernt. Setzen Sie sich doch, der Platz da ist bequem.«

»Ich schon«, sagte Mylo. »Äußerst rechtsaußen.«

»Spielt das eine Rolle?«

Mylo warf dem Geheimdienstoffizier einen raschen, verwunderten Blick zu. Jetzt weiß ich, daß ich in England bin, dachte er und brach in Lachen aus.

»Witz? Hab' ich einen gemacht? Zigarette?«

»Nein, nein, es muß die Erleichterung sein, es hierher geschafft zu haben.« Mylo lehnte sich in seinem Sessel zurück.

»Ja. Ich verstehe. Muß sagen, Ihr Job wird langsam ein bißchen haarig.« Er griff zu einem Telefon. »Dauert nur 'ne Sekunde. Ich organisiere nur rasch Ihren Transport.« Er sprach ins Telefon, hörte zu. »Gut, wecken Sie ihn, Sergeant! So, wo waren wir stehengeblieben? Ihr Freund ist da draußen bei Margaret gut aufgehoben, sie ist ein kluges Mädchen.« Er ging zurück an die Tür, die offenstand. »Hab ein Auge auf deinen Gast, Margaret, sei ein gutes Mädchen!« Dann mit erhobener Stimme. »Sie werden sich wohl fühlen bei Margaret, Monsieur – äh – Monsieur – äh - verzeihen Sie, wie heißen Sie?«

»Picot«, sagte Mylo. »Setz dich«, sagte er zu seinem Schützling, »es wird nicht mehr lange dauern bei mir, sie schicken uns mit einem Wagen nach London.«

»Tiens.« Picot setzte sich auf den Stuhl, der ihm von der hübschen Marinehelferin angeboten wurde, und sah sich um. Der Geheimdienstoffizier schloß die Tür. »Nicht gerade entgegenkommend, Ihr Franzmann-Freund.«

»Mag die Engländer nicht.«

»Tja, und wir mögen sie nicht, oder? Da zieh' ich die Krauts bei weitem vor, die sind keine Erbfeinde.«

»Tja nun ...«

»Ja, ich weiß«, sagte der Geheimdienstoffizier, der Mylos Blick begegnete. »Mein Name ist übrigens Spalding. Brauche nach Ihrem nicht erst zu fragen, oder? Diese ganze Geheimniskrämerei erinnert mich an meine Internatszeit, die Spiele, die wir nach dem Lichtausmachen spielten, nachdem wir zuviel John Buchan gelesen hatten. Aber manches ist reiner Schwachsinn. Ich hatte letzte Woche mit einem Supergeheimtypen zu tun, wurde von den maßgeblichen Stellen aufgefordert, meine Schnauze zu halten. Sie wußten nicht, daß wir Vettern sind, verstehen Sie, und auf derselben Schule waren. Beide taten wir, was uns gesagt wurde, und hielten den Mund, konnten uns nicht mal dazu verabreden, in unserem nächsten Urlaub gemeinsam essen zu gehen, hätten's auch nicht getan, um meinen Brigadekommandeur nicht wie 'n Trottel aussehen zu lassen. Die Navy ist nicht halb so verknöchert. Deshalb habe ich mir, nebenbei gesagt, auch 'ne Marinehelferin zugelegt. Na ja, muß nicht weiterreden; bringen wir den Papierkram hinter uns, ja?«

»Mir angenehm.« Mylo wartete, während Spalding flüchtig seinen Stapel Papiere durchblätterte.

»Als ich Ihnen entgegenkam, hatte ich die hier in der Hand, stimmt's? Dabei soll ich sie unter Verschluß halten. Da haben wir's ja schon, genau das haben wir gesucht. Die hier sind für Sie, und das hier und das behalte ich. Man erwartet von mir, daß ich Ihnen 'ne Menge verdammt dämlicher Fragen stelle, die Ihnen in London alle noch mal gestellt werden, in dreifacher Ausfertigung, das sollte mich nicht wundern, und Ihrem Freund Picot auch, also quäle ich Sie jetzt nicht. So eine Zeitverschwendung, Gott helfe uns allen. Gott sei Dank, Dank, Dank bin ich mit einem Kurzurlaub dran. Sie beide fahren mit dem Wagen hoch, aber ich fahre mit dem Zug; es wäre moralisch nicht einwandfrei, mich von Ihnen mitnehmen zu lassen. Richtig? Alles klar.« Der Geheimdienstoffizier lächelte Mylo über seinen Schreibtisch hinweg an und stand auf.

»Vielen Dank.«

»Ich habe übrigens gehört, dieser Passy ist ein Arschloch«, sagte Spalding und zündete sich eine Zigarette an.

»Das habe ich auch gehört.«

»Sollte Ihr Freund Kommunist sein, dann sagen Sie ihm, er soll's für sich behalten.«

»...«

»Dieser Passy, der sich Oberst nennt, ist nicht bloß rechtsaußen, sondern ein fanatischer Faschist, wenn Sie mich fragen, aber tun Sie's bitte nicht. Ich bin nur hier, um meine bescheidene Arbeit zu verrichten. Sie haben rechtsaußen gesagt, oder?«

»So was Ähnliches.«

»Achten Sie auf die feinen Unterschiede. Geben Sie Ihrem Freund einen Wink.«

»Werde ich.«

»Es findet ein Spiel im Spiel statt, und es handelt sich nicht um Kricket. Rede ich zuviel?«

»Absolut nicht. Natürlich nicht. Was für ein Gedanke.«

»Na schön. Ganz recht. Ihr Wagen müßte inzwischen hier sein.« Spalding schüttelte Mylo die Hand. »Ich war nie gut in Andeutungen.« Sie gingen zurück ins Vorzimmer.

Die hübsche Marinehelferin übte ihr Schulfranzösisch. Picot lachte, während er ihre Aussprache korrigierte. Die Marinehelferin, die gleichfalls lachte, machte ein starres Gesicht und salutierte Spalding. Picot erhob sich.

Mylo und Picot verabschiedeten sich und folgten einem Militärpolizisten, der plötzlich aus dem Boden gewachsen war, zu einem Militärwagen.

»Wär' schön, wenn wir Sie mitnehmen könnten«, rief Mylo, aber der Geheimdienstoffizier war nicht mehr da. Er stieg mit Picot in den Wagen, dann wurden sie weggefahren.

Picot betrachtete sich eine halbe Stunde lang die Landschaft von Devonshire, die naß, leuchtend grün und umgepflügt dalag, dann wandte er sich Mylo zu. »Na?«

»Du wirst, wie ich dir schon gesagt habe, zur Patriotic School gebracht, und danach übernehmen dich die Franzosen. Bei denen ist eine Natter namens Passy.«

»Keine Ringelnatter?«

»Nein.«

»Danke.«

»Frißt Kommunisten zum Frühstück.«

»C'est un flic, c'est tout.« Picot, viel weniger bedrückt als bei der Ankunft, lachte. »Für eine Engländerin war die aber hübsch. Sie zieht bald nach London, um dort zu arbeiten; wir gehen in ein Restaurant essen, das sie mag, das Écu de France.«

»Falls du dem Deuxième Bureau entwischst.«

»Die lassen mich in Ruhe. Und du, wirst du die nächste Zeit mein Begleitschutz sein? Wollen wir daraus 'ne Gewohnheit machen? Uns bei deiner Tante in Paris verabreden und zusammen nach Dartmouth übersetzen?«

»Möglich.« Mylo wollte nicht weiterreden; er wollte über Spaldings vorgetäuschte Dummheit nachdenken, er wollte an Rose denken. Mühsam verbannte er beide aus seinen Gedanken und konzentrierte sich auf den Bericht, den er nach der Ankunft in London abgeben mußte. Versuchte, Sinn hineinzubringen, während er sich gleichzeitig den Rücken freihielt. Mein Rücken ist in Frankreich, dachte er. All die Freunde und Bekannten, die ständig in Gefahr sind. Wie konnte ein so ungefährdeter Mensch wie Spalding so abgebrüht sein? Soll ich versuchen, von London aus in Slepe anzurufen? Was geschieht, wenn Ned dran ist, wenn Ned auf Urlaub ist, was dann? Also, so kann ich mich nicht auf meinen Bericht konzentrieren. Ich werde so wenige Namen wie möglich erwähnen. War Spalding dort hingesetzt worden, um ein dummes Gesicht zu machen und Andeutungen fallenzulassen, wogegen man in London Klartext reden würde? Nicht einfach, schnell vom gallischen und teutonischen aufs angelsächsische Gemüt umzuschalten.

»Sie hat gesagt, diese Margaret, daß man in London nicht allzu miserabel ißt und daß die Rationierungen erträglich sind.«

»Ja?«

»Bei uns ist es nicht so erträglich. Ich habe meiner Frau versprochen, Seife mitzubringen, wenn ich zurückfahre; sie hat mir eine Liste von Dingen mitgegeben, die sie sich wünscht.«

»Ich habe zwei Camemberts bei mir, die ich in der Normandie gekauft habe, während wir unterwegs waren.«

»Hier gibt's keinen Mangel, die Bauern leiden keinen Schaden. Sieh dir dieses Land an. Nichts geschieht deinem Volk, ihr leidet nicht die geringste Not.« Picot fuchtelte mit der Hand zu den Weiden und Äckern hinüber, an denen sie vorbeifuhren.

»Die Städte sind bombardiert worden.«

»Mein Freund, du hast deutsche Nachrichten gehört; dein Land ist unversehrt; wir sind es, die leiden, die Arbeiter.«

Warte ab, bis er London sieht, dachte Mylo; manchmal, wenn ich den Picots dieser Welt zuhöre, denke ich, scheiß auf die Arbeiter. Mylo schlug seinen Jackenkragen hoch, lehnte sich zurück und versuchte zu schlafen.

31

Mylo erwachte aus einem unerquicklichen Halbschlaf, und als er die Umrisse der Berge erkannte, wurde ihm klar, daß sie in einer Entfernung von nur wenigen Meilen an Slepe vorüberfuhren. Es kribbelte ihn ungeheuer, den Fahrer zu bitten anzuhalten, damit er telefonieren, in der Leitung Roses zögerndes, vorsichtiges »Hallo? Wer ist da?« hören könnte. Und wenn er »Mylo« sagte, würde ihre Stimme jauchzen, überschäumen. Aber, dachte er, den Blick auf den Rücken des Fahrers gerichtet, ich werde es später tun. Der Fahrer hat vielleicht die Anweisung, über alles, was ich tue, Bericht zu erstatten. Ich muß warten, bis ich frei bin, den Job zu Ende gebracht habe, dann kann ich telefonieren, oder besser noch heimlich ankommen, wie ich's schon mal gemacht habe, sie schlafend finden und in meinen Armen aufwachen lassen, und wir werden wieder dort sein, wo wir aufgehört haben.

Es wurde dunkel, als sie die Außenbezirke von London erreichten. Der Fahrer schaltete das Abblendlicht an und fuhr langsam. »Luftangriff hat angefangen, Sir.« Er klang befriedigt.

»Woher wissen Sie das?«

»Leuchten am Himmel, Sir. Die Krauts kommen jeden Abend ganz pünktlich zur selben Stunde den Fluß hoch, könn' die Uhr danach stellen.«

»Was sagt er?« fragte Picot.

»Es ist ein Luftangriff im Gange.«

»Kann man ihn sehen? Ist es gefährlich?«

»Das werden wir zweifellos erfahren.«

Picot knurrte, als er sich auf seinem Sitz nach vorn beugte, um das Leuchten im Osten zu beobachten, das gelegentliche Blitzen, die zögerlichen Suchscheinwerfer.

In der Nähe von Chiswick wurden sie angehalten. »Fahren Sie weit?« fragte ein Polizist.

»Nähe Knightsbridge«, gab der Fahrer an.

»In der Cromwell Road liegt eine Landmine, ein Blindgänger in Queen's Gate, die Old Brompton Road ist gesperrt. Sie werden die Umleitung über King's Road und Sloane Street nehmen müssen.«

Mylo übersetzte.

»*Tiens*«, sagte Picot, »also ist es wahr, daß ihr Schwierigkeiten habt, ein Glück, daß es nicht Paris ist.«

»Wenn du dein Empfangskomitee hinter dich gebracht hast, mache ich mit dir eine Tour und zeige dir die Schweinerei«, sagte Mylo.

»Schön, da können wir diese Margaret einladen, die das zufällig auch schon vorgeschlagen hat, und meine kleine Kusine Chantal, die bei der Französischen Marine arbeitet. Diese Margaret kennt sie, und ich habe Nachrichten für sie von Maman.«

»Keine schriftlichen hoffentlich.«

»Natürlich sind sie schriftlich ...«

»Idiot«, rief Mylo. »Wenn wir geschnappt worden wären, hätte der Brief die Gestapo zu der Mutter geführt, und dann ...« (Ich hätte den Dreckskerl durchsuchen sollen, was für ein Trottel ich bin.)

»Aber wir sind nicht geschnappt worden.« Picot war amüsiert.

»Dein Oberst Passy wird nicht erfreut sein, wenn er das hört.«

»Wirst du's ihm sagen?« Auch darüber war Picot amüsiert.

»Ich nehme nicht an, daß ich ihm begegne, aber in Zukunft keine schriftlichen Mitteilungen mehr. Es gibt keinen Grund, sich in idiotische Gefahren zu begeben.« Mylo war aufgebracht.

»Sie haben uns in Dartmouth nicht durchsucht.«

»Das wird in London geschehen.«

»Die Deutschen würden uns vor der Abreise durchsuchen, auf halbem Wege und nach der Ankunft«, sagte Picot, der den Feind haßte und dennoch bewunderte.

»Warum bist du so leichtsinnig? Ich begreife das nicht ...«

»Meine Kusine Chantal hat geschrieben, die Engländer sind Dilettanten.«

»Geschrieben? Du hast einen Brief bekommen?«

»Wir sind nicht die einzigen, die den Kanal überqueren, das mußt du wissen.«

»Ist deine Kusine Parteimitglied?«

»Wenn sie das wäre, hätten die Gaullisten sie nicht so bereitwillig akzeptiert. Ihr Vater war Marineoffizier, sie besitzt das *entrée*.«

Es ist zweckmäßig, daß er diese Kusine als Schutz hat, dachte Mylo, er wird ihn brauchen; der Argwohn gegen Kommunisten ist der bürgerlichen Gesellschaft angeboren, glücklicherweise aber auch der Sinn für familiäre Bindungen.

Nachdem er sich bei der Ankunft von Picot getrennt hatte, brachte Mylo die folgenden Tage damit zu, von den Leuten, die ihn nach Frankreich geschickt hatten, und von anderen, die er nicht kannte, interviewt, befragt, noch mal befragt, verhört zu werden. Er empfand Groll gegen diese Männer, die lässig in ihren Büros hin und her liefen oder entspannt hinter Schreibtischen saßen mit der Möglichkeit, auf einen Sprung den Broadway zu verlassen, durch den St. James' Park zu schlendern, in ihren Clubs zu Mittag zu essen und bei der Rückkehr ihren Mitarbeiterinnenstab zu fragen: »Irgendwelche Mitteilungen, Diana, Susan, Jenny, Victoria?« (Alle Mädchen in allen Büros trugen die genetische Prägung von Colonel- oder Captain [Royal Navy]-Töchtern, sicheres Futter für Whitehall, das Kriegsministerium und den Broadway.) Diese Männer und Frauen brauchten nachts im Bett nicht die Angst zu haben, daß plötzlich an die Tür geklopft würde. Sie sind meine Leute, trotzdem muß ich mir den Rücken freihalten, dachte Mylo, sie können nicht wissen, wie es für meine Freunde in Frankreich ist; es gibt Namen und Adressen, die sie nicht zu erfahren brauchen.

»Nun kommen wir zu Ihrem Freund Picot«, sagte der Mann hinter dem Schreibtisch. »Wie würden Sie ihn bewerten?«

»Hoch.«

»Mag sein, mag sein. Parteimitglieder sind angeblich disziplinierter als der übliche Freie-Franzosen-Begeisterte.«

»Sicher.« Mylo dachte an Picots Kusine Chantal und ihren per Hand spedierten offenen Brief an Maman.

»Er hat, scheint es, eine Kusine namens Chantal bei der Französischen Marine. Arbeitet für Soustelle. Hat er sie erwähnt?«

Also ist der Scheißkerl wenigstens gut informiert. »Ja. Sagt, er freut sich darauf, sie zu sehen.«

»Das glaube ich. Nun ja. Wir sähen es gern, falls Sie zustimmen, wenn Sie zusammen mit Picot und dieser Kusine einen Abend verbrächten, bevor wir ihn den Freien Franzosen überlassen. Außerdem hat er sich mit einer Marinehelferin namens, warten Sie mal, ja, Margaret angefreundet, als er in Dartmouth an Land kam.«

»Eine Falle?«

»Sie könnten zu viert was unternehmen. Picot London zeigen, wie es ist, essen gehen.«

»Und?«

»Uns berichten, inoffiziell natürlich, ob Picot außer für uns und die Franzosen noch für andere arbeitet.«

»Die Partei?« Mylo legte Harmlosigkeit in seine Stimme.

»Darum geht es, ja.«

Mylo lachte. »Er hat mir erzählt, seine Kusine ist die Tochter eines Offiziers; sie wäre derselbe Schlag Mädchen wie die, die Sie hier haben.«

»Sie sind nicht so dumm, wie Ihr Ton andeuten möchte.« Es schwang ein Hauch Verärgerung mit.

»Was genau wollen Sie wissen?« (Ich hasse diesen Mann, ich hasse seine Art.)

»Alles, was nicht recht zusammenpaßt, Sie kennen ja solche Sachen.« (Unverbindlich, doch beharrlich.)

»Ist das ein Befehl?«

»Ich würde es eine Bitte nennen.« (Lächelnd, höflich.)

Mylo stand auf. Auch sein Fragesteller erhob sich, ging mit ihm an die Tür. »War Ihr Vater nicht früher mal Kommunist?«

Mylo grinste. »Mein Vater hielt alle Parteipolitik für lächerlich. Er war kein Vereinsmeier.«

»Gab's da nicht irgendwas, was er in Südafrika getan hat? Ich meine, ich hätte gehört ...« (Die Stimme verlor sich.)

»Er wurde gebeten, das Land zu verlassen. Wir sind zu ein, zwei Parteiversammlungen gegangen, er mochte die Lieder.«

»Die Lieder?« (Verdutzt.)

»Sie waren besser als die Lieder der Weißen, der Schwarzen und der Farbigen.«

»Ach, du meine Güte. Jetzt wird's auch noch bunt.« (Gequält.)

»Ungemütliche Sache, die Farbe.«

»Entmutigend obendrein. Tja! Amüsieren Sie sich gut, zeigen Sie ihm die Stadt. Lassen Sie mich wissen, wie Sie mit den Mädchen zu Rande kommen und so weiter.« (Herzlich jetzt.)

»Verrat ist nicht meine Sache.«

»Mein lieber Junge! Was für eine Idee.« Er war schmerzlich berührt.

»Und die Spesen?« mahnte Mylo an.

»Was? Ach, die Spesen. O ja, warten Sie. Victoria ist diejenige, die Sie da brauchen.« (Spesen sind unter meiner Würde.) »Victoria, Herzchen?« Sie waren in einem Vorzimmer angekommen.

»Ja, Sir?« Victoria (vielleicht die Tochter eines Brigadekommandeurs) zeigte keine Freude darüber, daß sie mit Herzchen angeredet wurde.

»Versehen Sie Mr. Cooper mit den entsprechenden Formularen und so weiter, er braucht Spesen.«

»Sehr gern, Sir«, bellte Victoria.

»Auf Wiedersehen, Mr. Cooper.«

»Auf Wiedersehen«, sagte Mylo. Sie gaben sich die Hand, Victoria beobachtete sie.

»Hier lang«, sagte Victoria. »Folgen Sie mir.« Sie ging voran.

»Wissen Sie, ob das Hamman-Bad noch geöffnet hat?« fragte Mylo Victorias Rücken.

»Die Leute, die aus diesem Büro kommen, haben stets das Gefühl, sie müßten sich waschen«, sagte Victoria über die Schulter. »Leider ist das Türkische Bad geschlossen; vor vierzehn Tagen ist eine Bombenreihe quer über die Jermyn Street gefallen und hat das Bad zerstört und alle Leute darin getötet.«

»O Gott!«

»Es ist alles innerlich«, sagte Victoria fröhlich, »nichts, was man mit einem normalen Bad beseitigen kann. Wenn ich dieses Drecksgefühl kriege, kaufe ich mir ein Stück teure Seife, das hilft.«

Mylo lachte. »Ich werd's probieren.«

»Habe ich Sie nicht früher mal bei den Malones gesehen?« fragte Victoria. »Sind Sie nicht ein Freund von George und Richard?«

»Die Welt ist klein. Ich habe George Privatunterricht gegeben.«

Kennt sie auch Rose, überlegte Mylo, hat sie in letzter Zeit ihre Stimme gehört? Er ging zurück zu seiner Bleibe und machte unterwegs halt, um sich ein Stück Sandelholzseife zu kaufen. Aus seiner Unterkunft rief er Picot an, um ihn und seine Kusine Chantal einzuladen, gemeinsam den Abend zu verbringen, vorher eine kleine Besichtigungstour zu machen. Er war nicht überrascht, als er hörte, daß die Marinehelferin Margaret in London aufgekreuzt sei und mit von der Partie sein wolle. Wofür halten mich diese Arschlöcher, dachte er, als er sich vor dem Treffen in seine Badewanne legte. Keine noch so große Menge Seife wusch das Gefühl weg, sich an diesem Schmeichelredner besudelt zu haben, der in seinem Büro in dem Gebäude am Broadway mit ihm sein Spiel getrieben hatte.

Sie trafen sich zeitig, während es noch hell war, weil sie vorhatten, um Picots willen eine Blitztour durchs zerbombte London zu unternehmen. Mylo mietete ein Taxi (Victoria war in ihren Rückerstattungszusagen großzügig gewesen). Sie fuhren durch die Innenstadt, während Büroangestellte davonströmten, ängstlich bestrebt, nach Hause zu kommen, ehe die Luftangriffe begannen. Picot beugte sich auf seinem Sitz nach vorn und starrte in die Gesichter der Menge, um ihre Stimmung lesen zu können. »Sie zeigen so wenig; ist es ihnen schon zur Gewohnheit geworden?« Er plauderte mit seiner Kusine, mit der er Familienneuigkeiten austauschte, während Margaret schweigend auf der anderen Seite neben ihm saß. Warum müssen wir uns alle gegenseitig bespitzeln; es ist so unwirklich. Mylo sehnte sich nach Rose, während er sie zu ihrem Vorteil mit diesen selbstsicheren Mädchen verglich.

Auf der Fahrt um die Docks wurde Picot still, blieb still angesichts des Schauspiels der zerstörten Guildhall, der zertrümmerten Wren-Kirchen und Bürohäuser, wo Feuerwehrleute mit vor Übermüdung grauen Gesichtern die rauchenden Trümmer des Angriffs der letzten Nacht noch immer löschten. Durch das offene Wagenfenster rochen sie den Gestank des Feuers. Chantal, die ihre Nase krauszog, bat darum, das Fenster zu schließen. Mylo beobachtete sie, wie sie sich in dem Taxi zurücklehnte und dabei so unverwechselbar französisch aussah in ihrer perfekt geschnittenen Uniform, ihrem weißen, makellos an ihrem jungen Hals anliegenden Oberhemd, und mit ihrem so sorgfältig geschminkten Gesicht.

Neben ihr wirkte Margaret in ihrer Uniform sauber geschrubbt und britisch. Mylo, der auf dem Notsitz saß, fragte sich, welches der Mädchen wohl besser im Bett sei, und lachte innerlich darüber, daß er sich überhaupt diese Frage stellte. Das Bett ist die eine Sache, sagte er sich, aber Margaret liefert bestimmt den gescheitesten Bericht über den Abend. Was für eine Seife Chantal wohl benutzt, sann er, oder bleibt sie von jedem Schuldgefühl verschont?

Wenig später dinierten sie im Écu de France (das von der

Bombenreihe verschont geblieben war, die das Hamman-Bad in Schutt und Asche gelegt hatte). Das Restaurant hatte Margaret ausgesucht. Chantal war eingeschnappt; sie hatte ins Café de Paris gehen wollen; dort sei man sicher, sagte sie, es befinde sich unter der Erde, kein Grund, bei den Luftangriffen Angst zu haben, die, wie sie gestand, sie nervös machten. Man könne dort tanzen, sie wollte tanzen. »Mir geht's vor allem ums Essen.« Margaret machte den Protest der kleinen Französin zunichte. Als im Laufe desselben Jahres das Café de Paris einen Volltreffer abbekam, wobei die Bombe durch das Glasdach fiel und viele Menschen tötete, erinnerte sich Mylo wieder an Chantal und dieses erste und einzige Zusammentreffen.

Nach Lage der Dinge speisten sie recht gut. Margaret genoß ihr Essen. Picot feierte das Wiedersehen mit seiner Kusine und seinen ersten Besuch in England. Mylo trank stetig und zuviel, um den Eindruck des zerstörten London zu mildern, um sich vom Geruch des Verrats und Treubruchs zu befreien, der, wie ihm nun klar wurde, in den Korridoren seiner Herren endemisch war. Ach, zum Teufel, dachte er, als er betrunken und immer fröhlicher wurde, ach, zum Teufel, verdammt noch mal. Als sie auf die Straße traten, fing er an zu singen, nahm Chantal in die Arme, tanzte mit ihr und sang dazu: »Der Hitler, der hat nur ein Ei/Görings sind winzig, doch er hat zwei/die Eier vom Himmler sind etwas simpler/doch Goebbels ist völlig von Eiern frei.« Während sie den Bürgersteig hinunterwalzten und Chantal auf Französisch um eine Übersetzung bat, rief ihnen ein Luftschutzwart gutgelaunt etwas zu, und Margaret stieg mit Picot in ein Taxi und fuhr weg, während sie rief, es sei klug, in Deckung zu gehen.

Als in Hörweite eine Bombe fiel, geriet Chantal in Panik und flehte, nach Hause gebracht zu werden. Im Taxi schlang

Mylo seinen Arm um sie und küßte sie; vor ihrer Wohnung angekommen, bat sie ihn herein, bis der Angriff vorbei wäre; sie fürchte sich vor dem Alleinsein, sagte sie, ihre Mitbewohnerin sei nicht da. Mylo folgte ihr nach drinnen. Inzwischen hatte er das Stadium der Trunkenheit erreicht, in dem es seine Gewohnheit war, jeden, mit dem er zusammen war, mit einer Schilderung von Roses Reizen und seiner Liebe zu ihr zu langweilen, danach würde er, da Chantal ein entgegenkommendes Mädchen zu sein schien, sie für ihr gütiges Zuhören belohnen, indem er mit ihr schlief; das würde sie von dem Luftangriff ablenken.

Als er wach wurde, war Chantal schon auf, hatte ihre Uniform an und reichte ihm stärkenden Kaffee. *»Vous étiez soûl mais gentil.«*

»Ja, danke«, er nahm die Tasse. »Nichts, was ein rituelles Bad nicht heilen könnte.« Er setzte sich auf. »Au! Mein Kopf! Autsch! O mein Gott!«

»Au revoir, je vous quitte.« Chantal trippelte davon; er hörte ihre Absätze draußen über den Bürgersteig klappern und leiser werden, sah auf seine Uhr, griff zum Telefon, und als sich eine Stimme meldete, verlangte er Victoria.

»Sagen Sie Ihrem Boß, ich habe getan, worum er gebeten hat. Es gibt nichts zu berichten. Die Antwort lautet: Nix.«

»Machen Sie's schriftlich …«

»Soll das ein Witz sein? Die Sache war *inoffiziell.*«

»Margaret hat gesagt, Sie hätten sich amüsiert.«

»Hat sie Bericht erstattet?«

»Vor zwei Stunden. Machen Sie sich nichts draus, ich sag's ihm.«

»Kriegt man in dieser Drogerie in der Piccadilly eigentlich immer noch diese amerikanischen Magenstärker?«

»Ach, so steht's um uns?« Ein wohltuendes Mädchen, diese Victoria.

»Sagen Sie mir nicht, die ist auch ausgebombt.«

»Heppels? Nein, die gibt's noch. Haben Sie mit der Kusine von der Freien Französischen Marine geschlafen?«

»Was sagt *sie* denn?«

»Sie hat keinen Bericht geliefert; zu den Franzosen haben wir keine so guten Beziehungen.«

In seinem Katzenjammer war Mylo sich nicht sicher, ob Victoria sich über ihn lustig machte. Er sammelte seine Kleider zusammen, suchte erfolglos nach einem Rasierapparat (rasiert sich das Mädchen nicht mal die Beine?) und machte sich auf den Weg zu seiner Bleibe, um sich in einer heißen Badewanne weichen zu lassen, mit Sandelholzseife einzuseifen, Chantal, den Broadway und die Durchtriebenheit der Geheimdienste zu vergessen und von Rose zu träumen, die bald in seinen Armen läge, wieder dort, wo sie aufgehört hatten, ein freudiges Wiedersehen.

32

Als Mylo bei Heppels dem Drogisten in seinem weißen Kittel dabei zusah, wie der das als amerikanischer Magenstärker bekannte Gebräu zusammenmischte, überkam ihn Ekel vor sich selbst. Wovon war er behext gewesen, daß er versuchen mußte, mit Picots Kusine zu schlafen? Sie hatte während seiner Beschreibung von Rose gegähnt, sich als leidenschaftslose Bettgenossin gezeigt, die seine Gesellschaft sichtlich nur dazu benötigte, um ihre Ängste vor dem Luftangriff zu beschwichtigen.

Mylo nahm das widerliche Gebräu entgegen, das ihn in einem winzigen Tropfenglas gereicht wurde, und kippte es hinunter. Als die Flüssigkeit in seinem Magen ankam, registrierte sein Organismus einen Wiederbelebungsschock, der ihm die Tränen in die Augen trieb; er erinnerte sich zerknirscht, daß er zu betrunken gewesen war, um zum Orgasmus zu kommen, daß er eingeschlafen war, möglicherweise geschnarcht hatte. Er suchte nach Geld, bezahlte den Mann hinter dem Tresen und trat hinaus auf die Straße.

Die Sonne schien, als er die Piccadilly hinunterging; er rülpste laut und erschreckte einen Vorbeigehenden. Der Magenstärker tat seine Wirkung. Seine Laune begann sich zu bessern, er war auf Urlaub, frei, alles zu tun, was ihm gefiel; was ihm gefiel, war Rose, aber um sein Inneres ebenso zu beruhigen wie seinen Magen, kehrte er zunächst zu dem Büro am Broadway zurück, um sich mit seinem Vernehmer der letzten Tage auseinanderzusetzen.

»Ich möchte Ihren Dreckskerl von Vorgesetzten sprechen.«

»Er ist beschäftigt. Wollen Sie warten?« fragte Victoria. »Er heißt Major Pye, Peregrine Pye.«

»Ich weiß, wie er heißt, stellen Sie fest, ob er mich sprechen will, seien Sie so lieb.«

Victoria verschwand, kam wieder. »In etwa zehn Minuten«, sagte sie kühl.

»Für ein genetisch vertrauenswürdiges Mädchen sind Sie ziemlich hübsch.«

»Was für ein Mädchen?«

»Unbestechlich, mit Vaterlandsliebe gezeugt, eine Colonel-Tochter.«

»Brigadekommandeur, um genau zu sein.«

»Genetisch über jeden Verdacht erhaben.«

»Oh.« Victoria kapierte. »Ich verstehe.« Sie lächelte. »Bei den Vorschriften zum Dienstgeheimnis ist das wirklich von Vorteil. Sind Sie zu Heppels gegangen?«

»Ja.«

»Fühlen Sie sich besser?«

»Ja, danke.«

»Freut mich.« Victoria griff zu einem Aktendeckel, klappte ihn auf und fing an zu lesen.

»In dem Restaurant gestern abend war ich stinkbesoffen, danach habe ich auf der Straße gesungen und getanzt.«

»Betrinken Sie sich oft?«

»Das wäre reiner Selbstmord bei meiner gegenwärtigen Beschäftigung.«

»Das kann ich mir denken«, sagte Victoria.

»Ich komme mir heute morgen ein bißchen lächerlich vor.«

»Reaktion auf den Streß in Frankreich? Ich würde sagen, das ist es – wenn ich gefragt würde.« Victoria hatte schöne, haselnußbraune Augen in einem ansonsten nichtssagenden Gesicht.

»Was für ein vernünftiges Mädchen Sie sind«, sagte Mylo. »Haben Sie sich schon jemals betrunken? Woher wußten Sie das mit den Magenstärkern?«

»Ich habe einen Bruder und einen Verlobten bei der U-Boot-Marine. Man muß mal Dampf ablassen können.« Victoria stand auf. »Major Pye möchte Sie jetzt sprechen.«

»Hallo, Cooper. Wo brennt's? Was kann ich heute morgen für Sie tun?« An diesem Morgen war Major Pye äußerst freundlich. Mylo fragte sich, warum er in den Tagen zuvor Angst vor ihm gehabt hatte; in seinem blauen Nadelstreifenanzug, der Kanonierkrawatte und der Hornbrille sah er mittelmäßig, geradezu unscheinbar aus.

»Ist das jetzt völlig klar, daß ich *nicht* Leute bespitzele, die ich rüberbringe? Daß mich politische Überzeugungen *nicht* interessieren? Daß ich schlicht und einfach ein Lotse bin?«

»Mein lieber Freund ...«

»Ist das ...?«

»Ein ziemlich merkwürdiges Ersuchen, aber ich nehme an, ja, ich sehe nicht, warum nicht, wenn Sie drauf bestehen.«

»Danke. Das ist alles, was ich wissen wollte, nur um's klarzumachen.«

»Gut, gut. Ich setze die Nachricht in Umlauf. Sie holen die Leute oder Personen heraus und haben nach Ablieferung kein Interesse an ihnen. Kann angehen. Zufrieden jetzt?«

»Danke.«

»Sie sind jetzt auf Urlaub und melden sich im Laufe der Woche?«

»Ja, ich rufe an.«

»Schön, schön. Auf Wiedersehen.«

Sie schüttelten sich die Hand. Mylo verließ Major Pyes Büro, fuhr mit dem Lift nach unten und trat hinaus ins Sonnenlicht.

Major Pye sah aus seinem Bürofenster hinunter auf die Straße und beobachtete, wie Mylo die Straße überquerte und in der U-Bahn-Station St. James' Park verschwand. »Ich wünschte, wir hätten mehr Leute wie ihn«, sagte er zu Victoria. »Ein ziemlich komischer Kauz.«

»Halbfranzose«, sagte Victoria. »Ich habe gerade seine Akte gelesen. Seine Mutter war Jüdin.«

»Beide Eltern tot. Wissen wir, wo er seinen Urlaub verbringt? Hat er's Ihnen gesagt? Haben Sie danach gefragt?«

»Nein, Sir.«

»Sie meinen, es geht uns nichts an, oder? Ich wollte, sie würden mich nicht mit Sir anreden, Victoria.«

»Es distanziert mich von den schmutzigen Tricks.«

»Wir können nicht alle hier politischen Überzeugungen abschwören wie Ihr Freund.«

»Nur ein Bekannter, Sir.«

»Ein guter Bekannter?« bohrte Major Pye.

»Sie treiben Haarspalterei, Sir.« (Wenn Peregrine nicht so heftig nachbohrte, würde ich ihm erzählen, daß Mylo Cooper den Malone-Jungs Privatunterricht gegeben hat.)

»Ich meinte, einen Anflug von Fürsorge herauszuhören.«

»Ich könnte mir vorstellen, daß er sehr gut selber auf sich aufpassen kann, Peregrine«, ließ Victoria sich erweichen.

Während er in der U-Bahn davonholperte, zählte Mylo fröhlich seine Urlaubstage, sieben ganze Tage mit Rose, sieben Nächte. Ein halber Tag, bei Heppels vertan und damit, daß er's

Major Pye gegeben hatte, war kein Verlust, sondern eine Vorsichtsmaßregel, und jede Minute brachte ihn jetzt näher zu Rose. Er würde, wenn er jetzt einen Zug nahm, sie nicht schlafend vorfinden, wie er das geplant hatte; machte nichts, wenn er bei Tag ankam, gab es den Garten, in dem sie im duftenden Dämmer umhergeschlendert waren, den Fluß, den Wald, die Felder; bald würde er ihre Stimme hören, sie berühren, sie riechen, sie fühlen.

In Paddington Station drängte er sich durch die Massen zum Fahrkartenschalter durch, fragte nach den Abfahrtszeiten der Züge und stand sich eine weitere ungeduldige Stunde die Beine in den Bauch, ehe der überfüllte Zug endlich vom Bahnsteig rollte und, langsam Tempo aufnehmend, ihn vom zerbombten London fort durch unzerstörte Vororte ins Themsetal brachte. Aus dem Gang blickte er auf die gepflügten Felder, die kupfer- und schwefelfarbenen Herbstwälder. Der Zug hielt an jeder Station, Fahrgäste drängten sich herein und hinaus, Soldaten unterwegs nach Salisbury Plain, Matrosen nach Plymouth, Flieger zu den weitverstreuten Flugplätzen. Mylo beobachtete und verglich sie mit der Bevölkerung in Frankreich, der man das ständige Belauschen und Belauschtwerden ansah; keiner dieser Engländer machte den Eindruck, auf mehr zu achten als auf die eigene Nase, und warum sollten sie auch, dachte Mylo voll Bewunderung, sie hatten keinen Grund. Als die flache Talgegend sich in sanft geschwungene Kreidehügel und von neuem in braunes Ackerland und steilere Berge verwandelte, stieg Mylos Stimmung. Er kam an seinem Ziel an, verließ den Zug und stieg in einen Überlandbus, der ihn, vorbei an vertrauten Wegen, in Roses Dorf brachte; hier schulterte er seinen Tornister und machte sich auf den Weg, um die letzte Meile zu Fuß zurückzulegen.

Beim Gehen stellte er sich Rose vor, die von seiner nahen Ankunft nichts wußte, aber dennoch auf ihn warten würde. Comrade (bis zu diesem Augenblick hatte er Comrade vergessen) würde ihn am Schritt erkennen, freudig bellen und Rose aufschrecken, die sich ihm in die Arme würfe, und dann die Umarmungen und Küsse, die Freudenschreie. Mylo schritt rascher aus, eilte durch den spätherbstlichen Nachmittag; es bewölkte sich, drohte zu regnen, und er hatte seinen Gummimantel in London gelassen. Als er sich dem Haus von der Rückseite näherte, wurde ihm beklommen zumute, er wurde aus einem Fenster von einer Frau mit eisengrauem Haar und argwöhnischem Blick beobachtet; er hatte das Informationsministerium vergessen. Er winkte flüchtig mit der Hand; die Frau stand auf und glotzte, ein Mann trat neben sie; Mylo sah, wie sich ihre Lippen bewegten. Er winkte wieder. Sie folgten ihm mit ihrem Blick. Während er sich leicht beunruhigt wünschte, er hätte nicht die Abkürzung genommen, sondern wäre den längeren Weg die Auffahrt heraufgekommen, ging Mylo außen um den Gemüsegarten herum und kam an dem Seiteneingang an, den Rose normalerweise benutzte. Er öffnete die Tür, trat in den mit Steinfliesen ausgelegten Flur und horchte. Als er aus der Küche Stimmen hörte, ging er auf Zehenspitzen weiter und blieb im Dunkeln stehen, um, selbst nicht gesehen, hineinzuspähen. Er hörte eine Frau in lautes Gelächter ausbrechen.

Mit dem Rücken zu ihm saß Rose am Küchentisch, zu ihren Füßen Comrade in einem Korb, die zwei Junge säugte, gegenüber am Tisch Emily Thornby, die laut mit nach hinten geworfenem Kopf und halb geschlossenen Augen, eine Zigarette in der Hand, über irgend etwas lachte, das Rose gerade gesagt hatte. Beim Lachen stieß sie kleine Rauchwölkchen aus der Nase aus.

Auch Rose lachte. Sie sah Mylo nicht, lief ihm nicht mit Freudenschreien in die Arme, auch erkannte ihn Comrade nicht wie Argus mit fröhlichem Gebell wieder.

Da Emily so etwa der letzte Mensch war, den er zu sehen gehofft hatte, schlich er rasch an der Küchentür vorbei, durch die Diele in die Bibliothek, wo er sich voll enttäuschter Wut auf ein Sofa setzte.

Es dauerte vierzig Minuten, bis ein Wagen vor der Haustür hielt, Nicholas die Treppe heraufgerannt kam und rief: »Emily, ich bin da, tut mir leid, daß ich zu spät komme. Rose, bist du da? Ich komme Em abholen. Rose?«

»Hier, wir sind in der Küche; möchtest du Tee haben?«

Mylo knirschte mit den Zähnen.

»Nein, nein.« Mylo haßte Nicholas' unbekümmerte Stimme. »Wir müssen los. Komm, Emily, beeil dich.« Noch einmal zehn Minuten und viel Gelächter, ehe Rose Nicholas und Emily hinterherwinkte und, als sie sich umdrehte, im Dunkel der Diele einen Mann erkannte. Sie holte tief Luft. »Oh!«

»Rose?«

Rose machte einen Schritt zurück. »Wer?«

»Ich bin's, du Dummkopf, Mylo.«

»Wie lange bist du schon hier?«

»Fast eine Stunde, ich dachte, es wäre dir nicht recht, wenn uns Thornbys zusammen sehen würden.«

»Mylo«, flüsterte Rose. »Mylo.«

»Du scheinst über meinen Anblick nicht sehr erfreut zu sein«, sagte Mylo abweisend. »Vielleicht bist du's ja auch nicht. Vielleicht sollte ich besser wieder gehen. Ich befinde mich offenbar in einem Irrtum.« Seine Enttäuschung trieb ihn in eine kindische Wut. »Ich dachte, ich ... Ich dachte, wir ... Worüber zum Teufel noch mal habt ihr bloß so gelacht?«

Sie standen Meter voneinander weg, beide mit bleichem Gesicht, und starrten sich erschrocken an.

»Wir haben über den Vater von Emilys Baby gelacht, eine Art Ratespiel, sie ist schwanger und tut so, als kenne sie den Vater nicht.«

»…«

»Und ich bin's auch.«

»Du? Schwanger? Wer ist der Vater?«

»Ned natürlich.«

»…«

Rose richtete sich abwehrend auf, dann flüsterte sie: »O Liebling.«

Er hörte sie nicht, stand nur da und sah sie an. Und als ihr seine Erschöpfung, herbe Enttäuschung, Eifersucht, Wut bewußt wurde, bekam sie Angst und wagte nicht zu sprechen.

Comrade, die sich von ihren Kleinen gelöst hatte, kam trappelnd zu Rose in die Diele gelaufen. Beim Anblick von Mylos Rücken spitzte sie die Ohren, lief zu ihm, schnüffelte an seinen Knöcheln, warf mit einem durchdringenden Gejaule den Kopf zurück, stellte sich auf die Hinterpfoten, um nach ihm zu grapschen, schlug mit dem Schwanz, heulte vor Freude und unternahm ohne Ergebnis kleine Hüpfer an ihm hinauf.

Immer noch starrte Mylo Rose an. »Ich wollte, es wäre von mir, o Gott, ich wollte, es wäre von mir.« Seine Stimme war bitter.

»Ich war so wütend auf dich. So verloren, als du dich weggeschlichen hattest, ohne mir etwas zu sagen, so einsam, ich dachte …«

»Und Comrade?« Er streichelte der Hündin den Kopf.

»Sie muß schon trächtig gewesen sein, als du sie herbrachtest.«

»Wir kennen also nicht den Vater der kleinen Hunde, und Emily kennt nicht den Vater ihres …«

»Nicholas sagt, er kennt ihn, er hänselt sie.«

»Sieht Nicholas ähnlich.«

Rose streckte eine Hand aus. »Mylo, warum stehen wir hier wie Fremde? Mylo, bitte.«

»Rose.«

Sie lachten, weinten, küßten und umarmten sich, während Comrade bellend um sie herumhüpfte. »Ich dachte«, sagte Mylo zwischen Küssen, »ich dachte, ich käme in der Nacht an und begänne dort, wo wir aufgehört haben, würde zu dir ins Bett klettern. Oh«, ein Kuß, »mein Schatz«, ein Kuß, »es wäre doch ziemlich komisch gewesen, wenn ich zu Ned ins Bett gestiegen wäre.«

»Er ist in Ägypten.«

»Dann kann ich …«

»Natürlich! Komm rein, laß uns die Tür zumachen, es ist eisig kalt. Dies ist das kälteste Haus …«

»Ich wollte nicht, daß Thornbys mich sehen.«

»Das möchte ich hoffen. Du, wir, wir sind ein Geheimnis.«

»Und das Baby?« Er hielt sie von sich weg, um sie sich anzusehen. »Geht's dir gut? Solltest du nicht vorsichtig sein? Bist du ganz gesund?«

»Es ist keine Krankheit.«

»Ich wollte, es wäre von mir. Ich wollte …«

»Das nächste kriege ich von dir«, sagte sie lachend, halb ernstgemeint. »Komm und wärm dich auf, deine Hände sind eiskalt.«

»Liebling, ich war so aufgeregt darüber, daß ich zurückkomme, daß ich mich gestern abend betrunken habe, ich …«

»Hast du Urlaub?«

»Ja. Eine Woche.«

»Eine kostbare Woche.«

»Ich werde anrufen müssen, aber ja, ich habe eine Woche Zeit.«

»Und dann?«

»Gehe ich wieder zurück.«

»Nach Frankreich?«

»Ja.«

»O Gott. Mußt du?«

»Dort sind Menschen, denen ich helfen muß. Es ist das, was ich tun kann. Es geht nicht darum, Menschen zu töten, es ist nicht politisch.«

»Zum Teufel mit diesem verfluchten Krieg«, rief Rose leidenschaftlich.

»Ach Rose, mich verlangt so sehr nach dir.« Er hielt sie umklammert.

»Mylo, dein Magen hat geknurrt.«

»Entschuldigung, ich habe entsetzlichen Hunger. Ich habe heute noch nichts gegessen, ich hatte diesen Kater.«

»Na komm. Ich mach' dir zu essen, dann gehen wir zu Bett.«

»Kannst du? Wird es dem Kleinen nicht weh tun ...?«

»Nein, bestimmt nicht. Ein Baby sind nicht die Masern, es ist nicht gefährlich, es ist normal, viele Frauen tun es.«

»Bist du sicher?«

»Ja, ja, ja. Komm und iß.«

»Dann kann ich so tun, als wäre ich so angekommen, wie ich's erträumt habe, und wir machen da weiter, wo wir aufgehört haben?«

»Ist es das, was du gedacht hast?«

»Ja, dumm von mir. Worum ging das ganze Gelächter in der Küche? Du und Emily ...« (Argwohn schlich sich wieder ein.)

»Bist du eifersüchtig?«

»Wahrscheinlich. Ja, ich bin's. Ich fühlte mich so ausgeschlossen.«

»Dazu besteht kein Grund«, sagte Rose, führte ihn in die Küche und ließ ihn sich hinsetzen, während sie Essen zusammensuchte. »Keiner von uns beiden sollte jemals eifersüchtig sein.«

Es ist nicht nötig, daß ich ihr von dieser Chantal gestern nacht erzähle, sie würde es vielleicht nicht verstehen. Ich war schließlich betrunken, dachte Mylo. »Natürlich, du hast recht. Liebling, das sieht ja köstlich aus«, sagte er, als Rose ihm einen Teller hinschob.

Es ist nicht nötig, dachte Rose, als sie ihm beim Essen zusah, daß ich ihm erzähle, worüber wir gelacht haben. Wenn ich ihm erzählen würde, wir hätten darüber gelacht, welchen Horror vor Sex und vor allem vor dem Schwangersein meine arme Mutter hatte, welchen Ekel angesichts der Erinnerung daran, wie ich in ihrem Bauch gestrampelt habe (Rose unterdrückte ein Kichern), würde ihm bei mir im Bett vielleicht alles vergehen. »Laß uns zu Bett gehen, so schnell wie möglich«, sagte sie.

33

Später sollten sie sich an vier unvergleichliche Tage erinnern, an vier zärtlich beim Licht des Kaminfeuers verbrachte Nächte, in denen sie erwachten, um von neuem miteinander zu schlafen, dann dicht beieinander zu liegen und einander unermüdlich, zärtlich davon zu erzählen, wie riesig die Liebe war, die sie im Augenblick empfanden, im Augenblick erlebten, sich für immer bewahren würden.

Hin und wieder schlüpfte Mylo aus dem Bett, schüttete Kohle aufs Feuer, legte behutsam noch ein Scheit auf die Kohlen, tätschelte Comrade den Kopf, die in ihrem Korb lag, die Nasen der Jungen gegen ihren Bauch gepreßt, er streichelte die Katzen, die zusammengerollt auf dem Kaminvorleger schnurrten, kam ins Bett zurück, um Rose zu umfassen, dem Wind zu lauschen, der ums Haus wisperte, einer unruhigen Kuh, die auf der Wiese muhte, dem Kreischen eines weit entfernten Zuges, dem fernen Dröhnen eines Bombers. (Der Krieg blieb weit weg, drängte sich nicht herein.) Die Zeit, auch wenn sie nicht stehenblieb, verging mit betörender Langsamkeit. Sie liebten sich, sie schliefen, sie wachten auf, um unter Mrs. Farthings keineswegs erstauntem Blick zu frühstücken.

»Was hast du ihr gesagt?«

»Sie scheint es nicht wissen zu wollen, also habe ich ihr nichts gesagt, Erklärungen können einen in die Klemme bringen.« Tatsächlich behandelten Farthing, Mrs. Farthing, die Flüchtlingskinder Mylo als selbstverständliche Erscheinung, nicht merkwürdiger als Neds zu Besuch weilende Freunde oder die Familie Malone, als sie herübergekommen war, um für Rose während ihrer Krankheit zu sorgen, wobei sie ihm mit Zurückhaltung begegneten, einer Zurückhaltung aber, die strenger auf die Leute vom Informationsministerium angewandt wurde, sollten sie mal aus ihren Büros auf der Rückseite des Hauses nach vorn herumkommen und gestehen, daß sie vergessen hatten, für ihren Tee am Vormittag Milch zu bestellen, oder, schlimmer noch, daß ihnen der Zucker ausgegangen war. (Wir geben es Ihnen morgen zurück, wenn wir unsere Zuteilung bekommen.) Sie erhielten ihren Zucker, wobei sie zu spüren bekamen, daß sie die Linie überschritten hatten, sich hätten ihren Zucker im Dorf von ihren Bezugsscheinen besorgen sollen.

Am fünften Morgen wachte Mylo auf, hörte Regen an die Fenster klatschen, die Magnolienblätter rasseln, den Wind ums Haus wimmern und heulen, Comrade unruhig an der Tür winseln, um hinausgelassen zu werden, und wußte, daß er heute in London anrufen mußte.

In eine Decke gehüllt ging er barfuß nach unten, um die Hündin hinauszulassen, wartete, die Tür aufhaltend, während sie eilig hinauslief, um sich hinzuhocken, die Ohren zurückgelegt, die Augen gegen den Regen angewidert zusammengekniffen, dann fertig war und zurück ins Trockene hastete, sich schüttelte und schnell die Treppe hinauf zu ihren Jungen trappelte. Als Mylo wieder ins Bett kroch, wachte Rose auf.

»Was ist? Du hast kalte Füße. Wo bist du gewesen? Warum hast du nicht Neds Morgenmantel genommen?«

»Ich will seinen Scheißmorgenmantel nicht. Ich muß in London anrufen, mich melden.«

»O Gott! So schnell. Mußt du?«

»Ja. Ja, ich muß.«

»Es regnet. O Mylo, bedeutet das ...?«

»Nein, nein, noch drei Tage. Bleib ruhig ...«

»Wie kann ich das denn?«

»Du mußt, mein Liebling, wir müssen es.«

Aber der Zauber, wenn es denn ein Zauber war, war gebrochen. »Wenn ich dich dorthin fahre, wo immer du auch hin mußt, können wir ein bißchen länger zusammen sein.« Sie griff, schnappte nach der Zeit, die bösartig immer schneller verrann.

»Wir haben ein Benzinvorratslager, das Ned für äußerste Notfälle angelegt hat. Dies ist sicherlich ein Notfall, natürlich ist es ein Notfall. Ich kann den Tank füllen, kann dich fahren, egal wohin, und mit dir noch ein bißchen länger zusammensein.«

»Das geht nicht. Ich darf niemandem sagen, wo ich hinfahre.«

»Nicht einmal mir?«

»Nicht einmal dir.«

»Verdammt, verdammt, verdammt. Dann geh doch und ruf an«, schrie sie aufgebracht.

Mylo rief an, wobei er die Tür zur Bibliothek schloß, so daß sie nicht mithören konnte.

Als er zurückkam, sagte er: »Wir haben Zeit bis Sonnabend, noch drei Tage.«

»Zweieinhalb.«

»Ich fahre mit dem Zug hin.«

»Kann ich dich nicht nach London fahren?«

»Nein.«

»Warum nicht?«

»Sei nicht albern, du weißt ganz genau, daß geheim ist, was ich tue, wohin ich fahre. Ich hab's dir gesagt.«

»Hast du nicht.«

»Dann sag' ich's dir jetzt.«

»Das ist lächerlich.«

»Das ist der Krieg. Komm«, sagte er, »laß den Kopf nicht hängen. Wir wollen uns doch unsere letzten Tage nicht verderben.«

»Hätte man geschickter ausdrücken können«, sagte Rose.

Mylo lachte, aber die Tage waren verdorben. Jeder versuchte vor dem anderen zu verbergen, daß er zählte, wie die Zeit verging. Rose stellte fest, daß sie Mylo zu seinem Nachteil mit Ned verglich. Ned hatte kein Geheimnis um das gemacht, was er tat, hatte sich über seine Versetzung nach Nordafrika völlig offen geäußert, warum sonst mußte er auf dem Weg nach Norden in London haltmachen, um sich eine leichte Uniform zuzulegen? Er schrieb regelmäßig, ja, sicherlich langweilig, aber er schrieb. Mylo gab klar zu verstehen, daß es keine Verbindung gäbe, sobald er weg war, keinen Brief, keinen Anruf, Schweigen.

»Wie soll ich das nur aushalten?« jammerte Rose in ungeduldigem Schmerz. Fast genoß sie ihn, äußerte ihn hemmungslos.

»Du hast es auch früher ausgehalten.« Hier ließ Mylo die Irritation, die von den Tagen der Freude und Liebe bisher verdrängt worden war, zum Vorschein kommen. Rose hatte sich verändert seit ihrer letzten Trennung, war selbstbewußt geworden. Sie war nicht mehr das scheue, unsichere Mädchen, das er beim Wintertennis kennengelernt hatte, sie war Herrin auf Slepe, Menschen leisteten ihr Folge, taten, was sie verlangte, sie nahm Anteil am Gutshof, den Gärten, dem Dorfleben. Er hatte gehört, wie sie am Telefon sprach, wie sie als Anregungen getarnte Befehle erteilte, er hörte, wie sie mit Edith Malone klatschte, sich nach George und Richard erkundigte, Edith beim Vornamen nannte. Er hatte sie zusammen mit Farthings und Hadleys gesehen; sie hatte die Strenge und das Selbstbewußtsein, die ihr durch Slepe zuteil geworden waren, sie war glücklich in ihrer Umgebung, sie war glücklich gewesen ohne ihn.

Als er heimlich angekommen war, um sie zu überraschen, war sie glücklich gewesen. Sie würde auch lachen und glücklich sein, wenn er weg war. »Verdirb uns nicht unsere drei Tage«, sagte er schroff.

»Das will ich nicht, das will ich nicht«, weinte sie heftig. »Wie könnte ich? Sie gehören uns, wir wollen sie uns bewahren.«

Aber als sie in dieser Nacht miteinander schliefen, sagte sie: »Laß das, es tut weh, wenn du das tust.«

Er hörte auf, ihre Brust zu küssen, und sagte: »Was tut weh? Das?« und biß sanft hinein.

»Weil ich schwanger bin, sind meine Brüste ganz wund.«

Er rückte von ihr weg, drehte ihr den Rücken zu. Und sie, die nicht wußte, was sie sagen oder tun sollte, sagte: »Ich wollte, das Baby wäre von dir.«

»Aber es ist nicht von mir, es ist von diesem verfluchten Ned. Weil du Ned nicht verlassen und zu mir kommen wolltest, hast du das Baby von ihm, nicht von mir.«

»Du hast ziemlich klipp und klar gesagt, daß ich nicht bei dir sein kann. Sei nicht unlogisch«, schrie sie in kummervoller Wut.

»Ich bin nicht unlogisch, ich bin Halbfranzose.«

»Außerdem«, weinte Rose, verzweifelt jetzt, »habe ich Ned

ein Versprechen gegeben. Ich habe ihm versprochen, ihn nicht zu verlassen. Ich kann mein Versprechen nicht brechen, ich bin darin komisch.«

»Mir hättest du das Versprechen geben sollen, dann gäb's nicht dieses Theater.«

»Du hast mich nie drum gebeten, du hast mich nie um ein Versprechen gebeten.«

»Dazu gab's keinen Grund. Ich habe angenommen, wir lieben uns. Ned hat dir bloß dein Versprechen entlockt, weil er deiner nicht sicher war, er hatte offenbar das Gefühl, er muß dich festnageln.« Mylo schrie jetzt.

»Warum streiten wir uns eigentlich?« erinnerte sie sich gefragt zu haben.

»Weil wir uns lieben.« Mylo preßte sein Gesicht zwischen ihre Brüste und horchte auf ihr Herz.

»Wir sitzen in der Falle, stimmt's?« Sie hielt seinen Kopf in ihren Händen und küßte sein dunkles Haar. »Vielleicht werden wir uns eines Tages aus der Falle befreien. Aber ich kann mir nicht wünschen, daß Ned stirbt.«

»Ah, niemals.«

»Vielleicht hörst du auf, mich zu lieben, das ist möglich, manche Leute geben tatsächlich ihre Liebe einfach auf, sie werden wach und fragen sich, was das eigentlich alles war.«

»Und du?«

»Ich werde mich nicht ändern.« (Aber sie hat sich geändert.)

»Und ich auch nicht.«

»Wir sitzen also fest«, sagte sie voll Zufriedenheit.

»Ja«, sagte er. »Wie wär's mit einem kleinen Fick?«

»Was, jetzt?« Sie tat überrascht. »Aber Mylo.«

Später sagte sie, als das Feuer aufflackerte und sein Profil hervorhob: »Wenn ich allein bin und dich schrecklich vermisse, sehe ich mir dein Bild an und erinnere mich an deine Stimme und daran, wie du dich anfühlst. Und ich werde wahnsinnig geil.«

»Wenn du an mich denkst?«

»Natürlich, an wen sonst?«

»An Ned. Es wäre doch einzusehen, wenn du an Ned denken würdest.«

»Er macht mich nicht geil.«

»Sonst noch ein Liebhaber, von dem du mir nicht erzählt hast?«

»Es gibt niemanden als dich.«

»... m-m-m.«

»Hast du zwischen den Schenkeln anderer Mädchen gelegen?«

»Dummes Kindchen.«

»Habe ich dir erzählt, was mir Ned geschenkt hat, kurz bevor er nach Übersee ging?«

»Sein Sperma? Ja.«

»Nicht das.«

»Was dann?«

»Er hat im White House sechs Hemdhosen für mich ausgesucht und mir schicken lassen.«

»Was ist denn das White House?«

»Ein vornehmes Geschäft in der Bond Street.«

»Und?«

»Mylo! Sei nicht begriffsstutzig. Hemdhosen, wie das Hemdchen, das das Mädchen auf dem Bild trägt. Meinst du, er hat bemerkt, daß dein Bild mir ähnlich sieht? Natürlich habe ich sie nicht angezogen.«

»Warum denn nicht?«

»Weil das Bild du ist, deines.«

»Laß mich die Dinger mal sehen.«

»Jetzt?«

»Ja.«

Rose hüpfte aus dem Bett, zog eine Schublade auf und brachte die Seidenwäsche zu Mylo ins Bett. (Würde er eifersüchtig herausspringen und sie ins Feuer werfen? Der Geruch wäre furchtbar.)

Mylo betastete die Seide, ließ sie durch die Finger gleiten.

»Herrlich. Zieh mal eine an, ich möchte dich darin sehen.« Sie schlüpfte in das Kleidungsstück.

»Genau gleich.« Im Feuerschein lächelte Mylo seiner Geliebten zu. »Ich wußte gar nicht, daß dein Mann soviel Grips hat«, sagte er.

»Natürlich hat er Grips.«

»Und Phantasie.«

»Da bin ich nicht so sicher. Soll ich sie denn tragen?«

»Ja, warum nicht. Komm ins Bett, behalt sie an. Ich möchte das Gewebe mit der Wirklichkeit vergleichen.«

Merkwürdigerweise schlichtete so Ned aus der Ferne die Verstimmung zwischen seiner Frau und ihrem Geliebten, machte ihnen die letzten Tage leichter, den Abschied weniger qualvoll.

»Wie lange wirst du weg sein?«

»Frage nicht, ich weiß es nicht.«

»Schon gut, ich werde artig sein.«

»Paß auf dich und Neds Baby auf.«

Das nächste werde ich von dir bekommen, dachte sie. »Wenn du nach mir rufst, komme ich sofort«, sagte sie. »Soviel kannst du mir versprechen.«

»Ich komme zurück«, sagte er mit größerer Zuversicht, als er empfand. »Ich werde dich nicht rufen lassen müssen.«

»Schleiche dich nie wieder weg, ohne es mir zu sagen, das ist alles.«

»Nicht quengeln.«

»Ich will nicht …«

»Auch wenn es uns alles verdirbt, wenn wir wissen, der Abschied ist gekommen?« fragte er.

»Ja. Das kann ich ertragen.«

»Na schön, na schön, na schön.« Er wiegte sie in seinen Armen. »Wenn ich in London einen anständigen Korkenzieher finde, schicke ich ihn dir für Ned.«

»Was für eine seltsame Idee, hat das irgendeine versteckte Freudsche Nebenbedeutung?«

»Er besitzt einfach keinen anständigen Korkenzieher. Wenn ich ihm einen schicke, gleicht es die Hemdhosen aus.«

»Ich liebe deine Scherze«, sagte sie. Sie fand die nahe Trennung so quälend, daß sie sich wünschte, sie wäre vorüber, damit sie sich dem Schmerz überlassen konnte und nicht mehr so tun mußte, als wäre sie fröhlich.

34

Als Mylo weg war, hatte sie sich in Arbeit gestürzt, erinnerte sich Rose, während sie auf dem Hügel stand und ihren Blick einem Krähenschwarm folgen ließ, der kreisend und krächzend das Tal hinunterflog. Immer beschäftigt, immer in Anspruch genommen zu sein, das war der Trick. Rose Peel, die auf dem Gutshof und im Garten arbeitete, Neds Briefe beantwortete, für seine Freunde sorgte, die auf Urlaub kamen, die kochen, saubermachen, sich für den Krieg zu interessieren, sein Kind zu tragen lernte. Das war zur Regel geworden. Es verbrauchte Zeit, Kraft und Gedanken, die sonst vielleicht auf Mylo verwandt worden wären und sie über lange Zeiten davor bewahrten, ihn körperlich, geistig, gefühlsmäßig zu vermissen, während sie sich auf ihre Arbeit, ihr Kind konzentrierte. Es war nicht möglich gewesen, dachte sie, zog ihre Jacke enger um sich und drehte sich von dem kalten Wind weg, sich vor Gram zu verzehren. Und das auch, weil die Abstände, in denen sie ihn sah, bei ihm war, so unterschiedlich, so lang waren; und jetzt im Alter, dachte sie trüb, muß ich überlegen. Es ist schwierig sich zu entsinnen, wann ich ihn das letzte Mal gesehen habe.

Früher einmal, dachte sie und ließ den Blick den fernen Vögeln folgen, glaubte ich, wir würden uns immer lieben, aber jetzt weiß ich es nicht, ich weiß es wirklich nicht.

Als sie den Krähen nachblickte, blinzelnd, weil der Wind ihr

Tränen in die Augen trieb, wurde sie an ihren Streit mit den Leuten vom Landwirtschaftsministerium erinnert, die entgegen Emilys Versicherung in einem Wagen angekommen waren, mit Gewehren bewaffnet, um die Krähen von Slepe abzuschießen. Sie war nach draußen gerannt, schwer tragend an dem ungeborenen Christopher, und hatte die Männer angeschrien, sie weggeschickt, erheblichen Aufstand gemacht. Die Sache genossen. Es genossen, diese Männer mit schneidender, herrischer Stimme in Verlegenheit gebracht zu haben, während sie sich, aufgebläht von Christopher, der vierzehn Tage später zur Welt kam, unter dem Krähenhorst aufgepflanzt und den Männern befohlen hatte, »mein Grundstück zu verlassen«, in Wahrheit Neds, jetzt Christophers.

Sie hatte triumphierend an Ned geschrieben, der inzwischen in Kairo an einen Schreibtischplatz gebunden war. Er hatte geantwortet: »Ich verstehe gar nicht, worum das ganze Theater geht; Krähen richten eine Menge Schaden an, du solltest dich in die Arbeit des Landwirtschaftsministeriums nicht einmischen.« (Sie zerriß den Brief.) Nicholas und Emily hatten in der Nachbarschaft stolz mit Roses Heldenmut herumgeprahlt. So ganz anders als ihre Mutter, sagten sie: »Rose hat sich verhalten wie ein altes County-Kriegsroß, man würde jetzt, wo sie Herrin von Slepe ist, nie erraten, daß sie gar nicht wirklich *hochgeboren* ist.« (Nicholas erregte im Krieg gern Ärger damit, daß er sich mit dürftigen Deutschkenntnissen spreizte, wogegen er am Tag der Kapitulation wieder zur gelegentlich eingeflochtenen französischen Wendung zurückkehrte.) »Die Vokale unserer Rose sind makellos, im Gegensatz zu denen ihrer Mutter, die ihre niedere Herkunft verraten.« Es war in dieser Zeit, als auch Emily schwanger war, daß Thornbys freundschaftlichen Umgang mit Rose pflegten und sie nach und nach auch ohne einen triftigeren Grund besuchten. Emilys Kind eines unbekannten Vaters schöpfte Ansehen aus der Nähe seiner Mutter zu Rose, die hochschwanger war mit dem Kind, das einmal Erbe von Slepe sein würde.

Als Laura, ein hübsches kleines Mädchen, eine Woche vor Christopher geboren wurde, setzte man wie selbstverständlich voraus, daß die Mütter ebenso Freundinnen sein würden, wie man es vordem bei deren Müttern vorausgesetzt hatte, obwohl in Wahrheit die einzigen gehässigen Bemerkungen, die Mrs. Thornby, als sie Pfarrersfrau war, jemals geäußert hatte, gegen Mrs. Freeling gerichtet gewesen waren; wogegen Mrs. Freeling, die in ihrem Witwendasein aufmüpfig geworden war, sich oft über die Langweiligkeit der in Gesellschaft von Mrs. Thornby verbrachten Stunden beklagte. Ein Glück, dachte Rose, während sie die Krähen davonziehen sah, daß sich aus Christophers und Lauras Teenagertollerei nichts entwickelt hat, als die beiden damals einen Tag lang der Meinung waren, sie hätten sich verliebt und damit herumgeprahlt hatten, sie wollten ihre rasende Liebe besiegeln. Allzu bald hatte sich die Geschichte gewandelt, war die Stimmung gesunken, und Laura fand Christopher langweilig, und Christopher sagte, Laura stinkt!

Christopher schlägt seinem Vater nach, dachte Rose, trotzdem war er so ein goldiger kleiner Junge. Sie kehrte der Aussicht den Rücken und ging weiter. Er war ein liebes und wunderschönes Baby gewesen; sie hatte seine Babyzeit genossen, ihre Freude daran gehabt, ihn zu einem entzückenden, kleinen Jungen heranwachsen zu sehen. War Ned ein reizendes Baby, ein entzückendes Kind gewesen? Es hatte niemanden gegeben, der ihr das hätte erzählen können, nur ein paar Fotos, die Tante Flora bei einem Umzug hinten in einer Schublade entdeckt hatte, auf denen Ned lächelnd neben seiner Mutter, Ned etwa zehnjährig schmollend, in ausgebeulten kurzen Hosen, auf dem Weg ins Internat zu sehen war.

Und Laura? Laura, die genau wie Emily aussah, hatte die Neugierigen enttäuscht, die gewettet, um ihren Vater herumgerätselt, eine Lotterie veranstaltet hatten, bei der sie auf alle Männer gesetzt hatten, von denen man wußte, daß Emily mit ihnen herumzog, darunter sogar George Malone, der zur Zeit ihrer Empfängnis in Moskau gewesen war. Laura zeigte keine Ähnlichkeit mit irgend jemandem; ihr Äußeres gab keinen Hinweis, niemand gewann den Preis. Christopher sah Ned ähnlich, in seinem Aussehen deutete nichts auf Rose hin; er hatte sozusagen nur ihren Bauch gemietet und nichts von seiner Mutter angenommen. Ich glaube gern, daß er langweilig im Bett ist, dachte Rose nüchtern, genau wie Ned. Falls er mit Laura geschlafen hat, hat auch Ned mit Emily geschlafen, warum er sich bemüht hat, so zu tun, als hätte er es nicht getan, geht über meinen Verstand. Es gibt immer noch Leute, die meinen, Laura könnte Neds Kind sein; irgendwie habe ich das nie vermutet. Ned hat Nicholas recht gern gehabt. Er war zärtlich zu Christopher und stolz auf ihn, solange er klein war, wurde von ihm zum Wahnsinn getrieben, als er größer wurde.

Ach, das väterliche Gemecker, dachte Rose beim Gehen. In ihrem Innern hörte sie Neds Stimme durch all die Jahre brummen und keifen. »Kannst du deinem Sohn nicht beibringen, daß man Türen zumacht? Er bringt mir die Zeitung durcheinander, ehe ich sie angerührt habe.« (Ned, der seine ›Times‹ immer erst nach dem Mittagessen aufschlug.) »Kannst du deinem Sohn nicht beibringen, nicht zu rauchen? Er stinkt das ganze Haus mit diesen ekelhaften Gitanes voll.« (Wie viele Menschen, die die Gewohnheit aufgegeben haben, war Ned strikt gegen Raucher.) »Erst hinterläßt er einen riesigen Scheißhaufen in meinem Klo, und jetzt will er sich meinen Wagen leihen.« Was für ein Theater er gemacht hatte, als Christopher Helen heiratete. »Wer *ist* dieses Mädchen überhaupt, wissen wir das?« Was würde er sagen, wenn er wüßte, daß sie die Sache mit seiner Asche in die Hand genommen hatte? Sich in der Urne umdrehen?

In Zeiten wie jenen lag ihr das Versprechen gegenüber Ned wie ein unverdaulicher Teigklumpen im Magen; sie erinnerte sich, daß Mylo geschrien hatte: »Du kannst uns das Leben nicht wegen eines Versprechens versauen«, und bedauerte ihre beharrliche Beteuerung, das könne sie, das müsse sie.

Aber Ned war ein freundlicher Mensch. Freundlich zu Tieren, freundlich zu Nachbarn, aufmerksam zu seinen Autos, er bezahlte seine Rechnungen, taumelte nicht betrunken herum, schlug aus seiner Kriegskarriere Erfolg, liebte ein Opel-Automobil, das er im besetzten Deutschland an Land gezogen hatte (oder war es die Fahrerin, die er liebte?), er war in der City erfolgreich, als er aus dem Krieg heimkam, war ein durchweg rechtschaffener Grundbesitzer. Er gab mir die Schuld an seiner Unzufriedenheit, dachte Rose; er brauchte die Auswahl, alles paarweise: zwei Bankiers, zwei Schneider, zwei Frauen (es gab immer eine zweite Frau, nicht unbedingt Emily; einige waren mit ihren Ehemännern zur Beerdigung gekommen), zwei Häuser, zwei Autos. Er sagte es nie, machte aber durch Andeutungen, Gebaren und gelegentliche Bemerkungen klar, daß das Leben »in Ordnung« gewesen wäre, hätte er zwei Kinder gehabt.

Ich habe es geschafft, Ned einige Tage lang zu vergessen, dachte Rose, es ist mir einigermaßen gelungen, Christopher und Helen Verantwortung zu übertragen. Jetzt darf ich nicht wieder anfangen zu denken: »Wenn doch nur« und: »Alles wäre besser oder anders gewesen.«

»Diese ganze Scheiße!« rief sie laut und schreckte einen Steinschmätzer von einem Stechginsterbusch hoch. Ned war gar nicht so freundlich gewesen; gelegentlich war er vorwurfsvoll und grausam. Seine endgültige Abwesenheit wird gar nicht so sehr anders sein als seine Abwesenheit im Krieg, seine häufige Abwesenheit auf Geschäftsreisen.

Nur schöner.

35

Das Telefon weckte Rose. »Ist dort Mrs. Cooper?« fragte eine weit entfernte Stimme.

»Wer?« Ihr Kopf kam mit einem Ruck vom Kissen hoch.

»Rose Cooper? Spreche ich mit Rose Cooper?« Die Stimme war leise, heimlichtuerisch, unmöglich zu sagen, wie weit weg.

»Ich bin Rose …« Erst Minuten zuvor hatte sie Christopher die letzte Nahrung gegeben, sie kämpfte, aus tiefem Schlaf aufzuwachen. »Was haben Sie gesagt, wer?« Ihr Herz pochte.

»Ihr Mann«, murmelte die Stimme. »Mrs. Cooper …«

»Mein *was*?« Sie wurde rasch wach.

»… hat mich gebeten, Sie anzurufen. Genaugenommen ist es nicht …«

»Wer – sind – Sie?«

»Tja nun, gut gefragt, sagen wir, das Truro General Hospital.« Der Mann klang plötzlich irritiert, nervös. »Ich darf nicht, eigentlich nicht …«

»Mein Mann?«

»Hören Sie. Er bat mich, Sie anzurufen; letzte Nacht eingeliefert …« Die Leitung brach zusammen, dann fuhr die Stimme, jetzt schrill, fort: »… verwundet.« Sie sagte: »Nichts Ernstes.«

»Verwundet? Schwer? *Nicht* ernsthaft?«

Ein hohes, nervöses Lachen. »Sie hätten die anderen sehen sollen, die waren tot.«

»Wer sind Sie?« schrie Rose, als wäre das von Bedeutung, aber die Leitung war jetzt tot, leer. Eine halbe Stunde später kam sie zum Truro General Hospital durch.

Nein, keine Informationen über neue Patienten. Tut uns leid. Nein, es sei kein Arzt da, den sie sprechen könne, leider, keine Oberschwester, keine Schwester, leider. Nein, nein und noch mal nein. Recht höflich, aber verdächtig zurückhaltend.

Warum sollten sie zurückhaltend sein?

Was verbargen sie?

Mylo. Verwundet. Verstümmelt. Sterbend?

»Nur *eine* Möglichkeit, das rauszufinden«, sagte Rose zu dem schlafenden Baby. »Wir müssen hinfahren«, sagte sie zu Comrade, die von ihrem Korb aus zusah. »Ich kann dich mitnehmen«, sagte sie zu der Hündin, »aber nicht deine Kleinen oder die Katzen.«

Sie rannte ins Bad und wusch sich das Gesicht, sie schlotterte und war schweißnaß. Ihre Hände zitterten, als sie sich anzog. »Ruhig, ruhig, bleib ruhig«, murmelte sie, während sie sich die Kleider überzog. »Muß respektabel aussehen«, rief sie und zog die Schlabberhosen wieder aus, in die sie geschlüpft war, »man weiß nie, wer ...« Sie nahm eine Jacke und einen Rock aus dem Schrank, eine Bluse und einen Pullover, kämmte ihr Haar zurück, zog ihr letztes Paar Seidenstrümpfe und die besten Schuhe an, musterte sich im Drehspiegel, stellte fest, wie respektabel sie aussah. »Gut.« Sie hatte sich die Zehe gestoßen, als sie mit dem rechten Fuß in den linken Schuh fuhr, der Schmerz ließ ihr Gesicht angespannt erscheinen.

Sie raffte die Sachen des Babys zusammen und stopfte Windeln zum Wechseln, Anziehsachen und Schals um es herum. Sie verstaute das Kind in dem tiefen Korb und trug es nach unten. »Bleib bei ihm«, sagte sie zu der Hündin, »bleib.«

Sie rannte um das Haus herum, und ihre respektablen Absätze klapperten auf der steinernen Terrasse. Als sie an dem Häuschen von Farthings ankam, klopfte sie, rüttelte an der Türklinke, rüttelte noch einmal: »Oh, wacht auf, bitte …«

»Wer ist da?« Farthing, barsch.

»Ich, ich bin's«, schrie sie.

»Komme.« Farthing machte die Tür auf, während er seinen Hosenschlitz zuknöpfte, die Zehen seiner nackten Füße waren weit voneinander getrennt, beweglich. »Was ist los?«

»Ich muß weg – jetzt – sofort zu – zu einem – einem Freund, können Sie – Krankenhaus?«

»Wolln Se den Wagen? Nehm' Se das Baby mit?«

»Ja, ja, und Comrade – ich …«

»Wolln Se 'n vollgetankt ham, isses das?« Er hatte einen Pullover angezogen, von innen nach außen gekehrt und falsch herum.

»O ja, wie sind Sie … ?«

»Klein' Moment, zieh' bloß Schuhe an …«

»Aber wissen Sie denn …?« Ihre Stimme war ein unterdrückter Schrei.

»Wo das Benzin versteckt is? 'türlich.« Farthing lachte. »Hab' ›den Master‹ beobachtet, wie er's versteckt hat, verstehn Se?« (Oh, armer Ned, als Master in Anführungsstrichen lächerlich gemacht und so ein freundlicher Mann.)

»Brauchste Hilfe, Schatz?« Mrs. Farthing kam die Treppe in einem ungeheuer aufreizenden Nachthemd herunter, rosa gefiederte Pantoffeln an den Füßen.

»Es geht um die Katzen und die Welpen und …«

»Ich kümmer' mich drum, keine Bange.« Mrs. Farthing zog vernünftigerweise einen Mantel über das Nachthemd. »Kommen Se rein, solang Farthing …«

»Nein, ich muß ...«

»Was soll ich sagen, wo Sie hingefahren sind?«

»Ach, Mrs. Farthing ...« Rose sah Farthing mit einer Taschenlampe ums Haus verschwinden. Wenn er doch nur rennen wollte.

»Muß was haben, was ich den Leuten erzähl', wenn se anrufen, und Hadleys.«

»Oh ...« Das Denken fiel ihr schwer. Mylo lag im Sterben, was zum Teufel war da sonst noch wichtig? »Oh, beeilen Sie sich ...«

»Ich komm' und seh' mal, ob Se eingesteckt haben, was Se fürs Baby brauchen; Farthing wird nicht lange weg sein.«

»Ich habe alles. Ich muß mich beeilen, ich ...«

»Ich kuck' bloß mal.« Die Frau war unbarmherzig.

»Oh.« Rose ballte die Fäuste.

»Und wenn Sie weit fahren, nehm' Se besser 'n paar Butterbrote und 'ne Thermosflasche mit. Man kann nie ...«

»Nie?« Rose schnappte nach dem Wort.

»... nie wissen, wann Sie was essen oder was Warmes trinken wollen.« Mrs. Farthing führte Rose zurück zum Haus, den Arm um ihre Schulter gelegt. »Er könnte doch was Warmes wollen.«

»Er?«

»Sein Se nich dumm«, sie waren in der Küche angekommen, »setzen Se sich, während ich Ihn' was Heißes zu trinken mache, eh' Sie losfahren.«

»Ich will kein ...«

»Dauert keine Minute. Farthing hat den Tank noch nich gefüllt.« Mrs. Farthing goß Milch in eine Kasserolle. »Tee oder Kaffee? Ich mach' Ihn' Schokolade für die Thermosflasche.«

»Egal.« Roses Zähne klapperten.

»Hören Se nur, wie Ihre Zähne klappern. Ham Se genug Geld?«

»Ich hoffe ja.«

»Hoffen.« Mrs. Farthing reichte Rose einen dampfenden Becher. »Trinken Se das aus, alles.« Sie langte nach einem Krug über dem Herd: »Also, hier sind fünfzig Pfund, Sie werden nich alles brauchen, aber man weiß ja nie.«

»Ich kann doch nicht Ihre ...«, sie war entsetzt, »Ersparnisse annehmen.«

»Doch, das könn' Se, Farthing und ich werden froher sein, wenn Se's annehm'. Ausgetrunken? Brav. Nun holen Se 'n paarmal richtig tief Luft. So is' gut. Besser jetzt?«

Rose nickte, sie fühlte sich nicht mehr fröstelig.

»Vollgetankt?« fragte Mrs. Farthing ihren Mann, der in die Küche kam.

»Benzintank is' voll. Ich hab's Öl, Wasser und die Reifen nachgesehn und zwei Kanister in den Kofferraum gelegt. Se sollten gesattelt und gespornt sein«, Farthing grinste Rose an, »für'n äußersten Notfall.«

Ich frage mich, wie oft sie uns belauschen, wieviel sie erraten. »Danke«, sagte Rose, »vielen Dank.«

»Wir sagen Hadleys und allen, die fragen, daß Sie weggerufen worden sind, um Mrs. Malone bei einer ihrer Freundinnen zu helfen, sie kam nich allein zu Rande mit allen ihren Flüchtlingen und so weiter. Reicht das?«

»Mrs. Farthing! Was für einen hellen Kopf Sie haben.« Beide Farthings lächelten. Sie sind meine Freunde, dachte sie, sie spielen sich nicht als Richter auf.

»Nu passen Se auf sich und das Baby auf.«

Rose legte ihre Arme um die Ältere und drückte sie an sich. »Is' ja gut, is' ja gut«, sagte Mrs. Farthing.

Farthing fragte: »Soll ich das Baby in den Wagen packen?« Während Farthing den Babykorb auf dem Rücksitz verstaute, sagte Mrs. Farthing: »Eigentlich mag ich's gar nich, wenn mich Menschen, die ich gern hab', Mrs. Farthing nennen. Ich heiß' Edwina. Es is' ja nich so, daß Farthing und ich verheiratet wären.« (Rose schluckte die zweite Erklärung, um sie später zu verdauen, während sie das Gefühl hatte, ihr würden die Tränen kommen, wenn sie Mrs. Farthing für ihre Zuneigung dankte.)

Was für ungewöhnliche Leute, dachte sie, als sie losfuhr. Offenbar freuen sie sich – sie hat gern haben gesagt –, offenbar akzeptieren sie mich, das hat noch nie jemand getan. Sie fuhr nach Westen auf den Straßen Englands, auf denen sie ab und zu einem Armeelastwagen begegnete oder einem Bauernkarren, der zeitig unterwegs war.

Als Christopher wimmerte, hielt sie am Straßenrand an und stillte ihn, wechselte seine Windel und trank aus der Thermosflasche. Sieh mal an, sie sind nicht verheiratet, dachte sie. Ich muß dran denken, sie Edwina zu nennen. Was für ein Privileg. Sie hat sogar an Comrades Futter gedacht. Sie legte der Hündin das Futter ins Gras und sah ihr beim Fressen zu, während sie Christopher an ihre Schulter hielt und darauf wartete, daß er aufstieß.

Sie machte sich keinen Plan. Sie betete, daß sie, wenn sie beim Krankenhaus ankam, wissen würde, was zu tun sei. Sie betete, daß sie, wenn sie ankam, Mylo nicht tot vorfände. Was hatte der Mann gesagt, hatte sie richtig gehört?

Sie kam in Truro am frühen Nachmittag an, fand das Krankenhaus, parkte den Wagen und starrte auf das erbärmliche Gebäude.

Mrs. Malone wüßte, was zu tun wäre, wie man sich in so einer Situation verhält, nicht daß sie die Sorte Frau war, die einen Geliebten hatte, aber angenommen, es läge George oder Richard dort drin?

Meine Mutter wüßte es nicht, sie hat mir nie beigebracht, wie man mit so einer Krise fertigwird. Sie ist der katzbuckelnde Typ, gesellschaftlich unterlegen, voller Angst, bei Höherstehenden was falsch zu machen; sie hat sich natürlich mittlerweile geändert, aber sie hat mir nie den nötigen Pep beigebracht. Was, dachte Rose, würde Mrs. Malone tun?

Geradewegs reingehen, als ob es ihr gehörte, ja?

Rose ließ Comrade im Wagen, kontrollierte den geraden Sitz ihrer Strumpfnähte, straffte die Schultern und marschierte hinein, Christopher auf dem Arm.

»Ich möchte meinen Mann besuchen«, sagte sie zu einem Mann am Empfang.

»Name?« Er blickte nicht hoch, sie sah kein Gesicht, nur einen glatten, kahlen, rosa Schädel.

»Cooper.«

»Cooper. Cooper.« Er fuhr mit dem Finger langsam eine Liste runter. »Er müßte inzwischen auf Station sieben sein, wenn er nicht einer von den RAF-Leuten mit der Grippe war, oh, die sind auf sieben. Versuchen Sie's in Station sieben.«

Sie stieg Treppen hinauf, ging Korridore entlang, kam durch Stationen voller Frauen, eine voller Kinder. Station eins, zwei, drei und weiter bis sechs, wo war sieben? Sie wollte die Schwestern nicht fragen, die auf ihren Gummisohlen quietschend daherkamen, den gestärkten Baumwollschürzen, den schnatternden Stimmen, die deutlich genug trugen, daß ihr Echo auf dem langen Anstaltskorridor widerhallte. Ah, Station sieben.

Sie starrte durch eine Glastür in ein langes Krankenzimmer voller lebhafter junger Männer in Schlafanzügen und Morgenmänteln. Lachend, redend, herumlaufend, ungeheuer quirlig, wirkte keiner von ihnen krank oder verwundet. Der Lärm war schlimmer als im Papageienhaus im Zoo. Als sie sich schon abwenden und sich aufraffen wollte zu fragen, erspähte sie in einem Bett in einer entlegenen Ecke ein stilles Bündel. Sie stieß die Tür auf und ging hinein.

Während sie zwischen der Doppelreihe der Betten entlangging, nahm der Lärm ab, das Tempo der Unterhaltungen wechselte. Ein-, zweimal ertönte ein Pfiff, rasch zwischen den Männern gewechselte Worte, während sie sie musterten, ihr mit den Blicken folgten. Sie fühlte, wie ihr das Blut verräterisch in Hals und Gesicht stieg. Sie hielt das Baby als Schild vor sich, straffte den Rücken. Sie fürchtete sich vor den Männern, die sich umdrehten und sie anstarrten, manchmal vortraten wie neugieriges Vieh auf einem Feld. Keiner von ihnen sah krank oder verwundet aus.

Gerade als sie das Gefühl hatte, ihr Mut könnte erlahmen und ihre Edith-Malone-Imitation sie im Stich lassen, erkannte sie Mylo.

Als sie an seinem Bett ankam, blieb sie stehen und starrte auf ihn hinunter.

»Schwester hat Pause.« Einer von den Männern war ihr gefolgt; er war dreister als die anderen, rauchte eine Zigarette. Er glotzte unverhohlen auf ihre Brüste, die, prall voll Milch, sich gegen ihre Bluse drängten.

»Danke«, sagte Rose. »Ist Ihnen erlaubt, hier drin zu rauchen?« fragte sie kühl, ganz im Geiste von Mrs. Malone. »Holen Sie mir einen Stuhl.«

Ein Stuhl wurde gebracht; sie setzte sich. Die herumwandernden Verwundeten zogen sich zurück, um am anderen Ende des Krankensaals mit gedämpftem Lärm weiterzumachen.

Es war acht Monate her, seit sie Mylo das letzte Mal gesehen hatte. Es mußten harte Monate gewesen sein. Er lag auf dem Rücken, dunkelgrüne Flecken unter den Augen, die Wangen eingefallen, käsebleich. Sie konnte die Wölbung seines Kiefers unter seinen Bartstoppeln verfolgen, sah die erste Andeutung von Falten zwischen Nase und Mund. Seine Brauen waren vor Schmerz zusammengezogen, er hatte einen großen Bluterguß an der Schläfe, seine Lippen bewegten sich, als er etwas murmelte. Rose beugte sich tief hinunter, um zu lauschen.

»Ich erschieße diese ...« Er langte mit einer Hand nach oben unter sein Kopfkissen und ergriff einen versteckten Gegenstand.

»Mylo«, sagte Rose sehr ruhig, »ich bin es.«

Mylos Augen gingen schlagartig auf. »Rose?«

»Ja.«

»Du bist also hergekommen?«

»Ja.«

»Ich wollte sie gerade erschießen, diese ...«

»Warum?«

»Der Krach, dieser Scheißkrach. Ich habe einen Revolver.«

»Ich werde sie bitten, still zu sein.«

»Sie wissen nicht, was Stille heißt. Ihnen allen geht's ziemlich gut, sie hatten nur Grippe. Junge Flieger, die vor Gesundheit und guter Laune bersten.« Mylos Stimme klang giftig. »Wie lange bist du schon da?« Warum war er nicht gewaschen und trug einen Schlafanzug wie die anderen? Hatte er die Leitung davon überzeugt, daß er einen Revolver brauchte? Dies war keine Zeit für Spielchen und den Geist einer Edith Malone. »Wir wurden vorgestern nacht an Land gebracht, unsere Linien wurden von einer anderen Partei durchstoßen. Die anderen Jungs fielen in dem Kreuzfeuer. Hol mich hier raus, Liebling.« Er schloß die Augen.

»Wie schwer verwundet bist du?«

»Nicht sehr. Beinverletzung und Gehirnerschütterung, dieser verdammte Lärm ist es, was ich nicht ertragen kann ...«

Am anderen Ende des Krankenzimmers schrie jemand laut auf, ein Stuhl wurde umgestoßen. »Aufhören«, sagte eine Stimme, die männlich oder weiblich sein konnte. Es folgte mehrmals hintereinander: »Entschuldigung, Schwester, Entschuldigung, Schwester, Entschuldigung ...«

»Was geht hier vor? Es ist keine Besuchszeit. Wer sind Sie?«

Die Schwester war klein, energisch, einschüchternd, dickbusig und kräftig. Wie einen Orden hatte sie sich eine Uhr an die Brust geheftet, sah Rose finster an und nahm Mylos Handgelenk, um ihm den Puls zu fühlen. Mylo riß sich los und griff erneut unter das Kopfkissen nach etwas, das wie ein Revolver aussah.

Es war ein Revolver.

Wenn Rose Schwierigkeiten gehabt hatte, Mylo wiederzuerkennen, so faßte Mylo die Frau einfach nicht, die jetzt in Rose zum Vorschein kam. Verschwunden war das scheue Mädchen, das er beim Wintertennis kennengelernt hatte, das, durch die Sticheleien der Thornbys zu Tränen getrieben, in Gesellschaft befangen, voller Furcht vor den Maloneschen Gästen, voll Angst vor dem Mißfallen ihrer Eltern, unreif, von Unentschlossenheit gequält, ständig seines Schutzes bedürftig war. Diese neue Rose richtete sich stolz auf und sprach mit der Schwester in knappem, herrischem Ton. Sie bat, nein verlangte, daß Mylos Bett in ein Nebenzimmer geschoben würde. (Wollen Sie, daß Ihre anderen Patienten erschossen werden?) Sie ging neben dem Bett her, in dem er mit dem Revolver in der

Hand lag. Zwei ängstliche Schwestern schoben und zogen. Als sie das lärmerfüllte Krankenzimmer verlassen hatten, beugte sie sich dicht zu Mylo hinunter und fragte leise: »Wie heißt dein Boß? Schnell.«

»Pye. Major Pye, aber mach keine ...«

»Gut. Wird nicht lange dauern. Sprich mit niemandem, laß deinen Revolver nicht los.« Sie verschwand. Als sie ging, reichte sie das Baby einer Krankenschwester. »Halten Sie das bitte mal« und »Bringen Sie mich zur Oberschwester«, sagte sie zu der Schwester.

Mylo blieb in dem Nebenzimmer allein zurück. Er fühlte sich benebelt und sehr schwach. Aus dem Krankensaal, den er verlassen hatte, hörte er von neuem Geschrei und wieherndes Gelächter. Arme Teufel, dachte er, sie fühlen sich absolut wohl, sie hatten nur einen leichten Anflug von Grippe, sie sind der Angst nicht begegnet.

Dann war das Klappern von Absätzen zu hören, das Rascheln der gestärkten Röcke der Oberschwester, während die spitze Nase der Schwester mißbilligend den Atem anhielt. Das amüsierte, doch ernste Gesicht eines weißhaarigen Arztes, der den Verband an seinem Bein untersuchte, mutig den Puls am Gelenk der Hand fühlte, die den Revolver hielt (chauvinistisches Bravourstück vor den Schwestern, er sieht mindestens wie neunundsechzig aus). Der Doktor nickte und lächelte und drehte sich herum, um mit Rose zu sprechen, die distanziert und würdevoll dastand.

Dann manövrierten ihn zwei Pfleger vorsichtig in einen Morgenmantel (ihr Atem ging zischend, als er die Hand wechselte, die den Revolver hielt, und sie beobachteten die Waffe mit kreisenden Augen), hoben ihn aus dem Bett in einen Rollstuhl, schoben ihn den Korridor entlang zum Lift, abwärts, hinaus durchs Foyer, hinaus aus dem Krankenhaus, um ihm auf den Beifahrersitz von Roses Wagen zu helfen und ihm eine Decke um die Beine zu wickeln.

Während dies geschah, war Rose die ganze Zeit neben ihm. Sie hatte irgendwann ihr Baby zurückerhalten, das sie in einen Korb auf dem Rücksitz legte, neben Comrade, die wild mit dem Schwanz wedelte und in freudigem Wiedererkennen jaulte.

»Noch nicht ohnmächtig werden«, flüsterte Rose, als sie sich in den Wagen lehnte. »Hast du's bequem, Liebling? Wo ist der Revolver?«

»Hier.«

»Gib ihn mir jetzt besser.« Sie nahm ihn ihm ab. »Auf Wiedersehen«, sagte sie zu der Schwester (die Oberschwester war nicht mit nach draußen gekommen), »und vielen Dank. Was?« Sie beugte sich zu der Schwester vor, die mit leiser Stimme etwas erklärte. »Nein, natürlich konnten Sie das nicht, nein, das verstehe ich vollkommen« und »Auf Wiedersehen«. Sie schüttelte dem alten Arzt die Hand. »Danke für all Ihre Fürsorge und Hilfe.« Sie stieg neben Mylo ein und ließ den Motor an. Sie legte den Revolver ins Handschuhfach und fuhr los. Während sie fuhr, stieß sie ein triumphierendes Gelächter aus. »Diese arme Schwester hat gesagt, sie hätten wegen des Revolvers nicht gewagt, dich zu waschen.« Mylo gab keine Antwort. »Jetzt kannst du in Ohnmacht fallen«, sagte Rose nach einer halben Meile. Mylo schloß die Augen. Nach weiteren zwei Meilen sagte Rose: »Ich glaube, sie haben gedacht, er ist geladen.«

»Ist er.«

»Du lieber Gott.« Rose fuhr an den Straßenrand. »Du hättest ja jemanden töten können.«

»Ich hatte vor, diese Dreckschweine zu erschießen. Ich hätte es getan, wenn du nicht gekommen wärst, sie haben mich wahnsinnig gemacht.«

»Entlade ihn sofort.« Rose langte in das Handschuhfach und holte den Revolver heraus. »Du mußt den Verstand verloren haben.«

Ergeben entlud Mylo den Revolver. Rose warf die Kugeln in den Straßengraben. »Wirklich, Mylo«, sie zitterte, »ich dachte, du würdest es verabscheuen, Menschen zu töten.« Sie war den Tränen nahe.

Mylo sah interessiert, daß ihre Hände zitterten. Das war die Rose, die er kannte. »Ich würde dich ziemlich gerne küssen«, sagte er. Und dann: »Wie zum Teufel hast du mich gefunden?«

»Ich habe deine Nachricht erhalten; ein Mann hat angerufen.«

»Also habe ich es nicht geträumt.«

»Nein.«

»Wessen Baby ist das?«

»Meines.«

Mylo war verwirrt; er hatte vergessen, daß sie schwanger gewesen war. »Der Mann hat gesagt, er würde dich nur anrufen, wenn ich ihn bezahle. Ich hatte kein Geld.«

»Dann muß er sich's anders überlegt haben.«

In seinem Korb auf dem Rücksitz fing Christopher an zu schreien.

»Entschuldige«, sagte Rose, »er hat Hunger. Ich muß ihn stillen, dauert nicht lange.« Sie steuerte den Wagen dichter an den Straßenrand und stieg aus. »Du drehst am besten eine Runde«, sagte sie zu Comrade.

Mylo sah zu, wie die Hündin im Gras herumschnüffelte, dann setzte sich Rose mit dem Baby neben ihn, knöpfte ihre

Bluse auf und stieß dem Kleinen die Brustwarze in den ungestümen Mund, womit sie das Geschrei zum Schweigen brachte. Ihre Brust war geschwollen, mit Adern marmoriert. »Werden sie sich erholen?«

»Was?«

»Deine Brüste, werden sie ...?«

»Wieder ganz normal. Wenn ich ihn entwöhne.«

»Also so funktioniert das.«

»Ja.«

»Ah.« So friedlich. Vor nur wie lange, zwei Tagen? Das Toben im Dunkeln auf dem stürmischen Meer, die Sorge, Angst, Seekrankheit ... und jetzt. »Es ist alles ganz unwirklich.«

»Ich denke, du solltest nicht sprechen. Der Doktor da hat gesagt, du solltest zu Hause Ruhe bekommen und ausspannen.«

»Stimmt das?« (Ich werde bald lachen können. Zu Hause.)

»Ja.« Sie schob das Baby von der linken Brust zur rechten. Mylo beobachtete, wie das Zahnfleisch des Kindes auf ihre zarte Brustwarze biß.

»Du hast gesagt, es täte weh, als ich ...«

»Man gewöhnt sich dran. Du darfst nicht reden. Ich gebe dir gleich was Warmes zu trinken. Mrs. Farthing hat mich mit Proviant vollgestopft. Sie hat mich gebeten, sie Edwina zu nennen, und rate mal was, sie und Farthing sind nicht verheiratet, ist das etwa keine Überraschung?«

»Das sind wir leider auch nicht.«

Rose antwortete nicht. Er sah zu, wie sie das Baby aufstoßen ließ, die Windel wechselte und es wieder in den Korb legte, und dann, als sie dasaßen und heiße Schokolade tranken, sagte er: »Entschuldige, daß ich frage, aber wo kam eigentlich dieses ungeheuer herrische Theater her, das du den Schwestern und dem Arzt vorgespielt hast? Du hast diese Drachen herumkommandiert und den alten Doktor um den kleinen Finger gewickelt.«

»Es ist kein Theater. Das bin ich. Wenn ich genügend verängstigt oder wütend bin, kommt's von allein. Ich entdeckte, daß ich dazu imstande bin, als das Landwirtschaftsministerium Leute schickte, die unsere Krähen abschießen sollten.«

Mylo bemerkte das »unser«.

»Und was hast du denen im Krankenhaus gesagt, daß sie mich in deine Obhut entlassen konnten?«

»Ich sagte, du wärst streng geheim, arbeitetest vertraulich für General Pye (ich habe ihn befördert), und da du transportfähig seist, wäre es so oder so besser für dich, bei mir zu Hause zu sein. Dein Revolver hat sie ziemlich entnervt, sie sind ja eigentlich kein Militärkrankenhaus.«

»Haben sie gedacht, du bist meine Frau?«

»Natürlich.«

»Du liegst gar nicht so falsch.«

»Wieso?«

»Die Geheimdienstnummer. Ich werde mich mit dem Arschloch in Verbindung setzen müssen, um ihm mitzuteilen, daß ich nicht tot bin.«

»Laß es ihn noch ein bißchen länger denken«, sagte Rose. »Ich habe keine Eile, dich wieder zu verlieren.«

»Der Krieg.«

»Laß den Krieg warten.«

Rose schraubte den Deckel wieder auf die Thermosflasche. »Jetzt halt den Mund und laß mich heimfahren, ehe Christopher wieder zu schreien anfängt. Er ist schrecklich, wenn er sich drauf einschießt, er ist bisher artig gewesen.«

Etwas später, als Mylo aus einem unruhigen Schlaf erwachte, fragte er: »Haben wir den Camembert gegessen?«

»Was denn für einen Camembert?«

»Den Camembert, den ich dir im letzten Sommer mitgebracht habe, als ich Picot rüberbrachte ...« Sie fragte nicht, wer Picot war, aber sie erinnerte sich an den Käse. Köstlich, ein bißchen breitgequetscht von der Reise, überreif. Sie hatten ihn im Bett gegessen und ihn mit einer Flasche von Neds Claret runtergespült, was für eine sonderbare Sache, sich jetzt daran zu erinnern. »Ja«, sagte sie, »ich erinnere mich. Ich erinnere mich gut daran. Versuche zu schlafen, Liebling, es dauert jetzt nicht mehr lange, wir sind fast zu Hause.«

Zu Hause, dachte Mylo bitter. Was für ein Zuhause, wessen Zuhause?

36

Es gab Zeiten, dachte Rose, als sie außer Atem haltmachte und sich auf einen Granitblock setzte, da hätte ich es ohne Mühe auf den Gipfel dieses Hügels geschafft. Aber damals, dachte sie, während sie ihre Beine ausstreckte, hätte ich kaum die Aussicht wahrgenommen.

Die Aussicht wahrnehmen, das kommt mit dem Alter, dachte sie und blickte hinunter ins Tal, in dem der Nebel noch um die Wipfel der Bäume hing, unter denen sie heraufgeschlendert war, über den Bach hinwegzog und nur zögernd der Sonne das Feld räumte, die ihr inzwischen den Rücken wärmte. Es würde ein wunderschöner Herbsttag werden, blau und golden, kein Wind, der das zinnern flache, tiefe Wasser kräuselte oder die Blätter von Eiche und Birke löste, die ihre Farben gerade von dunkelgrün zu rostfarben und golden wechselten. Nahm man die Aussicht nicht wahr, entging einem viel im Hunger der Jugend, war man nicht vorbereitet, wurde man überrumpelt, dachte sie, während sie mit ihren Gedanken zu dem Tag zurückkehrte, als sie bei schläfrig-schönem Wetter mit Mylo von dem Krankenhaus in Cornwall zurückgekommen war, um ihn ungestört und liebevoll zu hegen und gesund zu pflegen.

Wovon war ich besessen, was gab mir den Mut, ihn aus dem Krankenhaus zu entführen, mich über die Einwände des Personals hinwegzusetzen? Was glaubte ich eigentlich, was ich tat?

Es ist schwierig, sich mit siebenundsechzig an die Gefühle mit zwanzig zu erinnern. Ich wollte, ich hätte noch den Mut, diese Mischung aus Sturheit und Naivität. Habe ich das völlig verloren? fragte sie sich. Bin ich abgestumpft, lebe ich zu bewußt?

An jenem Tag war ihr nichts anderes bewußt gewesen als Mylos Not. Es war lebenswichtig, daß er Ruhe und Frieden bekam, beschützt wurde. Wenn er durcheinander war, egal durch welche Verwicklung, die letztendlich zu seiner Verwundung geführt hatte, so würde sie ihn wieder gesund machen. Sie wären beieinander, ihre Leidenschaft würde ihn wiederbeleben. Hatte er in seiner Not nicht nach ihr gerufen? Darüber hinaus hatte sie keinen Plan.

Es war ein Schreck und eine Überraschung für sie, bei der Ankunft von Edwina Farthing abgefangen zu werden, die eine warnende Miene aufgesetzt hatte, die Mundwinkel nach unten und die Augenbrauen in die Höhe zog und flüsterte: »Passen Sie auf«, als sie sich in den Wagen beugte.

»Was ist denn los?« fragte Rose, zog erschrocken die Handbremse und schaltete den Motor aus.

»Mr. Loftus und Mrs. Malone«, zischte Edwina. »Ich habe für den Herrn das Bett im gelben Zimmer hergerichtet«, sagte sie laut, »und der andere Herr, der junge Mann aus Australien, der Pilot, ist sehr glücklich mit dem blauen Zimmer. Mr. Loftus und Mrs. Malone meinen, das wird sehr gut gehn. Das haben Sie ja auch so angeordnet, nich?«

Blaues Zimmer? Gelbes Zimmer? Was hatte die Frau im Sinn, daß sie so servil tat? Zu ihrer Verblüffung sah Rose, wie ihr Edwina mit den Augenbrauen Zeichen machte, den Atem zischend durch die Zähne einsog. Früher hatte sie auf Edwinas Zähne nicht besonders geachtet. Groß und leicht schräg gestellt, erinnerten sie sie in irgendeinem fernen Winkel ihres

Innern an die Flüchtlingskinder, wenn sie nicht zugeben wollten, daß es dringend an der Zeit war, das Zimmer zu verlassen und aufs Klo zu gehen, um ja nichts Interessantes zu versäumen. Edwinas Auftritt als treue alte Kammerfrau machte eines deutlich: Sie war im Streß.

Aber dann war Archibald Loftus vom Haus herangeeilt: »Rose, meine Liebe! Braves Mädchen! Bedeutende Geister haben dieselben Gedanken.« Er hatte sie geküßt, als sie aus dem Wagen stieg. »Als Edith mir erzählte – als ich vorschlug – als wir feststellten, daß du dir denselben Plan ausgedacht hattest und losgefahren warst, um ihn zu holen – es *ist* doch der junge Cooper, nicht wahr? Genau das hat Edith gesagt. Ich persönlich war mir nicht ganz sicher. Wir bringen Sie am besten ins Haus, mein lieber Freund, Mrs. Farthing wird mir dabei sicher zur Hand gehen, Sie sehen einfach ziemlich erledigt aus, die hätten Sie ein bißchen länger dabehalten sollen, sicherlich die Bettenknappheit. Ah, da ist ja Edith – reichen Sie mir Ihren Arm – oh, ich verstehe, Sie schaffen's auch mit dem Stock ganz gut.« (Hatte Mylo gezwinkert, als er ihrem Blick begegnete?)

Als Edith Malone Rose umarmte, beobachtete sie, wie Mylo zwischen Onkel Archie und Edwina ins Haus hüpfte und humpelte. Er sah nicht zurück, sondern fügte sich dem Unerwarteten. (Genauso überlebt er bei dem, was er tut, egal, was es ist im feindlichen Frankreich.) Rose ließ sich von Edith an die Brust drücken. »Ich hatte *gemeint*, ich hätte Ihnen in einem Brief alle Einzelheiten des Plans mitgeteilt, und Sie müssen auch geantwortet haben, aber in meiner üblichen schusseligen Art« (Edith und schusselig? Na komm!) »habe ich Ihren Brief verlegt. Ich war wütend auf Emily und Nicholas und habe ihren Brief zerrissen. Da muß ich Ihren Brief mit vernichtet haben.« (Holla, ganz schön gerissen.) »Die beiden sind wirklich unglaublich egoistisch; sie haben allerwenigstens zwei Gästezimmer in ihrem Haus; Leute mit viel unbequemeren Häusern haben sich dem Plan angeschlossen und geben sich alle Mühe, und sehen Sie bloß sich mal an, die Sie allein leben und so bereitwillig sind. Niemand kann mir einreden, daß ein einziges Baby und Halbtagsarbeit – sie arbeitet jetzt nur noch halbtags fürs Landwirtschaftsministerium, ich habe mir die Mühe gemacht, das rauszufinden, ehe ich sie gefragt habe –, ihre ganze Zeit in Anspruch nehmen. Nun, und jetzt sehen Sie *sich* mal an mit Ihrem Christopher. Sie haben ihn mitgenommen zum Abholen – oh, übrigens, meine Liebe, nehmen Sie mir das *nicht* übel, aber es war ein *bißchen* übereifrig, daß Sie ihn persönlich abgeholt haben. Wo haben Sie, nebenbei gesagt, das Benzin her? Ein andermal überlassen Sie es den Leuten vom Krankentransport, es ist ihre Aufgabe, verstehen Sie, all die Formulare und so weiter. Nichts für ungut, das nächste Mal wissen Sie Bescheid ...«

Zurückhaltend, eine Eigenschaft, die er verlor, als er größer wurde, hatte Christopher zu schreien angefangen. Comrade, darauf versessen, sich nützlich zu machen, leckte dem Baby das Gesicht, was Edith Malone auf eine andere Fährte brachte. »Meinen Sie, es ist eine gute Idee, den Hund das Kind ablecken zu lassen? Ich weiß, es gibt eine Ideenrichtung, die besagt, es macht nichts, aber wenn man überlegt, wohin Hunde ihre Nase stecken und was für Sachen sie auflesen und fressen – bitte glauben Sie nicht, ich wollte mich einmischen ...«

»O nein, natürlich nicht, ganz und gar nicht. Ich denke, er hat Hunger.« Rose hatte Christopher aus seinem Korb genommen, dankbar, daß er sie der Notwendigkeit enthoben hatte, auf Ediths Wortschwall zu antworten (sie schnattert los, um ihre Verlegenheit zu vertuschen, um mich vor meiner zu bewahren. Warum sollte ich verlegen sein?) »Gottogott, er trieft, hat seine Aufgaben ebenfalls übertrieben, muß trockengelegt werden, würden Sie ihn vielleicht einen Augenblick mal halten?« Sie hatte Edith das eingemummelte, stinkende Baby hingehalten.

»Nein danke, meine Liebe. Ich bin nicht geschickt mit Babys.« Edith wich zurück. »Für George und Richard hatte ich eine Nanny; ich mag Kinder, wenn sie älter sind.«

»Stubenrein?«

»Genau. Ich finde, ihr jungen Frauen, die ihr ohne Hilfe für eure Babys sorgt, seid wunderbar.«

»Emily?«

»Äußerst merkwürdig, daß ihr Bruder Nicholas ihr hilft, das Baby badet, höre ich ...«

»Die sind aufs Baden versessen.« Rose schrie über Christophers Geschrei hinweg; langsam steigerte er sich auf Hochtouren. »Wie geht's den Flüchtlingen?« brüllte sie. »Scht, scht, dauert nicht mehr lange.« Sie hielt den hungrigen, stinkenden Christopher als Schild zwischen sich und Edith.

»Wunderbar, meine Liebe. Wahnsinniger Spaß. Sie gehen alle auf die Dorfschule, helle wie sonstwas, sie kommen mit den Dorfkindern nicht aus, die sie schlicht verachten, aber alle zehn sind recht wohlerzogen, Gott sei Dank, das ist der Grund, weshalb ich keinen Spaltbreit Platz habe für die Jungs, die auf Urlaub kommen. Ich habe Ihnen übrigens einen Australier geschickt, er ist ein netter, junger Mann, hat sich beim Fliegenlernen das Bein gebrochen. So ein Jammer, aber wahrscheinlich hat's ihm das Leben gerettet, es heißt, viel zu viele Bomber gehen verloren. Ich geh' bloß mal nachsehen, ob er versorgt ist, jetzt, wo Sie wieder da sind, dann muß ich schleunigst los, Archie hat unser einziges Gästebett. Er wollte mit dem Bus zurückkommen, wenn er mit Ihnen geredet hat, aber vielleicht könnten Sie ihn zurückbringen, Benzin scheinen Sie ja ziemlich reichlich zu haben?«

»Ich ...«

Edith Malone lief voran, ins Haus hinein, Herrin der Lage. Rose trug Christopher in ihr Zimmer, legte ihn trocken und setzte sich, um ihn zu stillen. Mylo war ihr weggenommen worden, sie hatte Angst zu widersprechen.

Allein mit dem Kind, bemerkte sie, daß sie in einer Mischung aus Wut und Erschöpfung zitterte. Sie versuchte sich zu fassen, während Christopher an ihrer Brust nuckelte und seinen Kopf in sie hineinwühlte, dicke Tränen auf den Wangen. Er sah alt und mitleiderregend aus; er grapschte und schnappte nach ihrer Brustwarze, eifrig vor Hunger und Gier, womit er Rose an Ned erinnerte, als er sich vor dem Krieg und dessen unbekannten Folgen gefürchtet hatte. »Scht«, sagte sie, »na komm, ruhig, Kleiner, ruhig. Hab's doch nicht so eilig, sonst kriegst du Blähungen. Nimm's locker. Mach langsam.« Als Edwina den Kopf durch die Tür streckte, sagte sie: »Kommen Sie rein, und erzählen Sie mir, was zum Teufel hier los ist. Ist das ein Komplott?«

»Ham's dazu gemacht.« Edwina kam herein und schloß die Tür.

»Setzen Sie sich, und erzählen Sie.«

Edwina setzte sich. »Ihrem Freund geht's gut. Er ist sofort ins Bett, ohne ein Wort. Will Schlaf, würd' ich sagen, und Ruhe.«

»Danke. Und?«

»Die Leute sind aufmerksamer, als Sie glauben«, sagte Edwina.

»Und was, wenn sie's sind?« schnappte Rose zurück.

»Jemand, irgendein Gschaftlhuber ausm Dorf vielleicht, sieht Sie und ihn letztes Mal oder das Mal davor zusammen, is' egal, wer. Man redet. Das Gerede breitet sich aus, verstehn Se? Der Onkel Archibald vom Master ...«

»Wenn Sie ihn doch nicht so nennen würden ...«

»Bloß 'n Scherz zwischen uns, Farthing und mir. Also, sein Onkel Archibald wittert was, riecht Lunte. Als er zufällig vorbeikam, er sagte, es war zufällig, stellte er fest, Sie waren ausgeflogen. Könn' Se mir folgen?«

»O ja.«

»Er hat nichts gesagt, das wird er auch nicht, aber er handelt, macht sich diesen Plan von Mrs. Malone zunutze, den sie sich für Offiziere und Soldaten ausgedacht hat, die von überall her auf Urlaub sind und nicht wissen, wohin, und peng, haste nich gesehn, ist es passiert. Er steckt 'n Australier ins Haus, und schon haben Sie'n Anstandswauwau.«

»Verdammt noch mal, der Teufel soll ihn holen«, sagte Rose.

»Er schützt Ihren Namen vor Klatsch. Statt mit dem Feuer zu spielen und Ihren Ruf anzuknacksen, leisten Sie dank ihm und Mrs. Malone einen wichtigen Kriegsbeitrag.« Edwina lachte gackernd. »Kann nich sagen, es wär' nich komisch.«

»Wahnsinnig ulkig. Verdammt noch mal, wie konnte ...?«

»Sie sind so von sich in Anspruch genommen, daß Sie denken, niemand bemerkt, was Sie tun, stimmt's? Sie sind zu jung, denken die Leute, um ganz allein zu sein, wo er im Ausland is'. Sie beobachten ...«

»Der Teufel soll sie holen.«

»Sie kommunizieren.«

»Sie machen was?« Rose lachte jetzt, und das Kind an ihrer Brust entspannte sich merklich.

»Sie kommunizieren«, wiederholte Edwina voller Freude an dem Wort, »das heißt, nichts wird gesagt, aber vieles wird gedacht, auf so gerissene Art greifen sie ein. Ziemlich schlau.« Rose erkannte, daß Edwina Archie und Edith bewunderte.

»Spielt Mr. Malone in dieser Sache irgendeine Rolle?«

»Nein, nein. Der Krach der Flüchtlingskinder treibt ihn aus dem Haus, er verbringt die Tage viel Zeit in London, sagt, lieber erträgt er die Luftangriffe.«

»Was Sie nicht alles wissen«, sagte Rose sarkastisch.

»Na ja, Farthing und ich sind übers Anfangsstadium hinaus, könnte man sagen. Wir gucken weiter als bloß bis zu unserer Nasenspitze. Hören auch, sind nich mehr blind.«

Rose kicherte, sie hielt das Baby in die Höhe und tätschelte und streichelte ihm den Rücken. »Na komm, mein Schmuckstück, schlaf nicht ein. Mach für Mutter dein Bäuerchen.«

Christopher gehorchte so heftig, daß ein Mundvoll geronnene Milch heraussickerte. Rose wischte ihm den Mund ab und legte ihn an die andere Brust. »Wir haben also einen australischen Untermieter. Wie heißt er denn?«

»Jack Bowen. Er ist völlig harmlos. Ich glaube, alles in allem haben's die beiden richtig gemacht.«

»Verräterin. Nennen Sie mir einen einzigen Grund«, sagte Rose aufgebracht.

»So weit draußen aufm Meer wollen Se doch sicher nicht Ihre Boote abbrennen, das is' der eine.«

»Ich glaube, Sie und Farthing wollen, daß ich solide bin, mich anpasse an ...«

»Es gibt auch so was wie 'n Kompromiß.«

»Pah.«

»Er bietet Ihn' nich gerade Sicherheit, stimmt's, Ihr junger Freund? Sie haben an das Baby zu denken.«

»Tu' ich ...«

»Das Haus. Das Gut. Den Ort ...«

»Sie und Farthing?«

»Das hab' ich nicht gesagt.« Edwina wurde rot.

»O Edwina, tut mir leid.«

»Es muß mal gesagt werden; er kommt und geht, Sie wissen nie, wo Sie mit ihm dran sind; sehn wir der Sache ins Gesicht, eines schönen Tages kommt er vielleicht nich wieder. Sie wissen nich mal, wo er hingeht, stimmt's?«

»Nein«, sagte Rose tapfer.

»Jemand mußte es Ihnen mal sagen, Schätzchen.«

Als Edwina ging, blieb Rose mit dem auf ihren Knien dösenden Kind sitzen. Sie hatte sich wie in einer Falle gefühlt, erinnerte sie sich im Alter, als sie nahe dem Gipfel des Hügels in der Sonne saß und auf die Aussicht blickte. Sie hatte die Falle, in der sie saß, mit Kummer und, das gab sie jetzt zu, aber damals nicht, mit Resignation betrachtet. Selbst wenn Onkel Archibald und Edith Malone nicht eingegriffen hätten, um Rose durch die stillschweigende Beteiligung an ihrer sozialen Tat zu bremsen, hätte sie sich durch ihr Versprechen gegenüber Ned selbst Zügel angelegt. Wir hatten genügend Widerstände, ohne daß sie sich einmischen mußten, dachte sie. Ich hoffe, ich bin klug genug, mich nicht zwischen Christopher und Helen zu stellen.

Sie erinnerte sich, daß sie Christopher schlafen gelegt, sich das Gesicht gewaschen, das Haar gekämmt hatte und mit den schmutzigen Windeln in einem Eimer nach unten gegangen war. Archibald Loftus hatte sich in der Diele herumgequetscht. »Hallo, alles in Ordnung?« fragte er ziemlich schroff.

»Ja, vielen Dank. Ich bringe nur mal eben das Zeug hier weg, dann fahre ich dich nach Hause«, hatte sie gesagt.

»O ja, ah schön, danke.«

Vermutlich, hatte sie unfreundlich gedacht, will er auch seine Meinung loswerden, sonst hätte er ohne weiteres mit Edith nach Hause fahren können; ich werde ihn nicht bitten, zum Tee zu bleiben.

Er hatte es sich neben ihr im Wagen bequem gemacht; Comrade hatte sich vom Rücksitz herübergebeugt, um zu schnüffeln, und ihm ins Genick geatmet. Er war zusammengezuckt, aber Rose hatte dem Hund nicht Einhalt geboten, denn seine Verärgerung freute sie ein bißchen. »Du bist ein Katzenfreund, nicht wahr?« hatte sie frech gefragt.

»Würdest du im Dorf halten, ich möchte eine ›Picture Post‹ kaufen, damit du sie deinen Besuchern mitnehmen kannst.«

»Das ist nett von dir. Sie dürfen sich nicht langweilen«, hatte sie forsch geantwortet.

»Sei nicht so.« Er hatte einen Anflug von Schwäche gezeigt, und eine oder zwei Meilen dachte sie, er werde sich vielleicht verkneifen, was immer er auch hatte sagen wollen, aber schließlich hatte er seine Unentschiedenheit überwunden: »Ich will nicht sagen, daß du unklug bist, ich sage nur, es sah so aus, als wärst du's vielleicht, was auf dasselbe hinausläuft.«

»Ja, Onkel Archibald.«

»Deine Freundin Emily ist offensichtlich viel indiskreter als du gewesen (etwas Pech dabei vermutlich). Edith, eine alte Freundin, wie du weißt, Edith weiß, und ich weiß es auch, du hast nichts Tadelnswertes getan. Natürlich nicht, natürlich nicht! Aber es hat falsch ausgesehen.«

Ich würde es nicht tadelnswert nennen, hatte Rose gedacht, du dummer, alter Mann; wenn du denkst, ich bin ein harmloser Dummkopf, dann denk nur zu. »Ist das alles, Onkel Archie?« hatte sie freundlich gefragt.

Onkel Archie hatte ihr einen raschen Blick zugeworfen, den sie, wäre sie älter und erfahrener gewesen, als Aufforderung zu etwas wirklich sehr Tadelnswertem hätte deuten können, aber da sie damals erst zwanzig war, hatte sie nur gesagt: »Die ›Picture Post‹ können wir beim Zeitungshändler kaufen«, und Archibald Loftus hatte ihr gedankt. Jetzt mit siebenundsechzig gluckste Rose bei der Erinnerung in sich hinein. Onkel Archie war so ein verschlagener alter Knabe, daß er sie sich nicht anders als aufrichtig vorstellen konnte. Darin war er komisch. Oder, dachte sie, und betrachtete die Aussicht mit gerunzelter Stirn, während sie all die Jahre rückwärts blickte, war er noch gerissener, als ich dachte? Erriet er, daß mich Sicherheit in Versuchung führte?

37

Mylo erwachte schwitzend. Das Gewicht des Bettzeugs lastete auf seinem verwundeten Bein. Er war behindert. Schreckbilder von Polizei, Gestapo, Verdächtigungen gegen unzuverlässige Freunde rasten durch sein Hirn, dann, vollkommen wach, erinnerte er sich, wo er war. Er legte sich zurück, und der Schweiß auf seiner Brust kühlte sich ab, und das Herz, das vor Entsetzen gerast war, verlangsamte sein Tempo.

Er sah auf seine Uhr. Er hatte sieben Stunden geschlafen, seit Edwina Farthing ihn ausgezogen, Arme und Beine in einen Schlafanzug manövriert und ihn ins Bett gerollt hatte. Er lag da und horchte auf das stille Haus, dann stieg er vorsichtig aus dem Bett, humpelte ans Fenster. Der Vollmond erhellte den Garten; jenseits der Felder schrie eine Eule. Unter diesem Mond hatte er Rose nach dem Wintertennis in den Armen gehalten und sie geküßt, während sie dem Schrei der Füchsin lauschten.

Von Sehnsucht getrieben, humpelte er auf den Gang, horchte wieder. Eine Diele knarrte in dem sich abkühlenden Haus; in einem Nachbarzimmer schnarchte der Australier; er erinnerte sich an die Ankunft mit Rose, an ihren Gesichtsausdruck, der gleichzeitig Erstaunen und Verärgerung gezeigt hatte, als Mrs. Farthing ihr die Neuigkeiten mitteilte, an ihren wilden Blick, als Archibald Loftus ihm ins Haus half, wobei der Griff des Alten fest, unwiderstehlich gewesen war, und wie dann ihr Ausdruck sich in hoffnungslose Resignation verwandelt hatte, als ihr die Kontrolle über die Lage entrissen wurde. Er hatte vermutet, daß sie überlistet worden war und man sie am besten in Ruhe ließ, aber jetzt – er tastete sich durch den Gang, öffnete Roses Tür und ging hinein.

Sie lag so da, wie er sie jenes erste Mal verlassen hatte, das Haar zerwühlt, einen Arm über die Seite des Bettes geworfen, aus dem er eben gestiegen war.

In ihrem Korb wedelte Comrade heftig mit dem Schwanz, wie sie es getan hatte, als er im Weggehen zu ihr »bleib« gesagt hatte. Auf dem Teppich wanden sich die Zwillingskatzen, ineinander verflochten, die grünen Augen wachsam. Es stimmte überein, alles war in Ordnung, nichts war verändert.

In seinem Bettchen seufzte Christopher, wimmerte im Schlaf. Ah. Das …

Mylo zögerte, als die Ereignisse der letzten paar Tage brausend zurückwogten. Die Angst, die Verfolgung, der Schmerz, das grotesk laute Krankenhaus, die Errettung durch Rose.

»Liebling.« Sie war wach. »Komm rein.« Sie streckte die Arme aus. »Vorsichtig mit deinem Bein. Schaffst du's?«

»Ich schaff's.« Er mühte sich aus dem Schlafanzug.

»Du schaffst es recht gut«, sagte sie befriedigt, als sie miteinander geschlafen hatten. »Sehr gut, möchte ich sagen. Wollen wir's noch mal machen?« Sie küßte seinen Hals, spürte seinen Puls unter ihrer Zunge, während er den Duft ihres Haars einatmete. »O mein Schatz, ich habe dich so vermißt.«

»Wenn ich blind wäre, ich würde dich am Geruch erkennen.«

»Wenn ich blind wäre, ich würde dich daran erkennen, wie du dich anfühlst.«

»Deine Stimme.«

»Deine liebe Stimme.«

Christopher, der wach wurde, als die nassen Windeln um seine Glieder abkühlten, erhob ein gekränktes Geschrei.

»*Seine* Stimme! Ich muß ihn stillen.« Sie setzte sich auf.

»Zu dieser Stunde?«

»Ja.«

»Tyrannisch.« Er sah zu, wie sie aus dem Bett stieg, ein Umschlagtuch um die Schultern raffte, das Kind hochnahm, es trockenlegte, es mit ins Bett brachte, sich gegen Kissen gelehnt hinsetzte und es an ihre Brust legte. Beim Zusehen verspürte Mylo eine Welle der Eifersucht, eine mörderische Wut auf Ned, der sich in Christophers Gestalt dazwischendrängte und ihn von Rose trennte. »Was denkt dein Gatte über seinen Erben?«

»Er hat ihn noch nicht kennengelernt.«

»Aber er wußte, daß du schwanger warst?«

»O ja. Ich hab's ihm geschrieben. Ja, ich hab's ihm in einem Brief geschrieben.«

»War er nicht entzückt?«

»Er war gerade nach Übersee gegangen, als ich schrieb, und so ...«

»Also war er entzückt?« (Warum insistiere ich?)

»Nicht direkt«, antwortete sie vorsichtig. »Erfreut. Ja, ich nehme an, er war erfreut.«

»Du nimmst es an?« Mylo war verwirrt. »Er wußte doch, es war von ihm.«

»Natürlich. Er hätte nichts anderes vermutet.«

»Er vertraut dir.« Mylo lag auf dem Rücken und steckte die Hände unter seinen Kopf.

»Natürlich.«

»Also muß er doch außer sich, stolz, entzückt gewesen

sein.« (Meine Wunde pocht im selben Rhythmus, in dem das Baby nuckelt.)

Rose blickte über Christophers Kopf hinweg zu Mylo, seine dunklen Augen, die zur Decke sahen, funkelten im Mondlicht. Ich kann ihm kaum erzählen, daß es meine Idee war, ein Baby zu bekommen, meine Entscheidung, nicht Neds, daß Ned keine Rolle dabei spielte, nun ja, eine sehr kleine, nicht um Rat gefragt wurde.

»Ich hab's ihm in einem Brief geschrieben«, wiederholte sie.

»Und was hat der glückliche Vater gesagt?« Mylo hoffte, daß die Eifersucht seiner Stimme nicht anzuhören war, er wußte, die Wahl seiner Worte war unglücklich, zu spät, sie zurückzunehmen. »Er muß doch völlig aus dem Häuschen geraten sein«, besserte er nach.

»Er sagte: ›Laß uns beten, daß es kein Mädchen wird.‹« Rose hielt ihre Stimme neutral.

»Erstgeburtsrecht?« Erschrocken und entsetzt spürte Mylo ihren Schmerz.

»Ja«, sagte sie, »genau.«

»Und als er zur Welt kam, was sagte er da?«

»Gott sei Dank, es ist ein Junge. Ich hoffe, er ist stark und schielt nicht oder sonstwas.«

»Sonstwas?«

»Irgendein entfernter Peel wurde mit einer Hasenscharte geboren«, sagte sie.

»Hat er das telegrafiert?«

»Er hat nicht telegrafiert. Er hat geschrieben.«

»Scheißkerl.«

»Er kann nicht anders«, verteidigte sie den abwesenden Ned. »Er ist ein wohlhabender Mann, er ist ein freundlicher Mensch.«

»Das sagst du.«

»Das sagt man.«

»Komm, er hat genug, er schläft ja schon ein. Leg ihn zurück in sein Bettchen und komm wieder zu mir.« (Man sollte ein unschuldiges Kind nicht verabscheuen.) Auf seinen Ellenbogen gestützt, beobachtete Mylo, wie Rose das Kind in sein Moseskörbchen legte und sich bückte, um es auf den Scheitel zu küssen.

»Er kann nichts gegen seine Natur«, sagte sie.

Meinte sie das Kind oder dessen Vater? Es lag etwas in ihrem Tonfall, was ihn mit freudiger Erregung erfüllte. »Ich glaube«, sagte er lachend, »daß du jemand bist, der überdauert.«

»Ich hoffe, das bist du auch«, sagte sie.

Als Rose wieder in seinen Armen lag, streichelte er ihr das Haar, indem er mit den Fingern an ihrem Schädel hochfuhr, ihr die Hände gewölbt über die Ohren legte und sich niederbeugte, um ihren Mund zu küssen. Sie hörte das Rauschen des Meeres, wie wenn man sich eine Muschel ans Ohr hält, und rückte zitternd nahe an ihn heran, als ihr der Kanal wieder einfiel, der sie vor so kurzer Zeit noch getrennt hatte.

»Wenn ich in Frankreich bei meiner Arbeit bin«, sagte er, »erlaube ich mir nur sehr selten, an dich zu denken, aber dann sehe ich uns als die beiden dort auf dem Bonnard.« Er richtete sich auf und spähte nach der Lithographie.

»Wir sind inzwischen älter als die beiden«, murmelte sie.

»Nicht in unseren Herzen, das nie.«

»Natürlich nicht«, stimmte sie entschlossen zu.

»Sie hat keinen Gatten, der sich zwischen sie drängt«, sagte er neidisch.

»Er hat keine Arbeit, die ihn ihr wegnimmt«, flüsterte Rose. »Weg, um ins Bein geschossen zu werden.«

»Ihre ganze Aufmerksamkeit gehört ihm. Sie hat kein Haus zu versorgen, keinen Gutshof, keinen Garten, sich um keinen hübschen Besucher aus Australien zu kümmern.«

»Ist er denn hübsch?«

»Überwältigend. Ich habe ihn kurz gesehen, als ich ins Bett geschleppt wurde. Sie hat keine lästigen angeheirateten Verwandten und Freundinnen, kein Baby. Wenn sie ein Baby hätte, wäre es von ihrem Geliebten.«

»Oh«, Rose drehte sich weg, »nicht doch. Das tut *weh.*«

»Mein Liebling, ich wollte dir um alles in der Welt nicht weh tun. Ich nörgle nur, weil ich so glücklich bin, daß ich überhaupt hier bin, ich liebe dich.«

»Und ich liebe dich, aber ich nehme nicht an«, sie sah zu den Liebenden auf dem Bild hinüber, »daß sie ihr ganzes Leben so verbracht haben, er nackt, sie in Hemdhosen.«

Was mich vielleicht am stärksten an Rose band, pflegte Mylo später im Leben zu denken, war unser gemeinsames Lachen. Es war ein stärkeres Band als Gelöbnisse ewiger Liebe, dauerhafter als Eifersucht, verbindender als Lust.

38

Rose war wütend auf Neds Onkel Archibald und auf Edith Malone. So stark hatte sie die Einmischung von Verwandten und Freunden nicht mehr zu spüren bekommen, seit sie in die Ehe hineinmanövriert worden war. Nun kam ihr ganzer Groll zurückgeströmt. Später sollte sie lernen, die gutgemeinte Macht der Älteren zu durchkreuzen und deren göttliches Recht, zu wissen, was das beste für sie sei, zu erkennen und zu mißachten. Vieles sollte sie von Thornbys lernen, die, dickhäutig und egoistisch, es dennoch schafften, entgegenkommend und liebenswürdig zu erscheinen, sollte es ihnen in den Kram passen, während sie das Gegenteil von dem taten, was man von ihnen erwartete.

Die ihr auferlegte Bürde des australischen Besuchers, die Rose damals in Wut versetzte, weil sie dadurch um das Alleinsein mit Mylo gebracht wurde, sollte durch Ediths Plan dazu führen, daß noch weitere Besucher folgten, Franzosen, Holländer, Polen, Kanadier, Belgier und Amerikaner. Für den Rest des Krieges war Slepe selten ohne Gäste; Mylo verlor sich aus der Erinnerung der Leute, ging in der Menge auf. Falls einmal darauf angespielt wurde, daß Rose eine Affäre mit einem der Besucher haben könnte, lachte sie nur; sie vermutete, der Wink kam von Nicholas, der ihn als Verschleierungstaktik für seine Schwester benutzte, denn Emily schloß sich bald dem Gastfreundschaftsplan an, bot ihre Gästezimmer an und ließ es sich nicht nehmen, Rose und anderen Gastgeberinnen die attraktiveren und begehrlicheren Besucher zu entführen und die langweiligeren und ungehobelteren den Gastgeberinnen zu überlassen, die weniger flink als sie waren, so daß bei Kriegsende allgemein bekannt war, daß Emily mehr Carepakete erhielt, mit Zigaretten und Nylons besser versorgt war als sonst jemand im County, und daß in jenen Zeiten von Trockenei, Dosenfleisch und Walsteak sie von ihren vielsprachigen Gästen kochen (und andere weniger greifbare Fertigkeiten) lernte.

Doch all das sollte erst später kommen. Als Rose von ihren morgendlichen Einkäufen zurückkehrte, strahlend von der Wohltat der nächtlichen Liebesspiele und innerlich mit Plänen beschäftigt, wie sie Mylo während des Tages und in der Nacht für sich behalten könnte, stellte sie voll Zorn fest, daß Emily, Nicholas und die kleine Laura sich in der Küche ungeniert an ihrer Teeration gütlich taten und mit dem australischen Piloten schwatzten und lachten, der Laura auf seinen Knien schaukelte, während ihm Nicholas eine nackte Frau auf den Gipsverband zeichnete (»Das hier ist meine Schwester Emily, wenn sie in Hochform ist«).

Noch wütender war Rose, als sie feststellte, daß Mylo, ohne ihr etwas zu sagen, in London angerufen und Major Pye über seinen Aufenthaltsort informiert hatte und gerade mit Victoria in der Bibliothek eine vertrauliche Besprechung abhielt. Mylo stellte sie einander vor, und die beiden Frauen gaben sich die Hand; als Rose Victorias bemerkenswerte Augen in ihrem nichtssagenden Weibchengesicht sah, wehte sie eine Vorahnung des Schicksals an.

»Victoria gehört zu meinem Verein, ist hier, um mit mir 'ne kurze Lagebesprechung abzuhalten«, sagte Mylo.

»Es ist sehr freundlich von Ihnen, daß Sie Mr. Cooper bei

sich aufgenommen haben, Sie haben ihn für uns rausgeholt, ehe wir dazu gekommen sind.« Victorias Lächeln war freundlich, ließ mehr als passable Zähne sehen. (Was glaubt sie, wer sie ist? Wer ist »uns« und »wir«? Er gehört mir.) Victoria nahm wieder neben Mylo Platz und sah zu Rose hoch. (Sie erwartet, daß ich sie beide allein lasse. Ich bin überflüssig.)

»Ich muß Victoria über die Ergebnisse meiner Reise informieren«, sagte Mylo. Er wollte nicht, daß sie blieb, nannte sie nicht Liebling, war abweisend.

»Da lasse ich Sie allein, damit Sie weitermachen können«, sagte Rose, und dann zwang sie sich hinzuzusetzen: »Ich hoffe, Sie können zum Essen bleiben?«

»Das würde ich sehr gern, aber ich muß zurück ins Büro, und ich darf Ihren Rationen nicht zur Last fallen.« Victorias Manieren waren so vollkommen wie ihre Augen.

»Doch, Sie müssen bleiben, ich bestehe darauf«, sagte Rose. »Wir haben einen Piloten mit gebrochenem Bein hier, der Aufmunterung nötig hat, und wir haben massenhaft zu essen, da wir einen Bauernhof haben. Bitte bleiben Sie.« Vielleicht, dachte sie wütend, erliegt dieses Mädchen ja den Reizen des schönen Australiers.

Schließlich blieb Victoria und war von Nicholas und Emily amüsiert, die die Tischgesellschaft damit unterhielten, daß sie erzählten, ihr Vater, der Bischof, weigere sich, Laura zu taufen, und eine herrliche Geschichte daraus machten, daß ihre Eltern die Gültigkeit einer Taufe sowieso anzweifelten, wenn das Kind von einem unbekannten Vater war.

»Ist das nicht barbarisch? Ist das nicht die typische Einstellung eines Kirchenmannes? Er ist Bischof und trotzdem so unchristlich?«

»Er ist ein netter alter Herr, und ich wette, er hat sich nicht geweigert, Laura zu taufen. Ihr habt euch die Geschichte bloß ausgedacht, um versnobt zu tun und damit herumzuprahlen« (was sage ich da? Ich benehme mich ja wie ein Kind im Kindergarten), »daß euer Vater Bischof ist.«

»Nein, nein, wir haben sie uns nicht ausgedacht. Er macht alle möglichen Ausflüchte. Andererseits weiß Emily nicht, wer der Vater ist. Was würdet ihr Antipoden denn tun? Ihr wärt doch auch nicht gemein zu einem kleinen Tommy-Bankert, nicht wahr?« Nicholas lockte Roses Gast in sein Netz, wobei er alle Anzeichen von dessen Geniertsein genoß. »Komm, Rose, du mußt uns helfen.«

Rose wich zurück vor dem, was sie als eine Thornby-Falle im Verdacht hatte. »Gar so gut habe ich euren Vater nie gekannt«, entschuldigte sie sich.

»Kannst du uns denn fünf oder zehn Liter Benzin pumpen?« verriet Nicholas den wahren Grund ihres Besuches.

»Nein«, sagte Rose, »natürlich nicht.«

»O komm, Rose, ich bin sicher, du kannst etwas erübrigen. Unser netter Schwarzhändler ist versiegt.«

»Wie steht's mit eurem Lawimi?«

»Die sind ein bißchen kompliziert.«

»Es bleibt bei nein.«

»Was müssen Sie nur von uns Schwarzhändlern mit unehelichen Kindern denken?« wandte sich Nicholas an Victoria.

»Kommt vor«, sagte Victoria ruhig, und dann: »Ich muß los, tut mir leid.« Sie wandte sich an Rose. »Vielen Dank fürs Essen.« Mylo humpelte mit an ihren Wagen, während Rose folgte. »Auf Wiedersehen«, sagte Victoria und gab Rose die Hand; dann: »Ich lasse dich morgen abholen«, sagte sie zu Mylo, als sie in ihren Wagen stieg. »Kannst du um zehn bereit sein?«

»Ja, natürlich.« Mylo sah dem Wagen nach, der die Auffahrt hinunterfuhr. »Nettes Mädchen«, sagte er, »sehr tüchtig.«

Rose empfand Neid wie einen heftigen Stich. »Du kannst morgen nicht weg, dein Bein ist nicht gesund genug.«

»Ich lasse es in London untersuchen.«

»Du kannst mich nicht verlassen, ich habe dich doch eben erst zurückgeholt.«

»Ich muß weg ...«

»Warum?«

»Du weißt, warum.« Er hatte nicht vor, seine Arbeit zu erörtern oder zu erklären, es war ihm sowieso verboten. In dieser Nacht hatten sie Krach.

Er entzündete sich, wie das Kräche tun, an einem Thema, über das sie normalerweise einer Meinung gewesen wären: Edith Malone. Rose, die darunter litt, daß sie dazu verdonnert war, auf unbestimmte Zeit eine Reihe von Fremden zu beherbergen, beklagte sich, als Mylo in ihr Bett kam, über die Einmischung von Edith Malone und Archibald Loftus. Die kostbare Ungestörtheit würde dauernd unterbrochen werden durch ein Heer von Gästen mit unbekannten Bedürfnissen. Die Zumutung sei unerhört.

Den Tag über hatte sie ihren Ärger damit geschürt, daß sie in ihrem Innern alle Gelegenheiten durchhechelte, seien sie wirklich oder eingebildet, bei denen ihre Eltern in ihr Leben eingegriffen hatten. Dabei vergaß sie, daß, wäre ihre Mutter nicht so beharrlich gewesen, sie nie Mylo bei dem Wintertennis kennengelernt hätte, und verweilte bei der Begegnung mit Ned. Ohne ihre Mutter und Mrs. Malone wäre sie Ned nie begegnet, wäre ihr nie die Ehe mit ihm aufgeschwatzt worden, säße sie jetzt nicht in der Falle, wäre sie nie in diese gastfreundschaftliche Rolle hineingelockt worden. Wie gern hätte sie ihre Ruhe, wäre sie allein mit Mylo, ihrem Schatz, ihrem Liebling, um zu kopulieren. (Dieses Wort, das Nicholas manchmal wirkungsvoll benutzte und das sie seit kurzem ihrem Wortschatz hinzugefügt hatte, probierte sie jetzt an Mylo aus, den es nicht zu berühren schien.) Noch im gleichen Atemzug sagte sie, sie sei von den ungeladenen Gästen gelangweilt und belästigt und sie sehe viel Ärger von seiten Nicholas' und Emilys voraus. »Schau bloß, wie sie sich uns heute aufgedrängt haben«, maulte sie. »Es ist alles Ediths Fehler, unser Tag ruiniert.« Ihre wahren Ängste wagte sie nicht auszusprechen, Mylos nahe Abreise. Wohin? Für wie lange? Würde er das nächste Mal getötet werden? Würde sie ihn vielleicht nie wiedersehen?

Und Victoria.

Vom Morgen an hatte sie eine so heftige Eifersucht verzehrt, daß es ihr auf die Milch geschlagen war, was wiederum auf Christopher durchschlug, der sich jetzt mit Magenschmerzen wand, die Beinchen anzog, die Babyfäuste ballte und schlafen, wie es sonst seine engelhafte Art war, entweder nicht konnte oder nicht wollte. Wenn Mylo auf diesem Fuß (sie konnte natürlich nicht genau sagen, auf *welchem* Fuß) mit Victoria stand, wer war da wohl in Frankreich, der ihn wie ein Magnet zurückzog? Eine ganz bestimmte Frau? Viele Frauen? Dieses ganze Gerede von langweiligen Französinnen, begleitet von Versicherungen seiner Liebe für sie, Rose, war offensichtlich nichts als Schwachsinn. So tobten ihre Gedanken und Ängste, als sie zum zigsten Male Christopher beruhigte, ihm voller Hoffnung Dillwasser ins Mündchen löffelte.

»Edith Malone ist eine alte Gschaftlhuberin. Seit Mutter nach London umgezogen ist, hat sie sich zum Wachhund über meine Moral ernannt. Ich wünschte bei Gott, sie würde sich um ihre eigenen Dinge kümmern, anstatt ihre Nase in meine Angelegenheiten zu stecken und Neds Onkel mit hineinzuziehen. Warum können uns die beiden nicht in Ruhe lassen? Wie um alles in der Welt ist sie bloß auf dich und mich verfallen, wo wir doch so ungeheuer diskret gewesen sind?«

»Ich glaube, sie hat nicht die geringste Ahnung von dir und mir«, sagte Mylo gelassen. (Wenn Rose nur dieses Baby zum Schweigen bringen würde, könnten wir uns ins Bett kuscheln und der Nacht lauschen.)

»Was meinst du damit?« fuhr Rose ihn an.

»Mrs. Malone ist ein Snob, es würde ihr nicht im Traum in den Sinn kommen, daß du mit dem Privatlehrer ihres Sohnes schlafen könntest.«

»Was für ein Unsinn. Sie ist kein Snob« (natürlich hat er recht, sie *ist* einer), »das ist Unsinn«, wiederholte Rose.

»Ist es nicht. Sie ist freundlich. Du hast mir erzählt, wie freundlich sie zu dir war, wie sie für dich gesorgt hat, als du krank warst, daß sie George rübergeschickt hat – übrigens, was ist mit George?« Ein leiser Zweifel glitt über Mylo hinweg, doch er verfolgte weiter die Fährte von Ediths Freundlichkeit. »Sie war freundlich zu mir, als ich für die Familie arbeitete, sie hat mir sogar Sachen zum Anziehen gekauft, als sie meine französischen Arbeiterklamotten nicht mehr ertrug. Ich habe dir das nie erzählt, stimmt's? Jetzt ist sie freundlich zu all den heimwehkranken Soldaten, die ihr bei euch aufnehmen werdet – treib's nicht zu weit mit denen, ja? –, sie kam einfach zufällig mit dem alten Loftus im Schlepptau vorbei, weil er gerade bei ihr ist. Er hat möglicherweise den Braten gerochen, sie nicht.«

»Sei nicht albern.«

»Das bin ich nicht. Was deinen glänzenden Ruf angeht, so

ist er bei Edith Malone in sicheren Händen, und Loftus geht nicht rum und klatscht; wäre nicht im Interesse seines Neffen.«

»Wieso sollte sie nicht? Warum?« Rose, müde und schon ziemlich gereizt, ärgerte sich über Mylos Ton. Sie legte Christopher zurück in sein Bettchen.

»Wie ich schon sagte, bin ich der Privatlehrer ihres Sohnes, ein Diener, niemand, mit dem ein Mensch wie du schlafen würde.«

»Wie kannst du so einen Quatsch reden! Wie kannst du nur so lächerlich sein?« Roses laute Stimme weckte Christopher, der gerade am Einschlafen war. Er nahm all seine Kraft zusammen, füllte seine Lungen, quengelte, schaltete einen Gang rauf, schrie.

Mylo, der auf dem Rand von Roses Bett saß, ballte verzweifelt die Fäuste. Er gebe nicht dem Baby die Schuld, sagte er sich, schuld sei Ned. Während der einsamen Monate in Frankreich, wenn er von Rose träumte, sanft, nachgiebig, zu strahlender Leidenschaft erregt, vergaß er, daß Ned existierte, doch jetzt – er betrachtete das schreiende Kind voll Abscheu. Er hatte mit Rose schlafen wollen wie in der Nacht zuvor, er war voller erotischer Vorfreude in ihr Zimmer gekommen, jetzt erstickte er fast vor Eifersucht und Enttäuschung. »Wenn das mein Kind wäre«, sagte er, »würde ich's ertränken.«

Rose wurde kreidebleich.

»Was ich sagen wollte«, fuhr Mylo fort, »ich wünschte, ich könnte deinen Gatten Ned ertränken.«

»Nein, das hast du nicht gesagt. Du möchtest mein unschuldiges Kind umbringen.« Sie mußte brüllen, um sich über Christophers Geschrei hinweg verständlich zu machen. »Und wenn du's unbedingt wissen mußt, ich liebe meinen Mann«, schrie Rose. (Von welchem Teufel war sie besessen, daß sie diese offenkundige Lüge aussprach, die Mylo, von Eifersucht verzehrt, plötzlich glaubte?)

Es folgten Vorwürfe, Gegenvorwürfe, Tränen, Zerknirschung, Entschuldigungen, Vergebung, Erklärungen und, da Christopher müde war, ehe sie es waren, und mit einem Schluckauf in Schlummer fiel, ein Fick.

Am nächsten Morgen zitterte Rose, als sie zusah, wie Mylo weggefahren wurde. Was war mit uns los? fragte sie sich. So etwas dürfen wir nie wieder passieren lassen. Sie fühlte sich ziemlich übel und krank, als sie auf der Treppe stand und Mylo hinterherwinkte; dann bog der Wagen um die Ecke und entschwand ihren Blicken.

39

In den folgenden Wochen litt Rose. Die Worte und der Ton, die sie in dem Streit gegeneinander benutzt hatten, klangen und hallten in ihrem Innern nach. Sie waren von ihrer eigenen Heftigkeit zu zerschlagen gewesen, um zu einem befriedigenden Beischlaf zu gelangen. Mylo, der durch sein verletztes Bein behindert war, kam zu schnell. Rose war zu angespannt, um einen Orgasmus zu bekommen. Den Rest der Nacht lagen sie wach da, zu durcheinander, um zu schlafen, und schmiegten sich schweigend aneinander.

Mylo verließ am Morgen ihr Bett und warf einen mürrischen Blick auf den Bonnard und das Ideal, das er repräsentierte.

Als Rose ihn in dem Wagen wegfahren sah, der ihn abholen gekommen war, durchzuckte sie überraschend Erleichterung.

Während der folgenden Woche kümmerte sie sich emsig um ihren australischen Gast, telefonierte mit der Frau, die für den Gastfreundschaftsplan verantwortlich war, um für Nachschub an Besuchern zu sorgen, und räumte das Haus um, um Platz für sie zu schaffen. Wenn sie ihr Leben bis zum Rand mit Arbeit ausfüllte, dachte sie, könnte sie Mylos Abwesenheit ertragen. Sie arbeitete fleißiger denn je im Garten, steigerte die auf dem Gutshof zugebrachten Stunden. Von ihren Hunden begleitet, karrte sie Christopher mit sich herum, so daß er sich in späteren Tagen immer wieder fragte, warum er in Streßzeiten den Gestank von Kuhställen roch und an seine Mutter denken mußte.

Wenn Mylo anrief, empfand sie ihre Trennung heftig. Beim Hören seiner Stimme verlangte es sie nach seiner körperlichen Anwesenheit. Am Ende ihrer kurzen Gespräche war sie einsamer als vorher. Die Gespräche waren zwangsläufig kurz, der Großteil der durch die Kriegsbeschränkungen erlaubten drei Minuten rückblickend vergeudet. Als er wieder einmal anrief, erkannte sie an seiner Stimme, daß er das Land bald verließ.

»Fährst du wieder weg?«

»Ja Liebling, heute abend.«

»Dein Bein, wie geht's deinem Bein?«

»Einigermaßen geheilt. Egal, wie lange ich weg bin, vergiß mich nicht.«

»Als wenn ich das könnte. Ich liebe dich.«

»Und ich liebe dich. Paß für mich auf das Mädchen in der Hemdhose auf.«

»Das werde ich. Das werde ich.«

Was hatten sie noch gesagt? Paß auf dich auf ... komm bald wieder ... komm gesund wieder ... vergiß nicht, oh, vergiß nicht ... Ich könnte nie jemand anderen lieben ... Worte, nur Worte. Hörte er, wie ihre Stimme stockte? Sie meinte, sie höre in seiner einen leisen Zweifel. Mißtraute sie ihm? Wie sollte sie wissen, daß er in der Nacht mit dem Fallschirm über Frankreich abspringen sollte und daß diese Aussicht seine Eingeweide zu Wasser werden ließ?

»Wann wirst du zurück sein?«

»Ich weiß es nicht. Ich kann's dir nicht sagen. Mach dir keine Sorgen.«

Was für ein saublöder Spruch: Mach dir keine Sorgen.

Sie legte den Hörer auf und ging in die Küche. Edwina

kochte gerade Tee für den Briefträger. Der australische Besucher schälte Äpfel, um Apfelringe für den Apfelkuchen im kommenden Winter herzustellen. »Hallo«, sagte er. »Kommen Sie, leisten Sie uns Gesellschaft. Mrs. F. hält nicht viel von untätigen Händen.«

»Guten Morgen«, sagte der Briefträger.

»Tasse Tee?« schlug Edwina vor. »Hier ist Ihre Post. Drei Briefe von Seiner Hoheit.«

Der Australier blickte auf. Der Briefträger unterdrückte ein Grinsen.

»Nennen Sie ihn nicht so.« Rose nahm die Briefe. »Seine Hoheit ist ja noch schlimmer als ›der Master‹.«

Edwina zog die Augenbrauen hoch. Der Briefträger stellte seine leere Tasse ab, murmelte auf Wiedersehen und verschwand.

Rose schlitzte die Luftpostbriefe mit einem Messer auf. »Ich habe veranlaßt«, schrieb Ned, »den Namen meines Sohnes für meine alte Schule vorzumerken. Es ist wichtig, seinen Namen auf die Liste einer guten Anstalt zu setzen. Ich habe an Onkel Archibald geschrieben, daß er den besten Internatsleiter für die Zeit herausfinden soll, wenn mein Sohn vierzehn ist, wenn er gescheit ist, dreizehn. Ich habe seinen Namen auch provisorisch auf die Liste meiner alten Vorbereitungsschule setzen lassen.«

Rose nahm die übrigen Briefe und ging aus der Küche. In der Bibliothek setzte sie sich auf das Sofa und fing den Brief noch mal von vorn an. Ihre Augen hatten sie nicht getrogen. Ned schrieb »mein«, nicht »unser« Sohn, nicht Christopher, auch nicht »unser Baby«. Er schrieb »mein Sohn«, zweimal. Comrade, die spürte, daß irgend etwas nicht in Ordnung war, lehnte sich gegen Roses Bein. Ihr Welpe lag auf dem Rücken, streckte den Bauch in die Luft und wedelte erwartungsvoll mit dem Schwanz.

Im zweiten Brief berichtete Ned über seine Gesundheit (hervorragend), die verschiedener Freunde (passabel), deutete die baldige Beförderung zum Major an (ebenfalls hervorragend, denn er war nicht Berufssoldat) und »was nun die guten Nachrichten angeht, so ist es höchstwahrscheinlich, daß ich in nicht ferner Zeit wieder in England sein werde«.

Rose fragte sich, ob ihr Mut, der bereits sank, noch weiter schwinden könne. Sie machte den dritten Brief auf.

»Liebe Rose«, schrieb er, »mein Bankier ist besorgt … dir scheint nicht bewußt … ehe so großzügig Geld auszugeben, solltest du … während ich für mein Land kämpfe … (kämpfe? Am Schreibtisch?) … nicht so viel verdiene wie in Friedenszeiten … ich habe jetzt ein Kind zu … Ist es notwendig, so eine große Summe zu … versuche, so sparsam zu sein wie … ist es zum Beispiel nötig, so viele Bücher zu kaufen? Hatchards' Rechnung ist … versuche dir bitte vorzustellen, wie das für mich ist, so weit weg, zu …«

Sie war dankbar für Christophers Geschrei. Zeit fürs Vormittagsgelage.

»Ich kriege ihn offenbar nicht satt«, sagte sie wenig später zu Edwina. »Er hat furchtbares Magenknurren, und vorher ist er nicht so mürrisch gewesen.«

»Sorgen lassen die Milch eintrocknen. Wie wär's mit Zusatznahrung?«

»Ein Fläschchen?«

»Ja. Soll ich ihm eins zurechtmachen?«

»Wenn Sie meinen, das hilft.«

Die Ältere verschwand. Rose brachte Christopher dazu, sein Bäuerchen zu machen. Wenn das Baby wegen seiner

Magenverstimmung die Augen verdrehte, sah es seinem Vater äußerst ähnlich. »Er hat deinen Namen für Eton eintragen lassen. Sein Sohn! Armes Kerlchen.« Christopher rülpste. »Das ist besser. Ah! Da ist Edwina mit einem klitzekleinen Fläschchen, probier es mal.« Rose steckte Christopher den Schnuller in den Mund. »Mein Gott! Er mag es! Ich habe ihn verhungern lassen. Sehen Sie mal, er guckt wieder geradeaus.«

»Gefällt ihm ...«

»In dem Fall entwöhne ich ihn, und der Major kann sich über eine außerordentlich saftige Rechnung von Cow & Gate beschweren.«

»Beschwert sich der Major über Verschwendung?« Edwina, die langsam kapierte, ließ ihren Blick zu Neds Briefen kreisen. »Befördert worden, ja?«

»Bald.«

»Dann schicken Se ihm doch die Rechnungen von seinem Schneider nach. Er hat mir gesagt, ich soll se zurückhalten, als er nach Übersee gegangen ist; sie umadressieren, soll ich das? Sie liegen in der Schublade vom Küchenschrank.«

»Edwina!« Rose war perplex vor Bewunderung. »Ja. Bitte tun Sie das.«

»In Ordnung. Lassen Sie das Baby 'n bißchen hier bei mir. Die Kinder könn' es im Garten rumkarren. Wenn Sie mit den Hunden 'n Spaziergang machen, wird's Ihnen bessergehen, wenn Se mal 'n bißchen für sich gewesen sind.«

»Soll ich? Meinen Sie das wirklich?«

»Versuchen Sie's doch mal.« Edwina stürzte sich auf das Baby. »Na, dann komm mal mit der alten Edwina mit, wir schieben dein' Kinderwagen zur Post und schaufeln Papas liebe, kleine Rechnungen in den Briefkasten.« Christopher gluckste vergnügt, als sie ihn wegtrug.

Rose zog Gummistiefel und eine Jacke an und pfiff die Hunde zu sich. Während sie den Fluß hinaufspazierte und beobachtete, wie die Bäume goldene Blätter ins Wasser warfen, versuchte sie sich Ned in Ägypten vorzustellen. Seine Briefe teilten keine nahöstlichen Bilder mit, er hätte genausogut aus seinem Club in London schreiben können, dachte sie ärgerlich, und was ich sehen möchte, ist sowieso Frankreich, Mylo in Frankreich. Ob er wohl seine blaue Arbeiterkleidung trägt, wenn er in die französische Masse eintaucht? Ob er singt, wie er in der Badewanne singt: *Par les routes de France/De France et de Navarre/Je fais ma révérence /Je m'en vais au hazard.* Ob er singt? Während sie zusah, wie die Blätter fielen, und hinlief, um eines zu fangen, und es verfehlte, hörte sie im Geiste Mylos Stimme und schrie über die leere Wiese, womit sie die Krähen hochscheuchte, die sich in einer Eiche an den Eicheln gütlich taten: »Ich bin einsam, einsam, einsam.« Aber lange sollte sie nicht einsam bleiben. Fünf Wochen später merkte sie, daß sie schwanger war.

40

Rose hatte an das alte Ammenmärchen geglaubt, daß, solange gestillt wird, eine Empfängnis unmöglich ist, und konnte deshalb zuerst ihre mißliche Lage gar nicht glauben. Sie ließ Christopher bei Edwina Farthing, fuhr einen Tag nach London und ließ in einem Krankenhaus einen Schwangerschaftstest machen, bei dem sie einen falschen Namen angab und gewandt Lügen auftischte. Eine Woche später erhielt sie mit der Post die Mitteilung, der Test sei positiv verlaufen.

Mylo war weg, es gab keine Möglichkeit, sich mit ihm in Verbindung zu setzen. Er hatte keine Adresse genannt; sie war zu stolz gewesen, um zu fragen, ob Mitteilungen über Victoria spediert werden könnten. Sie hatte keine Möglichkeit, in Erfahrung zu bringen, wann er zurückkam oder, teilnahmslos nahm sie es hin, ob er überhaupt je zurückkam. Sie mußte allein damit fertigwerden.

Wen konnte sie um Hilfe bitten?

Wenn sie um Hilfe bat, so hieß das, sie dachte daran, das Kind loszuwerden.

Wenn sie's bekommen wollte, brauchte sie keine Hilfe. Ned käme bald nach Hause. Mit viel Glück könnte sie ihm ein (zu früh geborenes) Brüderchen oder Schwesterchen von Christopher präsentieren. Er würde von »meiner« Tochter, »meinem« zweiten Sohn sprechen. Dieser Plan war lächerlich und unwahrscheinlich dämlich.

Sie konnte sich nicht dazu überwinden, die kinderlose Edwina hineinzuziehen. Die Hilfsmöglichkeiten, die in Anspruch genommen werden konnten, waren endlos.

Emily? Wäre Emily die richtige Ansprechpartnerin? Hatte sie nicht vor kurzem die Nachbarschaft mit Laura beglückt, und war »das Gerede« nicht schon wieder verebbt? Emily hatte Nicholas' Rückenstärkung. Die Leute fürchteten Nicholas und versuchten, sich's nicht mit ihm zu verderben. Auch Rose fürchtete Nicholas, schreckte davor zurück, sich in seine Hand zu begeben. Weder er noch Emily hatten von Mylo was spitzgekriegt, und das durften sie auch nicht.

Sollte sie sich Edith Malone anvertrauen? Nein, sagte ihre innere Stimme, sie ist eine zu enge Nachbarin. Sie wäre zu nett, zu rechthaberisch, sie würde mich völlig vereinnahmen, das Baby und alles.

Als sie letztes Jahr Mylo gesagt hatte, daß sie schwanger war, hatte er geschrien: Ich wollte, es wäre von mir; im Geiste hörte sie seine Stimme. Sie träumte davon, daß sie Ned nie geheiratet hatte, daß Mylo nicht nach Frankreich verschwunden war, daß sie eigenes Geld hatte. Lag sie nachts wach, quälten sie ihre Gedanken; ganz gleich, wieviel sie tagsüber zu tun hatte, die Ängste, die Argumente pro und kontra wichen nicht von ihr.

Ihre Milch versiegte, und Christopher gedieh mit Cow & Gate-Babypulver und wurde pausbäckig und zufrieden.

Es ist feige und lächerlich, sich vor dem »Gerede« zu fürchten, argumentierte Rose in beherzter Stimmung. Was habe ich denn zu verlieren?

Alles, sagte die Stimme der Vernunft. Mann, Haus, Kind, Arbeit, den guten Namen (was immer das auch heißt), Sicherheit. Oh, ah, Sicherheit! »Scheiß auf meinen guten Namen, scheiß auf die Sicherheit«, sagte sie laut.

Als die Hunde ihre Stimme hörten, blickten sie zu ihr hoch und wedelten mit dem Schwanz. Ich könnte sogar meine Hunde verlieren, dachte sie.

In ihrer Ausweglosigkeit rief sie ganz spontan Flora Loftus an, die unwahrscheinlichste Möglichkeit, die ihr einfiel.

Nachdem sie sich nach Floras und Onkel Archibalds Gesundheit erkundigt hatte, sagte sie: »Ich brauche deinen Rat. Wir haben nur drei Minuten Zeit. Unser Pflichtjahrmädchen ist in Schwierigkeiten. Furchtbar lästig – ja, diese Art Schwierigkeiten. Was?«

Flora Loftus' Stimme flötete von Argyll herüber, klar, selbstsicher, fröhlich. »Komische Sache«, feistes Lachen, »Archies Pflichtjahrmädchen hat dasselbe; das ist die ganze frische Luft, diese Stadtmädchen sind nicht dran gewöhnt. Ich schicke dir die Adresse auf 'ner Postkarte. Sie braucht achtzig Pfund in bar, das ist offenbar der Preis, Vogel friß, oder stirb. Archie hat gemurrt, aber wie ich ihm sagte: Ein gutes Pflichtjahrmädchen ist mehr wert als Gold. Man ruft den Menschen wegen eines Termins an, und die Hilfe folgt umgehend, denke ich mir. Wie geht's deinem reizenden Baby? Ich würde es so gern mal sehen. Wie lästig dieser Krieg doch ist, alles ist so schwierig und – oh, Liebchen, werden wir gleich getrennt? Diese Fräuleins vom Amt könnten Hitler noch das eine oder andere beibringen, die genießen ihre Macht, ich schicke dir die Adresse ...«

»O danke ... tut mir leid, wenn ich dich belästigt habe ... aber wo Ned nicht da ist, bin ich von Rechts wegen verantwortlich ... du bist immer so nett.«

»Ganz und gar nicht, meine Liebe. Keine Sorge, Archie wird die Abendpost für mich abholen, er ist grade weg zu seiner Home Guard. Was für einen Spaß die alten Knaben dort haben!

Habe ich dir gesagt, daß dieser Mensch in London wohnt? Archie hat wegen des Fahrgelds bis da runter gemurrt. Für dich wird's natürlich weniger teuer als für uns ...« Diesmal wurden sie getrennt.

Drei Tage später sah Rose aus dem Zug nach London auf die vorüberziehende Landschaft und dachte bitter: Verlaß dich auf die bürgerliche Gesellschaft, in der reinen Heuchelei ist sie ohnegleichen, nicht zu besiegen. Dann dachte sie: Ich kann sie nicht besiegen, ich werde gerade eine davon.

Sie zählte die Telegrafenmasten, an denen der Zug vorbeidonnerte, eins, zwei, dreizehn, achtzehn, zwanzig, vierzig ... einhundert, einhunderteins. Ein Mann ihr gegenüber, der in der ›Times‹ gelesen hatte, beobachtete, wie ihre Lippen sich bewegten, und meinte, ihr Blick sei traurig.

»Ich betrachte mir die Hecken, die hier sind alle gut geschnitten und gepflegt, und ich denke mir, ich sitze auf einem guten Jagdpferd und überspringe sie mühelos hinter den Hunden, in wilder Verfolgung des Fuchses, der nur ein Feld weit entfernt ist.«

»Ich jage nicht. Ich habe Angst vor Pferden.«

»Ah«, sagte er, »gewiß doch.« Ein hübsches Mädchen wie du, wollte er sagen, sollte nie Angst haben müssen, aber da er Engländer war, sagte er nur noch einmal: »Ah« und zog sich hinter seine Zeitung zurück.

»Ich habe Angst. Punkt«, sagte Rose abweisend. »Hier wären wir schon in den Randbezirken. Ihre Fahrt ist sicher zu Ende. Meine Telegrafenmasten gehen weiter und weiter.«

»Ah ja«, sagte er, »ich verstehe.«

»Sie verstehen *gar nichts*. Sehen Sie zum Beispiel, daß ich gerade in der Brühe der bürgerlichen Gesellschaft ertrinke?« zischte Rose.

Der Fremde war froh, als der Zug in Paddington einfuhr; es war töricht, mit fremden jungen Frauen zu sprechen, man hätte daran denken sollen.

Der Mann in dem weißen Overall legte das Geld in eine Schublade und wusch sich die Hände am Waschbecken.

»Wenn Sie bitte Ihren Schlüpfer ausziehen«, sagte seine Assistentin, »und sich auf die Chaise legen würden.« (Warum nannte sie das Ding Chaise?) »Haben Sie ein paar Binden mitgebracht? Sie werden ein paar Binden brauchen.«

»Ja.«

»Machen Sie Ihre Beine breit«, sagte die Assistentin, »dann betupfe ich Sie mit einem Antiseptikum. Mögen Sie den Geruch, ja?« Auch sie trug einen weißen Overall. Es wirkte alles sehr sauber und funktionell. Die Operationsbestecke, die in diesem tablettähnlichen Ding kochten. Er zog sich etwas an, das wie Gummihandschuhe aussah. Höchstes Lob für Sauberkeit.

»Jetzt gibt's nur einen kleinen Piekser von der örtlichen Betäubung, wird nicht weh tun, dauert ein, zwei Minuten, bis sie wirkt. Nehmen Sie sich ein Taxi nach Hause, und legen Sie sich mindestens vierundzwanzig Stunden ins Bett; wenn Sie Schmerzen oder übermäßige Blutungen haben, nehmen Sie diese Tabletten. Zwei alle vier Stunden. So, nur ein Piekser.« Ein stechender Schmerz.

»Ich binde Ihre gespreizten Beine jetzt einzeln fest, damit sie ganz stilliegen«, sagte die Assistentin.

Sie hatte geschrien: »Nein, nein, nein.« Sprang von der Chaise, raffte Schuhe und Strümpfe zusammen, stieß die Assistentin zur Seite, rannte zur Tür, riß sie auf, raste den Korridor entlang, zog sich beim Hinunterfahren im Lift Schuhe und Strümpfe an und rannte polternd hinaus auf die Straße.

Es war dunkel, ein Taxi war nicht zu sehen, sie lief rasch über die Brücke nach Chelsea hinein, in die King's Road. Sie drängte sich in einen Bus. Sie war taub, ihre Vagina war taub, sie hatte kein Gefühl dort, absolut keins, örtliche Betäubung, hatte er gesagt. Ich wünschte, er hätte in meinen Verstand gepiekst.

»O diese verfluchten Arschlöcher«, sagte eine Frau neben ihr. »Nun geht's wieder los, noch ein Scheißluftangriff.«

»Knightsbridge. Alle aussteigen«, rief der Busschaffner. »In die U-Bahn mit euch.« Er klang erfreut.

Sie wurde mit der Menge mitgerissen, die Stufen hinunter auf die Rolltreppe. Warme Luft blies ihr von unten an den Beinen herauf. (Ich habe meine Schlüpfer dortgelassen.) Sie ließ sich mit der Menge in einen Zug hineintreiben. Sie stand, aufrecht gehalten vom Gedränge der Leute, kämpfte sich am Piccadilly raus. Mir ist seltsam, dachte sie. Wenn ich ein bißchen Luft kriegen, mich irgendwo hinsetzen könnte – alle diese Menschen. Sie ging langsam, mußte sich den Weg bahnen. Die Menschenmasse ängstigte sie. Manche Leute richteten sich für die Nacht ein, wickelten sich in Decken, mehrere waren zusammen auf Matratzen gepfercht und lasen im Licht von Taschenlampen Bücher, tranken aus Thermosflaschen, spielten Karten, sangen, schnarchten. Ein Betrunkener krakeelte. Die U-Bahn-Züge ratterten in den Bahnhof – »Vorbeilassen, bitte, Vorsicht an den Türen« – und wieder raus. Sie rang nach Luft. Als sie den Bahnsteig zur Hälfte passiert hatte, setzte das schmerzhafte Ziehen ein. Sie war schockiert, schrie laut. (Wie *kann* das nur sein? Ich habe ihn nicht *gelassen*, er hat's nicht *getan*. Ich hab's *behalten*. Ich habe keine Abtreibung *gehabt*.) Sie krümmte sich zusammen. (O Gott, das ist furchtbar, was für ein Ort, um – oh, meine Schlüpfer, ich bin nicht – oh,

Schmerz, der Schmerz.) Sie spürte, wie aus ihrer tauben Vagina Blut sickerte, strömte, an ihren Beinen hinunterlief. (Ich habe meine Binden dort gelassen, o Herrgott.)

»Sieh mal, Nance! Das Mädchen da – ich finde das ekelhaft«, sagte eine Stimme. »Ich meine. Guck bloß. In der U-Bahn, wo Leute zu schlafen versuchen, Schutz suchen wie anständige ...« Und andere Stimmen sagten anderes. Ihre Beine waren unnütz, sie schafften nicht die Aufgabe, einen Fuß vor den anderen zu setzen, eigentlich ganz einfach.

»Braucht Hilfe«, eine andere Stimme, ein junger Matrose. Dann wurde sie in eine Decke gewickelt, und war das eine Trage? Alles mal ausprobieren – und ein Krankenwagen, helles Licht, Stimmen: »Nicht versuchen aufzustehen, einfach ruhig liegenbleiben, wir sind bald ...«, und rumpel-rumpel auf Gummirädern sehr schnell einen Gang entlang. »Der Angriff ist vorbei, klasse!« Und ein eiskalter Wattebausch an ihrem Arm, eine Spritze und weg, während es in ihrem Kopf wummwomm-wumm-womm dröhnte. Diese Rechnungen, worüber machte er sich in seinen Briefen Sorgen? Der wunderbare Geruch von neuen Büchern, o Hatchards, offensichtlich hatten Nicholas und Emily ihren üblichen Trick angewandt und Bücher auf Neds Konto setzen lassen, ziemlich komisch, wirklich ein Witz. Was oder wen hatten sie ihm noch in Rechnung stellen lassen? fragte man sich doch. Sie redete jetzt laut. »Was er wohl sagen wird, ob er wohl den letzten Scheck über achtzig Pfund bemerken wird? Hast du die auf ein Pferd gesetzt?« stieß sie keuchend hervor.

»Sie kommt wieder zu sich. Alles in Ordnung, Schätzchen, alles vorüber, Sie haben's geschafft. Versuchen Sie 'nen Schluck Wasser zu trinken, ein Pech, in so einem Zustand in einen Angriff zu geraten, armes Schätzchen. Man hat Sie prima in

Ordnung gebracht.« In Ordnung gebracht, nennen sie so das Baby, das dem Leben in den Untergrund entflohen und in einem Blutstrom an meinen Beinen heruntergelaufen ist? In Ordnung gebracht? Dies war mein Baby, sein Name war Ordnung, komischer Name für einen Jungen, na ja, vielleicht war's ja ein Mädchen, es hat nicht darauf gewartet, daß ich's sehe. (Um ein Haar wurde ich auf der U-Bahn-Station Piccadilly geboren.)

Ein grauhaariger Arzt in einem weißen Kittel stand an dem Bett; er sah sehr müde aus (na ja, das tut jeder heutzutage, das ist der Krieg).

»Sie haben es leider verloren, Mrs. Peel.« Sie wußten ihren Namen, hatten sicher in ihrer Handtasche nachgesehen. »Wir haben getan, was wir konnten, es tut mir sehr leid.«

»Mir auch.« (Oh, mir auch.)

»Wir behalten Sie ein paar Tage hier, nur um ganz sicherzugehen.«

»Danke.«

»Möchten Sie, daß wir uns mit Ihrem Mann in Verbindung setzen? Wenn Sie's der Schwester sagen, wird sie ...«

»Er ist in Ägypten.«

»Ihre Mutter.«

»Ich habe keine Mutter mehr.« (Wie glatt das herauskam, aber nein, genug ist genug, ich könnte es nicht ertragen, wenn sie mich besuchen käme.) »Ich hätte nur gerne bitte meine Ruhe.«

Der Arzt lächelte: »In einem Londoner Unfallkrankenhaus seine Ruhe haben ist ein Widerspruch in sich« (was für ein reizender Mann), »aber wir tun unser Bestes.«

Nach einigen Tagen ließ man sie nach Hause gehen.

Edwina Farthing nahm sie in ihre langen, knochigen Arme und spendete Trost, Trost, Trost.

Oben in Schottland sagte Flora Loftus eines Nachts zu Archibald, ihrem Gatten. »Ob ich nach dem Namen von Roses Pflichtjahrmädchen hätte fragen müssen?«

»Nein, nein, laß das auf sich beruhen«, antwortete er.

Als sie ein Jahr darauf während ihres alljährlichen Einkaufsausflugs, den selbst der Krieg nicht verhindern konnte, zum Mittagessen im Cordon Bleu in der Sloane Street Edith Malone trafen, fragte Flora: »Wie geht's denn Neds und Roses Pflichtjahrmädchen?«

»Sie haben nie ein Pflichtjahrmädchen gehabt«, antwortete Edith. »Rose arbeitet doch auf dem Hof mit.«

Flora Loftus erkannte ihren Fehler und hielt den Mund.

41

Als Picot sich daranmachte, seine Memoiren zu schreiben, und seine Bekehrung von den antibritischen Gefühlen eines normalen Franzosen zu der leidenschaftlichen Anglophilie seiner späteren Lebensjahre zu erklären versuchte, schilderte er einen Vorfall, der sich mitten im Krieg im besetzten Frankreich ereignet hatte, als er auf dem Weg nach London war. Dieser Vorfall hing zusammen mit der englischen Vorliebe für Pudding, schrieb er, einer Vorliebe, die ihm durch seinen Führer Mylo Cooper vermittelt worden war, einem tapferen Mann.

Sie hatten sich in einer Kleinstadt getroffen, in der Mylo sich als Klempner ausgab und mehrere Wochen lang mit Kleinarbeiten beschäftigt war wie Dichtungen auszuwechseln, Spülkästen zu überprüfen und bei Rohrleitungsproblemen Rat zu erteilen. Der Klempner der Stadt war bei der Résistance untergetaucht; Mylo hatte Zugang zum Werkzeug des Mannes, denn er war mit der Schwester des Klempners befreundet, die als Kellnerin in einem Café am Marktplatz arbeitete.

Am Morgen nach ihrem Zusammentreffen saßen Picot und Mylo vor dem Café und beobachteten das Kommen und Gehen von Polizei und Militär vor einem Hotel an der Längsseite des Platzes, das von der Gestapo als Hauptquartier benutzt wurde. Picot war äußerst nervös – das erwähnte er nicht in seinen Memoiren, denn er setzte voraus, daß seine Leser wüßten, daß jeder, der für die Résistance arbeitete, unweigerlich überreizt war, gelinde gesagt –, aber als er feststellen mußte, daß Mylo beabsichtigte, weiter in dem Café sitzen zu bleiben und mit der Kellnerin zu flirten, statt wie bei früheren Gelegenheiten die Reise fortzusetzen, verwandelte sich seine Gereiztheit in Wut. Er hatte Mylo nie besonders gemocht; jetzt haßte er ihn.

»Du setzt unser beider Leben aufs Spiel«, sagte er. »Wir sitzen hier, und wenn wir noch viel länger hier sitzen, wird's jemand merken und uns anzeigen.« (In seinen Memoiren hatte Picot zuvor erklärt, daß sein Führer, dessen Aufgabe es war, ihn sicher nach England zu bringen, sich vorgenommen hatte, einer Frau zu helfen, die sich im Augenblick in den Händen der Gestapo befand.)

Mylo antwortete. »Schon möglich.« Trank von seinem Eichelkaffee und tauschte Blicke mit der Kellnerin, die sich gegen den Bartresen fläzte.

»Du weißt, daß sie sie haben? Du hast es selber überprüft?« wollte Picot wissen. Er hatte es schon mal gefragt. Mylo nickte, zog die Werkzeugtasche zu seinen Füßen beiseite, um einen Gast durchzulassen, und zwinkerte der Kellnerin zu, die ihren Kopf schüttelte.

»Wie kannst du nur so waghalsig sein, wenn so viele Leute von uns in Gefahr geraten, falls sie redet«, sagte Picot.

»Sie wird nicht reden.« Durch den dicken Baumwollstoff seiner Hose rieb Mylo die Narbe an seinem Bein.

Picot lachte. »Alle reden. Wenn nicht früher, dann später. Wir sollten längst unterwegs sein.« Und dann, als Mylo nichts sagte: »Ist sie so was Besonderes?«

»Sie ist meine Tante«, murmelte Mylo. (Sie war an jenem Morgen zu Rose so lieb und nett gewesen, hatte Scherze gemacht und sie aufgeheitert.)

Picot zündete sich eine seiner elenden Kriegszigaretten an. »Na, nun erzähl schon.« Er seufzte.

»Jüdin. Die Schwester meiner Mutter.«

»Die kommen alle in die Lager«, brummte Picot.

»Diese eine nicht«, sagte Mylo.

»Wo geht sie hin?«

»Mit uns. England.«

»Jesus. Heilige Muttergottes. Du Optimist.« In seiner Angst und Nervosität, so erinnerte sich Picot später, war er versucht aufzuspringen und den Leuten im Café, allen, die auf der Straße vorbeigingen, laut zuzurufen: »Dieser Mann hier ist Engländer. Dieser Mann gefährdet mein Leben, lassen Sie diesen Mann verhaften.« Manchmal träumte er, daß er es getan hatte, wachte schreiend auf und erschreckte seine Geliebte (seine Frau wachte nie auf, sie schlief wie ein Stein). Er überlegte, ob er diese Versuchung in seine Memoiren aufnehmen sollte, unterließ es und bereute es später, da er gern für menschlich gehalten wurde.

»Wenn du so ungeduldig bist«, hatte Mylo gestichelt, »zieh doch alleine los.«

»Du kennst die Kontaktleute. Hast alle in deinem verrückten Kopf«, sagte Picot.

»Noch zwei, höchstens drei Tage«, sagte Mylo.

»Und dann?«

»Dann«, Mylo nickte unmerklich zu dem Hotel hinüber, »ziehen sie aus.«

»Sie ziehen *aus*? Bist du *verrückt*?« Picot, stets argwöhnisch gegen seine Vorgesetzten, fragte sich, ob sie ihn mit Absicht einem Irren anvertraut hatten. In London wurde gemunkelt, daß Oberst P. sich nicht scheute, das Verschwinden von Mitgliedern der Kommunistischen Partei in die Wege zu leiten. Er erzählte das in seinen Memoiren in einem anderen Zusammenhang, einem späteren Kapitel.

»Dann – äh – öhm – stößt sie zu uns, und wir setzen unseren Weg fort«, sagte Mylo und grinste.

»Und welcher Weg ist das? Wegen deinem Tantchen haben wir das Schiff verpaßt, einen Monat lang gibt's kein Schiff mehr, die Gezeiten …«

»Scheiß doch auf die Gezeiten. Wir gehen zu Fuß«, sagte Mylo.

»Über die Pyrenäen, nehme ich an.«

»Richtig.«

»Und werden auf der anderen Seite von Francos Sippschaft gefangengenommen?«

»Möglich.«

»Merde.«

»Besser, als daß sich unsere Freunde da drin mit uns befassen.« Mylo stocherte mit einem Streichholz in seinen Zähnen herum.

»Befassen …?«

»Ich habe für Euphemismen was übrig.«

Picot seufzte. »Na schön. Erklär mir, was mit deiner Tante ist. Wieso ist sie verhaftet worden?«

»Wer weiß? Ein Hinweis? Sie ist da drin, das ist alles, was zählt.« Mylos Augen waren halb geschlossen. Er fuhr mit dem Streichholz kratzend über sein Kinn, eine Woche hatte er sich schon nicht mehr rasiert. »Sie ist die Schwester meiner Mutter. Sie hat ein ungeheuer angenehmes Haus in Bayswater.« Er seufzte, als er sich daran erinnerte, was für ein wunderbares Frühstück Tante Louise ihnen gemacht hatte (er roch noch den Kaffee). Sie hatte Rose das Geld für die Bahnfahrt nach Hause geliehen, sie nach den rüden Beschuldigungen ihrer eigenen

Tante getröstet. »Sie ist verrückt«, sagte er zärtlich. »Erinnert mich an Mutter.«

»Bayswater? London?« Picot vergaß den Mund zuzumachen. »Und sie ist wieder hierher gegangen?« Er konnte die Dummheit nicht fassen.

»Hat sich freiwillig gemeldet. Wir sind eine heroische Familie.« Mylo schlug in gespielter Bescheidenheit die Augen nieder.

»Helden gibt's auch in meiner, aber wir sind nicht gleichzeitig Verrückte«, sagte Picot höhnisch.

»Mademoiselle, deux cafés, s'il vous plaît.« Mylo lenkte die Aufmerksamkeit der Kellnerin auf sich.

Picot beobachtete, wie das Mädchen hüftenschwingend davonging, und sagte trübsinnig: »Was er wohl in meinen Gedärmen anrichten wird, dieser Kaffee.«

»Dasselbe, was ich den Abwasserrohren von Monsieur Hotelbesitzer angetan habe.«

»Nämlich?« Picot beobachtete die Deutschen – wachsam, gelangweilt, fremd – am Ende der Straße.

»Hab' sie gereinigt«, sagte Mylo, »aber unsere Freunde im Hotel hatten ein kaputtes Schwimmerventil; der Lärm von dem Spülkasten hielt die Herren wach, wenn sie zwischen langen Vernehmungsrunden mal 'n Nickerchen machen wollten.«

»Sie halten dich für einen Klempner?«

»Klar.« Mylo bückte sich, um seine Werkzeugtasche zu tätscheln.

»Wie viele Tage noch?« Picot hatte sich abgefunden.

»Morgen sollten wir schon ein bißchen Unruhe bemerken. Zwei Tage darauf: Abmarsch.«

»Was macht dich so sicher?« fragte Picot.

»Ich habe Sago in alle Klos, Abflüsse und Waschbecken

geschüttet. Der Wachposten, der auf mich aufpaßte, dachte, es wäre Soda.«

»Und?«

»Sago quillt«, erwiderte Mylo.

Wenn Picot die Geschichte erzählte, pflegte er sie mit »Natürlich habe ich ihn dem General für das Croix de Guerre vorgeschlagen« zu beenden und in brüllendes Gelächter auszubrechen. In seinem Buch schrieb er, er habe dazu beigetragen, daß ein tapferer Freund für äußerst mutige und aufopferungsvolle Taten ausgezeichnet wurde, was eine Geschichtsfälschung war, aber erhebender als die Wahrheit.

42

Während die Zeit ohne Nachrichten von Mylo hinging, wurde aus dem unerträglichen Leid dumpfer Schmerz. Rose kam zu der Einsicht, sie müsse dankbar dafür sein, daß das Schicksal ihr Mylos Kind genommen hatte (es hatte möglicherweise auch Mylo selbst beseitigt). Ihre Hoffnung langte an einem Tiefpunkt an. Hätte sich das Kind, sagte sie sich, klüger und anziehender als Christopher entwickelt, dann hätte ihre Liebe sich gespalten. Sie sagte sich barsch, daß sie Gott danken sollte für kleine Wohltaten; ihr war eine Peinlichkeit erspart geblieben, auf die sie gut verzichten konnte.

Sie entdeckte, daß sie unerwartet viel praktischen Menschenverstand besaß, Freude am Berechenbaren und Prosaisch-Nüchternen empfand, und gestand sich eine Vorliebe für Sicherheit und Überkommenes ein, die sie bisher als Folge ihres ungeliebten elterlichen Milieus verachtet hatte. Mit einer Mischung aus Kummer und Erleichterung stellte sie ihr wahres Wesen auf den Kopf. Sie war noch zu jung, um zu wissen, daß man auf zwei verschiedenen Ebenen zugleich operieren kann.

In den Monaten zwischen der Fehlgeburt und Neds Rückkehr baute sie ihre Verteidigungslinien aus, lernte, das Leben auf Slepe, die Arbeit im Garten und auf dem Hof zum eigenen Vorteil zu gestalten. Die Rolle als Mutter, Gastgeberin und Hausfrau, die bis dahin reine Fassade gewesen war, wurde, so redete sie sich ein, ihr wahrer Charakter.

Schaute sie sich den Bonnard an, dann sah sie ein Bild, das sie liebte; es stellte nicht mehr das Abbild Mylos dar, der als Vorspiel zu irgendeinem köstlichen erotischen Akt den Arm um sie legte. Bei gewissem Licht, an kalten Wintermorgen, brachte der Umstand, daß das Paar keine vernünftigen Kleider trug, Roses eiskalten Körper zum Zittern, während sie sich Wollweste und lange Unterhosen anzog. Wenn sie das Mädchen ganz genau ansah, dachte sie, es könnte vielleicht sogar etwas gegen den Jungen haben und von ihm wegrücken. Aber meistens zog sie sich in solcher Eile an, daß sie das Bild überhaupt nicht bemerkte. Ihre Tage waren mit Christophers Bedürfnissen ausgefüllt. Dem ununterbrochenen Strom fremder Besucher. Statt sich der Einsamkeit auf dem Lande und schmachtenden Liebesträumen hinzugeben, schloß sie Freundschaft mit den Leuten, die im Ministerialbüro im rückwärtigen Flügel arbeiteten: Bei gemeinsamen Essen ließ sie sich fesseln von heimwehkranken Geschichten vom Leben zu Hause in Australien, Polen, den USA, Holland, ja selbst Frankreich, ohne unbedingt eine Verbindung zu Mylo herzustellen. Woher sollte sie wissen, daß er wirklich dort war oder auch nur am Leben?

Wenn ihre Besucher mit ihr flirteten, ermunterte sie sie dazu, was deren und ihrem eigenen Ego Auftrieb verlieh, aber sie schreckte davor zurück, mit ihnen ins Bett zu gehen, denn war sie nicht treue Gattin dem fernen Gatten? Sie hörte sogar auf, Emily und Nicholas zu verurteilen, die oft vorbeikamen, die kleine Laura mitbrachten und aus den Annehmlichkeiten von Slepe schamlos Nutzen zogen, wenn sie am Eigenen sparen wollten (sie hatten nicht die Klugheit besessen, wie Ned für den Krieg vorzusorgen; damals hatten sie sich über ihn lustig gemacht). Sollte die Geilheit ihrer Besucher unerträglich werden, konnte, ja würde Emily gefällig sein.

In dieser Zeit war Rose so sehr damit beschäftigt, einen Schorf über ihre Wunde wachsen zu lassen, daß sie sich nicht treulos vorkam. Setzte gelegentlich eine wahnsinnige Sehnsucht nach Mylo ein, dann erstickte sie sie im Keim.

Als Ned wirklich nach Hause kam (nun mit Majorsspiegeln auf dem Kragen und einem roten Band um die Mütze), stellte er zu seiner Freude fest, daß seine Frau, deren Fähigkeiten er früher in Frage gestellt hatte, seinen Besitz fest im Griff hatte. Er war so beleidigt wie amüsiert, als er feststellte, daß Hadley auch nach seiner Rückkehr sich in Fragen des Milchertrags und der Schweineproduktion weiterhin an Rose um Rat wandte, daß sie mit Farthing ein Herz und eine Seele war. Das sagte er aber nicht. (Vielleicht beschloß er damals, wenn der Krieg vorbei wäre, auf Schafe und Getreide umzustellen, wovon Hadley nichts verstand, und Roses kostbare Schweine und treudumme Jerseyrinder abzuschaffen.) Zwischendurch lobte er ihre Fürsorge für Christopher, lachte darüber, daß sie den Kampf gegen den Luftzug verloren hatte, versprach Zentralheizung, wenn der Krieg vorbei wäre, und äußerte sich anerkennend über ihr Talent, die Gäste dazu zu bringen, daß sie beim Abwasch halfen, an den Eingeweiden des Bischofswagens herumbastelten und die Brennholzkörbe auffüllten.

Rose war es, die das Thema Geld aufs Tapet brachte. »Du hast mich gekränkt, als du mich in deinem Brief beschuldigt hast, verschwenderisch zu sein«, sagte sie. »Wie du selber siehst, habe ich nicht allzu schlecht gewirtschaftet.«

»Ich habe dich nicht beschuldigt. Als ich schrieb, wollte ich dich nur warnen, achtsam zu sein und an die Zukunft zu denken ...«, antwortete Ned indigniert.

»Ich war achtsam. Seit du dich beklagt hast, zahle ich die

Löhne nicht mehr bar; die Änderung hat den Leuten nicht gefallen, weil sie Schecks mißtrauen.«

»Und warum nicht?«

»Nie was von frisierter Einkommensteuer gehört?« lachte Rose. »Die reine Freude für Leute wie Hadleys. Für die Kaufleute auch.«

»Ich kann das nicht billigen. Ich sehe nicht, was komisch dran ist.«

»Nein. Na gut. Ich habe deine Konten bei Hatchards, Penhaligons und Trumpers sperren lassen.«

»Großer Gott.«

»Ich dachte mir, du würdest dich mit deinen Schneidern lieber selbst auseinandersetzen – warum hast du eigentlich zwei?«

»Bist du nicht ziemlich ...?«

»Herrisch?« Rose erwiderte seinen Blick. »Indiskret?«

»Ja.« Er hatte nicht erwartet, daß sie sich als herrisch entpuppen würde.

»Du warst es, der sich beklagt hat. Ich habe so gehandelt, wie ich's fürs beste hielt.« (Nimmt sie mich auf den Arm? überlegte Ned.) »Vielleicht solltest du Emily und Nicholas lieber selbst zur Rede stellen.«

»Was haben sie denn damit zu tun? Was meinst du damit?« Ned wurde böse, das hier war keine Kindfrau mehr.

»Wach auf, Ned. Nicholas benutzt deine Konten; er ist ein begeisterter Leser, und sieh dir nur an, wie hübsch sein Haar geschnitten ist. Er ist ein Schmarotzer, das hast du doch sicher gewußt.«

»Wenn das stimmt, setz' ich dem ein Ende«, schrie Ned, der jetzt wütend war.

»Und Emily?« fragte Rose sanft.

»Was ist denn mit Emily?« Ned trat einen Schritt zurück.

»Oh, nun ... weißt du ... ich würde nicht jemanden beschuldigen ... ich würde ihr ohne weiteres zutrauen ... ich ...« Rose ließ den Blick hinaus und über die dunklen Felder wandern. Sie würde mit Ned sehr sanft umgehen, obwohl er es vielleicht nicht gewesen wäre, wenn er hätte wissen wollen, wofür ein gewisser Scheck über achtzig Pfund benutzt worden war, und sie dumm genug wäre, es ihm zu erzählen. Ned fragte nicht, worauf Rose anspielte; er hatte bereits mit Beklommenheit die Physiognomie der kleinen Laura gemustert; er beobachtete Rose voller Respekt, während sie noch unentschieden war, welche Richtung sie einschlagen sollte, aber dann sagte sie: »Ich an deiner Stelle würde die Sache nicht ganz so ernst nehmen«, in einem Ton, der die Diskussion beendete.

»Rose, ich ...«

»So wichtig ist es nun auch wieder nicht, oder?«

»Wenn du denkst, was du meiner Ansicht nach denkst ...« begann Ned.

»Ich denke gar nichts«, und noch weniger macht es mir aus, dachte sie; wenn ich in Ned verliebt wäre, wär's was anderes. »Es ist spät«, sagte sie. »Laß uns zu Bett gehen.« Mylo drängte sich nicht in Neds Umarmung. Rose gratulierte sich dazu. Ich werde noch wie Edith Malone, dachte sie, oder wie Neds Tante Flora. Ich habe mein Gleichgewicht wiedergefunden, ich sollte glücklich darüber sein.

Aber als sie im Alter nahe dem Gipfel des Hügels stand und die Aussicht genoß, erinnerte sie sich, daß sie dieses Gleichgewicht beinahe verloren hatte, als aus Spanien ein streng zensierter Brief eintraf. Was von der Mitteilung noch übrig war, lautete: »Sitze hier fest und spiele Bridge stop je n'oublierai jamais les lilas et les roses stop.« Da sie nie etwas von Aragon gehört hatte, erkannte sie das Zitat nicht. Sie gab den Brief an Ned weiter, der sie neugierig beobachtet hatte. Er drehte ihn mal so und mal so herum und riet: »Einer von deinen Gästen, meinst du nicht? Abgeschossen und über die Fluchtroute rausgebracht? Hattest du hier viele Freie Franzosen wohnen?«

»Sehr viele.«

»Auf dem Absender steht Miranda, das ist ein Gefangenenlager; ich habe davon gehört, einer in meinem Club hat's mir erzählt. Sie werden geschnappt, wenn sie über die Pyrenäen kommen, ins Kittchen gesteckt, und dann bemüht sich der Militärattaché in Madrid, sie über Gibraltar herauszuholen. Hat denn einer von deinen Besuchern Bridge gespielt?«

Sie sagte: »Es gab mehrere, die auf Karten versessen waren.«

»Dann muß es das sein. Der Bursche langweilt sich bestimmt, also schreibt er an dich.« Und dann: »Du hattest doch keine ...«

»Sei nicht albern, Ned, ich habe keine Affären mit den Gästen. Rede bitte keinen Schwachsinn.« Sie hatte ziemlich barsch gesprochen, um das plötzliche Taumeln ihres Herzens zu verbergen, um sein Pochen zu beruhigen, alle Hoffnung zu unterdrücken und ihr Gefühl der Schuld und Untreue gegenüber Mylo zu ersticken, der, vermutete sie, tot war, tot sein mußte.

Wie wackelig und unstet ihre Treue gewesen war, dachte Rose im Alter. Ach, diese Schaukeln und Karussells der Hoffnung.

Es war ungefähr in dieser Zeit gewesen, erinnerte sie sich, daß Ned sie an einem Tiefpunkt erwischte, als sie gerade über den Verlust eines von Comrades Jungen weinte, das vom Wildhüter eines Nachbarn bei der Fasanenjagd erschossen worden war. Er zeigte sich von seiner nettesten Seite. Er rief den Nachbarn ungeheuer erregt an (er ertrug es nicht, Rose weinen zu sehen), drohte ihm, ihn nie wieder zu einer Jagd nach Slepe einzuladen, riet dem rüpeligen Landjunker, sich verflucht noch mal zu verpissen, und knallte den Hörer auf die Gabel. Emily, die sich gerade zu einem lebensmittelkartenfreien Essen einladen wollte, kreischte vor Lachen, wurde aber angeschnauzt, sie und ihr uneheliches Balg sollten sich aus Neds Haus scheren und sich nie wieder blicken lassen.

Neds Wutanfälle waren selten, und hinterher befürchtete er stets, zu weit gegangen zu sein, Angriffsflächen für eine Vergeltung geboten zu haben. In diesem Fall befürchtete er, Emily werde es ihm böse heimzahlen. Der Nachbar, von dem er später einen Labradorwelpen kaufen sollte, verstand seinen Zornausbruch und verzieh ihm seine schlechte Laune. Nicht aber Emily. Die Angst vor Emily war es, erinnerte sich Rose, die Ned darauf bestehen ließ, daß sie ihr Versprechen erneuerte, ihn nie zu verlassen, und sie, die Mitleid mit ihm hatte, die sich über den Einfluß von Emily im klaren war und wußte, solange er sein Verhältnis zu Emily aufrechterhielt, brauchte er sie als Puffer, hatte noch einmal versprochen, ihn nicht zu verlassen, und sie hatte ihn nicht verlassen. Es war in all den Jahren recht amüsant gewesen, Emily einen Strich durch die Rechnung zu machen, und nun war es Ned, tot und eingeäschert, der sie alle verlassen hatte.

43

Von dort, wo Mylo im Palm Court saß, hatte er einen guten Blick auf die Leute, die von der Piccadilly ins Ritz kamen. Jeder machte erst einmal halt, um sich von der Verdunkelung auf der Straße auf die hellen Lichter im Inneren des Hotels einzustellen. Draußen regnete es; beim Hereinkommen schüttelten die Leute ihre Regenschirme aus, zögerten und dann eilten sie je nach Geschlecht rasch durch die Türen der jeweiligen Garderobe. Mylo beobachtete Peregrine Pye, der sie gerade verlassen hatte, wie er in der Herrengarderobe verschwand und mit Melone und Regenschirm wieder herauskam. Auf dem Weg hinaus auf die Straße ging er an Archibald Loftus vorbei, der gerade mit seiner Gattin Flora das Hotel betrat. »Den alten Trottel da kenne ich«, sagte Mylo.

»Hast du, wenn du jemanden wiedererkennst, das Gefühl«, fragte Victoria, »wirklich endlich wieder zurück zu sein?«

»Ja genau.« Was für ein verständnisvolles Mädchen; er mußte sie während des Essens genauer kennenlernen. Unter vier Augen wäre es einfacher gewesen, aber Picot blieb standhaft mit von der Partie. Sie feierten ihre sichere, wenn auch verspätete Rückkehr aus Frankreich und Spanien und hatten an dem Tag ihre Berichterstattung bei Pye und seinen Kriegern abgeschlossen; wegen Tante Louise hatte es keinen Wirbel gegeben. Im Gegenteil, man hatte Mylo beglückwünscht. Mylo lächelte Victoria an. »Noch was zu trinken?« schlug er vor. »Picot?«

»Nein danke«, sagte Victoria.

»Un whisky«, sagte Picot. »Ich habe übrigens gehört, daß der Royal Automobile Club einen Vorrat an Pernod hat. Der Barmann wußte nicht, was das ist, alle Gaullisten versuchen sich dorthin einladen zu lassen, irgendein Idiot hat die Neuigkeit ausposaunt. Die Indiskretion meiner Landsleute ist erschreckend. Der Pernod wird keine zwei Tage reichen.«

»Um so mehr Grund, schnellstens den Krieg zu beenden«, sagte Victoria lachend.

»Wohin gehen wir essen?« fragte Picot. Mylo gab keine Antwort; er beobachtete, wie Ned, der von der Arlington Street hereingekommen war, Archibald und Flora begrüßte. Plaudernd und mit den Köpfen nickend, versperrten sie den Durchgang.

»Laßt uns anfangen, Flora und ich müssen unbedingt unseren Zug kriegen; uns ist es gelungen, Schlafwagenplätze zu bekommen, und die wollen wir uns nicht entgehen lassen.« Archibalds Stimme war bis in den Palm Court zu hören.

»Na schön«, sagte Ned. »Ich hinterlege eine Nachricht beim Pagen.«

Mylo sah, wie Ned mit dem Paar aufs Restaurant zusteuerte.

»Ich kann euch ein ganz passables Lokal in der Frith Street zeigen, das von ein paar Freien Griechen geführt wird«, sagte Victoria. »Die haben einen Pâté, der ähnlich wie Gänseleberpastete schmeckt, und manchmal gibt's dort Wild, das angeblich aus dem Großen Park von Windsor stammt.«

»Klingt herrlich«, sagte Mylo. *»Ça te convient?«*

»Oui«, antwortete Picot, »nach dem Gefängnis ist alles Eßbare wunderbar. Offensichtlich sind wir deinem Chef willkommen, Victoria? Bis heute hatte ich mich nie um ihn geküm-

mert, aber jetzt benimmt er sich so, als hätte er mir von einer Todsünde die Absolution erteilt, gibt sich liebenswürdig oder versucht es wenigstens.«

»Wahrscheinlich treibt er ein neues Spielchen mit den Freien Franzosen«, sagte Mylo lachend. »Spielt Parteimitglieder gegen Oberst Passys Büro aus.«

Victoria kicherte.

»Man spricht von einem Mann namens Mitterand, der hier drüben war, um den General zu sehen; er ist letzte Woche von Dartmouth aus abgereist, hat mir meine Kusine Chantal erzählt«, sagte Picot und trank seinen Whisky aus.

»Oh«, sagte Victoria, »du fackelst nicht lange.« Sie wandte sich an Mylo. »Versuchst du auch, den ganzen Klatsch nachzuholen?«

Aber Mylos Augen waren bei Rose, die blinzelte, als sie von der Piccadilly hereinkam. Sie hatte keinen Schirm dabei, ihr Haar funkelte vom Regen; sie hatte es wachsen lassen, das Aschblond ihres Pagenschnitts war silbrig und glatt, ihre Augen wirkten in dem merkwürdigen Licht dunkel, dunkler und größer, als er sie in Erinnerung hatte. Sie neigte den Kopf, als sie die von Ned hinterlegte Nachricht entgegennahm. Sie begab sich nicht in die Garderobe, sondern ging geradeaus weiter, dann nach rechts durchs Foyer zum Restaurant.

»Wollen wir aufbrechen?« schlug Victoria vor. »Ich möchte in diesen Tagen nicht allzu spät ins Bett. Von den Luftangriffen habe ich gelernt, den Schlaf zu schätzen, und ich muß zeitig ins Büro.«

»Aber es gibt keinen Angriff«, sagte Picot.

»Man weiß nie, wann sie wieder anfangen.«

»Dann gehen wir.« Picot stand auf. »Fertig, Mylo?«

»Da ist jemand, mit dem ich kurz sprechen muß.«

Victoria erhob sich. »Dann bis später.« Sie ging mit Picot hinaus.

Als sie in ein Taxi stiegen, das seinen Fahrgast gerade am Piccadilly-Eingang abgesetzt hatte, sagte Picot: »Du hast ihm gar nicht den Namen des Restaurants gesagt. Soll ich schnell zurücklaufen?«

»Nein«, sagte Victoria, »das ist nicht nötig.«

Keine Geistesblitze erhellten den Tisch, an dem die beiden Paare saßen. Das Gespräch war wirr gewesen und fortwährend auf das Thema Essen und die Langweiligkeit von Speisekarten in Kriegszeiten zurückgekommen, wobei Archibalds Erinnerungen an gastronomische Wonnen zwischen den Kriegen absolut keinen Eindruck machten. Als er anfing, ein Abendessen zu beschreiben, das er im Vorkriegs-Wien mit einem alten Onkel im Sacher eingenommen hatte, sagte Flora Loftus: »O Archie, halt bitte den Mund«, und Ned rümpfte die Nase und fragte sich, wann die Zeugungskraft dieser berühmten alten Herren wohl nachgelassen hatte oder ob sie bis ins Grab hinein völlig intakt gewesen war. »Ich hoffe, ich werde verbrannt, wenn's mit mir soweit ist«, sagte er.

»Setz es in dein Testament, lieber Junge.«

»Rose wird schon dran denken.«

Die Gesellschaft verstummte, während man den einfallslosen Pudding verspeiste.

»Tja.« Archie sah auf die Uhr. »Es ist später, als ich dachte, wir müssen uns beeilen, um unseren Zug noch zu kriegen. Komm, Flora, pack deine Sachen zusammen. Ich lasse mich mit Dudelsackmusik am Berghang begraben, das steht in meinem Testament, man sollte diese Dinge nicht dem Zufall überlassen. Flora könnte die Kosten scheuen. Komm, Flora, beeil dich.«

»Nur keine Hektik.« Tante Flora schnappte sich dennoch ihre Handschuhe und die Handtasche und schob mit ihrem ausladenden Hinterteil den Stuhl zurück. »Wir haben noch jede Menge Zeit«, sagte sie. »Tja, ihr Lieben, es war schön, euch zu sehen.« Sie streckte sich, um Ned zu küssen, und küßte auch Rose. »Schade, daß es zu so einem traurigen Anlaß sein mußte. Wenn Archie mich doch nicht so hetzen würde, er hat Angst, daß er kein Taxi findet, er denkt, bloß weil er sie bei der Verdunkelung nicht sieht, sind sie nicht da.«

»Ich sorge dafür, daß ihr eines kriegt«, sagte Ned.

»Es gießt in Strömen«, sagte Archie. »Es wäre schöner gewesen, wenn die Beerdigung auf dem Lande stattgefunden hätte.« Er hatte das schon während des Essens gesagt, scheute sich aber nicht vor Wiederholungen. »Aber Edith sagte – manchmal fragt man sich, was in sie gefahren ist ...«

»Henry hat in der letzten Zeit in London gelebt. Er hat das Haus voller lärmender Kinder nicht ertragen«, sagte Rose. Das war noch nicht gesagt worden. »Deshalb hat Edith die Beerdigung in London durchgeführt, sie dachte, ein Begräbnis daheim könnte die Kinder durcheinanderbringen.«

Flora machte einen spitzen Mund. »Hat sie das wirklich gesagt?« Ihre Augenbrauen zogen sich entsetzt in die Höhe.

»Ja«, sagte Rose. »Sie sind ihr Hauptinteresse geworden. Sie mag sie lieber als George und Richard, als sie klein waren. Und jetzt, wo's Henry nicht mehr gibt, kann sie sich völlig auf sie konzentrieren.« Auch das war während des Essens nicht zur Sprache gekommen.

»Du solltest so etwas nicht sagen, auch wenn du's denkst«, sagte Ned tadelnd.

»Selbst wenn's wahr ist?« fragte Rose keck.

»Sehen wir zu, daß wir ein Taxi für euch kriegen«, sagte Ned zu Tante und Onkel. »Ich muß zurück ins Büro, dort herrscht ziemliche Panik. Hör zu, Rose, wenn ich dir das Geld gebe, bezahlst du dann die Rechnung?« Er kramte nach seiner Brieftasche.

»Natürlich.«

»Dann bis später, aber bleib nicht auf.« Er nahm Geld aus seiner Brieftasche und gab es Rose.

»Ich schaffe vielleicht noch den Nachtzug nach Hause.«

»Ich werde daran denken, dir das Wechselgeld zurückzugeben«, sagte sie. »Auf Wiedersehen.« Sie nahm wieder Platz und sah zu, wie Ned, Archie und Flora sich durch das Foyer entfernten, bis sie durch die Drehtüren in der Arlington Street verschwanden.

Der Kellner, der mit der Rechnung herumgetrödelt hatte, legte sie nun vor Rose auf den Tisch. Sie besah sie sich flüchtig, legte Geld darauf und lehnte sich dann zurück, um auf das Wechselgeld zu warten.

Wie schmutzig der Tisch war, fettige Messer und Gabeln, weinverschmierte Gläser, Krümel, Essensbröckchen, die beim Herumfuchteln während der Unterhaltung von den Gabeln heruntergefallen waren, zerknautschte Servietten, halb ausgetrunkener Kaffee. Sie trank ein Schlückchen Wasser aus ihrem Glas. Henry Malone war auf einem riesigen Friedhof am Stadtrand von London beerdigt worden; weder George, der in Moskau war, noch Richard, irgendwo im Indischen Ozean, konnten dabeisein. Der Regen hatte den ganzen Nachmittag hindurch angehalten, als wollte er das Grab mit Wasser füllen, ehe der Sarg hinabgesenkt wurde. Rose hatte Edith, die es drängte, zu ihren Flüchtlingen zurückzukommen, zur Paddington Station gebracht, ehe sie zum Abendessen zu Ned, Archie und Flora gestoßen war.

Der Kellner brachte das Wechselgeld. Das Restaurant füllte sich, es war Zeit, daß sie ging, andere würden den Tisch haben wollen. Sie rechnete die Höhe des Trinkgeldes aus. »Hier ist eine Nachricht für Sie, Miss.« Seit Ewigkeiten hatte niemand mehr Miss zu ihr gesagt; sie griff zu dem Kärtchen. »Erwarte dich im Palm Court«, stand darauf.

Das Blut schoß ihr ins Gesicht, im nächsten Augenblick war sie leichenblaß. Ihr war übel, sie fühlte sich schwach. Unter dem gestärkten weißen Tischtuch schlotterten ihr die Knie. Sie stand auf. Der Kellner zog ihr den Stuhl zurück, und sie lief. Mylo zerquetschte ihr fast die Hände. »Du hast eine neue Frisur.«

»Ich dachte, du wärst tot.«

»Was tut Ned denn hier? Ich dachte, er wäre in Kairo. Ich habe euch beim Essen beobachtet.«

»Er war dort. Jetzt ist er im Kriegsministerium und plant an der Zweiten Front mit.«

»Du bist dünner geworden, schöner.«

»Du bist auch dünn, und, oh, ein weißes Haar.«

»Ich bin im Gefängnis gewesen. Ich habe geschrieben – hast du nicht ...?«

»Ich konnte gar nicht glauben, daß er von dir ist, so zensiert war er, etwas über Flieder, ich wagte nicht ...«

»Lebst du mit ihm zusammen?«

»Die Woche über ist er in London; wir haben hier eine Wohnung; an den Wochenenden ist er zu Hause.«

»Zu Hause?«

»Tja, es ist zu Hause.«

»Und dein Baby?«

»Dick und gesund, er läuft inzwischen.«

»Das ist schön.«

»Mylo, es gibt …«

»Wenn ich also mitten in der Nacht zu dir und Comrade käme und die Magnolie hinauf und in dein Fenster kletterte, könnte ich Ned bei uns im Bett finden?«

»Manchmal.«

»Nicht immer?«

»Die Woche über ist er in London.«

»Mit seiner Geliebten?«

»Oder mit mir …«

»Dieser Emily?«

»Also …«

»Erpreßt sie ihn?«

»Warum sollte sie? Wie hast du das erraten?«

»Ihr Kind könnte von ihm sein.«

»Vielleicht, aber das glaube ich nicht. Mylo, es gibt …«

»Ich liebe dich so.«

»Und ich liebe dich, Mylo …«

»Ja?«

»Wir haben heute Henry Malone beerdigt, deswegen waren wir alle hier.«

»Ein netter alter Kerl. Tut mir leid. Wie geht's deiner Mutter?«

»Wunderbar! Sie wohnt in London, genießt jede Minute ihres Lebens, hat einen spießigen Untermieter, sie baden im Löschwassertank in ihrer Straße, wenn's heiß ist. Und deine Tante?«

»Wir haben sie aus Frankreich mitgebracht.«

»Mein Gott! War sie dort? Wie schrecklich!«

»Sie hat in der Résistance gearbeitet. Es geht ihr wieder gut, sie wohnt bei Freunden. Jemand hat eine Bombe auf ihr Haus in Bayswater geworfen.«

»Mylo?«

»Ja, Liebling.«

»Bist du's wirklich? Halte weiter meine Hand so, fest, fester.«

»Ich möchte dich ausziehen.«

»Hier? Unter all den Leuten?«

»Ich könnte und würde mit dir vögeln. Selbst in einem offenen Bus.«

»Ich auch, oh, ich auch …«

»Gilt das Versprechen noch, das du Ned gegeben hast?«

»Ja. Tut es.« Rose starrte in Mylos schwarze Augen; er war so dünn, daß jetzt dort Falten waren, eine scharfe Linie zwischen seinen Augen. Eine einzelne Träne quoll ihr aus dem linken Auge und lief hinunter zu ihrem Kinn: »Ach Liebling, ich bin so glücklich.«

»Als ich dir das erste Mal begegnete, bat ich dich, mich zu heiraten. Innerhalb von Minuten.« Er berührte die Träne.

»Du sagtest, wir müßten warten.«

»Also hast du den langweiligen alten Ned geheiratet und bist bei ihm geblieben und paßt auf ihn auf und bemutterst ihn und schützt ihn vor Erpressungen.«

»Oh.« Wie weh es tat, das zu hören.

»Wenn es nicht von Ned ist, von wem dann?«

»Ist das wichtig?«

»Nein.«

»Insgeheim ängstigt sich Ned, aber die Kleine ist Emily und Nicholas wie aus dem Gesicht geschnitten. Der Bischof hat sie schließlich doch getauft; sie heißt Laura.«

»Das interessiert mich nicht. Wo wollen wir hin und vögeln?«

»Ich wollte mit dem Nachtzug nach Hause fahren …«

»Soll ich mitkommen?«

»Natürlich.«

»Was ist mit Ned?«

»Arbeitet.«

»Warum vergeuden wir dann Zeit mit Gerede?«

»Es gibt so viel, was ich dir erzählen möchte ...«

»Kann das nicht warten?«

»Sicherlich ...«

»Also dann, nix wie los.« Er zog sie vom Stuhl hoch. »Ich kann mich wirklich nicht richtig konzentrieren, wenn die Leute drumherum gaffen.«

»Comrade wird so froh sein, dich zu sehen.«

»Dann werde ich langsam anfangen zu glauben, daß ich wirklich zurück bin.«

44

Der Wind war kalt auf dem Gipfel des Hügels. Sie blickte weit über fremdes Land. Es ist etwas Beängstigendes an einer Aussicht, die man zum ersten Mal hat, ihre Trugbilder sind vielfältig, eine Herausforderung, die einen narrt. Sie drehte sich um und wanderte denselben Weg zurück. Im Gehen wanderte sie in ihrem Leben zurück.

Warum hatte sie Mylo in jenen Tagen und Nächten, die sie zusammen verbrachten, nichts von ihrer Fehlgeburt gesagt? Eigentlich wäre es einfach gewesen, aber vier Tage lang, während denen ihre Liebe brodelte und kochte, schäumte und überlief und sich zu einer Essenz aus Glück kondensierte, konnte sie es nicht riskieren, sie kaputtzumachen.

Als Mylo wegfuhr, zog sie sich in den vertrauten Kleinkram des täglichen Lebens auf Slepe zurück, begrub sich in häuslichen Kleinigkeiten und baute auf sie als Trost, bis er wiederkäme.

Er erzählte ihr fast gar nichts darüber, was für eine Rolle er im Krieg spielte; sie fand sich damit ab, daß er zwischen England und Frankreich hin- und herpendelte, daß das Leben anderer in Gefahr käme, sollte sie plaudern. Auch Ned machte ein Geheimnis aus seiner Arbeit; Geheimhaltung war normal in diesen Zeiten. Mit der Masse der Bevölkerung verließ sie sich, was Nachrichten anging, auf eine Diät aus Zeitungen und Rundfunk und blieb im Grunde ununterrichtet.

Als sie nach dem Krieg dessen Geschichte las, war sie erstaunt, was alles passiert war, daß Langweiler wie Ian Johnson, Ned und Harold Rhys mutige Helden gewesen waren, während sie und Tausende wie sie daheim geblieben waren und sich über Zugwind und kleinere Mangelerscheinungen beklagt hatten.

Sie hatte Mylo von der Fehlgeburt erzählt, als sie ihn das nächste Mal sah. Er hatte angerufen und gutgelaunt vorgeschlagen, daß sie ihn »zu einem Job« nach Cornwall fahren sollte, daß sie unterwegs picknicken, möglicherweise die Nacht zusammen verbringen und dafür etwas von dem für Notfälle reservierten Benzin verbrauchen könnten. (Die Zeiten, als man erwartete, die Deutschen würden einmarschieren, waren lange vorbei; jetzt lag die Sache umgekehrt.) Ned war in London. Rose stürzte sich auf die Gelegenheit. Sie tankte den Wagen voll, packte eine kleine Reisetasche zusammen, holte Mylo vom Zug ab und fuhr los.

Comrade stand auf dem Rücksitz, den Kopf durch ein offenes Fenster gestreckt, die Ohren vom Fahrtwind zurückgeklappt. Ein langer, wundervoller Tag dehnte sich vor ihnen.

Sie fuhren durch Devon, ließen Exeter hinter sich und schlugen die Hauptstraße durch Dartmoor ein. Sie waren glücklich; es war nicht nötig zu reden; manchmal sangen sie, voll Freude am Klang ihrer eigenen Stimmen. Sie machten an einem Pub im Heidemoor halt, um etwas zu trinken, aßen in der Nähe eines hohen Felshügels ihre Butterbrote im Wagen, sahen Comrade zu, wie sie ein Kaninchen jagte.

»Wohin willst du in Cornwall?«

»Newlyn. Wir könnten die Nacht in Penzance bleiben. Es könnte sich herausstellen, daß ich weiter zu den Scilly-Inseln muß.«

»Warum?« hatte sie dummerweise gefragt. »Wozu denn das?«

»Um mein Schiff zu kriegen.«

»Ein Schiff? Du hast mir nicht gesagt, daß du wieder wegfährst – du hast gesagt, ein Job. Ein Schiff?«

»Tut mir leid.«

Völlig überrumpelt hörte sie sich jammern: »Ich möchte nicht, daß du gehst.«

»Sei nicht albern, Liebling. Es ist mein Job.«

»Mußt du? Ich werde mich an diese ständigen schmerzlichen Trennungen nie gewöhnen.«

»Ich muß.«

»Kann nicht jemand anderer gehen?«

Er hatte schroff geantwortet: »Sei still, und verdirb uns nicht den Tag. Wenn ich gewußt hätte, daß du Schwierigkeiten, eine Szene machen würdest, hätte ich diesen Ausflug nicht vorgeschlagen. Ich dachte, es wäre wundervoll, mit dir zusammenzusein. Ich sollte sowieso mit dem Zug runterfahren, keine Spritztour mit einem Mädchen unternehmen.«

»Wenn du mit dem Zug fahren möchtest, kann ich dich ja in Plymouth am Bahnhof absetzen«, hatte sie bissig erwidert, »und wieder nach Hause fahren.«

Sie hatten sich wütend angestarrt und sich und was sie taten gefürchtet und gehaßt. Sie erinnerte sich, daß sie den Deckel der Thermosflasche so fest zugeschraubt hatte, daß sie später Schwierigkeiten hatte, ihn abzubekommen. Mylo war aufgestanden. Als sie ihm nachblickte, pinkelte er gerade in ein Farndickicht. Sie packte den Picknickkorb zusammen, rief Comrade mit scharfer Stimme zu sich und setzte sich mit hochgeschlagenem Jackenkragen in den Wagen, um auf ihn zu warten. Als er zurückkam, knallte sie den Gang rein und fuhr los. Ein paar Meilen sprach keiner von beiden.

Als die Straße sich gabelte und südlich nach Plymouth abzweigte, fragte sie unbeteiligt: »Also Plymouth?«

Mylo sagte: »Nein, es sei denn, du willst es so.«

»Ich nicht.« Sie fuhr durch Tavistock weiter nach Westen. Nach noch ein paar Meilen sagten beide gleichzeitig: »Entschuldigung.« Gelächter lockerte ein wenig ihre gedrückte Stimmung.

Als sie durch Bodmin Moor fuhren, sagte Mylo: »Es tut mir leid, daß ich so barsch war. Ich habe gestern schlechte Nachrichten erhalten.«

»Was?«

»Victoria. Du weißt, das Mädchen in Pyes Büro?«

»Was ist mit ihr?« Sie erinnerte sich nur allzugut an Victorias beunruhigende Augen.

»Sie hat die Nachricht bekommen, daß ihr Verlobter und ihr Bruder gefallen sind.«

»Am selben Tag?«

»Die Mitteilungen kamen am selben Tag. Sie waren beide auf U-Booten. Keine große Zukunft.«

»Oh, die Arme ...«

»Es ist traurig. Sie ist so ein wunderbares Mädchen.«

Ein wunderbares Mädchen, ein wunderbares Mädchen, ein wunderbares ...

»Kann man denn irgend etwas machen?« fragte sie.

»Du könntest sie zum Wochenende einladen oder so etwas, wenn dein Haus nicht zu voll ist.«

»Ich lade sie, wenn ich das nächste Mal in London bin, zum Essen ein. (In Slepe könnte ich diese Augen nicht ertragen.)

»Das würde ihr wahrscheinlich gefallen«, sagte er.

»Liebt sie denn deinen französischen Freund?«

»Picot?«

»Ja.«

»Sie ist nicht scharf auf ihn. Ich glaube, er hat einen Annäherungsversuch gemacht und ist abgeblitzt …«

Wie kleinlich ich bin, hatte sie gedacht. »Was für ein schrecklicher Krieg das ist«, hatte sie ausgerufen.

»Aber dieser Tag ist nicht schrecklich, nein? Wir haben ihn uns nicht endgültig verdorben, nein?«

»Nein, nein.«

Aber er war verdorben. Victorias Leid drängte sich in ihren Tag, und als sie über die Steigung hinwegfuhr und Mount's Bay sehen konnte, verglich sie Victorias Leid mit ihrem und erzählte Mylo von ihrer Fehlgeburt.

Was für ein Moment, um ihm das zu sagen; Mylo war völlig grün geworden.

In dieser Nacht lagen sie aneinandergeklammert in einem Hotelbett, außerstande, ein Auge zuzumachen, außerstande, Trost zu spenden, außerstande, miteinander zu schlafen. Am Morgen hatte sie ihn nach Newlyn gefahren. »Warte einen Augenblick«, hatte er gesagt. Er war durch das Tor auf die Mole gegangen und mit einer Kiste lebender Hummer und Langusten zurückgekommen. »Nimm die mit nach Hause. Sie sind von einem belgischen Boot.« Er stellte die Kiste auf den Rücksitz zu Comrade, die schnupperte, einen Satz zurück machte und erschreckt in den vorderen Teil des Wagens sprang. »Fahr jetzt, Liebling, schau nicht zurück.« Er hatte ihr Gesicht zwischen seine Hände genommen und sie rasch geküßt – Augen, Nase, Stirn, Mund. »Fahr, fahr, fahr.«

Während Rose den Hügel auf demselben Weg hinunterging, den sie gekommen war, erinnerte sie sich an diese Küsse, an seine von der Hummerkiste salzigen Hände, an seinen Mund, der von ihren Tränen salzig war. Sie war bereits bis Truro gefahren, ehe sie merkte, wo sie war; den Rest der Fahrt quälte sie sich mit Angstbildern von Mylo, wie er auf einem Trawler oder einem U-Boot oder einem Torpedoboot nach Frankreich übersetzte, wie er ertrank, erschossen wurde, für immer verschwand.

Ned war in Slepe gewesen, als sie zurückkam. »Wo zum Teufel bist du gewesen?« hatte er gebrüllt. »Wo hast du meinen Korkenzieher hingetan? Ich kann ihn nicht finden. Ich habe eine Flasche anständigen Wein und kann ihn nicht ...«

»Er liegt doch da, vor deiner Nase«, hatte sie gesagt, und da hatte er gelegen, vor seiner Nase, und sie hatte sich ihm herrlich überlegen gefühlt (an was für alberne Dinge man sich erinnert) und »Hummer zum Abendbrot« gesagt. Als Ned die Hummer gesehen und gehört hatte, wo sie gewesen war und wieviel Benzin sie verbraucht hatte, hatte er voll Bewunderung gesagt: »Du mußt deinen kleinen Verstand verloren haben.«

Nach der Invasion der Normandie ein Jahr später lag sie in Mylos Armen in einer kleinen Mietwohnung in Chelsea, die ihm leihweise überlassen worden war. Ein neues, unheimliches Geräusch störte ihre Vereinigung. Sie standen auf dem Balkon und beobachteten, wie die erste V1-Rakete ihren lärmigen Weg quer über London kritzelte und in Harrow explodierte.

In jenem Sommer 1944 brachte er ihr Aragons Gedichte aus Frankreich mit, erzählte ihr von dem explosionsartigen Ausbruch von Talent bei Leuten, die unter den Deutschen geistig geknebelt worden waren, erzählte ihr von Sartre und Anouilh. Und sie, die auf dem Lande unruhig wurde, kam öfter nach London, angelockt von der Angst und Faszination, die sie vor den Bombenangriffen empfand, dem Gefühl, daß das Ende des Krieges in Sicht war, von dem Bedürfnis, unbekümmert auf dem zerbrochenen Glas in den Rinnsteinen herumzulaufen.

Dann verschwand Mylo erneut, nach Norditalien, sollte sie später erfahren, wo er den Winter über bei den Partisanen war, und sie, ohne Nachricht von ihm, wurde schwermütig und lief mit Comrade im Park hin und her, wo deutsche Kriegsgefangene in ihren grauen Uniformen im grauen Nieselregen mit langen widerwilligen Schwüngen ihrer grauen Besen das welke Laub der Platanen zusammenfegten, von gleichgültigen Wachposten beaufsichtigt, während die schwere, nasse Luft den Rauch wohlriechender Herbstfeuer auf Nasenhöhe herunterdrückte.

Sie fuhr trotzdem zum kältesten Winter des Krieges nach Slepe zurück, wo sie ausnahmsweise einmal ohne Besucher war, die selbstverständlich dem wärmeren London den Vorzug gaben. Ned, der mittlerweile in Frankreich war, klagte über die Kälte und schrieb häufig, um sich Trostpflaster von Fortnum's, Zigarren und Kaffee, zu erbitten. Er war glücklich mit seiner Arbeit im Stab, seiner Autorität und Macht, die er aber nicht einzusetzen wagte, weil er außerstande war, Kollaborateur von Résistance-Kämpfer zu trennen, als er mit den Franzosen zusammenarbeitete. Er konnte die Sprache nicht. Zum Glück wurde er nach Paris versetzt, um Hand in Hand mit den Amerikanern zu arbeiten, unter denen er Kontakte knüpfte, die ihm später in Friedenszeiten bei seinen Geschäften nützlich waren.

In Slepe froren die Wasserleitungen ein. Rose holte das Wasser zum Trinken und Kochen aus einem Brunnen; Christopher bekam die Masern, Farthing glitt auf Eis aus und brach sich ein Bein, Edwina erkrankte an Gürtelrose, und Emily, die spürte, daß man sie bitten könnte, zu kommen und zu helfen, lud Laura in Slepe ab (»Es wäre doch herrlich, wenn sie die Masern bekäme, erspart später eine Menge Scherereien«) und zog nach London zu einem amerikanischen Colonel, der in der Nähe vom Grosvenor Square eine Wohnung mit Zentralheizung hatte. Nicholas war beleidigt, machte das Pfarrhaus dicht und zog in einen Pub dicht am Landwirtschaftsministerium.

Rose, die sich mit den Kindern, dem Gut, den Engpässen und der Kälte herumschlug, hätte eigentlich kaum die Energie haben sollen, sich nach Mylo zu sehnen, trotzdem lauerte sie auf den Briefträger, rannte los, wenn das Telefon klingelte und träumte von einer Zeit, da Sorgen und Ängste verflogen und sie zusammen wären.

Es war in diesem grauenhaften Winter, erinnerte sich Rose, während sie auf demselben Weg den Hügel hinabging, daß Ned, der auf Urlaub nach Hause kam, ihr noch einmal eine Erneuerung ihres Versprechens abgeluchst hatte. Er fand den ›Horizon‹ und den ›New Statesman‹ im Hause vor und beschuldigte sie, einen »Sozi-Lover« zu haben. Auf derartige Lektüre, urteilte er, wäre sie nicht allein gekommen, womit er ihre Intelligenz herabsetzte. »Nächstens ist es dieser Scheißkerl J. P. Sartre oder dieser üble Kafka ...« Er hatte die Stimme erhoben (in Wirklichkeit hatte er nicht »dieser üble Kafka« gesagt, Rose fügte das später hinzu, um eine bessere Geschichte daraus zu machen) und vor Christopher und Laura eine Szene gemacht. Es waren noch andere Hinweise auf Treuebruch angeführt worden, aber Rose hatte sie vergessen. Sie erinnerte sich jedoch, daß sie etwas getan hatte, was sie nie für möglich gehalten hatte: Sie gab Ned eine Ohrfeige, worauf er Nasenbluten bekam. Armer Ned. Später wurde ihr klar, daß er erschüttert war, weil Emilys Verfügbarkeit ein so plötzliches Ende gefunden hatte, und angesteckt von der Melancholie, die gerade unter seinen Kollegen grassierte, weil sie, aus dem Krieg heimkehrend, feststellten, daß ihre Ehebande sich gelockert hatten und in manchen Fällen entzweigegangen waren. Während sie ihm Eis auf die Nase legte, hatte sie sich entschuldigt; aber durch den Schlag gegen ihn fühlte sie sich verkleinert, geschwächt, enger an ihn gebunden, und er hatte den Arm um sie gelegt und gesagt: »Natürlich hast du keinen Liebhaber. Wie konnte ich nur so etwas vermuten? Du bist nicht der Typ Frau. Du hast versprochen, mich nie zu verlassen; die Vermutung zu äußern, daß du in der Gegend herumschläfst, ist idiotisch. Einer Frau wie dir fiele das nicht im Traume ein.«

Statt sich durch Neds Einschätzung wiederaufrichten zu lassen, war sie irritiert. Was wußte er von ihren Träumen? Hielt er sie für geistlos, phantasielos? (Als ihr in dieser irritierten Stimmung die Kleiderbezugsscheine ausgingen, nahm sie sein Dinnerjackett und eine Smokinghose und ließ sich daraus von ihrem Schneider ein Kostüm nähen, das sie mit weißem Hut und weißer Bluse zu George Malones Hochzeit trug und später zu Richards.) Daß sie zu duckmäuserisch wirkte, um verdächtigt zu werden, nagte an ihr, setzte ihr Ideen in den Kopf, die es früher dort nicht gegeben hatte, Ideen, die sie später in die Tat umsetzen sollte.

Als sie sich dieser Zeiten entsann, gluckste Rose amüsiert in sich hinein, während sie bergab spazierte. Der Wind wurde frischer, rüttelte an den Wipfeln der Bäume und trieb ihr Tränen in die Augen. Nach jener kurzen Irritation hatte sie eine innige Zuneigung zu Ned gefaßt, und er seinerseits hatte seine ängstlichen Forderungen eingestellt, daß sie ihr Versprechen erneuere. Sie betrachtete das Leben, wie es ohne ihn sein könnte, und schreckte davor zurück.

Etwa um die Zeit herum trennte sich Emily von ihrem amerikanischen Colonel und kehrte zu Nicholas zurück. Als Rose im Alter darüber nachdachte, überlegte sie, ob sie zu ihrem Entschluß, erwachsen zu werden, den Mund zu halten und bei

Ned zu bleiben, teilweise deswegen gekommen war, weil sie verhindern wollte, daß Emily ihren Mann und ihr Zuhause an sich riß (die Idee hatte Emily bestimmt; es war nur nicht sicher, ob sie, wenn ihr die Gelegenheit gegeben worden wäre, die Sache in Angriff genommen hätte), oder ob sie sich hatte einschüchtern lassen, so wie sie ein paar Minuten zuvor sich vom Unbekannten abgewandt und ihre Schritte zu dem bekannten Weg zurückgelenkt hatte, den sie am Morgen hinaufgestiegen war, statt Neuland zu erkunden?

Hunde in der Haferkrippe schlafen sicherlich bequem.

45

Rose gelangte aus dem offenen Gelände wieder zurück in das Wäldchen, wo sie auf Bucheckern trat, die unter ihren Schuhen knackend zersplitterten. Oft hatte sie in Wäldern, ähnlich wie diesem, mit Ned gestanden und gepfiffen, dann gelauscht, ob sie Comrade und ihr Junges herumtollen hörte, das verräterische Jaulen, das anzeigte, wo sie waren und daß ihre Mühe, Kaninchen, Fuchs oder Dachs zu erbeuten, vergeblich gewesen war. Ned, dessen Geduld der seines bildschönen Labradors entsprach, stand neben ihr. »Sie finden schon allein nach Hause«, pflegte er dann zu sagen. »Das tun sie doch immer.«

»Sie könnten in eine Falle laufen oder abgeschossen werden«, antwortete sie dann. Kein einziges Mal sagte Ned: »Geschähe ihnen recht«, obwohl er sicher der Meinung war. Sie erinnerte sich seiner Toleranz; ihre Hunde waren immer ungezogen, seine artig.

Es war leichter, sich den Ned der frühen Ehejahre ins Gedächtnis zu rufen als den der späteren. Ihre Erinnerung an ihn in der Jugend war viel deutlicher als in der jüngeren Vergangenheit, als die Zeit sich zum Alter hin zusammenschob, bis der Tod ihn schließlich in Asche verwandelte und sie von ihrem Versprechen erlöste.

Sie sah ihn vor sich in solchen Augenblicken, wenn sie endlich ihre Hunde gefunden hatte. Er grinste dann, nahm seine Brille ab, putzte sie mit seinem Taschentuch und fragte: »Na, zufrieden?«, und sie spazierten nach Hause zu Christopher und einem angenehmen Tee am Kamin. Aber wenn Laura den Tag über da war, weil Emily sie erst zur Abendbrotzeit wieder abholte, betrachtete Ned Laura beunruhigt, beeilte sich, wenn Emily kam, ihr etwas zu trinken anzubieten, goß sich Whisky ein, um ihr Gesellschaft zu leisten, plauderte, lachte auf eine ganz bestimmte Art und blickte Zustimmung heischend zu Rose hinüber. Es dauerte Jahre, bis Ned überzeugt war, Rose würde es nicht zulassen, daß er von Emily vereinnahmt wurde.

Was Emily betraf, so war sie mit der Rolle der Teilzeitgeliebten zufrieden, das war es, was ihr Spaß machte. Wenn sie Ned ab und zu einen Zuschuß zu Lauras Unterhalt abluchste, konnte er sich das leisten. Rose wußte davon, niemand kam zu Schaden. Als die Zeiten für die Gebühren fürs Cheltenham Ladies' College herannahten und Ned stöhnte, erntete er kein Mitleid. Rose glaubte nie hundertprozentig, daß Laura Neds Tochter war. Zuerst nährte Ned selbst diesen Mythos, teils aus schuldbewußter Angst, teils weil es ihm gefiel, ein bißchen für einen Draufgänger gehalten zu werden. Aber, du meine Güte, dachte Rose, als sie sich zwischen den Bäumen hindurchschlängelte, jenes Versprechen bedeutete noch etwas im Jahr 1948.

Mitten bei einem Abendessen mit Harold Rhys, seiner jungen Frau und deren Mutter, die zum Wochenende auf Besuch gekommen waren, steckte Edwina Farthing ihren Kopf durch die Tür und sagte: »Das Junge ist wieder da«, aber von Comrade fehlte jedes Zeichen. Zwei Tage später fand der Fischereiaufseher Comrade dort, wo sie sich im Brombeergestrüpp an der Flußbiegung verfangen hatte und, als das Wasser stieg, ertrunken war. Da er eine Schwäche für Rose hatte, brachte der Aufseher Comrades Leichnam persönlich vorbei, stand linkisch da und betrachtete Roses weißes Gesicht, während Ned ihm für seine Bemühungen dankte und ihm einen Drink anbot. Als das Telefon klingelte, nahm Rose den Hörer ab und sagte: »Hallo?«

Mylo fragte aus weiter Ferne: »Hat dieses verdammte Versprechen, das du Ned gegeben hast, noch Gültigkeit?« Und sie sah Ned an, der einen Meter von ihr entfernt stand, und sagte: »Ja, das hat es, verdammt noch mal.«

»Das wär's dann.« Mylo legte unvermittelt auf, und sie, erinnerte sie sich im Gehen, war in furchtbares Weinen ausgebrochen. Ned war rücksichtsvoll gewesen. Er hatte sich nicht erboten, ihr einen Rassehund zu kaufen, er hatte sich weiter mit dem Welpen abgefunden und später mit dem Welpen des Welpen. Falls er ihren Kummer für übertrieben hielt, sagte er es nicht. Wenig später nahm er sie mit auf Reisen nach Bath und Edinburgh (die Devisenkontrolle schloß Reisen ins Ausland aus), zu Theaterbesuchen in London. Er hörte auf, über die Kosten herumzunörgeln, und ließ eine Zentralheizung legen. Er verkaufte seine Wohnung in London, die Rose immer eher als Emilys Revier betrachtet hatte, und gemeinsam fanden sie ein freundliches, kleines Haus in South Kensington, das ihr Londoner Standquartier wurde, ein Londoner Zuhause für Christopher, als er aufwuchs. Länger als ein Jahr sah er Emily kaum. Und ich, dachte Rose rückblickend, war dankbar; ich schob Gedanken an Mylo beiseite; es war, als wäre mit Comrades Ertrinken die Liebe zu Mylo geschwunden. Als sie ein Jahr später zufällig von Richard Malone erfuhr, daß Mylo Victoria geheiratet hatte, sagte auch sie: »Das wär's dann.«

Wieviel doch Emily dazu beigetragen hat, daß das Versprechen gehalten wurde, dachte Rose, die jetzt vorsichtig den steilen Abhang hinabstieg; es war ein Triumph, daß sie sich bis heute ihrer Macht nicht bewußt war. Doch sie war nicht allein; auch Mrs. Freeling schürte Neds Unbehagen, sorgte dafür, daß Rose ihn weiter entschlossen verteidigte.

Solange Christopher ein Kind war und irgendwie babyhaft aussah, betrachtete Mrs. Freeling ihr Enkelkind mit Abscheu. Jedes Baby erinnerte sie an die Schrecken von Fortpflanzung und Gebären, unter denen sie ihrer Überzeugung nach gelitten hatte. Aber als Christopher zu dem heranwuchs, was sie als menschliches Wesen bezeichnete, hatte sie Freude an ihrem Status als Großmutter und betrachtete Ned mit freundlichen Augen. »Christopher ist genau wie sein Vater«, sagte sie. »Man sieht, er kommt nach dir, Ned, er hat deine Augen, deine Nase. Von Rose kann ich nichts an ihm entdecken«, und Ned bildete sich was drauf ein. Im Gegensatz dazu pflegte Mrs. Freeling, wenn Laura in Slepe war – was sie ständig war – und mit Christopher spielte oder sich zankte, die Kleine anzustarren und die Aufmerksamkeit ihres Schwiegersohns auf sie zu lenken: »Sieh dir die kleine Laura an, man möchte kaum glauben, daß das Kind einen Vater hat. Sie sieht genau wie ihre Mutter aus, hat keine Ähnlichkeit mit irgend jemandem außer Emily, Nicholas natürlich, aber er ist Emilys Zwillingsbruder. Komisch, findest du nicht, Ned? Kinder schlagen ihren Vätern nach; Christopher sieht wie du aus; Rose sieht wie ihr Vater aus.«

»Das ist deine Theorie«, pflegte Rose dann zu sagen.

»Es ist eine Tatsache.« Mrs. Freeling blieb ihrer Ansicht treu. »Ich würde sagen, das Kind hat vielleicht gar keinen Vater. Was meinst du, Ned?«

(Hat sie das mit Absicht getan oder nicht? Sicher war sie nicht schlau genug, um sich so eine Stichelei allein auszudenken?) Und Ned errötete, sagte: »Ach, tja – ich weiß nicht« und versuchte, das Thema zu wechseln, während Rose, die seine

Qualen bemerkte, eine unbefleckte Empfängnis vorschlug oder bei anderer Gelegenheit: »Vielleicht hat Emily in der Badewanne das Sperma von irgend jemandem aufgesaugt«, womit sie ihre Mutter empörte und von Ned einen schockierten, aber dankbaren Blick erntete. (»Da bist du zu weit gegangen, Liebchen.« Von dem Wort »Liebchen« ließ er sich nie abbringen.) Und Laura, der es gefiel, wenn über sie geredet wurde, stand dicht bei Ned und blickte mit den leuchtenden, tückischen Augen ihrer Mutter zu ihm hoch. Und dann pflegte Ned, dessen schlechtes Gewissen von seiner Schwiegermutter angeheizt war, Rose bald an ihr Versprechen zu erinnern, wenn nicht offen, dann durch Andeutungen. Kein Wunder, dachte Rose, während sie den Abhang hinunterstieg, daß es keine Vorspiegelung falscher Tatsachen gab, als Mutter starb. Aber ich will jetzt ehrlich sein, dachte Rose bitter; Emily einen Strich durch die Rechnung zu machen hat Spaß gemacht, war auf seine Art ein guter Beweggrund, aber das war es nicht, was mich all die Jahre bei Ned gehalten hat. Seine Unsicherheit entsprach meinem Bedürfnis nach Sicherheit.

46

Beim Festival of Britain 1951 beobachtete Rose, als sie zu früh gekommen war zu ihrer Verabredung mit Ned und Christopher, der für den Tag von seiner Vorbereitungsschule für London freibekommen hatte, wie die Massen in Vorfreude und erregter Atmosphäre schwelgten. Mylo trat hinter sie und sagte: »Warum hast du vor drei Jahren einfach aufgelegt?«

Rose fuhr herum: »Du warst es, der aufgelegt hat. *Warum* hast du Victoria geheiratet?«

»Vielleicht, weil wir aufgelegt haben ...«

»Ned stand neben mir. Ich hatte gerade erfahren, daß Comrade tot war, sie war ertrunken, ihr Leichnam ...«

»Unsere kleine Freundin! Also, das war es!«

»Du hättest nicht unbedingt loseilen und Victoria heiraten müssen ...«

»Eile gab es eigentlich nicht. Du warst an Ned und dein Kind geklammert, an das Leben in diesem Haus. Du liebst das Haus, ich weiß es. Hast dich an das alles gewöhnt. Es schien genau das Richtige zu sein. Du hast doch nicht erwartet, daß ich mich ewig herumtreibe.« (Das hatte sie.)

Sie musterte sein Gesicht. »Du hast ein paar neue Falten, mehr graue Haare.«

»Ich sehe Krähenfüße ... Deine Augen ...«

»O Mylo.«

»Ich liebe dich.«

»Ich bin mit Ned und Christopher zum Mittagessen verabredet.«

»Wie geht's den beiden?« Er grinste sie an.

»Sehr gut. Ned und Christopher sind beim Zahnarzt gewesen, wir treffen uns hier.«

»Ich liebe dich, mein Schatz.« Er machte sich nicht die Mühe, leiser zu sprechen.

»Habt ihr Kinder?« wehrte sie ihn ab.

»Victoria hat eine Tochter.«

»Eine Tochter. Wie schön für dich.« Sie wurde formell.

»Sie ist nicht von mir ...«

»Oh.«

»Sie ist von Picot.«

»Aber sie hat Picot doch nicht *geliebt*.«

»Und *du* hast Ned nicht geliebt.«

»Wie genau du es mit der Wahrheit nimmst.«

»Nicht nötig, bitter zu werden.«

»Ist das der Grund, warum du Victoria geheiratet hast?«

Mylo sagt: »Schenk dir das Mittagessen. Verbring den Nachmittag mit mir. Bitte.«

»Wenn ich das täte ...«

»Ich habe mich nicht verändert, und du dich auch nicht. Ich möchte dich in die Arme nehmen ... komm, nur ein kleiner Fick um der alten Zeiten willen.«

Rose wurde schwach, kicherte. »Was ist mit Victoria?«

»Was ist mit Ned?«

»Es würde nichts nützen. Es würde nur alles schlimmer machen.« Sie tappte nach ihren Vorsätzen.

»Stehen die Dinge denn schlecht?«

»Nein, nein, natürlich nicht. Ich habe alles, was ich ...«

»Bis auf mich.«

»Bis auf dich.«

»Früher haben wir gedacht, einander zu haben würde reichen für die Ewigkeit …«

»Da sind sie, ich kann Ned und Christopher sehen.«

»Hübscher Junge.«

»Victoria hat wunderschöne Augen.«

»Ja.«

»Mylo …«

»Ja?«

»Berühr mich nicht.«

»In Ordnung, tu' ich nicht.«

»Danke.« Sie kam sich verlassen vor.

»Vielleicht würdest du explodieren, wenn ich dich berühre.«

»Ja, das würde ich.«

»Schön. Irgendwann werde ich dich anrufen, und dann wirst du kommen.«

»Hier sind sie …«

»Wer war das, mit dem du gesprochen hast, Ma?« fragte Christopher.

»Ähm … er heißt … ich glaube, er heißt, äh …«

»Ich habe einen Tisch reservieren lassen.« Ned gab ihr einen flüchtigen Kuß auf die Wange und nahm ihren Arm. »Alle Restaurants sind entsetzlich überfüllt, wir wollen ihn doch nicht verlieren, komm.« (Wenn Mylo mich berührt hätte, wäre ich mit ihm gegangen.)

»Ja, ja, ich komme ja. Wie vernünftig, einen Tisch zu bestellen.« Sie setzten sich in Bewegung. Mylo war nirgends mehr zu sehen.

»Was tut dieser Mann, Ma? Wo wohnt er?«

»Ich weiß es nicht, Liebling. Welche Abteilung der Ausstellung möchtest du dir denn ansehen?«

»Ich würde eigentlich lieber auf den Rummelplatz gehen. Wer war das, Ma?«

»Wer war wer?«

»Dieser Mann ...«

»Ich weiß es nicht.«

»Wie komisch, es sah so aus, als kennst du ihn sehr gut.«

»Tja, aber das tue ich nicht.« (Ich weiß nicht, wo er wohnt oder was er macht, nur daß er mit Victoria zusammen ist. Diese Augen!) »Er hat mich nur etwas gefragt, auf was ich keine Antwort weiß.«

»Hier verirrt man sich so leicht«, sagte Ned. »Hier lang, glaube ich, ah, da wären wir, hier ist das Restaurant. Hoffentlich haben sie uns den Tisch aufgehoben. Trotz der Schilder.«

»Wie im Leben, jede Menge Schilder, und trotzdem verirrt man sich«, hatte sie leichthin gesagt. Ned hatte gelacht und sie eine Philosophin genannt. »Das hast du nicht gewußt, daß deine Mutter eine Philosophin ist, was?«

Er war damals so stolz auf Christopher; sein Zorn stellte sich erst später ein, in Christophers Jugend, und noch später, in der Ära der langen Haare und der ausgeflippten Jeans.

Sie hatte sich an den Tisch gesetzt und zur Speisekarte gegriffen, und Christopher hatte seine Neugier dem Essen zugewandt. Er verlor seine altkluge Wißbegierde, als er größer wurde und zu dem uninteressierten Mann heranwuchs, der er heute war. Wenn er so geblieben wäre wie damals, dachte Rose, hätte er vielleicht Helen nicht geheiratet.

Sie trat aus dem Wäldchen und bog auf den Fußweg ein, der am Bach entlangführte. Mit einem stechenden Schmerz fiel ihr wieder ein, wie schnell ihr Herz geschlagen hatte, als sie Mylo an jenem Tag ansah, wie übel ihr gewesen war vor Verlangen.

Auch jetzt ist mir übel vor Verlangen, wenn ich nur an ihn denke. In meinem Alter! Ich habe noch nicht gefrühstückt, vielleicht bringe ich meine Begierden durcheinander. Sie stand da und blickte über das reglose Wasser hinweg zu den Bäumen auf der anderen Seite.

47

Als sie ein paar Jahre später in einem offenen Bus die Knightsbridge entlanggefahren war, hatte sie beim Hinuntergucken Mylo mit Victoria auf der Straße gesehen. Während sie den Hals lang machte, um ihn besser sehen zu können, brach er über irgend etwas in lautes Lachen aus und hakte sich bei Victoria ein. Der Schmerz, den sie fühlte, stand in keinem Verhältnis.

In der Bemühung, Mylo aus ihrem Gedächtnis zu löschen, experimentierte sie mit Liebhabern herum. Wenn andere Männer ihr einen annehmbaren Orgasmus verschafften, so argumentierte sie vor sich selbst, würde das ihren Schmerz abtöten. Vor langer Zeit hatte Mylo behauptet, mit ihm sei der Liebesakt grandios, mit Ned und anderen dagegen ganz was anderes. Sie beschloß zu beweisen, daß er mit seinem Hochmut unrecht hatte.

Sie war vorsichtig gewesen, rücksichtsvoll gegenüber Ned, weil sie seine Gefühle nicht verletzen wollte, diskret und verschwiegen, und sie nahm sich vor Emily und Nicholas in acht. Sie experimentierte mehrere Jahre lang mit verschiedenen Typen von Männern. Sie gab sich große Mühe.

Während sie auf dem Weg stand und über das reglose Wasser des Baches blickte, erinnerte sie sich wehmütig, daß sie aus all diesen anstrengenden Experimenten nichts weiter gelernt hatte, als daß der Liebesakt, so wohltuend mit Mylo (erträglich mit Ned), zu etwas ziemlich Schmutzigem wurde, die Stellungen lächerlich, wenn nicht obszön, bestenfalls komisch. Diese kalkulierten Abenteuer müssen aufhören, erinnerte sie sich gedacht zu haben; nicht einmal den frivolen Charme des erfrischenden Scharmützels mit George Malone konnte sie dabei wieder heraufbeschwören. »Es tut mir leid«, hatte sie zu ihrem augenblicklichen Experiment gesagt, »aber so ist es.«

»Aber du hast doch auch letzten Mittwoch mit mir geschlafen«, hatte er sich beklagt. Er war wütend geworden, als sie sagte: »Diesen Mittwoch aber nicht, da ist früh Feierabend.« Da er ihren matten Scherz nicht lustig fand, schnitt er sie von Stund an auf Partys und auf der Straße.

Eines Tages lief sie eilig mit gesenktem Kopf durch den Regen und stieß mit einem Mann zusammen, der ihr entgegenkam. »Tut mir leid«, entschuldigte sie sich.

»Mir nicht.« Der Mann legte den Arm um sie. Sie erkannte Mylo. »Wohin willst du denn so eilig?« Er hielt sie fest.

»Ich komme gerade von einem Liebhaber.« (Das war nicht der Fall.)

Wenn sie gehofft hatte, ihn auf die Palme zu bringen, so gelang ihr das nicht.

»Komm mit hier rein.« Mylo, der sie noch immer festhielt, führte sie ins Foyer eines Hotels und ließ sie auf einem Sofa Platz nehmen. »Ich habe dich die Straße runterrennen sehen und auf dich gewartet, und du bist in mich hineingelaufen, als wäre ich gar nicht da.«

»Du *bist* nicht da«, hatte sie wütend gesagt. *»Nie.«*

»Im Augenblick schon, Liebling.«

»Was?« (Das halte ich nicht aus, hatte sie gedacht, ich ertrag' das nicht.)

»Ich bin hier, Rose, *jetzt*. Was ist los?«

»Ich hab's dir gesagt. Ich komme gerade von einem Liebhaber. Ich bin spät dran.«

Er hatte gelacht. »Also, jetzt haben wir Liebhaber.«

»Ja«, gab sie bissig zurück.

»Macht's Spaß?« Amüsiert hänselte er sie, so daß sie sich umdrehte und ihn ansah.

»Es ist furchtbar langweilig«, war sie herausgeplatzt, und Mylo sagte: »Freut mich zu hören.« Er betrachtete ihr Gesicht und sagte: »Du siehst sehr schön aus. Ich mag es, wenn dein Gesicht naß vom Regen ist.«

»In Wirklichkeit bin ich gerannt, weil ich ohne Regenschirm aus dem Haus gegangen bin«, gab sie zu.

»Du kommst nicht gerade von einem Liebhaber?«

»Nein.«

»Hab' ich mir gedacht.« Er hielt ihre Hände. »Du lügst nicht sehr gut.«

»Ich hatte aber Liebhaber ...«

»Warum?« Seine Stimme war schroff gewesen. »Warum?«

»Victoria.« Sie flüsterte den Namen zur Verteidigung, dann wiederholte sie lauter: »Victoria.«

»Und was ist mit Ned?«

»Ned weiß nicht, daß ich ...«

»Du weißt, was ich meine, Rose, mach keine Ausflüchte, was glaubst du, was ich Ned gegenüber empfinde?«

»Für Männer ist es nicht dasselbe.«

»Eine dämliche Bemerkung, deiner Intelligenz nicht angemessen.«

»Du tust mir weh. Meine Hände.« Aber sie hatte sie nicht weggezogen.

»Du weißt, daß ich Victoria wegen ihres Kindes geheiratet habe.«

»Das hast du mir nie gesagt«, antwortete sie verstimmt.

»Du hast mir nicht viel Gelegenheit gegeben.«

»Ich habe dich mit ihr vom Oberdeck eines Busses aus gesehen. Du hast gelacht«, warf sie ihm vor.

»Lachen ist keine Sünde.«

»Und du liebst sie.«

»Wer hat das gesagt? Ja, ich liebe sie in gewisser Weise.«

»Na, da hast du's.« Der Schmerz, ihn zu treffen, bedrückte sie.

»Und Ned?«

»Wir sind Freunde.« Gestand sie sich damals schon ein, daß sie Sicherheit liebte?

Mylo murmelte: »M-m-m-m, Freundschaft, ja.«

Sie hatten dort auf dem Sofa in dem Hotelfoyer gesessen, einander zugewandt, ihre Hände in seinen, und jeder hatte des anderen Gesicht zu ergründen versucht, blind gegen die Leute, die kamen und gingen, einen Schwall benzingeschwängerten Regen von der Straße mitbrachten und sich in ihre parfümierten Pelze mummelten, bevor sie sich hinauswagten. Rose, die jetzt auf dem morastigen Weg dicht am Wasser stand, konnte sich noch an den Geruch des Ledersofas erinnern. Mylo hatte sehr sanft gefragt: »Was noch?«

Sie hatte sich ihm entgegengeneigt und geflüstert: »Ich ertrage es nicht, mir deinen Schwanz in Victoria vorzustellen.« Und er, der immer noch ihre Hände hielt, hatte sich vorgebeugt und sie auf den Mund geküßt. »Das bringt uns nicht weiter.« Sie hatte versucht, sich ihm zu entziehen, aber er hatte ihre Hände festgehalten.

Nach einer Weile hatte er gesagt: »Hör zu, Liebling. Es wäre für uns beide besser, wenn wir uns manchmal treffen könnten. Wir müssen ja nicht miteinander schlafen, wenn es …

also … nein, warte, laß mich ausreden … wir können normaler sein …«

»Was ist normal, Herrgott noch mal?« hatte sie gequält ausgerufen.

»Liebende können Freunde sein, mein Schatz. Ich bin nicht oft hier. Ich lebe in Frankreich. Wenn wir uns hin und wieder treffen würden, könnte es uns davor bewahren, daß wir uns gegenseitig so zerfleischen …«

»Ich bin nicht zerfleischt!«

»Rose, laß das, hör mir zu. Wir könnten manchmal zusammen essen, spazierengehen, eine Galerie besuchen, was hältst du davon?«

»Ich weiß nicht.« Sie war in Versuchung geraten und hatte daraufhin Angst bekommen.

»Liebende *sollten* außerdem Freunde sein. Du weißt das so gut wie ich. Wir haben gleiche Interessen. Wir könnten über Bücher, Filme, Theaterstücke sprechen. Was meinst du dazu? Wollen wir's versuchen? So tun, als wären wir kultiviert?«

»Ich …« Immer noch fürchtete sie das Unerträgliche.

»Du könntest mir von deinem Kind erzählen, deinem Garten, deinen Kühen.«

»Ich habe keine Kühe mehr. Ned hat auf Schafe umgestellt …«

»Die schönen Kühe …«

»Nun ja, es ist sein Hof« – sie verteidigte Ned –, »nicht meiner.«

»Ja natürlich, aber warum sollten wir nicht darüber reden? Deine Hunde zum Beispiel?«

»Ich habe Comrades Nachwuchs.«

»Na siehst du, ein zuverlässiges Thema für Unterhaltungen, bestimmt gibt's noch andere. Wollen wir's versuchen?«

»Du willst mich beschwatzen.«

»Will ich.«

»Wird es nicht weh tun?«

»Nicht so sehr, wie sich nie zu sehen, nie zu wissen ...«

»Dich stört es also auch?«

»Idiotin, du verdammte Idiotin«, schrie er sie an.

»Liebling!« Wie ihre Stimmung sich gehoben hatte.

»Bekomme dich nicht aus meinem Kreislauf raus. Will's auch nicht, mach' nicht mal den Versuch.« (Leute hatten geguckt, weggeblickt.)

»Ich hab's versucht«, gab sie zu.

»Vergebliche Mühe, oder? Vergeudung von Liebhabern. Ich könnte sie alle mit einem Maschinengewehr niedermähen.« Das klang echt.

»Es waren nicht genug für ein Maschinengewehr ...«

»Also ...«

»In unserem Alter sollten wir ein bißchen vernünftig sein.« Sie hatte nachgegeben, indem sie nach dem unberechenbaren Rettungsring Vernunft griff.

»Dem kann man nicht immer trauen, zuviel Vernunft brachte dich zu deinem blöden Versprechen an Ned.«

»Und zu deiner Ehe mit Victoria.«

»Genug.« Er zog sie von dem Sofa hoch, drückte sie an sich und küßte sie. »Augen, Nase, Mund«, murmelte er, als frische er eine Bekanntschaft auf. »Mich stört sehr, daß Ned ...«

»Was?«

»Was du über Victoria gesagt hast, trifft auch auf Ned zu.«

»Ned besteigt meistens Emily Thornby.«

»Daß solche rüden Worte über diese Lippen kommen.« Er küßte sie wieder. »Und was ist mit diesen Liebhabern?« fragte er eifersüchtig.

»Vorüber. Ich war nicht mit dem Herzen dabei«, sagte sie kokett.

»Also, wenn ich anrufe …«

»Ja, ja, ja.«

»Wir werden jeder den anderen mit Vorsicht behandeln müssen …«

»Das versteht sich von selber.«

»Es wird nicht oft sein, leider …«

»Es wird genügen müssen …«

»Resigniert?«

»Ich werde nie resignieren.«

»Ich auch nicht.«

Als sie hinaus in den Regen gingen, sagte sie, um ihren Kleinmut zu entschuldigen: »Ich habe das Gefühl, ich muß Ned beschützen, und es gibt Christopher.«

»Und ich«, sagte Mylo und klappte seinen Regenschirm auf, »muß Victoria und Alice beschützen.«

»Das wär's dann.«

»Ja.«

Sie standen auf dem Bürgersteig, nicht bereit, sich zu trennen. »Wir werden also nie eines dieser furchtbaren Ehepaare werden, die sich hassen wie Pa und Ma?«

»Das werden wir sicher nicht.«

»Das Leben sieht also freundlich aus, oder?«

»Ja.«

48

Und so trafen sie sich dann und wann im Laufe der Jahre. Einer Generation angehörend, die an den Begriff der Rationierung gewöhnt war (Lebensmittel, Kleidung, Benzin), teilten sie sich ihren Spaß ein. So wie die Dinge lagen, barg jedes Zusammentreffen potentielles Unheil, da es für jeden von beiden gefährlich leicht war, Eifersucht zu empfinden oder Selbstsucht, sogar Groll. Sie bewegten sich auf Messers Schneide und steuerten schwankend in eine mit Freundschaft gepaarte Liebe hinein, indem sie eine Leidenschaft am Leben hielten, die so leicht hätte verfliegen können wie eine jugendliche fixe Idee.

Beklommen lernten sie, ohne Groll von Ned zu reden, ohne Angst von Victoria. Gespräche über Christopher und seine Freunde oder über Alice und ihre brachten den jeweiligen Partner auf einer neutralen Ebene in die Unterhaltung. Aber hauptsächlich diskutierten sie über Bücher, Theaterstücke und Filme. Während Rose über Politik feurige Ansichten äußerte und Wut und Verzweiflung über die Lügen, Heucheleien und Ausreden von Regierungen, distanzierte sich Mylo, wie es sein Vater getan hatte, und brachte Rose über ihre eigene Selbstgerechtigkeit zum Lachen. Wenn sie mit Ned in Frankreich, Griechenland oder Italien Ferien gemacht hatte, erzählte sie Mylo nicht, wie sehr sie sich danach gesehnt hatte, bei ihm statt bei Ned zu sein, und Mylo achtete darauf, nicht zu sagen: »Oh, ihr hättet euch aber das und jenes ansehen sollen …« oder: »Als ich mit Victoria dorthin fuhr …« Sie erzählte ihm von Christopher, während der zu einem Spiegelbild von Ned heranwuchs, um schließlich von Helen aus ihrem Einflußbereich heraus ins Yuppietum entführt zu werden. Sie erzählte von ihrem Garten, ihren Hunden und Katzen, ihren Nachbarn. Und Mylo, freier Journalist wie sein Vater, erzählte von seiner Arbeit, von seinem Interesse an schwerverständlichen europäischen Schriftstellern und lag ihr in den Ohren, sie solle Julien Benda, Teilhard de Chardin und Michael Polanyi lesen, damit sie mitkomme bei dem, worüber er rede.

Als ihre Mutter starb, tröstete er sie, weil sie das Gefühl hatte, sie nicht geliebt zu haben, und er begriff das kleine Problem mit der Asche. Als Edith Malone starb, betrauerten sie deren Ableben und schwelgten in Erinnerungen an das Wintertennis. Als 1956 während der Suezkrise erneut das Benzin rationiert wurde und Ned, dem seine Kriegsvorräte wieder einfielen, alle Kanister leer fand, ergingen sie sich in nostalgischen Erinnerungen an ihre Spazierfahrten im Krieg. Mylo fragte sie, wo denn das ganze Benzin geblieben sei, sie hätten doch nicht all die vielen Liter verbrauchen können, und lachte, als sie gestand, sie habe sie in einer Zeit verbraucht, als Ned sie mit dem Haushaltsgeld knappgehalten und sie statt Benzin Pflanzen für ihren Garten gekauft habe. Sie erzählte ihm nichts von der Szene, die ihr Ned gemacht hatte, oder von den verletzenden Dingen, die er zu ihr gesagt hatte, auch nichts davon, daß er für kostspielige vierzehn Tage mit Emily nach Paris abgeschwirrt war. In ihren Bemühungen, fair zu Ned zu sein, wurde Rose selbst ganz übel, aber sie wollte es durchhalten, solange Mylo Victoria treu ergeben blieb.

Diese Zusammenkünfte im Laufe der Jahre, höchstens zwei pro Jahr, oft weniger, waren immer schwer zu bewerkstelligen.

Zweimal war sie krank und konnte sich nicht mit ihm treffen; einmal war sie mit Ned zu dessen Verwandten nach Schottland gefahren, als Mylo anrief, und sie sahen sich achtzehn Monate nicht. Aus irgendeinem Grund sprachen sie nie über das Thema Briefe, schrieben sich nie welche, aus Furcht, vielleicht zu Recht, vor dem schnellen Verrat des geschriebenen Wortes.

Immer wenn Mylo anrief, erstickte Rose fast vor Freude, da sie abergläubisch gefürchtet hatte, ihr voriges Treffen sei das letzte gewesen. Zwar kämpften sie darum, daß alles weiterging, aber eine Gewißheit gab es nie, sie war sich nie sicher. Und als eines Tages, im Jahr 1960, während sie in einem Restaurant an einem Ecktisch saßen, Mylo seine Hand auf ihre legte und »Rose« sagte, war sie sofort auf der Hut.

»Was ist?«

»Es gibt ein Projekt – einen Job in den Staaten.«

»Und Victoria will mit?«

»Nein, nicht besonders gern.«

»Du willst hin?«

»Sozusagen.«

»Dann möchte ich dich nicht aufhalten.«

»Rose ...«

»Du möchtest doch hin. Was ist das für ein Job?«

»Vorlesungen, Unterricht, eine interessante Universität, es ist ...«

»Nur zu, fahr doch. Warum um alles auf der Welt denn nicht? Was hält dich auf?« Sie hatte ihre Stimme unter Kontrolle gehabt, während sich ihr vor lauter Angst der Magen umdrehte. »Ich wünsche dir viel Vergnügen, verdien viel Geld ...«

»Sei nicht so.«

Sie zog ihre Hand weg. »Sie haben nicht funktioniert, diese kultivierten Zusammenkünfte, nicht wahr?«

»Ich kann mich nicht mit dem halben Kuchen begnügen ...«

»Es war dein Vorschlag.«

»Ein verdammt dummer.«

»Dieses ganze plötzliche Kommen und Wieder-aus-meinem-Leben-Verschwinden, als wärst du ein Schachtelteufel, macht dir also keinen Spaß.« Das Unwiderrufliche weigerte sich einzusinken.

»Nach *mir* suchst du nie.«

»Nein, das tue ich nicht. Warum sollte ich? Ich habe mein Leben, zufällig ein ziemlich arbeitsreiches. Ich habe Ned, es ist meine Entscheidung, ich stehe dazu. Du hast Victoria; war Zeit, sie in Betracht zu ziehen, nicht wahr? Zeit, daß wir erwachsen werden.«

Mylo hatte gekontert, sie hatte erneut zugeschlagen.

Bei Gott, dachte Rose, als sie am Ufer des Baches stand und beobachtete, wie der leichte Wind das Wasser kräuselte, wie haben wir uns an dem Tag damals weh getan, die Sache einfach laufenlassen, wie gut hat doch jeder gewußt, wie der andere zu verletzen war. Es war Selbstmord. Als sie sich trennten, hatten sie die Wunden offengelassen. Sie hatten sich nicht einmal auf Wiedersehen gesagt. Entzweit.

Sie hatte darum gekämpft, sich mit ihrem Verlust abzufinden. Sie war ziemlich krank geworden, mager und reizbar. Als Ned sie voller Besorgnis zu einem Spezialisten brachte, sagte der, es sei nicht das Klimakterium, auch wenn sie in dem Alter sei, und empfahl einen Psychiater; Rose, die eine psychiatrische Behandlung ausschlug, stellte sich selbst Aufgaben, die sie neue Interessen nannte. Sie legte im Garten ein neues Lilienbeet an, pflanzte noch mehr Magnolien, übernahm Gelegenheitsarbeiten in der Nachbarschaft, bemühte sich sehr darum, ihre Schwiegertochter zu mögen und benahm sich, wie Nicholas bemerkte, wie eine Witwe. »Stimmt irgendwas nicht, Rose, Schätzchen? Du benimmst dich wie eine Witwe.«

»Ich stimme mich auf eine Rolle ein, die ich vielleicht nie werde spielen müssen«, hatte sie geantwortet, »damit ich, sollte sich die Notwendigkeit ergeben, Spaß daran haben kann.« Dann stellte sie fest, daß sie Freude an ihrer Rolle hatte, zu Ned liebevoller denn je war, daß Leute von nah und fern kamen, um ihren Garten zu bewundern. Das einzige, was ihr nicht gelang, war, sich für Helen zu begeistern. Helens Schuld, dachte Rose, die zwei Schwäne beobachtete, die auf sie zugeschwommen kamen. Sie hätte ihre Gier, endlich das Erbe anzutreten, zurückhalten sollen; man brauchte kein Gedankenleser zu sein, um zu wissen, was Helen mit Slepe vorhatte, wenn sie es erst einmal in die Hände bekam. Nun ja, dachte Rose, jetzt hat sie es, aber wenn sie mich nicht so geärgert hätte, hätte ich mich nicht so gut um Ned gekümmert, und sie hätte Slepe Jahre früher bekommen, und ich, nicht mehr abgelenkt durch meine Abneigung gegen sie, wäre vielleicht in Trübsinn verfallen, hätte nicht geglaubt, von Mylo geheilt zu sein.

Und was hatte sie gefühlt, als sie neun Jahre später das Telefon abnahm und Mylos Stimme sagte: »Ich habe für morgen zwei Tickets nach Venedig, pack deine Tasche.« Sie hatte das Gefühl, sie sei wieder ins Leben zurückgekehrt.

»Bist du noch böse?« hatte er gefragt.

»Ich ...«

»Um ehrlich zu sein, diese ganzen kultivierten Zusammenkünfte haben mich wahnsinnig gemacht, Liebling. Ich war scharf wie ein brünstiger Hund.«

»Und jetzt?«

»Schärfer denn je.«

»Wann geht unser Flug?«

49

Der schwache Geruch warmer Abwasserkanäle. Der Markusplatz um zwei Uhr früh, menschenleer im Mondlicht. Schlendern durch die schmalen Gassen. Fragende Blicke auf blätternden Putz. Sich über Brücken lehnen, um des anderen im trüben Wasser gespiegeltes Gesicht zu lesen. Mylos Haar grau inzwischen, allmählich sich lichtend, sein Gesicht mager und runzlig. Ihres bleich (sie hatte diesen Sommer keine Sonne gehabt), die nachdenklichen Augen tief in den Höhlen liegend, das Haar staub-weizenfarben.

Sie hatten sich übers Wasser gebeugt, und ihre zitternden Spiegelbilder waren von vorbeifahrenden Gondeln, die Gemüse zu den Märkten transportierten, ineinandergeschoben worden. Sie hatten ohne viele Worte an Tischen an den Kanälen Platz genommen, Schinken mit Feigen, große Teller Pasta gegessen und kühlen Wein getrunken, während das Licht ihre Gesichter tüpfelte. Weiterspaziert, um nahe der Accademia bitteren Espresso zu trinken. Am Lido waren sie träge hinausgeschwommen in einem Wasser, das trüb war von Sand und Gott weiß was sonst noch; nachts hatten sie dagelegen und gegenseitig ihre Körper wiederentdeckt in einem Glücksgefühl, über das keiner eine Bemerkung zu machen wagte, so vollkommen war es, so zärtlich, so vergnüglich.

Sie waren zu klug, um zu sagen: »Falls wir nie wieder so etwas erleben, das hier kann uns keiner nehmen.« Als sie an einem kleinen Kanal entlangbummelten, hörten sie durch die Fensterläden eines Zimmers hoch über dem Wasser Paul McCartney singen: »Will you still love me/Will you still need me/When I'm sixty-four?« Zu klug, des anderen Blick zu suchen. Zu klug, um zu verabreden, sich wieder zu treffen, als sie sich trennten.

Diesmal haben wir's richtig gemacht, sagte Rose laut zu den Schwänen, die vorüberpaddelten, die Flügel über den Rücken gewölbt. Sie bückte sich, hob einen Kieselstein vom Weg auf und warf ihn ins Wasser, zerstörte ihr einsames Spiegelbild.

50

Dann wechselten sie den einen oder anderen vorsichtigen Brief. Nur um in Kontakt zu bleiben, sagte er, und er schrieb, um ihr zu Christophers Hochzeit zu gratulieren, von der er bei einem zufälligen Treffen mit George Malone in New York erfahren hatte. »Hoffentlich ist sie ein nettes Mädchen und macht ihn glücklich. Ich sehe ihn noch vor mir in seinem Moseskörbchen auf dem Rücksitz deines Wagens neben Comrade. Du hast angehalten, um ihn zu stillen. Alice, Victorias Tochter, hat zwei Kinder. Ich mache mir nicht viel aus Babys«, schrieb er.

»Hättest du dir was aus unseren gemacht?« schrieb sie auf eine Postkarte, die sie auf dem Weg zur Post zerriß. (Viele von den Briefen, die sie ihm schrieb, wurden vor dem Einwerfen zerrissen.) Sie kritzelte statt dessen ein Blatt Papier voll, das sie in einen Umschlag steckte. »Sie ist kein nettes Mädchen, aber sie wird Christopher glücklich machen. – Es erschien ihr von allergrößter Bedeutung, ehrlich zu sein, ihm gegenüber nicht so zu tun, als ob sie Helen gern hätte, wie sie den Rest der Welt glauben ließ.

Im Laufe der Jahre spielte Alice, Victorias Tochter, die sie von Picot hatte und die zur Zeit der Begegnung in Venedig fünfundzwanzig war, die Rolle einer unsichtbaren Mittelsperson. »Wie geht es Alice?« fragte Rose immer wieder an und erhielt zur Antwort, daß Alice und ihre Familie den Sommer in Cape Cod verbrachten, oder in dem Jahr, in dem Picot, reich, langsam älter werdend und inzwischen von seinem Posten in der Regierung von Monsieur Pompidou zurückgetreten, endlich die Vaterschaft anerkannt und Alice eine fixe Summe ausgesetzt hatte, da verbrachten sie, das schloß Mylo und Victoria ein, einen Teil des Sommers im Ardèche. (Keine sehr gelungene Angelegenheit. Picot brauchte Hilfe bei seinen Memoiren, die Mylo ihm nicht zu geben bereit gewesen war.) Rose versuchte sich Alice vorzustellen, suchte zwischen den Zeilen mit Nachrichten über Alice und ihre Familie nach Mylo, der sich wie eine Seeanemone im Dickicht des prosaischen Lebens seiner Stieftochter versteckte. Alice war behilflich, als Victoria weg war (wo?) und Mylo Gelbsucht hatte. Alice hatte für ihn ein paar nützliche Nachforschungen angestellt (was für Nachforschungen?). Sie leistete ihrer Mutter Gesellschaft, während er in Peru war (was tat er in Peru?). Sie half beim Umzug. Wohin? Woher?

Rose schickte ihre seltenen Briefe c/o Mylos Verleger, um sich bewußt zu distanzieren. Und so schrieben sie sich sporadisch, aber sie trafen sich nicht; mehrmals hatte sie den Verdacht, daß er eine Zeit in England zugebracht, sich aber nicht gemeldet hatte. Die Jahre verflogen oder schleppten sich hin, je nach Stimmung oder Gesundheitszustand. Wenn sie darüber nachdachte, vielleicht durch den Klang einer Stimme in einer Menschenmenge, einen Geruch aus der Kanalisation daran erinnert, gratulierte Rose sich dazu, daß ihrer beider Liebe auf einer solchen Höhe geendet hatte und nicht, wie die meisten Liebesbeziehungen, zur bloßen Gewohnheit geschrumpft war. »Wollen wir dieses Jahr nach Venedig fahren? Du bist doch noch nie in Venedig gewesen«, fragte Ned einmal.

»Ich glaube, ich könnte den Gestank nicht ertragen. Warum nimmst du nicht Emily und Nicholas mit?« Würde Ned zugeben, daß er schon zweimal nur mit Emily dort gewesen war?

»In großen Dosen finde ich Nicholas ziemlich nervenaufreibend. Früher bekam man Emily für sich allein – heute nicht mehr«, antwortete er mißmutig. Er wußte, daß sie über Emily alles wußte.

»Ja. Sie klebt mehr denn je an Nicholas. Du Armer.«

»Was?« sagte Ned. »Ich kann dich nicht hören. Wenn du doch laut reden würdest und nicht so murmeln.«

Taktvoll hielt Rose die Worte zurück, die in dieser Zeit von Harold Rhys' und Ian Johnsons Frauen oftmals geschrien wurden: »Du wirst langsam taub.« *Unberufen*, wie Nicholas im Krieg 1939-45 auf deutsch gesagt haben würde, aber so wie diese faden alten Weiber würde sie bestimmt nie werden.

»Wird mal wieder Zeit, eine Essenseinladung an Wie-heißt-er-noch, oh, Arthur und Milly, auszusprechen«, sagte Ned, der nach Ersatzgesellschaft suchte.

»Na schön, wenn dir das Spaß macht. Ich rufe sie an.« Ich darf mir nicht gestatten, garstig zu Ned zu sein.

Auf dem Zettel auf dem Dielentisch stand in der Schrift der Reinemachefrau (Farthings hatten sich längst zur Ruhe gesetzt und wohnten in einem Altenteil im einstigen Flüchtlingshaus): »Ein Mr. Cooper wartet morgen mittag – 12 Uhr – auf Sie, Bahnsteig eins, Paddington Station.«

Als der Zug einfuhr, saß er auf einem Gepäckwagen und wartete bereits auf sie. »Ich muß mit dir reden.« Er schlang beide Arme um sie und küßte sie auf den Mund. »Schon besser.«

»Was ist mit dir passiert?« Er sah schrecklich aus.

»Vielleicht könnten wir im Park spazierengehen, oder ist es für dich zu kalt?«

»Nein, nein.« Sie ging neben ihm zum Taxistand. Er sieht ausgemergelt aus, dachte sie. Er hat abgenommen, sein Haar ist inzwischen mehr weiß als grau.

»Tolle Kakadus!« Sein Gesicht leuchtete auf, als sie an einer Gruppe Punks mit regenbogenfarbenen Haaren und bemalten Gesichtern vorbeikamen. »Zu Molières Zeiten waren es die Frauen, die so was taten, sie waren als *Les Précieuses Ridicules* bekannt. Hier ist ein Taxi, spring rein.«

Im Taxi saß er da und blickte starr geradeaus, hielt ihre Hand. »Danke, daß du gekommen bist«, sagte er.

Sie spazierten unter kahlen Februarbäumen im Ostwind. »Wollen wir uns einen Moment setzen?« Sie setzten sich auf eine Bank und blickten über den Rasen hinweg auf den winterlichen Serpentine. Eine Schar Kinder hoppelte auf plumpen Ponys die Row entlang.

»Laß die Zügel locker, Samantha, zerr ihn nicht am Maul«, schrie der Reitlehrer.

»Wie geht's Ned?« fragte Mylo.

»Gut. Wird 'n bißchen klapperig. Er ist über siebzig, ein bißchen schwerhörig, Schwierigkeiten mit den Zähnen. Diese Dinge, ansonsten ...«

»Victoria ist tot«, sagte Mylo leise.

»Tot?« Diese wunderschönen Augen.

»Es hat sehr lange gedauert.« Seine Wangen waren tief gefurcht, was sie von den Bartstoppeln sehen konnte, war hauptsächlich weiß.

»O du lieber Gott. Krebs?«

»Ja.«

»Was kann ich sagen?«

»Nichts. Wollen wir ein bißchen laufen? Du darfst dich nicht erkälten.«

»Wann war das?«

»Vor fast einem Jahr. Es ist furchtbar ungerecht. Sie hat nie jemandem weh getan. Es hat so verdammt lange gedauert. Sie hatte solche Schmerzen. Ich habe mir immer wieder gewünscht, ich hätte den Mut, sie zu töten. Sie bat mich, sie zu töten, sie bat mich, die Ärzte darum zu bitten – ich verschaffte mir sogar die Mittel, kaufte sie von einem Junkie. Alice, ihre Tochter, war großartig – du weißt, wie sie sind? Setzte den Ärzten zu, dies zu versuchen, jenes zu versuchen ... Es ist grotesk, was die Wunder der modernen Wissenschaft vermögen, um Leiden zu verlängern, Menschen am Leben zu erhalten. Wer hat Freude an so einem Leben? Victoria sicher nicht.«

»Nein, nein, nein, sie hatte so wundervolle Augen.«

»Ja, nicht wahr? Wundervolle Augen in einem unscheinbaren Gesicht. Hat mich immer an Comrade erinnert.«

»Also deswegen ...?«

»Habe ich sie geheiratet? Es mag eine Rolle gespielt haben. Dir ist kalt.« Er nahm ihre Hände und rieb sie zwischen seinen. »Hast du denn keine Handschuhe?«

»Ich habe mich so beeilt.«

»Das Schändliche war, daß all die Monate hindurch ... Ich freue mich so, dich zu sehen, Liebling ... das Schreckliche war, daß die ganze Zeit, in der Victoria im Sterben lag, ich unentwegt Gott gedankt habe, daß nicht du es warst.«

Rose starrte ihn an.

»Man wird dieser obszönen und schäbigen Gedanken nicht Herr. Und dann hatte ich auch die Tabletten. Ich hatte die Tabletten, ohne den Mut, sie zu gebrauchen. Ich hätte die Gelegenheit herbeiführen sollen, aber da war dies – daß nicht du es warst, die im Sterben lag, verstehst du, und so war mir die Sache nicht dringlich, fehlte mir alles, was nötig ist, ich konnte es einfach nicht – jedenfalls habe ich's nicht getan.«

»Nein.«

»Bist du froh, daß sie tot ist, Liebling?« (Zart.)

»Nein, o nein.«

»Ich auch nicht, nur daß ihre Schmerzen vorbei sind.« Er hielt im Gehen inne, beugte sich hinunter, um sie zu küssen. »Sind das Tränen?«

»Der Wind. Der Ostwind.«

»M-m-m. Sollen wir weiterlaufen? Wir müssen uns nicht unbedingt eine Lungenentzündung holen. Weißt du, daß meine Tante Louise fast sofort, nachdem ich sie nach England zurückgeholt hatte, eine Lungenentzündung bekam und gestorben ist? Wirklich, manchmal fragt man sich – ich mußte dir das von Victoria erzählen, ich brauchte es.«

»Danke.«

»Dann ist da noch Ned. Was wirst du denken, wenn er stirbt? Wahrscheinlich wirst du nicht wissen, was du denken sollst. Es bleibt so wenig Gefühl übrig nach einer so langen ... verzeih mir, daß ich so nachbohre ... dann ist da dein Versprechen, ihn nie zu verlassen. Was hätte idiotischer sein können? Glaubst du ehrlich, deswegen bist du bei ihm geblieben? Natürlich glaubst du's nicht. Ich jedenfalls nicht. Ich denke, du hast es ihm gern versprochen. Ich habe das immer akzeptiert, und es ist nützlich gewesen.«

»Du meinst, ich habe mich für den Kuchen entschieden?«

»Was zählt das jetzt noch?«

»Was wirst du nun machen?«

»Ach, ich habe den Auftrag erhalten, ein Buch über Thailand zu schreiben. Ich fliege morgen.«

»Dort wird es schön warm sein«, sagte sie traurig.

Mylo gab keine Antwort. Sie gingen nun mit dem Wind im Rücken.

»O verdammt!« rief Rose. »Wir haben Leute zum Essen, und ich habe es völlig vergessen.«

»Ich bringe dich zurück zur Paddington Station, es geht ein Zug um dreiviertel drei.« Er bog mit ihr ab in Richtung Bayswater Road.

»Was wirst du ...?«

»Ich muß mich mit meinem Agenten treffen. Es ist in Ordnung, Liebling.«

»Mylo ...« Der Wind zerrte an ihr.

»Nur eines.« Er hielt noch immer ihren Arm gefaßt. »Wenn *du* im Sterben gelegen hättest, hätte ich nicht gezögert, ich hätte mich von ihnen nicht aufhalten lassen, *dich* hätte ich getötet.« Er nahm ihr Gesicht in seine Hände und küßte sie. »Wie schwer es mir auch gefallen wäre. Hier ist ein Taxi, spring rein.«

Im Zug machte sie sich bittere Vorwürfe. Sie hatte so wenig gesagt, nicht gewußt, wo anfangen mit dem Strom aufgestauter Worte. Als der Zug das Tempo beschleunigte, teilte ihr die Stimme im Bordlautsprecher mit, die Bar sei nun geöffnet. Das Buffet halte Tee, Kaffee, getoastete Sandwiches und alkoholfreie Getränke bereit. Leute standen auf und begannen sich, mit den Bewegungen des Zuges schwankend, an ihr vorbeizuschieben. Während sie beobachtete, wie die Leute an ihr vorübergingen, beklagte sie den kühlen Trost, den sie Mylo gespendet hatte. Ich habe ihn im Stich gelassen, im Stich gelassen, im Stich gelassen, ratterten ihre Gedanken im Takt mit dem Zug. Parallel dazu begann sie, sich über Neds Freunde Arthur und Milly aufzuregen, die zum Abendessen kamen. Schon einmal hatte sie vergessen, daß jemand zum Essen kam, zwei andere Freunde von Ned, und sie hatte nichts zu essen eingekauft. Im letzten Moment hatten sie die überraschten Gäste in ein Restaurant ausgeführt. Ned war furchtbar aufgebracht gewesen, hatte eine Szene gemacht, seine Verärgerung gehätschelt und noch wochenlang an ihrer Unfähigkeit herumgenörgelt. Ich glaube, das ertrage ich nicht noch einmal, dachte sie, nicht, nachdem ich heute Mylo gesehen habe. Dann fiel ihr ein, daß es Mittwoch war und die Läden bei ihr zu Hause zeitig zumachten, und sie stieß einen Klagelaut aus. Das Paar, das ihr gegenübersaß, sah sie mißtrauisch an. »Nur ein Stechen.« Sie lächelte falsch wie ein Hund, der gleich zubeißt, stand auf, bahnte sich den Weg zum Speisewagen, um sich einen teuren Pappbecher mit gefärbtem Wasser zu kaufen, entschloß sich anders, als sie ihn sah, und trank einen doppelten Brandy.

Nachdem sie angekommen war, holte sie ihren Wagen vom Bahnhofsparkplatz und fuhr in die Stadt. Sicherlich würde doch irgendein Geschäft irgendwo offen haben. Wie dämlich kann man nur werden, dachte sie, als sie die leere Straße entlanglief, alle Läden haben mittwochs geschlossen. Ich schiebe nur den schrecklichen Moment auf, in dem ich Ned beichten muß, daß ich kein Abendessen für seine Freunde habe, und er mich fragt, ob ich *en permanence* nicht mehr alle Tassen im Schrank habe.

Während sie die Straße entlanglief und ihren Einkaufswagen hinter sich herzog, der leer war und es wahrscheinlich auch bleiben würde, fuhr ein Landrover mit einem Anhänger vorbei. Sie roch etwas Salziges, spähte in den Anhänger und erblickte Kisten mit Krebsen. An der Einmündung in die High Street wartete der Landrover und ließ zwei Lastwagen vorbei. Während dieses Aufenthaltes langte Rose in den Anhänger und bediente sich.

Während der Fahrer des Landrovers schaltete und das Tempo beschleunigte, schlenderte Rose gelassen zurück zu ihrem Wagen, und ihre einzige Sorge war jetzt nur noch, ob sie zerdrückten Knoblauch in die noch anzurührende Mayonnaise geben und Aioli daraus machen oder ob sie sie pur verwenden sollte.

Bald nach dem Essen gingen die Gäste; nach getaner Pflicht würde sie sich in ihr Bett zurückziehen, das sie jetzt mit Comrades Ur-Urenkeln teilte (Ned war schon vor Jahren in ein getrenntes Schlafzimmer umgezogen), und wenn ihr danach wäre, um Mylo weinen.

Und hatte sie geweint? fragte sich Rose, am Bachufer stehend. Höchst unwahrscheinlich. Unser Nebeneinanderleben war über Tränen hinaus, und der Krebsdiebstahl hatte eine heilende Wirkung, war eine richtige Belebung.

Es braucht einen Vorfall wie den, daß sich Christopher und Helen zwei Tage nach Neds Beerdigung zankten, sich entschieden, meine Hunde mitzunehmen, als sie beschlossen, ihre schlechte Laune beim Spazierengehen loszuwerden, und es zuließen, daß sie von einem Schwerlastzug zermalmt wurden, während die beiden sich stritten (wahrscheinlich über mich), statt auf meine Hunde aufzupassen, meine Gefährten, meine letzten Bande, und seien sie noch so zart, zu Mylo, um mich zum Weinen zu bringen.

»Ich hole mir noch den Tod, wenn ich hier stehenbleibe«, sagte Rose laut.

Sie stampfte mit den Füßen auf den Weg auf, um sie zu wärmen, und straffte die Schultern.

51

Rose hatte immer noch kalte Füße. Dichter Nebel wogte den Bach herauf, unsichtbare Hände zogen ein wolkiges Federbett über das Wasser. Sie beobachtete, wie es sich aufbauschte, ziemlich rasch näherkam und die wenigen Geräusche dämpfte, die der Winter übriggelassen hatte – Zweige, die hinter ihr im Wald herabfielen, der Ruf eines Bläßhuhns übers Wasser hinweg. Weit oben flog ein Flugzeug und ließ einen sich verbreiternden Kondensstreifen zurück. Kam es aus Thailand?

Dummkopf, ich bin siebenundsechzig, nicht siebzehn.

Als sie nach unten blickte, stellte sie fest, daß sie schultertief im Nebel stand. Ihr Körper wurde kühl, sie mußte pinkeln, sie zitterte. Absurderweise hatte sie Angst, wenn sie sich außer Sichtweite in den Wald verzöge, würde sie sich beim Überspringen des Grabens den Knöchel verrenken, ausrutschen und hinfallen. Ihr Spaziergang war so sehr von Gedanken begleitet gewesen, daß sie gar nicht bemerkt hatte, wie allein sie war.

Sie zog den Reißverschluß ihrer Hose auf und kauerte sich auf den Weg, verschwand im Nebel. Als sie wieder aufstand, hörte sie eine Männerstimme rufen: »Mrs. Peel? Mrs. Peel?« Die Stimme klang gedämpft, kam aber näher. »Mrs. Peel?« Sie sah seinen Kopf und die Schultern, die über den Nebel herausragten. »Mrs. Peel?« Es war der Hotelbesitzer.

»Hier bin ich«, sagte sie und trat auf ihn zu. »Was ist?« Sie wollte nicht, daß er den Urin auf dem Weg roch.

»Wir dachten, Sie könnten sich verirren. Diese Nebel kommen so schnell vom Meer heran, daß man leicht desorientiert ist.« Er war irritiert, ängstlich, offenbar wollte er keinen dummen Gast verlieren. Jedes Mißgeschick würde dem Ruf des Hotels schaden; er machte ihr Vorhaltungen wegen seiner Ängstlichkeit.

»Wie Sie sehen, habe ich mich nicht verirrt, ich mag allerdings desorientiert sein, aber vielen Dank.«

»Sie haben noch kein Frühstück gehabt. Meine Frau hat sich Sorgen gemacht.« Noch immer machte er ihr Vorhaltungen. Schultern und Kopf, die aus dem Nebel ragten, waren schnell mit perlenden Tropfen bedeckt.

»Wie nett, ich bin furchtbar hungrig.« Und das war sie, wenn sie es sich jetzt überlegte, als sie neben dem Hotelier einherging. »Sind Sie denn gern Hotelier?« fragte sie in der Hoffnung, ihr Geplauder auf eine unernstere Ebene zu ziehen. Sie mußte reden; es war nicht möglich, schweigend nebeneinanderher zu laufen, was angenehmer gewesen wäre, aber unhöflich.

»Manchmal ja. Möchten Sie das große Frühstück oder nur Kaffee und Croissants? Meine Frau … Wir machen Ende der Woche zu, Winterpause.«

»Das wird ein wichtiger Augenblick sein. Nur Kaffee und Croissants, bitte. Klingt köstlich.« Sie eilte neben ihm durch den Nebel (ich hätte auch sehr gut allein zurückgefunden). »Ah, da kommt uns Ihre Katze entgegen. Wir sind uns schon gestern abend begegnet und heute morgen wieder.« Sie bückte sich, um das Tier zu streicheln, das sein Bestes tat, ihr ein Bein zu stellen, indem es sich wohltönend um ihre Knöchel schlang. »Sie ist auch sehr gesprächig.«

»Haben Sie Katzen?« Jetzt, da der Wirt über die Katze

sprach, klang seine Stimme zärtlich. Er hatte Rose nicht verziehen, daß sie Unruhe ausgelöst hatte.

»Jetzt nicht mehr. Auch keine Hunde. Keinen Garten – überhaupt keine Bindungen mehr, wenn ich's recht überlege. Nichts, was mich zurückhält. Es ist eigentlich ziemlich unheimlich, man muß sich erst dran gewöhnen, daß man frei ist.«

»Oh«, sagte er und sah sie von der Seite an. »Ähm.«

»M-m-m ...«

»Ich sehe mal nach Ihrem Frühstück; wir nennen es *petit déjeuner*«, witzelte er.

»Natürlich.« (Sie durfte nicht lachen.)

»Möchten Sie, daß es Ihnen aufs Zimmer gebracht wird?« fragte er.

»Ja bitte. Und danke, daß Sie nach mir gesucht haben.« (Ist mal ein unvorsichtiger Gast betrunken in den Bach gefallen?) »Ich muß meine Tasche zusammenpacken. Und dürfte ich Ihr Telefon benutzen? Ich muß einen, vielleicht mehrere Anrufe machen ...«

»Ich lasse es in Ihrem Zimmer einstöpseln.«

»Und machen Sie die Rechnung fertig.«

»Gewiß.«

Gewiß, die Rechnung. Man zahlte die Rechnung, die Forderung, die Zeche. Am Ende rechnete man ab. »Ich werde meinen Stolz mit den Croissants runterschlucken.« Sie lächelte den Mann an.

»Äh?«

»Ich kann vielleicht, jetzt wo ich frei bin, nicht bezahlen, was ich schuldig bin.« Sie waren jetzt im Hotel angekommen, und der Nebel hob sich. Sie sah, wie die Katze vorauslief, mit einer arroganten Pfote gegen die Tür tippte, ihre schnurrhaarige Schnauze hob und maunzte. »Ich sehe, dort ist eine absolut fabelhafte Katzenklappe«, sagte Rose.

»Sie ist verdammt noch mal zu stolz, um sie zu benutzen, sie will sich nicht bücken. Wir nehmen natürlich alle gängigen Kreditkarten, wenn …« Er betonte den letzten Satz.

»Aha!« sagte Rose lachend. »Kredit! Natürlich.«

Der Direktor fragte sich, was daran so komisch sei. »Auch Eurocheques«, sagte er.

Avec le petit déjeuner, dachte Rose. »Vergessen Sie nicht, mir meine Telefongespräche auf die Rechnung zu setzen«, sagte sie.

52

Die Kirche war brechend voll gewesen. Das junge Paar, vorher als einzelne allgemein beliebt, würde auch als Ehepaar allgemein beliebt sein. Einer von ihnen hatte unverhältnismäßig viele Verwandte, vielleicht beide. Nicholas, Emily und Laura wurden, obwohl sie frühzeitig gekommen waren, auf eine Bank weit hinten verbannt.

»Dieser Platzanweiser kann nicht gewußt haben, wer wir sind«, sagte Emily, als sie wieder an ihrem Wagen ankamen.

»Natürlich hat er das. Es war Richard Malones Jüngster. Er kennt uns ganz genau«, schnauzte Nicholas sie an.

»Ich dachte, er geht noch zur Schule«, sagte Emily.

»Die Zeit vergeht, Mama. Er hat schon vor Jahren das Studium beendet; er arbeitet in der City.« Laura sprach vom Rücksitz aus.

»Ich fand die Braut geradezu unanständig jungfräulich«, sagte Nicholas. »Ob diese Wagen sich jemals von der Stelle rühren werden? Ich brauche was zu trinken.« Der Wagen der Thornbys war in eine Schlange eingekeilt, die darauf wartete, aus dem Dorf herauszukommen. Mehrere Leute hatten ungünstig geparkt und verursachten damit einen Stau auf dem Weg zum offiziellen Empfang.

»Es ist modern, jungfräulich zu sein«, sagte Laura.

»Barbara Cartland?« fragte Emily.

»Aids«, sagte Laura.

»Obwohl wir hinten sitzen mußten, habe ich das Schauspiel doch ziemlich genossen«, sagte Nicholas und drückte auf die Hupe. »Kenne aber hier nicht viele Leute.«

»Kein Zweck zu hupen, Nicholas, verzehr deine Seele in Geduld wie alle anderen auch«, sagte Emily.

»Du zitierst falsch, Mama; es heißt ›fasset eure Seelen ...‹«

»Sei nicht so besserwisserisch; *meine* Seele wird verzehrt.«

Laura zog die Brauen hoch.

»Es war ein hübscher Aufmarsch alter Leute«, sagte Nicholas. »Die großartigste Sammlung von Falten, Runzeln, knochigen Hälsen, plissierter Haut, Tränensäcken, Glatzen, Witwenbuckeln, arthritischen Gliedern, Geschlurfe, Gehinke, triefäugigen alten Weibern und Kerlen, die ich seit langem gesehen habe. Für ein geriatrisches Defilee ist eine Hochzeit immer besser als eine Beerdigung.«

»Eure Generation«, sagte Laura ätzend.

»Wir leiden nicht an Altersschwäche«, gab ihre Mutter bissig zurück.

»Und außer uns gibt's noch andere«, räumte Nicholas ein, »zum Beispiel die arme Rose. Es waren mehrere in der Kirche, die ihre Jahre mit Anstand trugen, um nicht zu sagen mit Grandezza.«

»Fahr weiter, Nicholas, siehst du nicht, daß sich die Schlange bewegt? Rose war nicht da.«

»Natürlich sehe ich das. Halt den Mund.« Nicholas legte krachend den Gang ein. »Ich habe ja nicht gesagt, sie war da; mir kam's darauf an zu sagen, daß sie sich bemerkenswert gut gehalten hat, so gut wie wir, wenn nicht besser.«

»Paß auf, Nicholas, gleich fährst du gegen den Wagen da ...«

»Gott! Emily. Muß das sein? Der alte Knabe, der die Braut zum Altar geführt hat, war wirklich recht schmuck.«

»Ich fand ihn ganz toll«, sagte Laura. »So ein weißer Lockenkopf mit schwarzen Augen und Brauen ist phantastisch. Tolle Figur außerdem.«

»Wer war er?« fragte Emily. »Solche Dinge sollte man auf den Liederzettel schreiben. Ich konnte doch meine Unkenntnis den Leuten neben uns nicht zeigen, es waren alles Fremde.«

»Keine Ahnung«, sagte Nicholas. »Ich denke immer, um auf Rose zurückzukommen, der Grund, warum sie so aussieht, wie sie aussieht, ist der, daß sie Freude, Schmerz oder Angst nicht so im Übermaß erlitten hat, wie wir anderen sie durchgemacht haben. Ein paar Sorgen wegen Christopher, nichts zum Verzweifeln, und Ned. Na, sagen wir's, wie's ist, Ned hatte nicht das Zeug, das Gesicht irgendeiner Frau schlaff werden zu lassen, stimmt's?«

»War sie nicht die Glückliche?« sagte Laura auf dem Rücksitz, die Nicholas' zwanghaftes Interesse an Rose Peel unterhaltsam fand.

»Wenn Rose eines Tages so alt aussieht, wie sie ist, wird sie wie eine versteinerte Rose in einem Trockenblumenarrangement aussehen«, sagte Emily, die nicht auf Laura achtete. »Verblichen und doch knackig. Fahr weiter, Nicholas, es bewegt sich wieder was.«

»Das sehe ich auch. Willst du, daß ich hier halte, wir die Plätze wechseln und ich dich fahren lasse?« fragte Nicholas giftig.

»Na, na, ihr beiden, nicht streiten«, sagte Laura.

»Wir sind fast da«, sagte Emily, die merkte, daß sie es mit ihrem Bruder zu weit getrieben hatte. »Ich brauche auch was zu trinken, wir alle brauchen was. All die erhebenden Choräle und der Anblick des schönen Paares haben mich entsetzlich durstig gemacht. Dieses Mädchen, die Braut, hat bemerkenswerte Augen.«

»Die sind in der ganzen Familie verbreitet«, sagte Laura.

»Mir gefällt der Bräutigam; er hat sich ungeheuer rausgemacht, seit ich ihn das letzte Mal gesehen habe. Wenn ich zwanzig Jahre jünger wäre, hätte es mich gereizt ...«

»Eher vierzig«, sagte Laura auf dem Rücksitz, »oder fünfzig.«

»Was hast du gesagt?« fragte Emily scharf. Laura antwortete nicht.

»All diese Gelöbnisse«, sagte Emily nach einer Weile, »sind doch ziemlich lächerlich. Von wem auf der Welt kann man denn erwarten, daß er auf ewig – berichtige mich, wenn ich mich irre, Laura – auf ewig an jemand klebenbleibt? Das ist doch unzumutbar.«

»Reiben reicht. Ist das der Grund, weshalb weder du noch Nicholas euch je in den heiligen Bund der Ehe gewagt habt?« Laura stellte eine Frage, die ihr schon das ganze Leben lang im Kopf herumgeschwirrt war. Weder Nicholas noch Emily antwortete.

»Hier wären wir. Endlich! Jetzt kommen wir an den Stoff ran«, sagte Nicholas. »Es gibt nichts, was dich hindern könnte, dir diese Lebensweise zu eigen zu machen, es könnte allerdings fast ein bißchen zu spät sein, jetzt, wo du fast dein halbes Jahrhundert erreicht hast.«

Diesmal war Laura an der Reihe, nicht zu antworten.

»Ausgefallen, im Winter ein Zelt aufzustellen. Ich hoffe, wir holen uns nicht den Tod«, sagte Emily. »Ich persönlich gehe ins Haus. Komm, mach Dampf, Nicholas, wo starrst du denn hin?«

»Ich dachte, ich sehe Rose Peels Wagen da oben im Hof.«

»Sei nicht albern, sie ist Meilen weg in irgendeinem Luxushotel; ihr Wagen ist ein Massenprodukt, er könnte von jedem sein. Sehen wir mal, wo das Buffet ist. Guck mal, da ist dieser alte Mann, der – ich bin ganz deiner Meinung, Laura, laß uns rauskriegen, wer er ist.«

»Luxushotels wird sie sich nicht lange leisten können«, sagte Nicholas, während er den Wagen parkte. »Ich habe erst heute früh erfahren, was für eine kümmerliche Jahresrente Ned ihr ausgesetzt hat.«

»Es ist alles an Christopher gegangen, jeder weiß das.« Emily streckte ihr Bein aus dem Wagen. »Hilf mir mal raus, Laura. Danke.«

»Vermutlich hat Ned gedacht, Christopher und Helen würden die Rente aufbessern«, sagte Laura. »Willst du den Wagen nicht abschließen, Nicholas?«

»Mecker, mecker, mecker«, sagte Nicholas und kehrte um, um den Wagen abzuschließen. »Kannst du dir vorstellen, daß Rose von Christopher auch nur einen Penny annimmt? Sie *haßt* Helen.«

»Und wir haben alle gedacht, sie würde als reiche Witwe zurückbleiben! Tjaja, in der Not frißt der Teufel Fliegen«, sagte Emily. »Sie hat doch ihre Alterspension, oder?«

»Ich kann mir Rose nicht als Bittstellerin vorstellen«, sagte Laura.

»Tja, ich kann ihr nicht helfen, oder?« sagte Nicholas. »Du hättest es tun können«, fiel er über Emily her. »Du hast doch sicher gewußt, was Ned vorhatte, Ned hattest du in der Tasche, du hättest ihm klarmachen können, was er anständigerweise hätte tun müssen. Er war ja vielleicht dumm, aber so gemein war er nicht, denk nur, was er für Laura getan hat.«

»War Ned mein Vater?« fragte Laura, die zwischen Nicholas und Emily ging.

»Großer Gott, nein!« Nicholas brach in Lachen aus.

»Was für eine Idee«, sagte Emily steif.

»Ich dachte, nicht«, sagte Laura. »Ich habe Rose tatsächlich mal danach gefragt, und sie hat gesagt, sie dächte, nein.«

Als Rose sah, daß Thornbys sich zum offiziellen Empfang hineinbegaben, ging sie in Deckung. Sie hatte nicht vorausgesehen, als sie durch mehrere raffinierte Anrufe herausgekriegt hatte, wo Mylo zur Mittagszeit sein würde, daß sie auf ein großes Zelt und viele Hochzeitsgäste treffen würde. Als sie über eine Seitengasse auf das Haus gestoßen war, hatte sie gehofft, sie könnte Mylo abfangen, wenn er von einem ruhigen Mittagessen mit Freunden komme, und vielleicht mit ihm sprechen. Dieser halbgare Plan war in nichts zerstoben, als sie, nachdem sie ihren Wagen im Stallhof abgestellt hatte, um die Ecke gegangen und fast im selben Moment von einer Wagenkarawane eingeklemmt worden war, die Braut und Bräutigam, Eltern, Gäste, verschiedene Presseleute und Zuschauer und, das Schlimmste von allem, Emily, Nicholas und Laura von der Kirche zurückbrachte.

Während sie sich hinter das Steuerrad duckte und ihr Gesicht versteckte, bis sie meinte, Thornbys seien außer Sicht, kam sie zu dem Schluß, daß das, was sie sich erhofft hatte, nicht machbar war, sie mußte wieder wegfahren, um dieser möglicherweise peinlichen Situation zu entgehen.

Dann dachte sie mit einem Laut der Erleichterung, sie sei ans falsche Haus geraten, man habe ihr den falschen Weg genannt, was nur natürlich war bei den Begleitumständen einer Hochzeit. Sie hatte sich dumm angestellt, sie würde ins Dorf zurückfahren und sich noch mal erkundigen.

Sie setzte sich auf.

Während sie sich versteckt hatte, waren mehrere Wagen so

geparkt worden, daß sie ihr den Weg aus dem Hof versperrten; sie saß in jeder Hinsicht in der Falle. Sie verfluchte ihr Pech und dachte, sie brauche ja nichts weiter zu tun, als zu warten, bis die Besitzer der Wagen wiederkamen und sie wegfuhren. Aber das, dachte sie, wird Stunden dauern, und inzwischen wird Mylo mit seinem Mittagessen in dem anderen Haus fertig sein und wegfahren. Zum Teufel mit Emily und Nicholas und all diesen Leuten, dachte sie. Dann dachte sie: Was kümmern mich Emily und Nicholas? Mich kümmert gar nichts, überhaupt nichts, alle Möglichkeiten, wie sie mich kränken können, sind mit Ned zu Asche geworden. Ich muß nichts weiter tun, sagte sie sich, als ganz unverfroren in dieses fremde Haus hineingehen, das Hochzeitsfest stören, mein Problem, meinen dummen Fehler erklären, und darum bitten, daß diejenigen, denen die Wagen gehören, die mir die Ausfahrt versperren, mit rauskommen und sie wegfahren. Einfach. Sehr einfach. Sie saß in ihrem Wagen und sagte sich, wie einfach das wäre. Und so saß sie.

Sie saß in ihrem Wagen und sagte sich, wie einfach es wäre, allein, in ihren bequemen alten Jeans und dem alten Pulli und den dreckigen Schuhen zu einer fremden Hochzeitsfeier in ein ziemlich vornehmes Haus zu gehen und in ein Zimmer zu platzen, in dem alle Damen in hochhackigem Ausgehstaat und ihrem kostbarsten Geschmeide und die Herren im Stresemann Champagner tranken und Yuppiegespräche führten. Aber das sollte ihr egal sein, es wäre sicher ganz einfach, die Mutter oder den Vater der Braut oder einen Freund des Bräutigams oder einen Festordner zu finden und zu erklären – ich bin irrtümlich hier, in Wirklichkeit suche ich ein anderes Haus, in dem jemand namens Mylo Cooper zu Mittag ißt. Verstehen Sie, ich *muß* Mylo Cooper finden. Mit den Händen vor dem Gesicht probte sie diese Rede, den Tränen nahe vor Zorn und Enttäuschung, während sie laut flüsterte …

»Mit wem reden Sie?«

»Ich habe eine Rede geprobt.«

»Das habe ich gehört. Habe ich richtig gehört? Sie müssen Mylo Cooper finden?«

»Ja.«

»Und was dann?«

»Vielleicht«, sagte sie steif – ihr ganzes Gesicht fühlte sich steif an –, »könnten Sie mir helfen, die Besitzer dieser Wagen zu finden, die mir den Weg versperren, und dann kann ich hier raus. Ich habe die Rede geprobt, die ich jemand Verantwortlichem halten muß, der Mutter oder dem Vater der Braut oder einem Freund des Bräutigams oder einem Festordner, daß sie die Besitzer dieser Wagen bitten …«

»Den Teil habe ich schon gehört.«

»Oh.«

»Würde Ihnen der Stiefgroßvater der Braut genügen? Ich habe sie eben in der Kirche zum Altar geführt.«

»Ah.«

»Ich bin nur eben mal rausgekommen, um ein bißchen Luft zu schnappen.«

»Du siehst erstaunlich gut aus, Mylo Cooper.«

»Du bist so wunderschön wie immer, Rose Peel. Wie hast du mich gefunden?«

»Ich habe deinen Verleger angerufen, der mich an deinen Agenten verwies, der mir das Hotel nannte, in dem du wohnst, und die sagten mir, du hättest hier eine Essensverabredung.«

»Sehr klug. Ich habe in der ›Times‹ gelesen, daß Ned gestorben ist.«

»Ja.«

»Es wäre unwahr, wenn ich sagte, ich bin nicht erfreut.«

»Ah.«

»Ich hatte vor, von hier aus direkt nach Slepe zu fahren, um dich und Comrades Nachkommen aufzusammeln und wegzubringen.«

»Auch sie sind tot, sie wurden überfahren.«

»Das geht mir sehr nahe.«

»Du hättest mich dort nicht gefunden.«

»Du hättest gerade nach mir gesucht?«

»Das kann ich nicht leugnen.«

»Ich freue mich außerordentlich.«

»Tja …«

»Ich möchte nicht sagen, ich liebe dich so sehr wie auf der Wintertennisparty – ist es nicht merkwürdig, daß Victorias Enkelin einen von George Malones Enkeln heiratet? Eines der Dinge, die ich an dir liebe, ist, daß du nicht antwortest ›Ja, die Welt ist klein‹, irgend so eine dumme Redensart –, aber ich möchte sagen, daß ich dich anders und mehr liebe, viel mehr.«

»Oh. Hat sie Victorias wundervolle Augen?«

»Ja, die hat sie.«

»Das freut mich.« (Seine Stimme hatte sich nicht verändert, war vielleicht ein bißchen tiefer geworden.)

»Ich kann mir nicht denken, warum ich hier so dumm rumstehen soll, während du da drin im Warmen sitzt. Ich bin zu alt, um herumzutrödeln, steif zu werden und eine Unterkühlung zu riskieren. Mach die Tür auf, Liebling, und laß mich rein. Ich möchte dich umarmen.«

Sie öffnete den Wagenschlag und rückte beiseite, um ihm neben sich Platz zu machen. »Ich habe unser Bild in meiner Reisetasche, mehr habe ich nicht mitgenommen.«

»Ganz richtig. Was würdest du sonst auch brauchen? Also, ehrlich, ist das nicht schön, ich küsse dich so gern.«

»Nicht vergessen, wie's geht?«

»Wenn du's wissen willst, ich bin so hungrig wie eh und je. Ich mache nur etwas längere Pausen zwischen den Mahlzeiten.«

»Mach das noch mal«, sagte sie. »Um ein Haar wäre ich nicht gekommen, um nach dir zu suchen.«

»Stolz, nehme ich an. Gott sei Dank hast du ihn runtergeschluckt. Ich hätte es dir nie verziehen, wenn du nicht gekommen wärst.«

»Ich wäre vielleicht dran erstickt.«

»Bei so einer guten Sache.«

»Mußt du da wieder rein?« fragte sie wenig später und lauschte auf das ferne Stimmengewirr der Gesellschaft. »Nicholas und Emily sind da drin.«

»Das habe ich gesehen. Zur rechten Zeit besoffen. Gar nicht beachten. Ich muß nur noch auf Wiedersehen sagen. Dann sind wir schon weg.«

Laura beobachtete Nicholas und Emily, wie sie in der Menge umherflanierten, und überlegte nüchtern, daß sicher sie es sein würde, die den Wagen nach Hause steuerte. Nicholas' Hand streckte sich wiederholt nach den Tabletts mit den Getränken aus, und Emily folgte seinem Beispiel. Sie ignorierten die Versuchungen der mit Krabben gefüllten Vol-au-vents, des Kaviars auf Toaststreifen und anderer üppiger Häppchen, die von umherwandernden Kellnern dargeboten wurden. Als ihr Rundgang beendet war, gesellten sie sich wieder zu Laura am Buffet. »Hast du Spaß?« fragte Emily.

»Öde«, sagte Laura, »hier ist niemand, mit dem ich mich unterhalten möchte.«

»Und nur sehr wenige, mit denen wir uns unterhalten möchten, aber es ist keine schlechte Party wie Partys im allgemeinen.« Emilys Stimme hatte sich um mehrere Dezibel über ihre Norm erhoben. Sie hat sich einen Rausch angepichelt, der Teufel soll sie holen, dachte Laura. »Warum hat keiner von uns geheiratet?« fragte Emily die Welt in ihrer Gesamtheit. *»Wir* hätten die allerherrlichsten Partys gegeben, den besten Champagner, nicht dieses Gesöff. Du hättest heiraten können, Laura. Du hättest Christopher Peel heiraten können. Warum hast du Christopher Peel nicht geheiratet, Laura?«

»Ich hatte den Eindruck, er ist mein Bruder«, sagte Laura.

»Uuuh? Dann hast du also, als es zu spät war, dich bei Rose erkundigt?« Emilys einst strahlende Augen richteten sich auf die noch immer strahlenden ihrer Tochter. »Du hättest Slepe haben können, nicht wahr? Denk nur mal.«

Sie ist nicht ganz so betrunken, wie ich dachte. »Blöde alte Kuh«, sagte Laura mit eisigem Nachdruck.

»Arme Rose Peel. *Ich* hätte die arme Rose heiraten sollen«, rief Nicholas, ohne von seiner weiblichen Begleitung Notiz zu nehmen.

»Hätte sie dich denn geheiratet?« fragte Laura verkniffen.

»Wir hätten sie heute hierher mitnehmen sollen«, schrie Nicholas, »sie aufheitern. Wir waren doch immer so nett zu ihr, als wir alle jung waren.«

»Hätte sie denn mitkommen wollen?« fragte Laura.

»Wir haben sie aufgezogen, zugegeben«, sagte Emily, und Erinnerungen setzten sich über Lauras Ton hinweg, »aber wir waren sehr nett. Wir haben sie zu der Party mitgenommen, auf der sie Ned kennenlernte.«

»Wenn ich sie geheiratet hätte, hätte ich sie erzogen, mehr aus ihr gemacht als Ned.«

»Unheimlich nett«, sagte Laura, »wäre das für Rose gewesen.«

»Arme Rose. Ihr ist nie was zugestoßen. Ich finde den Gedanken gräßlich, daß sie sich allein in irgendein Hotel verkrochen hat und blaß vor sich hin masturbiert, wo sie doch mich hätte heiraten können – natürlich, wenn ich sie gebeten hätte ... Wo ist denn der ganze Fusel hin verschwunden?« Nicholas blickte sich um, aber kein Kellner kam vorbei.

»Du bist betrunken ekelhaft und nüchtern ziemlich ekelhaft«, sagte Laura.

»Rede nicht so mit Nicholas«, schrie Emily schrill.

Laura lächelte, formte mit den Lippen den Satz: »Rede nicht so mit deinem Vater«, während sie Emily beobachtete, die sich ausdruckslos umblickte und den Leuten in ihrer Nähe gegenüber so tat, als habe nicht sie geschrien, sondern jemand anderer. »Warum hast du nie geheiratet, Mutter?« fragte sie.

»Ich hätte heiraten können, vielleicht hätte ich heiraten sollen«, antwortete Emily geheimnisvoll, »aber die Auswahl war so riesig, man ...«

»Du hättest absolut jeden heiraten können«, sagte Nicholas, der auf einen zärtlichen Gurgelton umschaltete. »Selbst einen Mann wie dieses tolle alte Exemplar der Menschheit, das die Braut zum Altar geführt hat. Haben wir denn rausgekriegt, wer er ist? Weiß es jemand von denen, die wir kennen?« Nicholas tastete nach seiner Brille, um den Raum besser überblicken zu können. »Das sollten wir wirklich rausfinden.«

»Da guckst du wohl besser mal genau hin«, sagte Laura. »Er geht gerade raus. Guck mal, er ist da drüben mit Rose. Sie scheint ihn zu kennen.«